엔트로피아

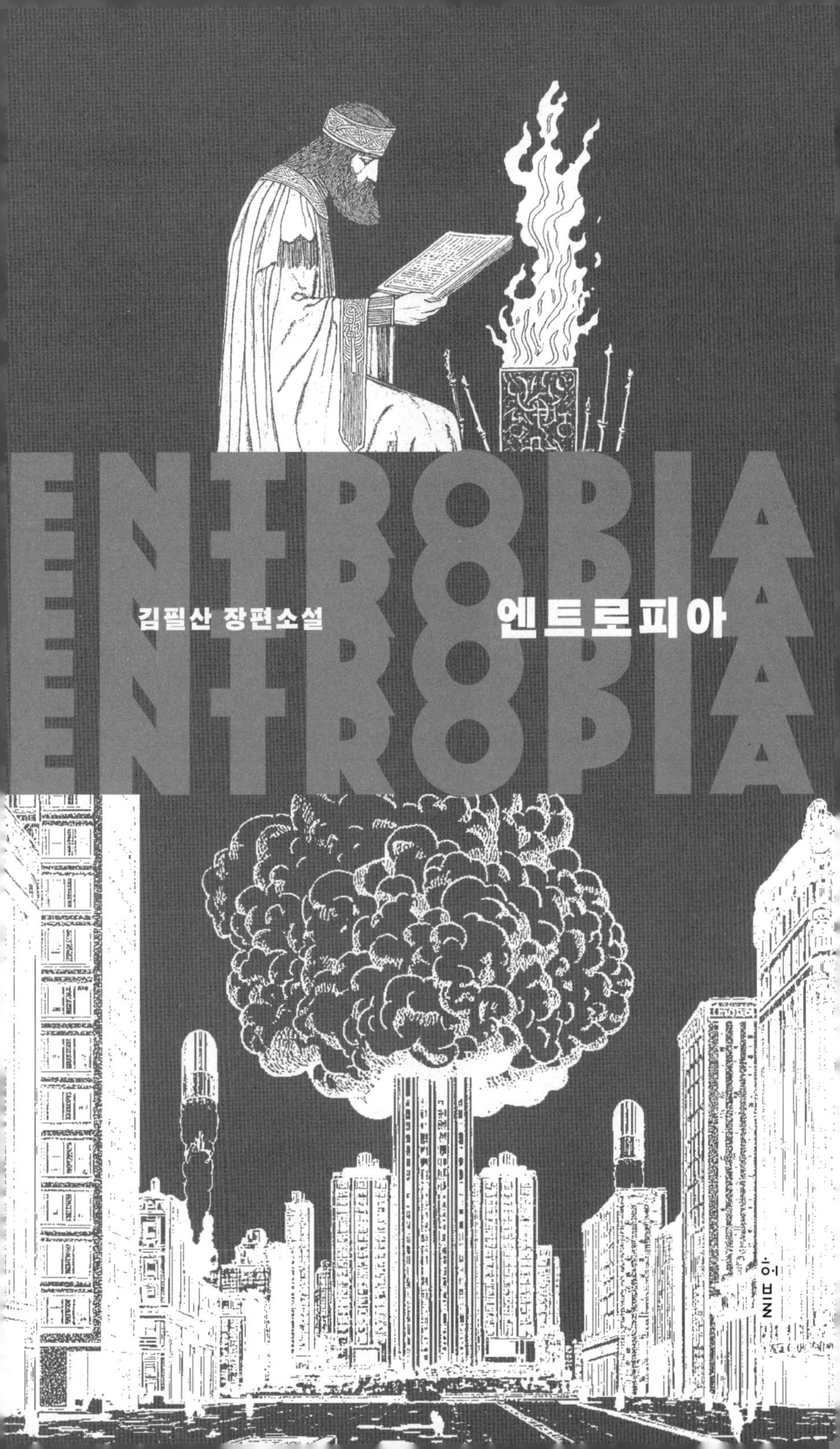

ENTROPIA

김필산 장편소설　　엔트로피아

연표

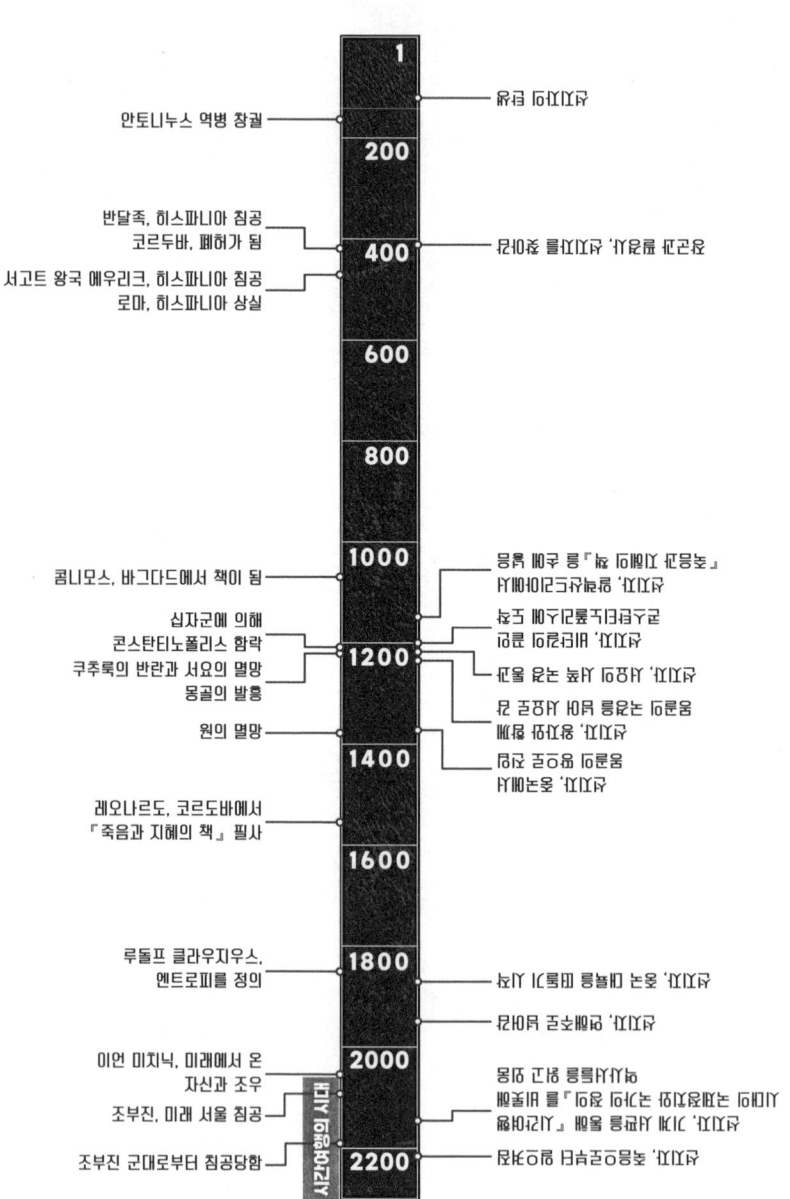

시간여행의 시대 연표

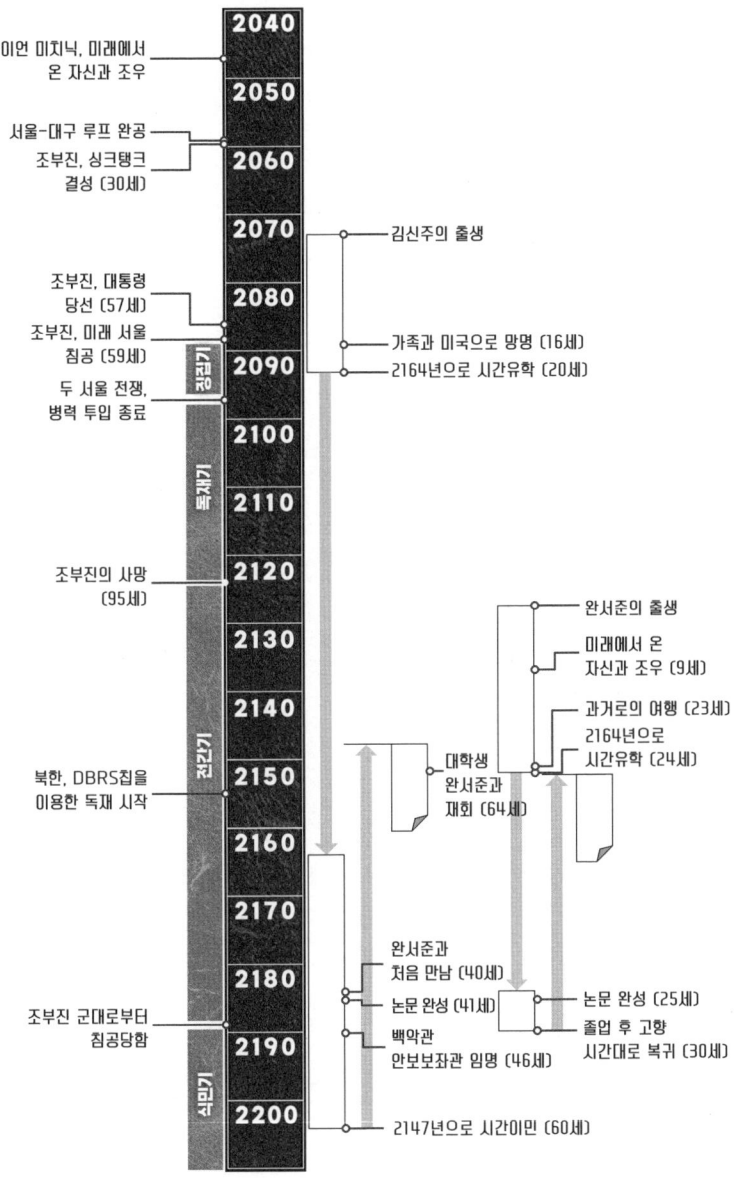

차례

Ⅰ _009

첫 번째 책 이야기: 거란의 마지막 예언자 _029

Ⅱ _120

두 번째 책 이야기: 책이 된 남자 _131

Ⅲ _212

세 번째 책 이야기: 두 서울 전쟁 _237

Ⅳ _364

Ⅴ _374

작가의 말 _378

I

 로마 제국의 서쪽 영토, 지중해와 대서양이 맞닿은 땅 히스파니아에 한 장군이 있었다. 그는 제국의 운명을 알고 싶어 했다. 그의 서기관인 필경사는 그에게 선지자를 만나보자고 권했다. 그리하여 그들은 북쪽으로 말을 달렸다. 그들은 코르두바의 성문을 통과해 다리를 건너 황야를 달렸다. 높이 뜬 해는 산맥에 그림자를 드리웠고 황폐한 대지를 뜨겁게 데웠다. 해가 사라지고 보름달이 하늘의 중간에 이를 즈음 그들은 바위투성이 언덕 기슭의 동굴 입구에 다다랐다. 안으로 깊숙이 들어가자 널찍한 공간이 나왔다. 고졸한 돋을새김으로 기둥 모양을 흉내만 낸 석회벽과 벽돌로 쌓은 야트막한 계단이 있었다. 커다란 자연석이 무너질 듯 위태롭게 쌓여 있는 천장 사이로 한 가닥 은은한 달빛이 드리웠다. 안에는 네 사람이 있었는데, 달빛이 그중 가운데 사람의 얼굴을 비췄다. 그는 장군과 필경사가 들어온 동굴 입구를 정면으로 바라보며 계단에 앉아 있었다. 다른 세 사람은 그의 주위에 앉거나 서 있었다. 그들은 각자 나무와 왁스로 만든 서판과 금속 첨필을 손에 들고 열띤 토론을 벌이고 있었다.

장군은 네 명의 행색과 조합이 이상하다고 생각했다. 왼쪽 아래 평평한 곳에 고개를 수그리고 앉은 사람은 아라베스인과 같은 외모에 아라베스식 튜닉을 입고 머리에 천을 두른 노인이었다. 계단 위쪽에 서 있던 사람은 야만스러운 검은 털가죽 옷을 입었고, 그와 비슷한 색의 턱수염을 길렀다. 장군은 그가 훈족임을 알아보았다. 장군은 젊은 시절 동쪽 국경에서 비슷한 차림새의 잔인한 훈족을 수없이 만났던 기억에 몸서리를 쳤다. 오른쪽 계단 돌난간에 걸터앉은 청년은 아무리 살펴보아도 어디에서 왔는지 가늠할 수 없었다. 다만 가느스름한 눈과 입고 있는 비단옷으로 보건대 훈족보다도 더 동쪽에서 온 사람, 즉 '세르'라고만 짐작할 뿐이었다.

그들에게 둘러싸여 앉아 있는 사람이 가장 기이해 보였다. 그는 고작 10세 정도로밖에 보이지 않는 어린아이였다. 그러나 그의 행동거지는 외모에 어울리지 않는 종교적인 기품과 아우라를 뿜었다. 별안간 필경사가 그 아이에게 무릎을 꿇고 크게 절했다. 그제야 사람들이 말을 멈추고 장군과 필경사를 돌아보았다. 장군은 당황스러워서 절은커녕 인사도 할 수 없었다. 필경사가 말한 선지자가 바로 그 아이인 모양이었다.

어린아이는 오만한 말투로 엎드려 있던 필경사에게 말을

걸었다.

"나의 친구 필경사여, 같이 온 자는 누구인가?"

필경사는 엎드린 채 말했다.

"히스파니아 속주의 레기오를 통솔하시는 장군께서 계시를 여쭤보기 위해 먼 길을 달려왔습니다요."

필경사는 일어나 한 발 물러섰다. 장군이 필경사보다 가까워졌다. 선지자가 그윽한 눈으로 장군을 바라보았다.

"코르두바를 지키는 용맹하고 충성스러운 장군이시여! 그대는 제국의 영토 수호 임무를 맡아 걱정으로 밤을 지새우는군. 게르만족의 준동을 막기 위해 앞으로 해야 할 일들이 궁금할 테지?"

장군은 크게 숨을 들이쉬었다. 선지자라고 불리는 이 어린아이가 한 말은 장군의 고민과 정확히 일치했다. 장군은 천천히 다가가 시선보다 한참 아래에 앉아 있는 작은 아이를 자세히 보았다. 주위에 둘러선 바르바리들과 달리 히스파니아에서 흔히 볼 수 있는 아이였다. 그 말투와 억양은 마치 아이들이 소꿉놀이에서 짐짓 어른인 척하며 쓰는 유치한 라틴어 같았다. 그의 말에는 희미한 그리스어 억양이 섞여 있었다.

"그대가 선지자라고 불린다면, 예수의 말씀을 따르는 기독교인인가? 서기관이여, 교회에서는 이렇게 어린아이에게도 선지자라고 불릴 자격을 주는가?"

장군의 질문은 필경사도 선지자도 아닌, 선지자를 둘러싼 세 사람의 분노를 자아냈다. 그들은 큰 목소리와 거친 손짓으로 장군을 향해 장군은 알아듣지 못하는 말들을 쏟아 냈다. 필경사는 이 상황에 당황한 듯 아무런 행동도 취하지 못했다. 선지자가 앉은 채로 돌아보며 세 사람을 눈빛만으로 진정시켰다. 그들은 금세 조용해졌다.

  "장군이여, 나의 제자들이 무례를 보였구려. 양해를 부탁하네."

  장군은 자신이 자초한 일이었기에 미안한 마음이 들었다. 하지만 사과의 말은 쉽사리 나오지 않았다. 그는 자꾸 입술을 핥았다. 동굴 안엔 침묵만이 가득했다. 고요한 어둠을 깨고 선지자가 말했다.

  "장군이여, 나는 선지자라 불리지만 성경의 모세처럼 계시를 통해 신자들을 천국으로 안내하지는 않는다네. 나는 이렇게 동굴에 은거하며 사람들에게 신탁을 내려주는 신관일 뿐이야."

  장군이 말했다.

  "기묘하군. 말로는 교회의 믿음을 빌려 선지자라고 자칭하면서, 행동으로는 올림푸스의 신들에게 미래를 의탁한다니."

  세 제자가 다시 한번 항의하려 했으나, 이번엔 선지자가 손짓만으로 미리 저지했다.

"장군이여, 믿기 힘들다는 것을 인정하네. 내가 이런 모습이니 더 믿기지 않겠지. 그래도 장군께서 찾아오신 이유가 있으니, 내가 준비한 세 가지 이야기를 들어보도록 하게."

"세 가지 이야기라?"

"바로 내가 직접 경험했거나 읽어보았던 신묘한 책에 관한 이야기라네. 그 책들엔 각각 시간에 대한 흥미로운 관점이 담겨 있지. 이야기가 끝나는 대로 장군께서는 즉시 교훈을 얻고 병영으로 돌아가게 될 것이네."

"어떤 교훈 말이오?"

"미래 또한 역사라는 교훈이지."

"미래 또한 역사라. 무슨 의미인지 아직은 잘 모르겠군."

"장군은 그리스의 헤로도토스를 아는가? 그에 따르면, 역사란 곧 과거의 사실이라지. 무사이의 영감에 의해 꾸며내지 않은, 실제로 일어났던 사실 말이야. 하지만 나는 한발 더 나아가서 이렇게 얘기한다네. 미래 또한 역사다."

헤로도토스라는 이름을 들으니, 장군은 출발하기 전 필경사가 이야기해 준 그만의 목표를 떠올렸다. 헤로도토스가 『역사』를 저술한 것처럼 필경사도 선지자의 말을 꼭 기록하고 싶다 하였다. 장군은 문득 뒤편에서 필경사의 기척을 느꼈다. 그는 가방에 챙겨 온 서판을 주섬주섬 꺼내어 필기할 준비를 하고 있었다. 장군은 다시 선지자의 말에 주의를 돌렸다.

"이상한 말이오. 미래 또한 역사라 말하기엔… 미래는 과거와 달리 불확실하고 얼마든지 변할 수 있지 않소? 게르만족이 곧 쳐들어올지 아닐지, 만약 쳐들어오더라도 내가 제국의 신성한 영토를 지켜낼 수 있을지, 확정적이지 않은 미래를 어찌 역사라 말할 수 있겠소?"

선지자가 답했다.

"조만간 게르만족은 동쪽 피레네산맥을 넘어와 제국의 영토를 침략할 것이네. 그리하여 히스파니아를 포함한 제국의 서방 영토는 산산이 흩어지게 되지. 미래는 내 예언대로 이루어지게 될 걸세. 과거가 역사이기에 돌이킬 수 없듯이, 미래 또한 돌이킬 수 없네."

장군이 외쳤다.

"제국이 서방 영토를 상실하는 게 확정적인 미래라고? 난 동의할 수 없소! 그대는 예언자 아니오? 우리는 이런 말을 듣기 위해 밤새 말을 타고 달려온 게 아니란 말이오! 자, 이제 말해주시오. 미래는 변할 수 없다는 암울한 말만 하지 말고, 우리가 어떤 행동을 취해야 하는지. 병력을 보강해야 할지, 성벽을 세워야 할지, 아니면 게르만족에게 뇌물이라도 줘야 할지를 말해 주시오. 그대가 그리 단호하게 미래를 예언해도 그 예언은 틀릴 것이오. 왜냐하면 그것이 실현되지 않도록 내가 갖은 노력을 다할 것이기 때문이오. 그대의 예언이란 더 나은 미래를 위한 발판이어야 하오. 그러니 어서 말하시오. 우리가 비극을 막기 위해 무엇을 대비해야 하는지!"

얼마간의 침묵 뒤에 선지자가 말했다.

"헤로도토스가 말하길, 나일강의 그 기름진 삼각주는 강이 흙을 날라서 바다를 메웠기에 생겨났다더군. 그러니 인간도 제국도 없던 먼 과거엔 아마 멤피스 언저리부터 바다였을 것이네. 하지만 이제 멤피스는 바다에서 멀리 떨어진 내륙이고, 나일강은 멤피스 인근에서 여러 개의 분류分流로 쪼개진다네. 그 강들은 다시는 하나로 합쳐지지 않고 땅을 비옥하게 일구며 지중해로 흐르게 되지.

우리가 멤피스에서 배를 타고 북서쪽의 알렉산드리아로 간다고 해보세. 우리는 곧 나일강의 분류를 만나 결정을 하게 되네. 아무것도 하지 않거나, 무언가를 하거나. 아무것도 하지 않으면 우리는 북동쪽으로 향하는 분류의 흐름이 정해준 곳, 펠루시움으로 향하게 될지도 몰라. 우린 펠루시움으로 가지 않도록 곧 행동을 취해야 할 거야. 바람을 재고 돛을 조정해 뱃머리를 서쪽 갈림길로 돌려야지. 우리의 이 결정과 행동은 비로소 우리를 제대로 된 길로 안내해 주게 될 걸세."

장군이 말했다.

"그래, 그게 시간의 흐름이오. 우리는 무언가를 결정하고 행동하지. 미래는 다른 흐름으로 바뀔 수 있소."

"하지만 시간은 그렇게 작동하지 않는다네, 장군이여. 장군의 고향인 코르두바의 성문 앞에는 바에티스강이 흐르고 있지? 그 강은 히스팔리스를 지나 헤라클레스의 기둥 북쪽에서 대서양과 만나지. 하지만 바에티스는 단지 일직선으로 흐를 뿐이라네. 심지어 삼각주를 만들지도 않으니, 풍요롭지도 않지. 시간이란 바로 이런 모습이라네. 미래는 과거와 이어져 일직선으로만 흐르지."

장군은 고개를 가로저으며 말했다.

"철 지난 그리스식 비극이로군. 오이디푸스왕이 아무리 노력해도 그의 아비를 죽이고 어미와 혼인하는 일을 막을 수 없다는 얘기 아닌가? 당신의 말은 틀렸소. 시간이란 바에티스가 아니야. 힘써서 돛을 조정하고 노를 젓는다면 우린 어떤 갈림길이든 향할 수 있지."

선지자가 고개를 가로저으며 말했다.

"믿기 힘들 테지. 인간이라면 모름지기 자신이 가진 의지의 자유로움을 과신하고 있으니까. 나는 두 눈으로 수없이 봤어. 보통의 인간이 자신의 의지를 믿고 내리는 결정에도 불구하고, 결국 미래는 하나의 강물로 흘러가더군. 인간은 선택한다는 착각에 사로잡혀 있지. 장군이라도 다를 바는 없고,

심지어 예언자인 나 또한 마찬가지라네. 물론 아주 특별한 권능을 지닌 자라면 미래를 바꿀 수 있을 테지만, 그런 경우는 아주 희귀하지."

장군은 한탄하듯 말했다.

"그럼 제국의 방어는 어찌해야 한단 말인가. 게르만족의 침공이 코앞에 닥쳐왔는데."

"이제 장군은 나에게 세 가지 책의 이야기를 듣고, 미래 또한 역사라는 아포리아를 받아들이게 될 것이네. 그럼에도 불구하고 장군께서는 심성이 바르고 충직한 사람이니 병영으로 돌아가 제국의 영토를 수호하기 위해 최선을 다할 것이야."

"그것을 어떻게 확신할 수 있소? 미래로 가보았소? 미래에 일어날 일에 대해 증명할 수 있겠소?"

선지자가 엄숙히 말했다.

"장군이여, 나는 미래로 가보았다네."

장군은 고개를 절레절레 저었다.

"제국이 멸망하는 미래에 산책이라도 다녀왔단 말이오?"

선지자가 말했다.

"정확히 말해드리자면 나는 미래로부터 왔다네."

"무슨 해괴한 소리인지 모르겠군."

"나는 시간을 거꾸로 경험한다네. 나는 미래에서 왔으며,

현재를 거쳐 과거로 가는 중이네. 마치 거룻배의 노를 저어 바에티스강의 상류 방향으로 나아가듯이."

"시간을 거꾸로 느낀다고? 그런 허풍을 믿길 바란단 말이오? 그러면 어떻게 대화를 나눌 수 있겠소? 시간이 거꾸로 간다면 대화 순서도 반대이지 않겠소? 지금 당신 모습은 왜 아이인 것이오? 아이처럼 어려지는 것이오? 그게 시간을 거꾸로 느끼는 것과 무슨 상관 있소?"

선지자가 웃었다. 제자들도 따라서 웃었다.

"하하하, 장군께서는 궁금한 게 많으시군."

"그걸 알아야 내가 그대의 예언을 신뢰할 수 있을 것만 같소."

장군이 자기만 바보가 된 듯한 분위기를 무마해 보려는 듯 근엄하게 말했다.

"나는 시간을 거꾸로 경험하지만 내가 시간의 흐름을 일부러 거꾸로 돌리는 게 아닐세. 우리는 시간이라는 길고 긴 강에서 서로 각자 반대 방향으로 흘러가다 만나게 된 것이지. 인간이 강물이 흐르는 걸 막을 수 없듯이 나 또한 시간이 거꾸로 흐르는 걸 막을 수 없다네."

장군은 의심의 표정을 지우지 않고 물었다.

"그렇다면 미래를 이미 경험했을 테니 내가 이 동굴에서 무엇을 할지도 알겠군. 어디 한번 얘기해 보시오."

"장군께서는 내가 들려드리는 세 가지 책 이야기에 각기 다른 반응을 보일 것이네. 첫 번째 책에 대해 흥미로워하고, 두 번째 책에 대해 충격과 감동을 받으며, 세 번째 책에 대해 화를 내며 분노할 것이네. 그리고 마지막으로는 담담히 받아들이네. 제국과 장군 자신의 운명을."

"흥, 증명할 수 있는 건 아무것도 없군. 누구도 알지 못하는 미래 따위, 사기꾼만이 적당히 꾸며내어 진짜인 듯 말하지. 그러면 이건 어떻게 대답할 셈이오? 그대는 겨우 10세 정도의 나이로밖에 보이지 않는데, 그게 미래를 거꾸로 거슬러 왔다는 경험과 연관이 있소? 나나 서기관이 그대를 오랜 기간 관찰한다면 그대의 육신은 어려지는 것이오? 미래에 당신은 점점 어려져 다시 아기가 되고, 거꾸로 어미의 몸으로 돌아가는 기적 같은 일이 일어난다는 소리요?"

선지자가 답했다.

"그게 아니야. 장군이나 필경사가 보기에도 늙어가는 과정에서 보통의 인간과는 차이가 없다네. 하지만 나는 시간의 흐름을 거꾸로 경험하고 느끼기에, 죽음에서부터 일어났고 태어남으로 가는 중이네. 난 노인 시절과 청년 시절을 겪었고, 이제 소년이 되었네."

장군이 말했다.

"그렇다면 당신은 비록 모습은 소년이지만 실제로는 70여

년 동안을 살아온, 정신만은 여물고 지혜로운 자란 말이오? 당신이 하는 예언의 원천은 올림푸스 신의 신탁이나 여호와의 계시가 아니라, 기억에 의존한 경험담이라는 말이오?"

선지자가 무릎을 탁 치며 크게 말했다.

"바로 그걸세!"

그러고는 선지자가 장군 쪽으로 몸을 기울여 속삭였다.

"한 군데 수정하자면, 나는 70년보다도 더 오래 살았다네."

"얼마나 오래 말인가?"

""1,800년."

장군은 헛웃음을 지었다.

"만약 그 얼토당토않은 말이 사실이라면, 그대가 선지자가 될 자격은 충분할 테지. 여느 노인보다 몇십 배나 오래된 경험과 지혜는 평범한 인간의 범주를 넘어설 테니까. 하지만 그 수치 자체가 너무도 허황되오. 스틱스강에 몸을 담구어 불멸의 힘을 얻은 아킬레우스가 아닌 이상 그렇게 오래 사는 인간이 존재할 수는 없소."

선지자가 말했다.

"내가 불멸자는 아니라네. 나는 반드시 1,800년 후 미래에 죽음에 이르게 되니 말이야. 나에게는 예수 그리스도께서 내려주신 두 가지의 권능이 있다는 걸 이해할 수 있겠나? 첫 번째는 시간을 거꾸로 경험하는 능력이고, 두 번째는 다른 인간들보다 몇십 곱절은 오래 사는 능력이지."

장군이 물었다.

"그대는 어떻게 그러한 권능을 얻게 되었소?"

선지자가 대답했다.

"내 부모님을 만나보지도, 어린 시절을 겪어보지도 못했으니 나는 이 권능의 기원에 대해 알지 못하네. 부모님들이 가지고 계셨던 권능을 이어받았을 수도 있고, 아니면 나의 부모님이 날 스틱스강에 거꾸로 담갔을 수도 있지. 하지만 두 권능의 결합으로 예언의 기적을 행할 수 있기에, 나에게 내려온 이 힘들엔 어떤 목적이 느껴져. '우리는 그가 만드신 바라, 그리스도 예수 안에서 선한 일을 위하여 지으심을 받은 자니.'"

장군은 고개를 절레절레 흔들며 혼잣말처럼 중얼거렸다.

"허황된 얘기를 잘도 꾸며내는군. 그대가 사기꾼이라도, 무슨 목적인지 모르겠소. 게르만인들이 나를 속여 넘겨 성벽의 방어를 포기하게 하려는 겐가? 아니, 어쩌면 이럴 수 있겠군. 수도 로마엔 컬트 종교의 폐해가 심하다는 이야기를 들었소. 예수의 이름을 참칭해 나까지 이단 종교에 포교하려는 것이겠지."

뒤편에 서 있던 필경사는 분위기를 읽은 듯 필기를 잠시 멈추고 걱정스레 장군을 바라보았다. 장군이 필경사 쪽을 돌아보고 사나운 표정을 지으며 말했다.

"그렇다면 서기관 자네는 큰 벌을 받게 될 걸세."

필경사가 벌벌 떨며 손사래를 쳤다. 들고 있던 첨필이 바닥에 굴러떨어져 땡그랑 소리를 내었다.

"장군님, 그런 게 아닙니다요. 선지자님의 예언은 미래를 바꾸지는 못할지언정 정말로 신묘하게 잘 들어맞기에, 수많은 신도들은 선지자님의 뜻을 받들어 삶의 거룩한 의미를 찾아간다굽쇼!"

장군은 눈을 부릅뜨고 짐짓 엄하게 필경사를 꾸짖었다.

"서기관이여, 그게 바로 컬트라는 것일세! 교주의 정교한 거짓말은 대중을 미혹하여 무엇이든 믿게 만들 수 있지. 자네는 첩자인가, 아니면 이 이상한 종교에 홀린 멍청한 신도일 뿐인가? 나의 질문에 제대로 대답하지 못한다면 서기관 자네도 큰 벌을 받을 것이야! 말해보게, 미래를 바꾸지 못하는 예언이 대체 삶에 무슨 거룩한 의미를 준단 말인가?"

필경사가 더듬거리며 대답했다.

"장군님도 몇 달 전 집정관님이 수도 로마에서 반란군에 의해 살해당한 사건을 기억하시지 않습니까? 당시 집정관님 휘하에 작은 부대를 통솔하던 지휘관이 있었는데, 그는 히스파니아가 고향인 저의 지인이었습죠. 그가 코르두바에 온 김에 잠깐 선지자님을 만나 계시를 전해 들었습니다. 예언은 바로 집정관님이 살해당하리라는 거였습니다요."

"그 친구가 충성스러운 자라면 그 예언에 큰 충격을 받았겠군."

"네, 그렇습니다. 제 지인은 진심을 다해 집정관님께 조언을 드렸습니다요. 당분간 수도 로마로 입성하시지 말라고요. 하지만 친구의 모든 시도는 아무 소용 없었습죠. 그의 진심 어린 충고는 확고한 고집을 지닌 집정관님에게 어떠한 영향도 미치지 못했거든요."

"그렇다면 그 사건을 통해 그가 얻은 삶의 지혜란 무엇인가?"

"잠언에 이런 말씀이 있습죠. '왕의 마음이 여호와의 손에 있음이 마치 강물과 같아서 그가 원하는 대로 인도하시느니라.' 정해진 미래 또한 여호와의 뜻대로 이루어지리니, 선지자님의 말씀을 토대로 무릇 강물의 흐름을 바꾸려는 헛된 시도보다 스스로의 마음을 지키는 것이 더욱 중요함을 알게 되었다고 합니다."

선지자가 덧붙여 말했다.

"장군이여! 필경사에겐 아무런 죄가 없다네. 이 자리에서 장군과 변론해야 할 사람은 바로 나이니, 애꿎은 필경사는 그만 괴롭히고 나와 대화하는 것이 어떠한가?"

장군이 선지자에게 답했다.

"흥, 그렇다면 그대가 증거를 대보시오. 그대가 첩자나 요사스러운 종교의 교주가 아니라는 증거 말이오! 부모는 어디 출신인지, 고향은 어디인지부터 말해보시오!"

"아까도 말했지만 나는 어릴 적 기억이 없기 때문에 나의 부모가 누구인지 알지 못하네."

"미래에 대해서는 자신 있게 꾸며내면서 부모는 모르는 천치 선지자라."

"하지만 나의 고향에 대해서는 말해줄 수 있다네. 태어난 곳이 아닌, 죽음으로부터 일으켜졌던 곳."

"그곳이 어디인가?"

"여기에서 동쪽으로 멀리 떨어진 곳."

장군이 오른편에 서 있던 훈족 남자를 턱으로 가리키며 말했다.

"바르바리 출신이라? 역시 첩자였군."

선지자는 고개를 저으며 세르 청년을 손으로 가리켰다. 장군이 놀라며 말했다.

"저 세르와 같은 출신이라는 이야기인가?"

선지자가 또다시 고개를 저으며 말했다.

"그보다도 더 동쪽이야. 세리카에서 더 동쪽으로 가면, 이탈리아처럼 대륙에 이어진 반도가 하나 있지. 로마인들은 전혀 들어본 적 없을 나라일 게야."

"그렇게 멀리서 온 사람에 대해서는 들어본 적조차 없소. 그런 곳에서 났으면서 어째서 이곳, 제국의 땅에서조차 가장 서쪽인 히스파니아까지 온 것이오?"

"거기 사람들은 이 세르 아이처럼 검은 머리카락과 눈동자, 작은 눈과 코를 가졌지. 하지만 보시다시피 나는 그쪽 사람들과 다른 외모를 지니고 있다네. 그래서 난 언제나 궁금해했지. 나를 태어나게 해준 부모가 누구인지 말이야. 그래서 난 결심했다네. 내가 갈 수 있는 가장 서쪽까지 가보자고."

"그래서 도달한 곳이 바로 여기로군. 여기에 그대의 부모가 있으리란 보장이 있소?"

선지자가 목소리를 높이며 말했다.

"당연히 있지! 나의 신체는 노인에서 점점 젊어져 소년의 몸에 이르렀다네. 나의 여정은 동쪽부터 시작해 서쪽에 이르렀지. 여행 중간중간 위험한 순간이나 죽을 뻔한 적도 많았어. 그런데 내가 실제로 죽을 수 있을까? 답해보게, 장군."

"그럴 수 없겠지. 이 세상에 죽음으로부터 태어나 죽음으로 끝나는 사람은 없을 테니까."

"바로 그것이네! 나는 절대로 죽지 않아. 이미 세리카의 동쪽 반도에서 한 번 죽었었기 때문이네. 같은 논리로 내가 스스로 출생의 비밀을 확인하고자 한다면 나는 마음 내키는 대로 어디든지 발걸음을 옮기면 된다네."

"그래, 그 길이 어디든 당신은 반드시 정해진 시간엔 부모를 만나게 될 게야. 태어남은 반드시 인간에게 한 번은 있어야 하니까."

장군은 깊은 생각에 잠겼다. 선지자가 하는 말들은 어느 정도 합리적이고 논리적이었다. 하지만… 어떻게 그렇게 살 수 있을까? 장군은 여전히 불신의 마음을 떨칠 수 없었다. 믿지 못하는 부분을 정확히 짚지 못하였음에도.

잠자코 서 있던 훈족 제자가 선지자 쪽으로 고개를 숙이고 무엇인가 속삭였다. 선지자는 고개를 살짝 끄덕였다. 선지자가 말했다.

"아직도 믿지 못하는 표정이로군. 이제 첫 번째 책에 대한 이야기를 시작해 보지. 이 이야기를 듣게 된다면 미래 또한 역사이며 돌이킬 수 없다는 말을, 그리고 내가 미래의 기억을 이용해 사람들에게 예언을 전하는 방식을 대강은 이해하게 될 게야. 이 이야기는 세리카에서 전해 오는 어떤 역사서에 관한 것이라네."

필경사가 말했다.

"세리카에도 헤로도토스와 같은 이가 있었던 모양입니다요."

"세상 어디든지 과거의 이야기에 관심을 가지고 책으로

기록하는 사람들이 있다네. 한때 나는 그 책을 가졌고 내용을 모조리 외워버렸지. 그리고 책을 떠나보냈어. 그런 후 책에 적힌 대로의 역사가 실제 인물과 사건을 통해 내 앞에 펼쳐지게 되었지. 들려드릴 이야기의 많은 부분은 실제로 내가 직접 겪고 들었던 경험담이 섞여 있네. 때로는 그 책이 말하는 것과 다른 사건이나 아예 서술되지 않았던 사건도 있었지. 이 이야기는 내가 몸소 겪었던 일이며, 또한 800여 년 후 아시아 지방에서 일어날 역사라네. 아니, 아나톨리아보다도 더 먼 곳 말이야. 바다를 사랑하는 로마인들이 상상하기 힘들 정도로 드넓은 초원과 사막 그리고 끝없이 이어지는 '비단의 길'이 존재하던 곳이야. 거기엔 유목민들의 제국이 있었네. 그들은 정주해 생활하던 로마인이나 세르와는 달랐어. 훈족 출신인 나의 둘째 제자처럼, 그들은 떠돌면서 말과 양을 먹이고, 초원에서 바람처럼 살았다네. 장군께서는 저기 바위에 걸터앉는 게 좋겠군. 긴 이야기가 될 테니까."

훈족 제자가 들고 있던 서판 하나를 선지자에게 건네주었다.

첫 번째 책 이야기
: 거란의 마지막 예언자

一

　　남송이 멸망한 후 원나라의 쿠빌라이 칸은 그들이 멸망시킨 송, 금, 요의 역사서 편찬을 명한다. 이에 한때 무인이었던 재상 토크토아는 『송사』, 『금사』, 『요사』를 집필한다. 이 세 역사서는 중국 24사의 일부로 현재까지 전해진다.

　　『요사』는 요 제국의 마지막 황제에 대해 다만 이렇게 전한다. "인종의 둘째 아들 야율직로고耶律直魯古가 즉위하여, 연호를 천희天禧로 고치고 34년간 재위하였다. 가을에 사냥을 나갔는데 내만왕乃蠻王 굴출률屈出律이 8,000명의 군사를 숨겨두었다가 야율직로고를 사로잡고 그 자리를 차지하였다. 굴출률은 요나라의 의관을 그대로 따랐으며, 야율직로고를 높여 태상황으로 삼고 황후를 황태후로 삼아, 조석으로 문안하고 천수가 다할 때까지 모셨다. 야율직로고가 죽자 요나라도 천운이 다하였다."

　　『요사』는 다른 두 제국과는 달리 멸족한 거란의 역사였으므로, 현재 그 혼을 계승하여 기리는 자는 단 한 명을 제외하고는 없었다.

二

치슈타이는 꿈을 꾸었다.

초원의 한가운데 서 있었다. 동쪽에서 태양이 떴다. 동에서 불어오는 바람에는 피비린내가 느껴졌다. 붉은 기운이 온 대지를 덮쳤고, 유목민과 말들이 그 기운을 뒤집어쓰고 스러져 땅에 처박혔다. 지평선 너머로 기마병이 달려오고 있었다. 송인가? 여진인가? 아니었다. 얼굴은 낯설었지만 군 복식을 보건대 어떤 자들인지 대번에 알았다. 그들은 송보다도, 여진보다도, 심지어 거란보다도 더 유랑하는 자들이었다. 그들의 갑옷은 장식 없이 간소하고 투박했으며 흙과 피로 물들어 있었다. 등의 감각을 통해, 서쪽에서 동쪽으로 바람 방향이 바뀌는 순간을 느꼈다. 고개를 들어 하늘을 바라보았다. 백조가 서쪽으로 날아가고 있었다. 백조를 따라 시선을 등 뒤 방향으로 옮겼다. 서쪽 지평선에서 퍼런 보름달이 떠올랐다. 보름달은 이내 그의 정수리로 솟아올랐다. 다시 달을 따라 서쪽 하늘을 거쳐 동쪽으로 시선을 옮겼다. 그런데 달이 서쪽에서 떠서 동쪽으로 지던가? 문득, 아까 백조가 꼬리를 선두로 하여 거꾸로 날고 있었다는 사실을 깨달았다. 여기 와 있던 이유가 갑자기 떠올랐다. 백조를 찾아야 한다. 보름달의 시퍼런 기운이 붉은 태양을 이기지 못하고 잡아먹히고 있는 와중이었다. 혼잣말을 중얼거렸다. 백조를 사냥해야 해. 그러나 아무리 두리번거려도 백조를 다시 찾을 수 없었다.

치슈타이는 눈을 떴다. 아직 어스름도 없이 깜깜한 시각이었다. 자리에서 부시시 일어나 앉은 채 꿈을 되새겨 보았으나, 그 내용은 흐릿하게 잊혀갔다. 그는 일어나 장막의 천막을 걷고 밖으로 나갔다. 때는 3월이었고, 춘분을 지나 청명에 가까워져 왔는데도 쌀쌀한 공기에 몸이 떨렸다. 하지만 그는 두툼한 털외투도 머리를 가려주는 털모자도 챙기지 않았다. 그는 소맷단이 좁은 푸른 비단 저고리와 바지를 입었는데, 그 안에 양털을 덧대어 보기만큼 춥지 않았다. 변발로 드러난 정수리에 푸르스름한 보름달의 달빛이 비쳤다. 수염은 아직 듬성듬성했고 햇빛에 빨갛게 상기된 흰 피부와 어우러져 더 앳되어 보였다.

호숫가에 도달할 때까지 나무 한 그루도 없는 초지만이 대지를 메웠다. 십몇 채의 군사 장막이 대지 위에 규칙성 없이 늘어서 있었다. 장막 옆에서 잠을 청하던 말들이 치슈타이의 인기척에 놀라서 히히힝 하고 울었다. 잠시 후 중앙 장막에서 부스럭거리는 소리와 함께 그보다 훨씬 나이가 많아 보이는 대여섯 명의 남자들이 치슈타이의 복식보다 수수한, 희거나 푸른 색상의 복장을 갖추고 나왔다. 그들은 말이 낸 소리에 깨어 황급히 뛰쳐나왔을 것이다. 치슈타이는 미안함과 동시에 성가심도 느꼈다.

　백조를 사냥해야 한다. 그는 그제야 꿈의 일부를 기억했다. 그건 그가 여기 온 이유이기도 했다. 그는 호숫가에 도착했다. 호수는 저편 지평선이 보이지 않을 정도로 넓었다. 그가 바다를 본 적은 없었지만, 이 정도 크기의 호수라면 바다만큼 클지도 모르겠다고 생각했다. 조상들은 아마도 바다를 보았겠지. 요동이 그들의 땅이었으니. 저물어 가는 달의 그림자는 수면에 닿았고 하늘의 달뿐만 아니라 수면에 비친 달마저 치슈타이와 신하들을 비추었다. 호수 표면엔 아직 군데군데 얼음이 얼어 있었다. 백조가 이렇게 추운 호수를 찾아올 텐가?

　"날발◆을 끝내야 하는 시기가 다가오는데도 이 호수의 얼음은 도무지 녹지를 않는구나. 백조가 눈에 띄지 않는 게 추워서겠느냐, 아니면 이 땅이 원래 백조가 지나지 않는 곳이라서겠느냐?"

　거기 있던 누구도 모를 일이다. 그들의 조상은 요동의 호수에서 백조를 사냥했다. 그러니 비슷해 보이는 호수라 해도 이 서쪽까지 백조가 오리라는 보장은 없었다. 그의 뒤를 바싹 붙어 가던 남자들 중 가장 나이 들어 보이는 신하가 조아

◆ 거란의 요 제국이 행하던 일종의 순행 제도. 요의 칸은 도읍에 거주하지 않고 여러 지역을 계절별로 순행한다.

리며 말했다. 그는 얼굴에 드러나는 깊은 주름 때문에 백 살도 더 되어 보였다. 그는 요동에서 날발을 경험한 유일한 자로서 치슈타이가 친히 데려온 신하였다.

"태자 전하께서 꼭 백조를 잡으셔야 하는 건 아닙니다."

"날발의 첫째가는 의식이 백조 사냥이라 하지 않았더냐?"

"백조가 아직 돌아오지 않았으면, 대신 전하께서 직접 작살로 물고기를 잡으면 되는 일입니다."

치슈타이는 그 늙은 신하의 말에도 불구하고 아쉬움이 남았다. 여동생에게 백조 깃털을 선물해 주기로 약속했었기 때문이다. 치슈타이는 하늘을 올려다보며 말했다.

"이제 돌아갈 때가 된 모양이구나. 백조 대신 물고기라도 잡고 돌아가자꾸나. 내년 춘날발은 부황 폐하를 모시고 오면 좋겠다. 선황 대까지 지켜온 유목의 전통이 우리 대에서 사라지는 건 아쉬운 일이다. 만약 내가 나중에 황제가…."

먼 곳에서 말이 달려오는 소리가 들려, 치슈타이는 뒤를 돌아보았다. 정찰대 소속 척후병이었다. 지척까지 다가온 척후병은 말에서 내려 무릎을 꿇고 말했다.

"태자 전하께 보고 올립니다. 교역 길에서 수상한 자가 발견되어 잡아 왔습니다."

"수상한 자라고? 교역 길에는 수많은 상인들이 지나다닐 텐데, 얼마나 수상하길래 잡아 왔다는 거냐?"

치슈타이가 꾸짖자 척후병은 더듬으며 말했다.

"그게… 아무리 봐도 수상합니다. 모습은 서역인인데 몽골어와 한어를 쓰고, 교역품은커녕 전 재산은 말 한 필뿐으로 대낮이 아닌 밤중에 말을 몰아 동쪽으로 향하고 있었습니다. 우리 군대의 검문을 피하려는 의도임이 분명했습니다. 그리고 정말 수상했던 점은…."

척후병이 머뭇거리며 말했다.

"태자 전하께서 별것 아니라고 생각하실 수도 있습니다만…."

"무엇이길래 이렇게 꾸물거리는가? 어서 말하라."

치슈타이가 꾸짖자 척후병이 간신히 말했다.

"그는 말을 거꾸로 타고 있었습니다."

"말을 거꾸로 타다니? 말을 뒷걸음질 치게 하여 몰았다는 것이냐?"

"그게 아닙니다. 말은 제 방향대로 동쪽을 향해 달렸습니다만, 그자는 말의 엉덩이 쪽으로 몸을 돌려 말을 탔습니다. 달려온 서쪽을 바라보는 자세였습니다."

태자는 생각했다. 몽골 궁기병이 가끔씩 등 뒤로 활을 쏘기 위해 거꾸로 말을 탄다고 하지 않았던가? 하지만 서역인의 외모를 한 몽골 궁기병이라니? 그는 불현듯 거꾸로 나는 백조가 떠올랐다.

"옥에 가두고 감시하라. 호라즘이나 몽골의 첩자일 수 있으니 그자의 목적이 무엇인지 물어라."

옆에서 어떤 병사가 말했다.

"전하, 날발 주둔지엔 옥이 없습니다."

"그렇다면 일단 도읍에 호송하라. 복귀한 후에 내가 직접 심문하겠다."

후시 호르도 도성의 주변은 전부 드넓게 펼쳐진 초원이었다. 도성의 남문 안쪽엔 번듯한 기와집들도 있었고, 그보다 더 오래되어 보이는 회회교 사원도 있었다. 하지만 많은 주거지가 유목 장막이었다. 남문에서부터 황궁까지 일직선으로 곧게 뚫린 중심 거리에 태자 일행의 복귀를 환영하는 몇 안 되는 인파가 모였다. 거란인은 물론이고 소그드인, 서하인, 위구르인, 토번인 등 다양한 민족의 사람들이 다채로운 옷차림으로 태자를 마중해 만세를 부르거나 꽃을 던졌다. 하지만 당나라식으로 거창하게 지어진 황궁의 정문을 통과하자마자 인적이 사라져 적적한 고요만이 감돌았다. 거창한 환영 의식 따위는 바라지도 않았으니 태자는 차라리 속이 편했다.

칠루쿠 황제는 한결 수척해진 모습으로 면류관을 쓰고 황좌에 앉아 태자를 대면했다. 기침이 더 심해진 듯 쿨럭거리거나 가래 끓는 소리를 빈번히 냈다. 숱이 얼마 없는 수염엔 흰 털들이 듬성듬성 비쳐 지저분해 보였다. 알현은 태자의 예상대로였다.

"황태자가 석 달이나 쓸데없는 일을 하고 이제야 궁궐에 돌아오는구나."

태자가 말했다.

"폐하, 선황제께서도 궁궐을 떠나 날발 의식을 유지하시며 유목 전통을 지켰습니다."

"태자는 지금 날발도 챙기지 않은 짐이 잘못이라고 말하는 것이냐?"

한결 높아진 황제의 목소리에 태자도 단호한 어조로 답했다.

"폐하, 누구의 잘잘못을 따지려는 게 아닙니다. 우리의 제국은 유목민 조상의 피로 건국된 나라이므로, 누구라도 유목의 전통을 잊지 않게 유지하는 것이 중요하다고 생각합니다."

"누구의 맘대로 내 나라를 유목이라 하느냐? 태종 황제께서 중원을 차지하고 석진부에 도읍을 정하신 이래로 요는 유목 제국이 아니라 중화의 대제국이란 사실을 태자는 모른단 말이냐?"

태자도 지지 않고 답했다.

"태종께서는 석진부 외에도 네 개의 도읍을 정하셨으니, 석진부가 중원에 위치하였다고 나라 전체가 중원의 나라가 되는 것은 아닙니다. 게다가 태종께서는 평소엔 도읍에 머물지 않으시고 1년 내내 날밭을 다니셨…."

"시끄럽다! 시끄러워! 네가 감히 누구에게 가르치는 것이냐? 네놈이 감히 황제에게…."

늙은 황제는 너무 열을 낸 나머지 양팔을 휘저으며 부들부들 떨다 결국 심하게 기침을 하기 시작했다. 황제는 기침을 하면서도 손을 휘저어 태자를 물리쳤다. 태자는 머뭇거리다 결국 그 명에 따랐다.

치슈타이는 홀로 동궁으로 향했다. 어느덧 밤이 되어 달이 떴다. 그는 울적한 마음에 추운 줄도 모르고 정자 난간에 기대어 약간 이지러진 달을 구경했다. 그는 생각했다. 내가 괜한 짓을 벌이고 있는 것인가? 황제와 역사를 논하며 잘잘못을 따지는 게 황제와 태자 간의 관계에 안 좋은 영향만 끼치지 않을까? 요는 현재 송나라의 땅, 석진부가 위치했던 연운 16주를 다시 빼앗아야 할까? 요는 중화의 제국인가, 유목민의 나라인가? 선황제 대까지 지켜온 전통을 아버님 대에 폐하는 게 맞는가? 그도 갈피를 잡을 수 없었다.

내시 한 명이 먼발치에서 다가왔다. 아무도 오지 말라고 명하였기에 치슈타이는 내시를 노려보았다. 그의 기분을 파약한 내시가 멀리서 치슈타이에게 외치듯 고했다.

"훈후 공주님께서 태자님을 만나 뵙기를 청하였습니다."

이미 치슈타이 등 뒤 나무 계단에서 발소리가 들리던 중이었다. 그녀는 혼자 있고 싶다고 명한 태자를 스스럼없이 뵐 수 있는 황궁 내의 단둘뿐인 인물이었다.

"태자 전하, 황제 폐하는 뵈었으면서 이 공주에게는 안부도 전하지 않으십니까?"

공주는 짐짓 거만한 듯 고개를 뻣뻣이 들고 휘적휘적 걸어왔다. 화려한 궁궐 복식과 어울리지 않게 그녀의 얼굴에 퍼진 주근깨 위로 볼과 코가 발갛게 탔다. 태자는 공주와 가볍게 포옹했다. 공주가 포옹 중에 태자의 귀에 속삭였다.

"백조 깃털은?"

치슈타이는 곤란해하며 말했다.

"백조는커녕 철새 한 마리도 보이지 않았는걸."

공주는 태자의 어깨를 살짝 밀어내고 휙 뒤를 돌아 토라진 티를 내었다. 태자는 그녀의 머리카락에 초원의 검부러기가 묻어 있는 것을 발견했다.

"또 말을 탔구나?"

태자는 큭큭대며 검불을 떼어주었다. 공주는 뒤돌아보는 척도 하지 않았다. 태자는 이어서 주머니 속에서 조각품을 꺼냈다. 말 탄 인물의 청동제 조각이었다.

"대신 이런 것은 어때?"

공주는 흘끔 곁눈질을 했다. 태자가 말했다.

"서역에서 온 상인한테 구한 물건이라고."

그제야 공주는 돌아섰다.

"서역이라고?"

그녀는 조각상을 낚아채 그것을 눈앞까지 대고 찬찬히 살폈다. 한 뼘만 한 크기의 조각상은 말을 탄 어떤 인물의 형태였다. 말은 근육이 울룩불룩한 한쪽 앞다리를 속보하듯이 높이 치켜들고 있었고, 말의 등 한편에 알아볼 수 없는 대진국의 글자 두 단어가 새겨져 있었다. 말에 탄 사람은 머리엔 역삼각형의 모자를 쓰고 세로로 죽죽 나눠진 치마 같은 하의를 입었다. 무릎과 맨다리가 치마 밑에 노출된 채였다. 한 손 위에는 열십자가 달린 구형 물체를 얹었고, 다른 손은 어깨보다 더 높은 위치로 번쩍 들고 있었다. 공주는 그 조각상에서 눈을 떼지 않고 엄숙한 척 말했다.

"이렇게 웃기고 불편해 보이는 모자를 쓰고 말을 타다니, 서역인들은 전쟁을 할 준비가 전혀 되어 있지 않나 보군?"

태자는 어깨를 으쓱했다.

"이런 말 탄 조각상을 구하기 위해 교역 길을 지나는 상인마다 다 붙잡고 물어보고 다녔다고."

"그래, 간만에 맘에 드는 선물이네."

그녀는 조각을 이리 돌리고 저리 돌리며 자세히 감상하느라 정신을 빼앗긴 표정이었다. 문득 그녀는 말 등에 쓰인 글자를 가리키며 말했다.

"그런데 여기에 쓰여 있는 이 글자들, 무슨 뜻일까?"

태자도 모르는 글자였고 불현듯 어떤 인물을 떠올렸다.

"그에게 한번 물어보러 갈까?"

"누구?"

"말을 거꾸로 타는 자."

三

"그대는 서역에서 온 상인이라 했는가?"

"그렇습니다."

치슈타이는 옥 바깥에서 그자를 내려다보았고, 그는 어두컴컴하고 더러운 감옥 바닥에 주저앉아 치슈타이를 올려다보았다. 그자는 보기 드문 파란 눈과 갈색 머리카락을 지니고 있었고 수염도 덥수룩했다. 움푹 들어간 뺨과 눈두덩이를 보면 영락없이 서역에서 교역 길을 타고 온 상인의 모습이었다. 거무죽죽하게 탄 피부는 초원의 건조한 바람 때문인지 거칠어 보였다. 나이는 40대 정도로 보였지만 꾀죄죄한 몰골 탓에 원래 나이보다 더 늙어 보이는 듯도 했다. 만약 이자가 상인으로 보이고 싶다면 억울해하는 척이라도 해야 할 텐데, 묘하게 침착한 모습이었다.

"그대는 이 조각상에 쓰여 있는 글자를 알아보겠는가?"

태자는 조각상을 옥의 나무 창살 사이로 건네주었다. 그는 받아 들고 잠시 조각상을 살펴보더니 말했다.

"이 조각상의 말 엉덩이 쪽 글자는 '테오THEO', 말의 어깨쪽 글자는 '도시DOSI'라고 읽습니다. 불름국의 도읍엔 '유스티니아누스의 기둥'이라 불리는 거대한 청동 기둥이 서 있는데, 이것은 기둥 꼭대기에 조각된 청동 조각상을 작게 만든 복제품입니다. 불름국 이전 대진국의 테오도시우스 황제를 기리는 물건이지요."

치슈타이는 조금 놀랐다.

"대단하군. 이 작은 조각상을 보고 이토록 많은 걸 이야기할 수 있다니."

"서역을 많이 다녀본 상인이라면 다들 알고 있습니다."

서역인의 모습으로 몽골어를 하는 모습엔 괴리감이 느껴졌다. 치슈타이가 알기로는 어떤 상인도 이런 조각상에 대한 이야기를 동방의 언어로 유창하게 말할 수 없었다.

"네놈은 몽골의 첩자 아니냐?"

"소인의 모습을 보고 그렇게 의심한단 말씀입니까? 소인은 일개 상인일 뿐입니다."

"네놈이 말을 거꾸로 타고 있었다는 이야기를 들었다. 몽골의 궁기병이 말을 거꾸로 타는 기술을 익혔다지. 능숙한 몽골어를 보니 넌 테무진에게 고용된 호라즘인일 터이다."

그자가 고개를 들어 치슈타이를 빤히 바라보았다. 치슈타이는 그자의 눈빛에서 이상한 위화감을 느꼈다.

"태자 전하, 몽골의 궁기병은 말을 거꾸로 타는 게 아니라 등 뒤의 적에게 활시위를 당기려고 몸을 뒤로 돌리는 것뿐입니다. 사실 소인은 허리가 안 좋아 말을 한 자세로 오래 타고 있지 못하기 때문에 가끔씩 뒤로 돌아 말 등에 엎드려 있기도 합니다. 그런데 그 모습을 병사가 본 모양이지요? 소인이 몽골어를 배웠다 하지만, 전 한어도 능숙하게 할 줄 알고 고려의 말도 배웠습니다. 교역 길을 다니는 상인은 다들 합니다."

하지만 몽골어를 이렇게 유창하게 할 줄 아는 서역인이 첩자가 아니면 달리 무엇이란 말인가? 치슈타이는 계속 이자의 이상한 시선을 느꼈다. 그가 발하는 눈빛은 마치 자신을 알아보길 간절히 바라는 듯했다. 언젠가 만났던 상인일까? 그럴 리가 없다. 치슈타이는 이런 서역인을 본 기억이 전혀 없었다.

문득 방금 이자가 치슈타이를 '태자 전하'라고 불렀다는 사실을 깨달았다. 옥줄에게는 항상 입막음을 시켜두었다. 옷도 일부러 수수하게 입고 왔다. 단지 눈치가 빠른 자일까? 아니면 정말로 날 본 적이 있는 자인가? 이제 그의 눈빛은 심지어 주인과 다시 볼 수 없게 된 충성스러운 개처럼 슬퍼 보이기까지 했다.

"내가 황태자인 줄 어떻게 알았느냐?"

그자가 기다렸다는 듯이 말했다.

"야율지수태 전하께서는 거란을 서쪽에서 다시 세우신 위대한 무열 황제의 증손자이자, 대요 제국의 황제 야율직로고 폐하의 자손, 황위 계승 서열 1위인 황태자이시지 않습니까? 황녀 혼홀 공주님과는 쌍둥이 남매이시기도 하고요."

인명을 모조리 한어로 발음한 관계로, 치슈타이는 그 이름 중 하나가 자신의 이름인 '야루드 치슈타이'를 지칭하는 지조차 모를 뻔했다. 그 틈에 이자는 한층 예의 바른 태도로 무릎 꿇고 고개를 숙이며 말했다. 그가 말한 언어는 놀랍게도 거란어였다.

"태자 전하, 사실을 고하건대 소인은 상인도, 서역인도, 몽골의 첩자도 아닙니다. 소인은 점복과 천문에 능하여 나라의 길흉화복을 점쳐 위정자에게 변고를 대비하고 천하를 다스리게 할 수 있습니다."

"거란어를 할 줄 알면서 어찌하여 지금까지 하지 못하는 척 속였느냐?"

"아직 유창하지 않아 말하기가 편하지 않습니다."

하지만 거란어를 할 줄 아는 상인이라니, 치슈타이도 조금 마음이 풀리는 듯했다. 그는 한결 부드러운 말투로 물었다.

"점술가라 해도 그대가 무슨 목적으로 교역 길을 어슬렁거리는지는 해명할 필요가 있다. 그대는 상인도 아니면서 말을 거꾸로 타고 어디를 가는 중이었는가?"

"소인은 소인을 알아볼 군주를 찾아다니던 길이었으며, 이렇게 태자 전하와 만나게 될 때까지 초원과 사막을 방랑했습니다. 바라건대 소인이 점을 쳐서 황제 폐하를 섬길 수 있도록 해주신다면, 한 목숨 바치겠나이다."

치슈타이는 급작스럽고 수상한 요청에 여전히 의심을 거두지 않고 말했다.

"어찌하여 폐하를 뵙도록 청한단 말이냐?"

"폐하께 이 점괘를 전한다면 폐하께서도 소인을 눈여겨보실 터입니다. 곧 서쪽 호라즘의 술탄 알라 웃 딘 무함마드가 요와 단교하려, 조공을 받으러 온 요의 관리를 살해할 것입니다. 황제께서는 호라즘의 공세에 대비하여 국경의 방어를 굳건히 하기를 바랍니다."

치슈타이는 깜짝 놀랐다.

"호라즘이 배신한다는 말인가? 만약 그 말이 사실이라면 당장 황제에게 시급히 고해야 한다."

치슈타이는 잠시 말을 멈추고 턱에 손을 짚었다.

"하지만 그대의 말은 소식이 아니라, 아직 일어나지 않은 일에 대한 예언이지 않는가? 군대를 동원하려면 황제 폐하의 재가가 필요한데, 그런 걸로 재가를 받기는 쉽지 않다."

치슈타이는 생각했다. 방금 전까지도 황제에게 밉보이고 왔는데, 사기꾼이나 첩자일지도 모르는 자의 말을 전하라고? 치슈타이가 망설이는 것을 눈치챘는지, 그자가 다시 말했다.

"관리가 살해당하는 일은 시간상 막지 못합니다. 하지만 국경에서 알라 웃 딘의 군대를 물리치는 일은 황제 폐하를 설득한 후에 서둘러 진행한다면 늦지 않습니다. 태자 전하께서도 황제 폐하의 신임을 얻어야 하는 입장이실 터, 관리가 살해당했다는 소식을 제 계책에 따라 폐하께 전하시면 어떨까 합니다."

그자는 치슈타이에게 귀를 빌려달라고 손짓했다. 창살 너머로 속삭이는 소리는, 다섯 발자국 떨어져 있는 병졸에게는 들리지 않을 정도로 작았다. 치슈타이는 그 계책이라고 하는 것이 일견 그럴듯하다고 생각했다. 그의 계책은 세부적인 사건들이 일어나면, 치슈타이가 그에 따라 행동해야 하는 식이었다. 만약에 일이 틀어지거나 하여도 치슈타이가 스스로 그만둘 기회가 곳곳에 있어서 큰 부담 없이 일을 벌여도 될 만했다. 그러나 치슈타이는 여전히 의문을 감추지 못한 표정이었다.

"만약 그대의 이 계획이 전부 들어맞게 된다면 황제께 천거하여 그대를 참모로 등용할 것이다. 하지만 하나라도 틀어진다면 내가 직접 그대의 목을 치겠다."

"그리하십시오. 제가 죽지 않을 것을 알고 있습니다."

허세인지 자신감인지 알 수 없는 말을 내뱉는 이자를 바라보며, 치슈타이는 문득 그의 이름도 알지 못하고 있다는 것을 깨달았다.

"그대의 이름은 무엇인가?"

"제게는 본디 고려의 이름이 있으나 시대가 맞지 않아 쓰지 않습니다. 대신 '모리허셔'라고 불러주시기 바랍니다."

"이름이 시대에 맞지 않다니 그게 무슨 뜻인가?"

"고려 말의 발음을 초원의 민족들이 잘 발음하지 못해서 그렇습니다."

이자의 설명은 불충분했다. 시대에 맞지 않아 쓰지 않았다 하였으면서 지역과 민족을 이유로 댔기 때문이다. 게다가 서역인이 무슨 고려 이름인가? 하지만 치슈타이는 '모리허셔'라는 이름의 출처에 대해 더 궁금해졌다.

"모리허셔라는 이름은 독특하군. 말을 거꾸로 탄다는 뜻 아닌가? 저기 병졸이 붙여주었는가?"

"네, 그렇습니다. 저도 마음에 들어서 그렇게 불러주시면 좋겠습니다."

병졸은 아마 조롱의 의미로 그 이름을 붙였을 것이다. 치슈타이는 병졸을 흘끔 보았고, 병졸은 치슈타이와 눈이 마주치자 영문을 모르는 채 눈을 내리깔았다.

"모리허서, 자네를 여전히 믿기 힘든 건 사실이지만, 계책대로 따라볼까 하네. 호라즘이 쳐들어올 가능성이 있다면 미리 대비해 놓는 게 좋으니까 말이야."

사실 치슈타이에겐 이자의 수상한 계책을 따를 만한 다른 이유도 있었다.

"호라즘의 알라 웃 딘 무함마드가 국경을 칠 가능성이 있습니다. 침략에 대비하기 위해 군대를 서쪽 국경에 배치해야 합니다."

치슈타이는 옥좌 앞에 서서 고개를 숙인 채 고했다. 황제는 여전히 마른기침을 콜록대며 옥좌에 비스듬히 앉아 있었다.

"알라 웃 딘이 조공도 제때 바치지 않는 쥐새끼 같은 놈인 건 맞지만, 감히 요를 칠 용기가 있는 작자는 아니라는 걸 안다. 태자는 무슨 근거로 그런 소리를 하는가?"

황제가 옥좌에 앉아 눈을 부라리며 태자를 꾸짖었다. 양옆으로 도열해 있는 신하 중 황제의 가장 가까운 오른쪽에 서 있던 자가 말했다.

"태자께서 첩자일지도 모를 점쟁이의 요상한 얘기를 듣

고 저런 말씀을 하시는 모양입니다."

치슈타이는 고개를 숙인 채로 눈을 찌푸렸다. 그의 이름은 쿠추룩이었다. 그는 요의 동쪽에 있던 나이만족의 왕자이자 몽골 군의 화살에 맞아 죽은 타이양 칸의 아들이었다. 나이만의 군사와 영토가 몽골 테무진의 침략으로 와해되어서, 쿠추룩은 잔존 병력을 이끌고 이곳 요의 도읍에서 식객으로 머물던 중이었다. 쿠추룩은 다스리는 백성도, 영토도 남아 있지 않지만 요와 대등한 동맹국의 군주라며 황제의 곁에서 거들먹거리고 있었다. 요와 나이만의 목표, 즉 동쪽으로 진출해 몽골과 여진을 친다는 목표는 같았기 때문에 황제는 쿠추룩을 신뢰했다. 쿠추룩은 치슈타이보다 대여섯 살 정도 나이가 많았으나, 각진 턱과 넓은 코, 비대한 몸통은 치슈타이보다 열두 살은 더 많아 보이게 했다. 황제는 쿠추룩의 말을 듣고는 외쳤다.

"태자는 들으라. 호라즘은 우리의 적이 아니다. 우리는 반드시 피의 원수 여진을 치고 중원을 모두 회복하여야 할 것이니, 귀중한 군대를 서쪽으로 보낼 수는 없는 일이다. 태자는 요망한 점쟁이의 말을 들으며 경거망동하지 말라."

치슈타이는 문득 두려움을 느끼고 눈을 질끈 감았다. 그 요망한 점쟁이의 말이 틀렸다면 어떡하지? 이번에 치슈타이가 무리해서 황제에게 간언한 이유는, 모리허셔를 신뢰해서

라기보다는 쿠추룩에게 맞설 필요를 느꼈기 때문이었다. 군대를 호라즘과의 국경인 서쪽으로 이동시킨다는 제안은 몽골 테무진에게 복수해야 하는 쿠추룩에게는 좋지 않은 소식일 터였다. 황제 또한 호라즘보다는 여진에 대한 복수와 중원의 회복이 급선무라, 치슈타이가 모리허셔의 계책을 더 강하게 주장한다면 태자에 대한 황제의 신뢰는 또다시 크게 손상될 것이다. 고집부리지 않고 지금이라도 물러나는 게 맞을 수도 있다.

그때였다. 치슈타이의 등 뒤, 회의장 입구에서 작은 소란이 일었다. 회의장에 도열한 신하들이 무슨 일인지 궁금해 기웃거렸다. 모리허셔가 말한 일이 벌어지고 있었다. 그리고 이 소리가 바로 신호였다. 치슈타이는 모골이 송연해 어깨를 약간 움츠렸다. 믿을 수 없는 상황에 취해 치슈타이는 스스로 무슨 말을 하는지 깨닫지 못한 채 입을 열었다.

"알라 웃 딘은 이미 공납을 받으러 간 사신을 살해하였으니, 그자는 이미 요를 배신할 생각을 품고 있다 하겠습니다. 하지만 알라 웃 딘은 사신이 죽었다는 사실을 우리가 모른다고 생각하고 있을 터, 우리가 시급히 군대를 움직여 알라 웃 딘의 허를 찌른다면 효과적으로 그의 공격을 분쇄할 수 있을 것입니다."

치슈타이는 좀 더 숙고하고 말했어야 하나 하고 후회했

다. 황제는 놀라는 듯했다.

"뭐라고? 그 쥐새끼 같은 자가 사신을 죽였단 말이냐! 누구에게 들은 소식인가?"

치슈타이는 이미 돌이킬 수 없다는 사실을 알았다. 그는 모리허셔의 계획을 따르는 수밖에 없었다.

"곧 전령이 이 소식을 전해 올 것입니다. 뒤에서 전령이 기다리고 있습니다."

"곧이라니? 태자는 짐보다도 먼저 전령에게 소식을 전해 들었는가?"

"아닙니다. 점술가가 점괘를 쳐보고 제게 알려주었습니다."

치슈타이의 가슴이 빠르게 뛰었다. 뒤의 소란이 전령이 도달해서 낸 소리가 아니라면, 혹은 전령이 전해 온 소식이 호라즘의 소식이 아니라면, 황태자는 정말로 요망한 점쟁이의 말에 홀려 이상한 소문을 퍼뜨리는 자가 되는 것이다. 치슈타이는 말을 끝마치고 물러서 황제의 왼편에 섰다. 그러자 기다리고 있었던 전령이 바로 달려왔다. 그는 시급히 고개를 숙이고 무릎을 꿇으며 말했다.

"황제 폐하, 호라즘이 조공을 받으러 간 관리를 살해하고 국경의 초소를 공격 중이라 합니다."

황제가 벌떡 일어나 비틀거렸다. 좌중의 신하들이 웅성

대기 시작했다. 황제 옆에 도열하였던 쿠추룩 또한 두리번거리며 우왕좌왕하였다. 모리허셔가 말한 그대로 벌어졌다. 하지만 치슈타이의 빠르게 뛰는 가슴은 전혀 진정되지 않았다. 황제가 치슈타이에게 물었다.

"태자는 계책이 있는가? 그 점쟁이는 뭐라고 하던가?"

"시급히 진행해야 하는 일이라 우선 말을 빨리 타는 병사들을 선발해 호라즘의 국경으로 보냈습니다. 이미 국경에 도달해 관을 지키고 있을 것입니다. 하지만 대규모 침략을 방비하기 위해서는 정규군을 전개할 필요가 있습니다."

치슈타이의 말이 끝나자 황제는 잠시 생각에 잠기더니 곧 부들거리며 명했다.

"그렇다면 그리하라. 쥐새끼의 자식들인 호라즘을 쳐라."

치슈타이는 눈을 홀끔 들어 쿠추룩을 보았다. 그는 더러운 것을 씹은 듯한 표정으로 황제를 바라보고 있었다.

卌

모리허셔가 말끔히 씻은 모습으로 정자에 나타나자, 치슈타이와 훈후는 서로를 바라보며 키득댔다. 거칠거칠한 사막의 때가 벗겨지고 지저분한 수염이 사라지자 훤칠하고 잘생긴 모리허셔의 본모습이 드러났다. 물론 남매가 웃은 이유는 모리허셔가 한 거란족의 변발 때문이었다.

"생각보다 변발이 잘 어울리는군."

치슈타이가 말하자 뒤에서 훈후가 까르르 웃었다. 모리허셔는 쑥스러운 듯 드러난 정수리를 쓸었다. 치슈타이가 훈후를 보며 연이어 말했다.

"변발을 한 서역인은 역사상 최초가 아닐까?"

훈후는 너무 웃느라 눈물까지 난 모양인지 눈을 훔쳤다. 그런데 모리허셔가 차분히 반박했다.

"보시기에 괜찮은지 모르겠습니다. 그런데 제가 유목민식 변발을 한 최초의 서역인이 아닐 수도 있습니다. 예를 들어 호라즘보다 더 서쪽엔 서역인의 외모를 한 코사크라는 집단이 있었는데, 그들이 어쩌면 머리를 일부만 남기는 변발을 했을지도 모릅니다."

아무리 몽골어와 비슷하다고는 하지만 모리허셔의 거란어는 벌써부터 청산유수처럼 들렸다. 웃음을 그친 훈후가 모리허셔에게 말했다.

"그럼 그대는 코사크인들을 만나보았는가?"

모리허셔가 답했다.

"아닙니다. 책에서 보았습니다."

"그대가 현명하고 계략에 밝다는 이야기를 오라버니에게 전해 들었네. 조각상에 대해서도 그리 자세히 알고 있었다고 하던데. 모두 책에서 읽은 건가?"

모리허셔가 훈후에게 말했다.

"그렇습니다. 제가 알고 있던 미천한 지식은 모두 책을 읽고 습득한 것입니다."

치슈타이가 말했다.

"미래의 일은 어떻게 아는가? 나는 그대가 점복을 치거나 천문을 관측하는 광경을 한 번도 보지 못했네."

모리허셔가 말했다.

"간단히 점술가라는 말로 저를 소개드렸지만 실제로는 그런 식으로 예언하지 않습니다. 저는 미래의 사건들이 쓰인 책을 토대로 미래를 예언합니다."

훈후가 말했다.

"고대의 예언서라도 가지고 있나 보오!"

치슈타이가 덧붙였다.

"그렇다면 그 책을 보여줄 수 있소? 그 책만 있다면 대요 제국이 과거의 영광을 찾는 건 일도 아닐 테니."

그러자 모리허셔가 빙긋 웃으며 말했다.

"제가 읽은 책은 예언서 같은 신비로운 책이 아닙니다. 단순한 역사서지요. 하지만 그것은 아직 쓰이지조차 않은 책으로, 현재가 아닌 미래에 존재합니다. 제가 미래에 일어날 일을 아는 이유는 미래에 존재하는 역사서를 읽고 외웠기 때문입니다. 그래서 보여드리고 싶어도 그럴 수가 없음을 이해해 주십시오."

치슈타이가 깜짝 놀라 물었다.

"미래의 역사서라고? 그걸 어떻게 읽을 수 있단 말인가?"

"제가 가진 신묘한 재주입니다. 저는 미래를 기억합니다. 저는 미래에 존재하는 역사서를 읽으며 그 내용을 모두 암기하였습니다. 그 내용을 토대로 미래에 어떤 사건이 일어나는지를 예언할 수 있습니다."

치슈타이가 말했다.

"미래의 역사서를 읽고 말해준다니, 역시 그대는 보통 사람이 아니로군. 마치 신선 같은 존재야."

훈후는 빙긋이 웃으며 말했다.

"그런데 신선이라기엔 희고 긴 수염도 없지 않나."

훈후는 문득 모리허셔의 얼굴을 유심히 보았다. 깔끔하게 다듬은 턱수염에 살짝 가려진 날카로운 턱선, 홀쭉한 볼, 시원스레 퍼진 눈썹과 깊게 파인 눈두덩이, 뾰족한 코, 모든 게 이국적이고 생경했지만 그럼에도 용모가 빼어나고 아름답다는 인상을 받았다. 그녀는 모리허셔를 뚫어져라 바라보면서 자기도 모르게 작은 입술을 벌리고 살며시 눈을 내리깔았다.

치슈타이는 회의장에서의 일을 떠올렸다. 모리허셔는 어떤 역사서를 읽고 예언한다 했는데, 그 책에 회의장에서의 사건들이 그렇게 자세히 서술되어 있을 리가 없었다. 그런데 그는 어찌 그렇게 정확히, 전령이 들어오는 신호에 맞춰 말해야 하는 순간을 일러주었을까? 치슈타이는 훈후의 상기된 표정을 바라보았다. 치슈타이는 훈후 앞에서 좋은 분위기를 그르치면서까지 모리허셔를 몰아세우고 싶진 않았다. 나중에 모리허셔를 따로 만나서 자세히 물어봐야겠다고 생각할 뿐이었다.

"앞으로 요를 위해 해줄 것이 많겠소. 그대가 황제 폐하를 따르게 된다면 그대의 계책이 폐하 주변의 간신들과 아첨꾼들을 물리치고 요가 천하를 제패하는 데 도움이 될 것이오."

"아첨꾼이라면 나이만의 쿠추룩 말씀이시군요."

모리허셔의 입에서 나온 갑작스러운 이름에 훈후가 오히려 움찔했다. 치슈타이는 당황하며 말을 이었다.

"꼭 그만을 집어 말한 건 아니오. 궁궐에 많은 자들이…."

모리허셔가 고개를 들어 치슈타이를 응시했다.

"태자 전하께서는 정녕 중원을 제패하고 싶으십니까?"

순식간에 분위기는 얼어붙었다. 고요한 침묵 속에서 치슈타이가 간신히 입을 열었다.

"그것이 황제 폐하가 염원하는 요 제국의 숙원이오. 우선 불구대천의 원수, 여진의 금나라를 물리치고 다음으로 송나라를 쳐서 중원을 되찾겠다는….”

"태자 전하의 생각은 어떠하십니까?”

모리허셔가 치슈타이의 생각을 반드시 듣고야 말겠다는 듯이 따져 물었다.

"나… 나는 생각이 좀 다르오. 거란은 본디부터 유목민의 나라였으므로, 중원을 치기 위해 동쪽으로 향한다는 건 어려울 수도 있다는 생각이 드오. 하지만 여진을 치는 건 거란의 오랜 숙원이오. 그들이 과거에 요의 옛 땅을 빼앗았을 때 거란인들은 여진과 같은 하늘에 서 있지 않기로 맹세하였소.”

"여진을 치기 위해서는 길목에 있는 서하를 지나가야 합니다. 군대를 이끌고 서하의 영토를 평화롭게 진군하는 것이 가능하시겠습니까?”

"서하는 예전부터 거란과 오랜 우호 관계였소. 기꺼이 우리에게 길을 내줄 것이오.”

"하지만 몽골의 테무진은 서하를 침략해 그들을 지배할 것입니다. 그러니 거란의 군대는 서하의 땅을 이용할 수 없습니다.”

"서하가 테무진의 손에 들어간다고? 그게 언제 일이오?”

"보름 정도 후의 미래입니다.”

치슈타이는 깜짝 놀라 말했다.

"보름이면 정말 얼마 남지 않았는데? 그대가 역사서를 통해 암기한 미래의 일인 거요?"

"그렇습니다, 전하. 테무진에 대해서는 어떻게 생각하십니까?"

"쿠추룩의 말에 따르면 애송이라고 하던데."

"쿠추룩은 고작 애송이에게 나라를 잃고 쫓겨나 식객으로 살고 있다고 하옵니까?"

이 말에, 뒤에서 듣고 있던 훈후조차 놀라 손으로 입을 틀어막았다. 모리허셔는 말을 이어나갔다.

"테무진이 몽골의 부족들을 모두 통일한 후, 그는 몽골인들에게 '칭기즈 칸'이라 불리고 있다 합니다."

"칭기즈라, 그게 무슨 뜻이요?"

"글쎄요, 미래의 역사서엔 그 단어의 뜻까지 기록되어 있지 않습니다."

치슈타이는 생각했다. 역사서를 암기하는 능력으로 미래를 전부 알지는 못하는군.

모리허셔가 엄숙히 말했다.

"태자 전하, 제가 감히 전하께 고합니다. 황제 폐하께서는 동쪽의 여진을 불구대천의 원수로 여기며, 요를 건국하고 중원을 차지한 태조와 태종의 영광을 찾고자 하지 않습니까? 하지만 미래에 동쪽 땅에는 여러 패자들이 얽혀 혼란스러운 상황이 지속적으로 펼쳐질 것입니다. 그중에 가장 강대해질 세력이 바로 테무진, 칭기즈 칸의 몽골입니다. 몽골은 서하를 집어삼켜 여진과 송나라로 가는 동쪽 길을 방해할 것입니다. 현 황제 폐하의 나라이자 앞으로 태자 전하의 나라가 될 이 대요 제국은, 과거 황제들이 일구었던 동쪽 영토에 대한 욕심을 버려야 합니다. 태자 전하께서는 오히려 멸망의 위기를 극복하고 백성을 서쪽으로 이끌어 유목민의 땅을 다시금 확보하신 덕종 무열 황제를 기억해야 합니다. 요 제국이 오래 번영하고 지속할 길은 동쪽이 아닌 서쪽 방향으로 열려 있습니다.”

치슈타이는 모리허셔의 말에 머리를 얻어맞은 듯한 충격을 느꼈다. 이 정체불명의 인물에 대해 치슈타이는 여전히 몇 가지 의구심을 지니고 있었지만, 그럼에도 방금 그가 말한 이 계책은 치슈타이의 마음을 떨리게 했다. 치슈타이의 머릿속엔 불현듯 한족의 고사가 떠올랐다. ‘와룡이 천하삼분지계를 진언하고 선제를 서쪽의 촉 땅으로 이끌다.’ 요의 어떤 자도 생각해 본 적이 없을 책략이었다. 그도 그럴 것이, 현재 요는 동쪽 영토의 영광을 잊지 못하는 황제가 다스리고 있기 때문이다. 하지만 정말일까? 단 한 명도 이런 간단한, 서쪽으로 진출한다는 생각을 해본 적이 없단 말인가? 아니, 한 명 있었다. 치슈타이는 이 계책이 차마 황제께 고하지 못했던 자신의 뜻과 일치하는 것처럼 느껴졌다. 치슈타이가 황제에게 진정으로 고하고자 하는 바는, 거란의 뿌리는 유목이라는 사실이다. 황제는 고작 연운 16주 정도만을 차지했던 역사를 바탕으로 요가 마치 중화의 대제국이었던 것마냥, 그 광대한 중원 땅을 전부 되돌려받아야 하는 것마냥 말한다. 하지만 거란은 중화가 아니다. 거란은 유목이며 그 정신은 바로 서쪽으로 나아가는 일뿐이다.

훈후 또한 엄청난 충격을 받은 채 조각상처럼 서 있었다. 그녀는 쿠추룩과 혼인이 약속된 사이였다. 황제는 백성도 영토도 없는 동맹국의 군주인 쿠추룩을 과하게 신뢰한 나머지 그의 하나뿐인 딸을 정략결혼의 대상으로 선택했다. 하지만 그녀는 치슈타이와 같은 이유로 쿠추룩을 좋아하지 않았다. 그는 나라와 그의 신민을 버리고 남의 제국에 기어들어 와 호시탐탐 군대와 영토를 탐하는 위선자일 뿐이었다. 그런데 만약 모리허셔의 계책이 이루어진다면 그녀와 쿠추룩의 관계는 어떻게 될까? 훈후는 미래를 예상하기 힘들었다. 오히려 지금보다 더 혼란스러운 시대가 열릴 수도 있었다. 하지만 쿠추룩과 혼인하지 않을 수도 있다는 가능성, 그 불확실한 미래야말로 그녀가 원하던 미래였다.

그녀는 자신도 모르게 모리허셔의 얼굴을 넋 놓고 바라보았다. 그런데 모리허셔가 그녀를 정면으로 바라보아 눈이 마주쳤다. 훈후는 그의 눈빛에서 기묘한 신호를 읽었다. 모리허셔는 이렇게 말하는 듯했다. '날 알아봐 줘.' 모리허셔는 곧바로 눈을 돌렸지만 훈후의 마음을 흔들 만큼은 충분한 시간이었다. 만난 적이 있는 자일까? 훈후는 그 눈빛을 잘못 해석했다고 결론 내렸다. 그녀는 그렇게 미남인 서역인을 난생처음 보았기 때문이다.

"그대가 바로 호라즘의 침략을 미리 알려준 예언자인가!"

쿠추룩을 비롯한 신하들이 모두 황제의 옥좌 옆에 나란히 도열하고 있었다. 가장 가까운 오른쪽 자리는 여전히 쿠추룩의 차지였다. 치슈타이는 황제의 왼편에 섰다. 그 가운데에 모리허셔가 엎드려 황제를 알현했다.

"그대 덕분에 알라 웃 딘을 생포할 수 있었다네. 그 쥐새끼 같은 자가 비굴하게 우리 병사 앞에서 살려달라고 빌었다지? 큰 상을 내리겠으니 원하는 바를 말해보라."

"황은이 망극합니다만 신이 원하는 것은 단지 황제 폐하께서 제 점괘와 책략을 살펴봐 주시고 위대한 대요 제국의 천하를 앞당기는 일뿐입니다."

태자는 실로 오랜만에 황제가 기분 좋게 클클대며 웃는 모습을 보았다. 황제는 옥좌에 앉은 채로 몸을 앞으로 기울여 모리허셔에게 말했다.

"이제 요가 중원을 되찾는 건 시간문제일 것이다. 그대가 원치 않더라도 나는 그대에게 많은 재물을 하사하겠노라. 여 봐라, 나의 장자방에게 금 10만 냥을 내려라!"

신하 한 명이 그리하겠다고 대답했고, 모리허셔는 차마 거절하지 못하고 고개를 더욱더 깊게 숙였다. 치슈타이는 문득 쿠추룩의 옆모습을 바라보았다. 그는 이를 꽉 깨물어 턱이 단단해지는 표정이었다. 그는 황제가 재물 이야기를 할 때마다 기묘한 표정을 지었다. 치슈타이는 생각했다. 쿠추룩은 분명 황제의 보물을 노리고 있다.

"그대가 점술에 능할 뿐 아니라 군재에도 뛰어나다는 말을 황태자에게 전해 들었네. 이토록 대단한 자가 어찌하여 짐을 따르려 하는가?"

모리허셔가 이 말을 듣고 고개를 살며시 들었다.

"소인은 외모는 이렇지만 나고 자란 곳은 고려 땅입니다. 고려는 대요 제국에게 아우와도 같은 나라이니, 형제가 위급할 때 돕는 것이 마땅한 도리일 터입니다."

이런 이야기는 치슈타이조차 처음 들어보는 이야기였다. 치슈타이는 눈썹을 크게 치켜뜨고 모리허셔 쪽으로 눈을 돌렸다. 황제 또한 이 말에는 반문하지 않을 수 없었다.

"그대가 고려인이라고? 생김새는 서역인처럼 보이지 않는가?"

"저의 아비는 고려와 해상 무역을 하시던 서역인으로 제가 나기 전부터 고려 땅에 정착해 살게 되었다고 합니다."

"우리 요 제국의 거란인 또한 위구르인, 서하인, 토번인들과 함께 살고 있지. 고려는 본디 우리 거란과 형제의 맹약을 맺은 우호국 아니었나! 짐은 그대를 사무(師巫)로 임명하겠노라. 또한 요와 고려의 친밀한 관계를 대표하는 것으로 그대를 대할 것이니 아무쪼록 불편함 없이 지내도록 하라."

치슈타이는 고개를 갸우뚱했다. 고려는 거란과 형제의 맹약을 맺은 사실이 없었다.

황제가 모리허셔에게 물었다.

"우리는 군대를 서쪽으로 돌려 호라즘을 성공적으로 방어할 수 있었다네. 그렇지만 짐의 오랜 숙원은 천하의 둘도 없는 원수 여진을 치는 것이네. 서쪽 국경의 상황이 정리되고 난 후, 짐은 회군해 다시 여진을 도모할 생각이네. 이에 대한 그대의 고견을 듣고 싶네. 이번 기회에 알라 웃 딘과 호라즘을 멸하는 것이 좋을지, 아니면 회군하는 게 나을지."

모리허셔가 황제에게 고했다.

"어차피 그들은 동쪽에서 온 군대에 의해 멸망당할 운명이며, 알라 웃 딘은 자신의 나라를 버리고 서쪽으로 피난 간 후에 딱한 꼴로 죽게 될 것입니다. 하지만 당장은 호라즘이 대요 제국의 군대에 혼쭐이 난 관계로 한 마리 순한 양처럼 폐하께 머리를 숙일 것입니다. 이를 위해 우선은 군대를 국경에 그대로 두시는 게 좋겠습니다."

황제의 간사한 웃음소리가 방 안 가득 퍼졌다.

"동쪽에서 온 군대란 바로 거란의 군대 아닌가! 아주 좋네, 아주 좋아. 그렇다면 서하는 어찌 되는가?"

"서하는 이미 쇠락하고 있습니다. 패자가 그들을 무릎 꿇린 후에 정복자는 잠시 다른 곳으로 원정을 떠나, 서하는 끈질긴 목숨을 얼마간 더 연명할 것입니다. 그러나 결국 서하인들은 머지않아 역사 속으로 사라질 운명에 놓여 있습니다."

좌중의 신하들이 깜짝 놀라 웅성거렸다.

"무엇이 그렇게 놀라운가? 나약한 서하 놈들이 오래갈 줄 알았단 말이냐? 내 그들이 금세 멸망할 것이라고 내다본 터였다."

황제는 짐짓 침착함을 유지하며 말했다. 주변의 신하들과 쿠추룩은 한목소리로 황제의 선견지명을 칭찬했다. 하지만 치슈타이는 그 상찬이 차마 입에 붙지 않았다. 서하의 운명은 모리허셔에게 이미 전해 들었지만 그 때문은 아니었다. 모리허셔가 그때 말한 서하의 운명은 고작 보름이었고, 그만큼 날이 지났으니 이제 서하가 침략당하는 사건은 이미 일어났거나 일어나기 직전일 터였다.

모리허셔는 치슈타이 앞에서와는 달리 황제에게 모호한

말들만 내뱉었다. 그는 서하를 침략하는 군대가 몽골인지도 제대로 밝히지 않았다. 호라즘을 칠 것이라는 동쪽에서 온 군대는 거란이 아닐 수도 있었다. 모리허셔는 치슈타이에게 그가 실제로는 점술을 보지 않는다고 말했으나, 황제 앞에선 또다시 자신이 점쟁이인 듯 행세하고 있었다. 문득 치슈타이는 이렇게 생각했다. 모리허셔를 너무 쉽사리 믿은 것 아닐까? 한번 의심이 시작되자 불길한 생각이 꼬리에 꼬리를 물었다.

황제는 재미가 들렸는지 모리허셔에게 또 질문했다.

"그럼 몽골은 어찌 되는가? 그들도 언젠가는 멸망하겠지?"

모리허셔가 평온하게 말했다.

"테무진이 이끄는 몽골은 전무후무한 영토를 다스리는 천하의 대제국이 될 운명입니다. 그들의 군대는 동쪽 땅에서 서쪽 땅까지, 말이 도달할 수 있는 대부분의 영역에 발을 디딜 것이며 그들이 지나간 길엔 피와 시체가 대지를 뒤덮을 것입니다. 그들의 잔인무도하고도 위대한 제국은 역사를 통틀어 가장 광대하기에, 인류는 그 제국의 번영을 사서에 기록해 오래도록 경의를 표합니다. 제국이 멸망한 후에도 그들의 후예는 번성해 그 거대했던 제국을 기릴 것입니다."

내부는 부스럭대는 소리조차 없이 고요해졌다. 쿠추룩도, 치슈타이도 아무 말 없이 침묵의 공간을 지켰다. 황제는 경악에 찬 표정을 짓고 엎드려 있는 모리허셔의 정수리만 노려볼 뿐이었다. 치슈타이의 등줄기에 한기가 들었다. 모리허셔는 치슈타이에게 몽골에 관한 몇 가지 예언을 해주었지만, 이런 중요한 예언을 알려준 적은 없었다. 그는 분명 치슈타이에게조차 모든 것을 드러내 보이고 있지 않았다. 이런 상황에서 처음으로 침묵을 깰 용기가 있는 사람은 오로지 황제뿐이었다.

"으음…. 애송이 테무진이 어찌 그럴 수 있는가? 어찌하여…."

한마디 말 후에 황제는 가래 끓는 소리만 길게 내뱉었다. 치슈타이는 문득 쿠추룩의 표정을 살폈다. 이 자리에서 테무진의 미래와 직접적으로 관련되어 있는 자는 쿠추룩뿐이었다. 그는 뭔가 할 말이 있는 듯이 입을 벌리고 주춤거리는 듯했다. 그러나 그 또한 아무 말도 하지 못했다.

뒤늦게 제정신을 차린 황제는 물어보지 말아야 할 다음 질문을 모리허셔에게 던졌다.

"여진은… 여진은 어떠한가? 그들은 멸망하는가? 우리 대요 군대의 말발굽에 짓밟히는가?"

모리허셔는 거침없이 말했다.

"여진은 여러 침략자의 지배를 받으나 그들의 민족은 멸족당하지 않고 끝까지 살아남게 됩니다. 그리하여 그들은 현재의 송보다도 더 큰 제국을 건설합니다. 몽골이 다스렸던 드넓은 영토보다는 작지만 그래도 여진의 제국은 중원을 차지하고 사해를 평정해 위세는 천하에 위엄을 떨치며, 그들이 현명하게 다스린 제국은 오래 존속해 역사는 여진을 영원토록 기억하게 될 것입니다. 그들의 제국이 멸망한 후에도 후손들은 여진의 역대 황제들을 위해 평생토록 제사 지낼 것입니다."

황제의 표정은 잘 섞이지 않는 물과 기름을 넣고 흔든 것처럼 시간에 따라 다채롭게 변했다. 첫째로 드러난 표정은 강렬한 불쾌감과 질투심이었다. 필생의 적인 여진이 요 대신 중원 땅을 차지하고 대제국이 된다니. 두 번째로 드러난 표정은 두려움이었다. 여진이 거대해진다면 요는 어떻게 싸워야 할지 문득 무서워졌기 때문이었다. 세 번째로 드러난 표정은 공황이었다. 황제가 불현듯 떠올린 질문이 있었다. 과연 요의 미래는 어떻게 될까?

모든 제국은 본질적으로 멸망한다. 거란 또한 언젠가는 사라진다. 제국이 사라지는 건 중요한 문제가 아니다. 백성과, 그들의 기억과, 대제국을 기리는 후손이 남을 수 있다. 그렇다면 제국의 운명은 필연적으로 두 가지 중 하나로 수렴한다. 대제국을 건설하고 후에 제사드릴 후손이 남거나, 아니면 멸망하여 흔적도 남지 않거나. 과연 거란은 몽골이나 여진처럼 대업을 이룬 후 존속하는 형태로 불멸영생할 텐가? 그들을 기리는 후손이 남아 있기나 할까? 아니면 아예 먼지처럼 사라져, 그들의 역사를 기억하는 이가 한 명도 존재하지 않을까? 황제로서는 이렇게 먼 미래까지 제국의 운명을 걱정해 본 게 처음이었는데, 그러자마자 거대한 공포가 그를 덮쳤다. 예언자는 이렇게 반문할지도 몰랐다. 얼마나 먼 미래까지 물어보시는 겁니까? 1만 년? 1억 년? 아니면 항하사? 영겁의 미래, 그 우주적 공포가 갑작스럽게 황제를 사로잡자 그는 이 주제에 대해 아무 생각도 할 수 없는 상태가 되었다.

　황좌의 팔걸이에 올려놓은 황제의 손이 벌벌 떨렸다. 황제가 갑자기 폭발적으로 기침을 하기 시작했다. 그의 기침이 멈출 생각을 하지 않자 좌중의 신하들은 어쩔 줄 모르는 표정으로 황제를 곁눈질했다. 결국 황제는 고통스럽게 콜록대면서 스스로 비틀거리며 일어섰고, 뒤에 있던 어린 내시가 그를 부축해 내실로 이끌었다.

　그리하여 황제는 필히 다음에 물었어야 할, '요의 미래는 어떻게 되는가?'라는 질문을 꺼내보지도 못하고 퇴장하고 말았다.

　황제가 회의장에서 사라지자 신하들은 슬금슬금 치슈타이의 눈치를 보았다. 치슈타이는 그들의 뜻을 존중해 모두 물러나게 했다. 모든 신하가 치슈타이에게 대강이나마 예의를 갖춘 후 물러났다. 쿠추룩 또한 자리에서 내려와 모리허셔를 흘끔 보고는 출구 쪽으로 걸어갔다. 텅 빈 회의장에 치슈타이와 모리허셔만 남았다. 모리허셔는 치슈타이와 최대한 눈을 마주치지 않고 평온한 표정만을 지으며 서 있었다.

쿠추룩은 황궁을 나와 그가 묵고 있는 영빈관으로 향했다. 그는 심기가 무척이나 불편했다. 그는 서하가 막 테무진의 발아래 들어갔다는 사실을 나이만의 척후에게 들어 알고 있었다. 하지만 그는 이를 요 황제에게 비밀로 한 채 적절한 시기에 써먹을 생각이었다. 하지만 저 예언자가 서하가 멸망한다는 사실을 드러냈다. 그리하여 쿠추룩은 잘못된 인과관계를 짝지었다. 황제가 알라 웃 딘을 치기 위해 군대를 호라즘의 국경으로 보내자, 그로 인해 동쪽 국경의 방비가 약해져 테무진이 들고 일어나 서하를 굴복시켰다고 생각했다. 저 점술가라고 칭하는 서역인이 나타나자마자 모든 상황이 나빠지는 듯했다.

영빈관은 당나라식으로 지어진 큰 기와집이었고 쿠추룩과 그의 나이만 부하들이 묵고 있었다. 나이만 군 경비 대장 도루지가 밤늦게까지 쿠추룩의 처소를 지키고 있었다. 쿠추룩을 보자마자 도루지가 귓속말로 무엇인가 속삭였다. 쿠추룩은 고개를 끄덕이고 대궐 안으로 들어갔다. 사랑채는 캄캄

해 아무것도 보이지 않았다. 인기척조차 없어서 경비 대장의 말이 없었다면 누가 들어와 있는지조차 알 수 없었을 터였다. 쿠추룩은 작은 목소리로 말했다.

"쿠추룩이 왔으니 모습을 드러내라."

방 안 가장 컴컴한 구석에서 누군가 슬그머니 일어났다.

"위대하신 칸이시여. 나차그입니다."

그림자가 나이만어로 말했다.

"알라 웃 딘은 어찌 되었느냐?"

"그는 칠루쿠의 군대가 방심한 틈을 타 탈출하였습니다. 칸과의 약조를 잊지 않았으며, 칸께서 시급히 날짜만 정해주신다면 다음번에는 함께 후시 호르도를 치자고 하였습니다."

"마치 내가 날짜를 정하지 않아 자기가 실패했다고 말하는 듯하군. 미꾸라지같이 간사한 놈."

물론 쿠추룩이 그 날짜를 계속 미루기는 했었지만, 동시에 협공하자는 약속을 깨고 알라 웃 딘이 단독으로 사태를 일으킬 줄은 그도 예상 못 한 일이었다.

"단독으로 행동해 봤자 얻을 게 없다는 건 비싼 대가를 치르고 깨달았을 것입니다. 다만 칸께서 재빨리 날짜를 잡지 않으신다면 알라 웃 딘은 또다시 무리수를 둘지도 모르겠습니다. 그는 간사하고 신의가 없어 언제든지 충돌을 일으켜도 이상하지 않습니다."

"그래. 알라 웃 딘을 신뢰했다간 언제나 일을 그르친다는 건 세상이 다 알 터이다. 그건 그렇고, '그곳'을 찾는 일은 어찌 되었느냐?"

"마바라나르 근처 동굴이 확실하다고 정찰병이 알려 왔습니다. 그 동굴은 민가도 성채도 없는 인적 드문 산기슭에 있으나, 거란의 군대가 상시 주둔해 있습니다. 그런데…."

"그런데 무엇이냐? 주저하지 말고 어서 말하라."

"그 땅에서 과거 카라한의 영주 우스만이 칠루쿠 몰래 군대를 키우고 있습니다. 만약 칸께서 그 동굴을 단독으로 접수하려 하신다면 우스만은 칼끝을 우리 나이만에게로 돌릴 것입니다."

쿠추룩은 부들부들 떨다 갑자기 짧게 고함을 지르며 작은 경상을 주먹으로 내리쳤다. 경상은 쩍 소리를 내며 두 갈래로 부서졌다.

"우스만이 대체 무슨 권리로 그 동굴의 보물을 요구하는가?"

"원래 요의 땅 대부분은 카라한의 땅이었습니다. 그 동굴에 보관되어 있는 칠루쿠의 보물 중 상당수는 카라한의 군주들이 과거부터 그러모은 것이라고 합니다."

쿠추룩은 고민했다. 우스만의 요구는 부분적으로 정당한 측면이 있었다. 쿠추룩은 스스로 탐욕스럽지 않다고 생각했고, 장차 자애로운 칸으로서 이 땅을 지배하고 싶었다. 그러므로 원주민인 카라한인들에게 잘 보일 필요가 있었다.

"나차그여, 그렇다면 그대가 다시 할 일을 주겠다. 그대는 우선 우스만을 만나라. 그리고 그에게 동굴의 보물을 약조하라. 대신 우스만이 그의 병사들을 이용해 칠루쿠를 쳐야 한다고 전해라. 황야를 떠돌고 있는 나이만의 2분대가 동굴 근처에서 합류할 것이다."

"그들에게 얼마를 주실 생각이십니까?"

"절반."

하지만 쿠추룩은 절대 그럴 생각이 없었다.

"우스만과의 협상이 끝나는 즉시 알라 웃 딘에게 가라. 다시 국경에서 소요를 일으키면 나이만이 발맞추어 후시 호르도 안에서 거병할 것이라 전해라."

五

동궁전에서 치슈타이와 모리허셔가 마주 앉았다. 모리허셔는 고개를 반쯤 숙이고 있었고, 치슈타이는 그의 변발한 정수리를 노려보며 꼿꼿이 서 있었다. 모리허셔는 별일 아닌 듯 슬쩍 미소를 짓고 있었는데, 치슈타이는 그러한 모습에 서늘한 분노를 느꼈다. 오랜 침묵은 모리허셔가 들어올 때부터 지금까지 계속 이어지던 중이었다. 치슈타이는 무엇을 먼저 물어봐야 할지 고민이 되었다. 이자에 대한 의문점들이 너무도 많았다. 마음이 정해지자 치슈타이가 입을 떼었다. 추궁하는 듯 낮게 가라앉은 목소리였다.

"사무여, 그대의 정체는 고려인인가?"

모리허셔가 바로 답했다.

"말씀드렸다시피 저는 고려의 이름을 가진 고려인입니다."

"그렇다면 어찌하여 그 이름을 알려주지 않는가?"

"이 또한 말씀드렸다시피 초원의 민족들이 잘 발음하지 못하기 때문입니다."

"그래도 상관없다. 한번 말해보라."

"그렇다면 말씀드리겠습니다. 제 이름은 ○○입니다."

확실히 치슈타이가 제대로 알아듣기 힘든 이름이었다.

"사무의 부모가 고려에 정착한 서역인이라고? 내가 고려의 사정에 밝지는 못하나, 고려에 정착한 서역인에 대해서는 들어본 적이 없다."

"황제 폐하께는 피치 못하게 거짓을 고하였습니다. 사죄드립니다."

모리허셔의 갑작스러운 사과는 치슈타이를 더 화나게 했다.

"거짓을 고하였다고? 이놈, 실상 네놈이 한 말은 대부분 거짓이 아니더냐? 그렇다면 네놈은 고려에서 오지도 않았겠구나. 네놈의 진짜 속내는 무엇이냐? 난 네놈을 믿고 황제께 천거까지 했건만, 네놈은 여전히 정체를 전부 드러내지 않고 나를 욕보이려 하지 않느냐!"

"제가 저에 대한 사실을 일부 꾸며낸 것은 인정합니다. 제 부모님께선 고려에 정착한 서역인은 아닙니다. 그러나 제가 고려에서 왔다는 사실만큼은 진실입니다. 제 출생에 대한 이야기는 너무나 기묘해 아무도 믿지 않을 것이기에 섣불리 말씀드렸다가는 일을 그르치기 때문입니다."

치슈타이는 벌떡 일어나 부들대는 손으로 허리에 찬 검을 꺼내 들어 고개 숙인 모리허셔의 정수리를 겨눴다. 모리허셔는 미동도 없었다.

"대체 어떤 일을 그르친다는 거냐? 어디까지가 거짓이고 어디까지가 사실인가? 회의장에서의 일은 어찌 된 것이냐?"

"무슨 일 말씀이십니까?"

"네놈은 회의장에서 내게 할 말과 그 순서를 정확히 말해주었다. 전령이 돌아오는 소란에 맞추어 사신이 살해당했다는 소식을 말하라고 말이야. 그러면 그 뒤에 전령이 똑같은 소식을 전해 올 것이라고 했다. 네놈의 말대로 이루어졌으며, 폐하는 그대의 예언자로서의 능력에 감화되었다. 하지만 그대는 술수를 이용해 역사서를 읽고 암기하여 예언한다고 하지 않았더냐? 어떤 역사서에 그렇게 사건들을 세밀하게 시간 순서대로 적어놓느냐?"

"회의장에서의 일을 설명드리기에 앞서 제 예언의 방식에 대해 밝히고자 합니다. 미래의 역사서를 암기한다는 제 능력에 대해 말입니다. 전 미래를 알되 과거를 기억하지 못합니다."

"과거라 함은 언제 적을 말하는 것인가?"

"태어난 때부터의 모든 과거입니다."

"태어난 때부터 지금까지? 과거를 알지 못한다니 사람이 어찌 그럴 수 있는가?"

"그렇습니다. 저는 태어난 날짜도, 부모님도 알지 못합니다. 제게 있어서 태어난 날은 고려에서 노인으로서 처음으로 세상을 기억한 순간이며, 제 실질적 어버이는 노인인 저를 보살피며 고려식 이름을 처음으로 불러준 고려인입니다. 제게 인생이란 노인에서 젊은이로, 젊은이에서 아이로 되돌아가는 생애입니다."

"시간이 거꾸로 흐른다는 말이냐?"

"예, 그렇습니다. 다른 사람과는 달리 저는 미래에서 과거로 거꾸로 된 시간을 느낍니다."

"시간이 거꾸로 흐른다면, 그대는 어떻게 길을 걷는가?

뒤를 향해 걸어야 하는가?"

"걷다 보면 곁눈질로 넘어지지 않고 걷게 되는 요령이 생기게 됩니다. 하지만 말을 타고 갈 때는 그 빠른 속도로 인해 곁눈질하여 갈 길을 예상하기 쉽지 않습니다. 물론 말은 스스로도 길을 가지만, 말을 뒤로 타고 갈 길을 직접 눈으로 보는 게 마음이 편합니다. 제가 말을 거꾸로 타는 이유도 그것입니다."

치슈타이는 잠시 생각했다. 거짓말은 더 큰 거짓말을 낳는다고 하지 않던가? 이런 식으로 살 수 있는 사람이 정말 있을까? 자신의 고향도 부모도 모른 채 존재하는 사람이?

"사무여, 그대의 목적은 무엇인가? 재물인가? 황제께서 하사한 금화가 목적이었나?"

모리허셔는 찬찬히 고개를 들며 말했다. 순간적으로 모리허셔의 얼굴에 허망한 원망의 표정이 스쳤다. 아니, 그 전부터였었는지도 몰랐다.

"조만간 황제 폐하께서 하사하실 그 금화는 제게 아무런 가치가 없습니다. 저는 재물을 탐하지 않습니다. 미래에서 과거로 시간이 거꾸로 흐르는 저 같은 사람이라면 오히려 금화는 황제 폐하께 돌려드려야 하는 것이기 때문입니다."

치슈타이는 또 생각했다. 모리허셔가 사기꾼이라면, 흠 없는 이야기를 그때그때 잘 꾸며내는 간교한 사기꾼이라고 할 만하다.

"태자 전하, 또한 회의장에서의 예언에 대해 말씀드리겠습니다. 어떤 사건들은 책에 나오진 않지만 제가 목격하거나 들은 것들을 기억해 놓았다 과거로 거슬러 가서 말할 수 있습니다. 방금 태자 전하께서는 회의장에 있었던 일에 대해 소상히 일러주시지 않았습니까. 그 이야기를 바탕으로, 저는 회의가 열렸던 것보다 더 과거로 가서 전하께 그 일을 말씀드린 것뿐입니다."

"으음…. 회의장에서 일어난 일들을 방금 내가 말했었으니…."

"그렇습니다. 제게 예언은 반드시 미래의 역사서에 바탕을 두고 있지는 않습니다. 특별히 역사서에 기록되어 있지 않은 인물들, 그중에서도 저와 오랜 시간 함께한 사람에 대해서는 세간에 알려지지 않은 미래에 대한 예언을 할 수 있습니다."

"그런 이가 누가 있는가? 사무가 특별히 미래에 대해 잘 말해줄 수 있는 사람이?"

모리허셔는 말을 꺼내는 데 망설이는 듯 보였다. 하지만 치슈타이가 생각하기에, 시간이 거꾸로 흐른다면 망설일 이유가 있겠는가? 이미 말을 다 한 뒤일 테니 말이다.

"바로 태자 전하입니다."

치슈타이는 어떤 의미인지 잘 이해하지 못했다.

"내가 그대와 오랜 시간 함께한다는 의미인가? 아니면 역사서에 기록되어 있지 않다는 말인가?"

"둘 다입니다. 중국의 모든 왕조에선 정사로 인정하는 역사서가 쓰입니다. 요 또한 그러한 역사서가 있습니다. 그 역사서는 요를 멸망시킨 몽골의 위정자에 의해 쓰입니다. 바로 칭기즈 칸의 아들이자 2대 몽골의 대칸인 쿠빌라이 칸입니다. 하지만 그 역사서는 요가 멸망한 후 후대의 기억과 기록에 의해 쓰였기 때문에 기록이 남지 않은 부분이 많습니다. 요가 멸망할 때 자리에 계시지 않았던 황태자 야루드 치슈타이 전하는 역사서에 기록되어 있지 않습니다."

모리허셔가 하는 말에는 치슈타이가 감당하기 힘든 내용이 여럿 포함되어 있었다. 요가 자신의 대에 멸망한다는 사실, 그 순간 자기가 부재했다는 사실, 한 나라의 황태자였던 치슈타이가 역사에서 아예 잊힌다는 사실. 치슈타이는 서서히 의미를 파악하고 불현듯 어떤 공포를 느꼈다. 그 공포감이란, 황제가 모리허셔와 대면할 때 미래에 대해 느꼈던 감정과 비슷한 종류였다. 멸망한 뒤 역사에서 잊힌다는 것에 대한 무한한 두려움. 그런데 치슈타이의 경우는 황제보다 강한 허무의 감정이 섞여 있었다. 역사서에 기록조차 되지 않기에 요의 마지막 황태자는 영영 잊히는 존재가 된다는 사실. 치슈타이는 그 어두운 감정을 간신히 이겨내고 입을 뗐다.

"나는 어째서 요가 멸망할 때 자리에 없었느냐?"

"저와 함께 도성을 탈출하여 몽골 초원을 방랑하고 있기 때문입니다."

"내가 왜 그대를 따라 나의 영토를 떠나겠는가? 나의 백성들이 이 땅에 존재하는 한 나는 떠나지 않을 것이다."

모리허셔는 답하지 않았다. 질문의 형태가 아니었기에 그가 답하지 않았다고 생각한 치슈타이는 재차 물었다.

"사무가 아는 요의 미래는 어떠한가? 그건 어떻게 이루어지는가? 내가 이 땅을 떠나는 이유는 요가 멸망하기 때문인가? 아니면 그 반대인가?"

"전하께서 떠나기 때문에 요가 멸망하는 건 아닙니다. 제국이 멸망하는 이유를 그리 쉽게, 한 명의 결단이나 변심으로써 설명할 수는 없습니다. 그 인물이 정녕 황태자 전하라도 말입니다. 제가 읽은 요의 역사서에 따르면, 황제 폐하께서 사냥을 나간 사이에 쿠추룩이 궁성 내부에서 반란을 일으킬 것입니다. 쿠추룩은 스스로 황위에 올라 후시 호르도를 몇 년간 어지럽게 할 것이며 이를 막을 자는 없을 것입니다. 하지만 이로써 요가 멸망하지는 않습니다. 황제 폐하도 옥체를 온존합니다. 그로부터 얼마 지나지 않아 이 땅에 칭기즈 칸이 쳐들어오게 됩니다. 쿠추룩과 그의 나약한 군대로는 강력한 몽골의 기병대를 이길 수 없습니다."

쿠추룩이 배신한다는 사실에 화가 났어야 하는 상황이었다. 하지만 치슈타이는 그 이름, 칭기즈 칸을 듣고서야 눈을 질끈 감았다.

"나라가 망했어도 거란의 백성들은 남지 않느냐?"

"몽골인은 잔혹하고 흉포한지라 정복당한 민족의 백성을 말살합니다. 살아남게 된 적은 수의 거란인은 말과 혼, 자신의 조상마저 모두 잊고 몽골인이 됩니다. 거란의 혼을 살리고자 하는 이는 어디에도 남지 않습니다."

치슈타이는 거의 울먹이듯이 말했다.

"모든 제국이 종국엔 멸망하지 않느냐? 여진도, 몽골도, 중원의 한족 나라들도…."

모리허셔는 여전히 냉혹하게 말했다.

"몽골과 여진, 한족의 왕조는 역사적으로 흥하기도 하고 망하기도 하지만, 민족은 존속합니다. 거란은 다릅니다. 거란 민족은 사라집니다."

"사라진다는 게 무엇이냐? 거란이 사라진다는 게 무슨 뜻이냐?"

"말 그대로, 거란의 말을 쓰고 거란의 조상을 기려 제사를 드리는 후손이 미래에 존재하지 않게 된다는 의미입니다."

"거란인이 멸족하기 전에, 요가 멸망의 길로 들어서기 전에 내가 어떻게든 노력해 볼 수 있지 않겠느냐? 내가 그대와 함께 도성을 떠나지 않고 이 나라를 지킨다면 그대가 기억하는 미래를 바꿀 수 있지 않겠느냐?"

모리허셔는 거침없이 말했다.

"미래는 절대로 바뀌지 않습니다."

"하지만 그대가 기억하는 미래의 역사서에는 저자가 잘못 기록한 것도 있지 않겠는가?"

"그렇습니다. 책은 틀릴 수 있습니다. 역사서의 저자는 전하가 있었다는 사실을 기록하지 않았습니다. 정당한 요 제국의 황제 계승자를 빼놓고 기록하다니, 그것은 사관으로서는 크나큰 실책일 것입니다. 하지만 전하의 미래와 요가 멸망하는 모습은 제가 두 눈으로 똑똑히 보았습니다. 요의 멸망은 절대로 피해 갈 수 없는 미래입니다. 전하께서 저와 평생을 함께하는 것 또한 제가 직접 경험한 일이기 때문에 달라지지 않을 것입니다."

"내가 사무의 예언을 참고하되, 그 예언이 실현되지 않도록 미래를 다르게 바꿀 수도 있지 않느냐? 그대는 칭기즈 칸이 오기 전에 내가 이 땅을 떠난다고 했지만 내가 그런 말을 듣고도 그렇게 행동할 리가 없지 않느냐. 나는 더욱더 그 예언과 반대로 행동하려 할 것이며, 침략자 쿠추룩과 테무진에 맞서 거란의 백성을 지키기 위해 노력할 것이다."

"전하께서 제게 미래에 대한 이야기를 듣고 나서 그 예언이 이루어지지 않게 하기 위해 노력하시는 것마저 정해진 길입니다."

치슈타이는 비틀거리며 무릎을 꿇었다. 그의 눈에서 눈물이 뚝뚝 떨어졌다.

"멸족이라는 미래가 정해져 있다면, 어떤 저항이든 계책이든 아무런 의미가 없지 않은가? 그러면 나는 어떻게 살아야 할까?"

치슈타이는 팔을 땅에 짚고 고개를 푹 숙였다. 그의 눈물방울이 땅바닥을 적셨다. 치슈타이는 계속해서 넋두리를 늘어놓았다.

"거란의 운명이 너무나 참혹하구나. 그대와 함께 유랑하는 나의 운명은 어떠한가? 내 미래에 대해 자세히 말해다오."

모리허셔가 치슈타이에게 다가가 오래된 친구처럼 등을 토닥였다.

"전하께서는 저와 몽골 초원으로 피신할 것입니다."

"굳이 몽골 쪽으로 가는 이유는 무엇인가?"

"몽골인들은 저와 같은 서역인을 색목인이라 하여 잘 대해주기 때문입니다."

"우리는 거기에서 무엇을 하느냐?"

"몽골 초원뿐 아니라 과거 송나라의 땅이었던 중원 그리고 요동까지, 칭기즈 칸이 차지하는 거대한 영토 곳곳을 즐거이 유랑하게 될 것입니다."

치슈타이는 탄식하며 눈을 감았다. 그는 유목의 혼을 바랐다. 그가 꿈꾸었던 건 광대한 대지, 전사와 말의 유골이 겹겹이 쌓여 있는 거친 땅. 그 위에서 말과 양을 키우는 백성들과 함께 떠도는 안온한 삶. 그가 원했던 삶이 나라와 백성을 잃고 나서 등 떠밀리듯 이루어질 줄이야.

"나로서는 사무가 말해준 미래의 예언이 이루어지지 않기를 바랄 수밖에 없다. 그대의 예언이 틀린다는 것은 음흉한 의도를 가지고 거짓을 말하고자 함일 테니, 나는 그대에게 죄를 묻게 될 것이다. 말해보거라. 대체 그대를 어떻게 믿어야 한단 말이냐?"

이에 모리허셔가 답했다.

"이 일들은 반드시 일어날 것이고 결국 태자 전하께서는 제 말이 옳았음을 깨닫게 될 것입니다. 저는 태자 전하를 설득하려고 말씀드린 게 아닙니다. 전하께서 미래에 결국 제 말씀을 온전히 믿게 되심을 일러드리는 것입니다."

"그렇게 말할 줄 알았다. 하지만 나는 최대한 막아보려 노력이라도 해볼 것이다. 가급적 황제 폐하께서 사냥을 떠나지 않도록 간할 것이다. 쿠추룩에게는 몰래 감시하는 자를 붙이도록 하겠다. 이렇게 해서 미래가 역사서에 기록된 대로 흘러가지 않게 되면 내 그대를 읍하며 참할 수밖에 없도다."

"대신 미래가 제 예언과 동일하게 흘러가면 전하께서는 필히 저와 함께 국경을 건너 몸을 피신하셔야 할 것입니다. 그것이 목숨을 부지하는 길입니다."

"그래, 그렇게 약속하겠다. 아니, 필히 그렇게 될 운명이겠지."

치슈타이는 뒤늦게 생각난 듯이 말했다.

"훈후는 어찌 되느냐? 훈후의 미래는 어떠한가?"

"공주님의 운명은 그 스스로 아셔야 하며, 고로 공주님께서 오신다면 직접 알려드리도록 하겠습니다."

치슈타이는 눈을 훔치며 말했다.

"그렇다면 훈후를 보내도록 하겠다."

훈후가 황궁 바깥 모리허셔의 처소에 찾아온 건 자정이 넘은 시간이었다.

"사무여, 침소에 들었는가?"

문 밖에서 훈후가 목소리를 내었다. 공주의 목소리는 침통했다.

"공주님께서 오실 줄 알고 기다리고 있었습니다."

어둠 속에서 정좌하고 있던 모리허셔는 그제야 초를 밝

했다.

"잠시 들어가도 되겠느냐?"

훈후는 모리허셔의 반응도 살피지 않고 벌써 문을 젖히고 들어섰다. 모리허셔는 여전히 꼿꼿이 앉아 있었다. 훈후의 눈가는 이미 촉촉히 젖어 있었다.

"오라버니께 말씀을 다 전해 들었다. 그대가 요의 멸망을 예언했다고? 게다가 그대는 오라버니와 함께 세상을 떠돌게 된다지?"

"네, 그렇습니다."

"그대는 미래를 기억하되 과거를 기억하지 못하는 자라고?"

"그것도 맞습니다."

"그러면 그대는 나와 치슈타이, 셋이서 함께 대화했던 그 밤을 기억하지 못한단 말이냐?"

원망 섞인 훈후의 목소리는 처량했다. 훈후는 그때를 기억했다. 모리허셔와 눈을 마주쳤던 그때, 그가 간절한 눈빛으로 훈후를 바라보며 무언의 신호를 보냈던 그 순간. 그녀는 밤마다 그 눈빛의 의미를 곱씹으며 쉽사리 잠에 들지 못했다. 그녀는 이불 속에서 쿠추룩과 모리허셔를 떠올리며 자신의 마음이 어디로 기울지 가늠해 보기도 했다. 그런 상상으로 그녀의 볼은 매일 밤 빨갛게 물들었다. 그런데 모리허셔가 그 순간을 기억하지 못한다고?

"공주님, 저는 과거를 알지 못합니다."

훈후는 모리허셔의 말에 허탈함을 감출 수가 없었다.

"나와의 기억을 잊어간다니 아쉽구나. 그래도 나는 그대를 좋게 보았는데 말이다."

모리허셔가 말했다.

"아닙니다, 공주님. 제가 과거를 기억하지 못하는 건 그 기억을 잊었기 때문이 아닙니다."

"그럼 무엇이냐?"

"저는 옛일을 겪어본 적이 없습니다. 공주님과의 기억을 잊은 게 아니라, 과거를 모르는 것입니다."

훈후는 모리허셔의 얼굴을 뚫어져라 바라보았다. 모리허셔는 훈후를 똑바로 바라보지 않고, 왕족의 여자에게 예의를 차리듯 눈을 낮게 내리깔고 있었다. 하지만 그의 입가엔 부드럽고 여유로운 옅은 미소가 보였다. 복잡하고 신비스러운 사내. 과거를 모르는 인간이라니, 그러한 인간을 어떻게 이해해야 할까? 훈후는 그를 영원히 알 수 없을 것만 같았다. 그녀의 목소리가 슬픔에 차 떨렸다.

"그만하여라. 그대는 정말…. 어렵구나. 그대는 감정을 느끼는가? 헤어져 아쉽거나 그리워하는 감정이 있는가? 그런 감정은 다 과거의 기억으로부터 오는 감정일진대."

"저는 미래로부터 왔으며 과거로 향하는 인간입니다. 하지만 애틋함이나 그리움과 같은 감정은 여느 인간과 같습니다. 제가 비록 지금은 공주님과의 만남을 기억하지 못하지만 미래에 공주님과 함께했던 추억과 다짐, 약속들은 또렷이 기억합니다. 공주님께서 모르시는 미래 말입니다. 저는 그때를 지금도 잊지 못합니다. 공주님께서 제게 외치던 말들, 그 슬픔에 찬 표정, 그날의 날씨, 촉감과 눈빛까지. 공주님과 제가 영영 헤어지게 될 때의 기억들. 제가 그리움과 격렬한 슬픔의 감정을 느낀 순간입니다."

훈후는 미래에 모리허셔와 헤어진다는 예언적인 말을 듣자마자 눈물이 핑 돌았다. 그 미래가 대체 언제인지 가늠도 못 하면서.

"만남이 있으면 헤어짐도 있다 하였으니, 그대는 언젠가 필연적으로 오게 될 헤어짐을 기억하는 게로구나. 우리가 그렇게 헤어지게 되면 그대는 나를 잊는가? 아니면, 만나본 적도 없는 사람이라고 해야 할 텐가?"

"헤어짐 이후 미래의 일이라면, 그렇지도 않습니다. 저는 한시라도 빨리 공주님과 만나기를 바랐습니다."

"어떻게 그리할 수 있는가? 나를 만나본 적이 없으니 나라는 존재조차 알지 못할 텐데?"

"그건 공주님께서 자신을 기억해 달라고 부탁하시기 때

문입니다. 저는 공주님의 뜻을 이어받아 태자 전하께 특별한 요청을 드리게 됩니다. 미래에 훈후 공주님에 대한 모든 것들을 제게 수시로 말해달라고. 그러면 저는 공주님과의 첫 만남을 절실히 고대하며 남은 인생을 살 것이니까요."

"만남을 고대한다라…. 그대가 나와의 만남을 고대한다고…."

훈후는 문득 부끄러워져 고개를 돌렸다. 치슈타이는 그녀의 친오빠였기 때문에 자신을 빼놓고 둘이서 그런 얘기를 한다는 점이 견딜 수 없이 민망했다. 그녀는 모리허셔를 다시 바라보며 질문을 던졌다.

"오빠와 평생 유랑을 한다던데, 내 미래는 어떻게 되는지 알고 있는가?"

"전하의 미래는 저와 직접 겪은 일이기 때문에 전부 알고 있습니다. 반면에 공주님의 미래는 역사서에 기록된 대로만 말씀드리는 수밖에 없습니다."

"그래, 나는 결국 쿠추룩과 혼인하느냐? 아니면…."

모리허셔는 안타까운 투로 말했다.

"몽골과 페르시아 역사서에 기록이 있습니다. 공주님은 쿠추룩과 혼인한 후에 딸을 낳게 됩니다. 공주님의 딸은 칭기즈 칸의 아들인 툴루이 칸와 혼인합니다. 공주님의 따님께서는 몽골의 귀족으로서 부족함 없이 살 것입니다."

공주는 한숨을 푹 쉬고 말했다.

"그런 건 관심 없다. 단지 나의 정해진 운명이 못 견디게 괴로울 뿐이다. 쿠추룩이 내 나라를 빼앗는다는데 그의 자식이기도 한 것들의 미래 따위 알아봐서 무엇하겠느냐? 더욱이 그대와의 인연도…."

"공주님께서는 과거를 기억하되 미래를 알지 못하지만 저는 거꾸로 미래를 기억하고 과거를 알지 못합니다. 과거엔 저만이 공주님을 알아보고 공주님께서는 저를 알아보지 못하였으나, 미래엔 곧 공주님만이 저를 알아보고 저는 공주님을 알아보지 못하게 될 것입니다. 이렇게 우리는 엇갈려 기억하는 인연입니다."

"엇갈린 기억이라니, 마치 우리의 운명과도 같구나. 그대는 곧 떠나고, 나는 여기에 남아 있을 운명 아니더냐? 그대도 이런 기분이었는가? 내가 처음으로 그대를 만났을 때, 내가 그대의 생김새를 신기해하고 있을 때, 그대는 나와의 많은 기억을 뒤로하고 나와 영영 이별할 순간을 준비하였나?"

"그건 제게 앞으로 닥칠 일입니다. 저는 저희 첫 만남의 순간보다 더 옛날로 돌아갈 터입니다. 그리고 결국 공주님을 영영 만날 수 없게 되겠지요. 아마 전 그 먼 과거까지 영원히 공주님을 잊지 못할 테지요."

모리허셔의 눈빛은 더욱 그윽하게 변해갔다.

"하지만 현재를 함께 사는 저희에겐 미래든 과거든 별로 중요한 순간은 아닙니다. 바로 지금이 그 엇갈리는 인연 가운데에서 가장 적절하고 소중한 순간이 아닐까 합니다."

"적절하다니, 무엇이 적절하다는 말이냐?"

"지금이야말로 서로가 서로를 같은 정도로 알고, 서로를 동등하게 바라는 때라는 말씀입니다."

바라고 있다고? 바로 지금? 훈후는 빨개진 얼굴로 모리허셔를 다시 보았다. 그가 예전에 보냈던 눈빛이 이런 의미였던가? 자신을 기억해 달라는 뜻이었나? 모리허셔의 시선은 지금도 같은 뜻을 전하고 있었다. 자신을 기억해 달라는, 혹은 잊지 말아 달라는 눈빛. 그런데 이 매혹적인 눈빛은 이제 미래로 가면서 흐려지고 어두워지다 결국엔 훈후를 알아보지 못하는 사람의 눈빛으로 바뀐단 말인가? 그때쯤이면 훈후는 오히려 반대로, 모리허셔를 애통하게 바라보며 자신을 알아봐 달라고, 그의 기억을 뒤져 찾아봐 달라고 눈빛으로 빌고 있을 것이란 말인가?

그렇다면 기회는 바로 지금이었다. 서로가 서로를 적절히 기억하고 있는 지금 순간이야말로 만나기에 가장 알맞은 시간임이 분명했다.

그들은 서로 눈을 마주쳤다. 한동안 한마디 말도 없이 고요한 분위기가 흘렀다.

처음엔 모리허셔만이 훈후를 안았던 미래의 기억을 가지고 있었다. 훈후는 그 미래를 경험해 보지 못했다.

일각이 지나자 그들은 서로를 안았던 기억을 동등하게 소유했다.

한 식경이 지나자 오직 훈후만이 모리허셔를 안았던 기억을 가졌다.

이미 모리허셔는 그 기억을 잊었을 것이다. 아니, 경험한 적이 없었다고 해야 할까? 여전히 훈후의 몸 구석구석엔 모리허셔에게 닿았던, 뜨거워졌던, 땀 흘렸던 기억이 남아 있는데. 훈후는 이불을 들춰 자신의 아래를 바라보았다. 그가 그녀의 몸에 남긴 흔적 또한 여느 남자와 다를 바 없었다. 모리허셔는 이걸 정말로 모르고 있을 터인가? 알 수 없었다. 훈후는 이 비범한 남자의 사고방식을 영원히 이해할 수 없을 것 같았다. 하지만 그 혼란스러움이야말로 그의 매력이었다. 모리허셔는 모든 것을 기억하고 있는 듯이 만족스러운 얼굴이었다.

훈후가 물었다.

"그대는 뭐가 좋아 웃음 짓는가? 그대는 나에게 주었던 마음을 기억하고 그리 좋아하는 겐가? 아니면 그냥 여자와 알몸으로 안고 있어서, 앞으로 펼쳐질 일들을 기대하고 있는가?"

"그냥 여자가 아니지요. 바로 공주님과 함께할 일을 기대하고 있습니다. 이렇게 공주님과 함께 편안히 누워 있는 상황이라면, 곧이어 저는 공주님을….”

"그만하여라. 그대가 무슨 말을 하려는지 알겠으니.”

훈후는 생각했다. 모리허셔는 엇갈리며 오늘 밤의 기억을 나에게 건네준 것이다. 이 특이한 남자와의 인연은 서로 간에 기억을 건네주는 형식으로밖에 이루어질 수 없구나. 예언된 헤어짐은 생각만으로도 견디기 힘들지만 이렇게 생각하니 아쉬움이 좀 덜해지는 느낌도 들었다. 훈후는 배시시 웃었다.

茶

초원이 금빛으로 물들자 유목 전사들은 말들을 먹이기 위해 초록 풀들을 찾아 좀 더 먼 곳까지 쏘다녔다. 가을이었다. 치슈타이는 회의장에 급히 참석하라는 전갈을 받았다. 서둘러 의관을 정제하고 회의장으로 달려간 치슈타이는 길길이 날뛰는 황제를 맞닥뜨렸다. 신하들이 도열해 있었지만 그 누구도 황제에게 뭐라 하는 사람이 없었다.

"쥐새끼 같은 알라 웃 딘이 정녕 짐과 척지려 하는구나! 내 그놈을 반드시 처단하여 짐을 배반한 자의 본보기를 보여 주고야 말리라!"

전령이 호라즘의 2차 침공이 시작되었다는 소식을 알려 준 모양이었다. 치슈타이는 두리번거리며 좌우를 살폈다. 쿠추룩도 있었지만 모리허셔는 보이지 않았다. 황제는 치슈타이를 보자마자 소리쳤다.

"황태자가 가장 늦게 나타나다니, 내 태자에게 궁궐을 맡기고 편히 떠날 수 있겠는가?"

"소자는 폐하께서 어디로 향하는지 듣지 못했습니다."

"짐은 알라 웃 딘을 잡으러 친히 출정을 나갈 것이니라. 백성들의 동요가 없도록 대외적으로는 사냥을 떠난다고 이를 것이니, 태자는 남아서 궁을 보전하고 황실의 안녕을 수호하라."

모리허셔의 예언대로 황제가 사냥을 떠나는 순간인 모양이었다.

"황제 폐하, 지금 섣불리 군대를 움직이는 것은 위험할뿐더러, 폐하께서 직접 출정하시는 것 또한 좋은 생각이 아닙니다. 차라리 소자가…."

"태자여, 짐은 참을 수가 없다. 그 서방의 쥐새끼가 우리 제국을 사사로이 대하고 국경을 유린하는 것을. 짐은 그자의 최후를 두 눈으로 보고 싶은 것이다."

쿠추룩이 옆에서 한마디 거들었다.

"황제 폐하께서 직접 출정하시는 것만이 알라 웃 딘을 비롯한 사해만방에 대요 제국 최강 기마병의 무서움을 떨칠 수 있으니, 태자께서는 부디 아무 말 마십시오."

치슈타이의 거듭된 요청에도 완고한 황제는 태도를 바꾸지 않았다. 치슈타이는 설득이 아무런 소용도 없다는 걸 깨달았다. 이것이 모리허셔가 말한, 미래는 바꿀 수 없다는 언명의 의미가 아닌가 했다. 치슈타이는 최후의 수단으로 쿠추룩의 정체에 대한 모리허셔의 예언을 말하기로 했다.

"폐하! 사무가 예언한 대로라면 쿠추룩이 바로 요의 배반자입니다! 폐하께서 후시 호르도를 떠나신다면 쿠추룩은 곧 반란을 일으킬 것이니, 부디 이를 헤아려 주시고 옥좌를 지켜 주시기 바랍니다."

이 발언으로 회의장의 모든 신하들이 들썩거렸다. 다들 서로 눈치를 보면서도 당사자인 쿠추룩의 시선은 피했고, 쿠추룩은 짐짓 평온한 척 고개를 조아리고 있을 뿐이었다.

그러자 황제는 또다시 크게 화를 냈다.

"태자는 아직도 정신을 못 차렸는가! 태자가 쿠추룩을 탐탁잖게 보고 있다는 점을 알고 있지만, 그래도 그렇지 어떤 황태자가 동맹국의 군주를 이리 하찮게 대하는가? 짐은 호라즘을 친 후에 이에 대해 태자를 꾸짖겠으니, 그때까지 경솔하게 행동하지 말고 잠자코 궁궐을 지키고 있도록 하여라!"

쿠추룩도 한마디 거들었다.

"전하, 아무 일도 저지르지 않은 제게 어찌 그리 심한 말씀을 하십니까? 저는 배반은커녕 황제 폐하를 도와 공통의 적인 몽골과 여진에 맞선 죄뿐이 없습니다."

치슈타이로서는 무리수까지 두며 한 발언이었지만 황제의 행동을 돌리는 데는 소용없었다. 회의가 파하고 치슈타이는 서둘러 모리허셔의 거처로 향했다.

그런데 모리허셔의 집 앞에는 쿠추룩의 경비 대장 도루지가 서 있었다. 다가오는 치슈타이를 본 도루지는 마치 그 자리에 서 있는 일이 평온한 일상인 것마냥 고개만 꾸벅 숙였다. 치슈타이는 그 당당한 태도에 뭐라 할 말을 찾지 못하고 서둘러 처소 안으로 들어갔다. 모리허셔는 평온하게 앉아서 책을 읽고 있을 뿐이었다.

"사무, 어찌 된 일인가? 지금 사태가 급박하게 돌아가고 있는데 회의장에 나오지도 않다니."

"흠, 아마도…."

모리허셔는 말을 다 잇지 않고 턱짓으로 바깥을 가리켰다. 그리고 작은 소리로 말했다.

"저를 부르러 온 하인을 저치가 돌려보낸 모양입니다. 제가 병이 났다든지 하는 핑계를 댔겠죠."

치슈타이가 다급히 말했다.

"폐하께선 알라 웃 딘을 친정하려고 하오. 아무리 말씀드려도 소용이 없었소. 그대는 폐하가 떠난다고 하는 사냥이 이런 의미인지 모르고 있었던 것 아니오?"

모리허셔가 느긋한 투로 말했다.

"성내의 백성들은 폐하가 사냥을 떠난 줄 알고 있으니 역사서에도 그렇게 기록된 것입니다."

"그러면 우리는 무엇을 해야 하오?"

"떠나야 할 시기가 다가오는 것입니다."

치슈타이는 고개를 젓고는 한숨을 쉬며 말했다.

"나는 그렇게 하지 않기로 맹세하였소."

모리허셔는 여전히 여유로운 자세로 말했다.

"그렇다면 태자 전하께서는 하고 싶으신 대로 하십시오. 황제 폐하께서 떠나고 쿠추룩이 거사하기 전까진 여전히 많은 날이 남았고, 전하께서 그에 대비할 시간도 충분하다는 얘기니까요."

"그 말은 내가 쿠추룩을 막을 수 있다는 뜻인가?"

"그런 얘기는 아닙니다. 운명은 반드시 닥쳐올 것입니다."

그렇게 한마디 하고는 모리허셔는 다시 책으로 눈을 돌렸다. 치슈타이는 저 태평한 척하는 모리허셔가 원망스러울 따름이었다.

황제와 거란의 기마대가 떠난 도성엔 황태자 직속의 소규모 친위 부대만이 남았다. 치슈타이는 직속 부대 내에서 믿을 만한 병사들을 선발하고 훈련하는 데 많은 시간을 보냈다. 선발된 병사들은 대부분 황태자 춘날발 때 치슈타이를 따라왔고, 1차 호라즘 위기 때 선발대로 호라즘 군과 싸워 이겼던 날래고 충성스러운 이들이었다. 쿠추룩은 별다른 움직임을 보이지 않았다. 모리허셔의 처소에 도루지만이 가끔 기웃거릴 뿐이었다. 쿠추룩이 도성 내에 부리는 병사는 황태자의 군대보다 수가 적었다. 만약 불의의 사태가 일어난다 해도 치슈타이는 승리할 자신이 있었다.

별일 일어나지 않는 평화로운 달포가 지났다. 전령이 도착했고 그가 전한 소식은 황태자를 비롯한 모든 신하들을 기쁘게 했다. 요가 큰 승리를 거두었다는 소식이었다. 호라즘의 군대는 이번에도 거란군의 상대가 되지 않았다. 그날 밤, 치슈타이는 밤낮으로 경계를 서고 훈련받느라 쉬지도 못한 친위 부대 병사들에게 만찬을 베풀었다. 이날 하루만은 병사들에게 술과 고기를 즐기며 웃고 떠들도록 허락했다. 치슈타이는 생각했다. 모리허셔의 예언은 틀렸다. 요는 존속할 것이다.

밤이 깊었다. 병사들이 권하는 술을 족족 받아 마셨는데도 치슈타이는 쉽사리 술에 취하지 않았다. 그는 잠시 나가

망루 누각 위로 올라 후시 호르도 성내를 내려다보았다. 자정이 넘은 시간, 보름달의 퍼런 달빛으로 성내가 훤히 잘 보였다. 그 분위기는 모리허셔를 처음 체포했던 반년 전 춘날 밤 때를 떠올리게 했다. 치슈타이는 모리허셔를 어떻게 처리할지 고민했다. 치슈타이는 약속대로 그의 죄를 물어야 했다. 하지만 참할 것까진 없었다. 그의 예언이 있었기에 치슈타이가 병사들의 군기를 단단히 세우고 쿠추룩이 거병하는 사태를 미리 막았을지도 모른다. 성에서 추방하는 정도면 괜찮을 것이다.

치슈타이는 멀리 떨어진 외성 남문을 바라보았다. 웅장한 성문 아래엔 달그림자가 드리웠다. 문득 치슈타이는 성문 지붕 위로 연기가 스멀스멀 피어오르는 모습을 보았다. 아궁이가 없는 성문에 연기가 발생할 리가 없었다. 그는 서둘러 연회장으로 가서 치슈타이가 신뢰하는 두 명의 병사를 조용히 불렀다. 그들은 다른 병사들과 흥겹게 담소를 나누고 있던 중이었으나, 명에 따라 바로 일어섰다. 치슈타이는 그들과 함께 직접 마구간으로 가서 말 세 필을 골랐다.

남문에서 피어오른 연기는 어느덧 불꽃으로 변해 붉은빛으로 아른거렸다. 치슈타이와 두 병사는 말을 세게 몰아 성문 근처로 갔다. 문루에서 불타오르는 화염이 지붕 아래에서 넘실댔으나 불을 끄려고 하는 자는 아무도 보이지 않았다.

거기엔 거란 병사들 여럿이 쓰러져 있었다. 치슈타이는 이제야 성문의 화재가 우연한 사고가 아님을 직감했다. 그들이 지켜보는 동안 성문이 끼익거리며 서서히 열렸다. 치슈타이와 두 병사는 서둘러 근처 수풀에 몸을 숨겼다. 기병들이 대규모로 들어오고 있었다. 복식을 보건대 나이만의 군대였다. 군대는 황궁문까지 이르는 중심 거리의 폭을 꽉 채울 정도였다. 성문 근처에서 피 묻은 칼을 들고 서서 나이만의 기병 지휘관과 이야기하는 자가 눈에 띄었다. 나이만의 경비 대장 도루지였다.

그들이 행진하며 도성 내 이곳저곳에 불을 내고 있는지 곳곳에서 검은 연기가 피어올랐다. 그는 두 병사에게 다시 연회장으로 몰래 돌아가 군대에 싸울 준비를 시키라고 일렀다. 치슈타이는 끊임없이 밀려드는 나이만 군의 수를 가늠해 보며, 황태자 친위대가 열세로 돌아설지도 모르겠다고 생각했다. 치슈타이는 모리허셔에게 조언을 얻고자 하였다. 그는 황궁 바깥 모리허셔의 처소로 향했다.

"사무, 그대의 말이 맞았소. 쿠추룩의 군대가 도성 내에 깔렸소!"

모리허셔는 간소하게 꾸린 짐 옆에서 무릎을 꿇고 앉아 있었다.

"사무, 제발 날 좀 도와주시오! 후시 호르도가 쿠추룩의 손에 넘어가기 직전이오."

모리허셔는 침착하게 말했다.

"우선 공주님을 구해야 합니다. 태자 전하께서는 군대를 지휘하셔야 하니, 공주님을 피신시키는 일은 제게 맡겨주십시오."

예언대로 바로 도망치자는 식으로 말을 꺼내지 않는 모리허셔에게 치슈타이는 의아함을 느꼈다.

"지금 그대가 미래를 본 그대로 진행되는 게 맞소?"

모리허셔는 치슈타이가 묻는 말의 의도를 다 안다는 듯이 답했다.

"어차피 제가 도주하자고 권해도 전하께서는 성을 지켜야 한다고 고집부리실 것 아닙니까? 공주님 걱정은 말고 어서 가십시오!"

모리허셔가 말에 올라탄 후 치슈타이에게 다짐하듯 말했다.

"전하, 바로 피신하자고는 말씀드리지 않겠습니다. 다만 더 이상 버틸 수 없는 순간이 올 것이니, 도성 동문에서 서로 만나 후일을 도모함을 약조해 주십시오."

모리허셔는 그렇게 말하고 훈후의 거처가 있는 동궁 방향으로 말을 몰았다. 모리허셔는 거꾸로 말을 타지 않고도 잘 달렸다. 치슈타이는 전향적인 모리허셔의 말과 행동에 일말의 기대를 품었다. 내가 군대를 이끌고 나이만 군과 잘 싸워 승리한다면 미래는 변할지도 모른다. 치슈타이는 병사들이 연회를 벌이던 황궁 정문으로 쏜살같이 달렸다. 황궁문은 붉은 화염에 휩싸였고, 활짝 열려 아무런 방어 기능도 수행하지 못했다. 활활 타는 붉은 불길로 주변이 대낮처럼 밝았다. 술에서 깬 병사들은 정문에서 나이만 군에 맞서 전투를 벌이고 있었다. 곳곳에서 비명이 들려 돌아보면 거란 병사였다. 온 사방에 나이만 군의 기병들뿐이었다. 심지어 카라한의 기마병도 눈에 띄었다.

치슈타이가 생각했다. 쿠추룩이 음흉하게도 초원에서 대규모의 군대를 키우고 있었구나! 게다가 카라한 세력이 아직도 남아 있었단 말인가? 이 많은 기마병들이 대체 초원 어디에서 떠돌고 있었단 말인가?

별안간 저 멀리서 치슈타이에게도 익숙한 목소리가 들렸다.

"황태자다! 황태자를 생포하라!"

쿠추룩의 목소리였다. 치슈타이는 몸을 틀어 소리가 난 쪽을 보았다. 여러 명의 나이만 병사가 치슈타이를 보고 말머리를 돌렸다. 주변의 몇몇 거란군 병사가 치슈타이 앞에서 방어 태세를 취했다. 치슈타이도 칼을 뽑아 나이만 병사들을 상대했다. 치슈타이가 두세 명 베어 넘겼으나 수적으로 역부족이었다. 황태자를 지키던 마지막 거란 병사가 칼을 맞고 말에서 굴러떨어졌다. 치슈타이는 황급히 반대쪽으로 말을 돌렸다. 성내에서 추격전이 벌어졌다. 치슈타이는 일부러 좁은 골목 사이사이를 말을 타고 달렸다. 지리에 익숙하지 않은 추격자들은 우왕좌왕하다 낙오되었다. 다만 한 기의 말만은 끝까지 따라붙었다. 치슈타이는 어깨 너머로 고개를 돌려 누구인지 살폈다. 쿠추룩이었다. 그들의 추격전은 도성의 동문에 이를 때까지 계속되었다.

"황태자 전하, 어디를 그리 급히 가십니까?"

쿠추룩이 크게 외쳤다. 동문은 반쯤 열려 있었고 나이만 군대는 눈에 띄지 않았다. 치슈타이는 문 근처까지 가서 말을 잠시 멈춰 세웠다. 그사이 쿠추룩이 열 발치 즈음에서 말을 세웠다. 치슈타이는 말의 머리를 쿠추룩 쪽으로 돌려세웠다. 침묵이 그들 사이를 배회했다. 쿠추룩의 뒤에선 황성이 불타며 그의 윤곽을 붉게 물들였다. 그의 얼굴은 푸른 달빛이 반사되어 어슴푸레하게 보였다. 치슈타이가 입을 열었다.

"그대에게 환대를 베푸신 황제 폐하를 배신하고 드디어 본색을 드러냈구나."

쿠추룩이 맞섰다.

"배신하지도 않은 나를 누가 배신자라 칭한다면 그 염병할 배신을 꼭 해주는 수밖에 없지 않은가."

"그대가 이미 배신할 꿍꿍이를 가지고 있었으니 내가 미리 알아본 것이다."

"배신할 꿍꿍이라니, 그대의 충성스러운 개인 그 예언자가 그리 말하더냐?"

"그렇다. 그대가 후시 호르도를 차지한다 해도 그대는 어차피 칭기즈 칸의 위세를 당해내지 못할걸."

쿠추룩은 음흉하게 껄껄 웃었다.

"후시 호르도뿐이 아니다. 어리석은 거란의 황태자여."

"그게 무슨 소리냐?"

"칠루쿠가 모아둔 카라한과 교역 길의 보물들, 그것들이 묻힌 보물 창고를 나이만이 접수했다. 예언자가 이런 얘기는 해주지 않던가? 그렇다면 그 예언자는 별로 용하지도 않군."

황태자조차 위치를 몰랐던 황제의 보물 창고였다. 쿠추룩은 계속 주절거렸다.

"칠루쿠가 여진을 친다니, 그건 불가능하다. 그 나약한 노인네는 테무진조차 당해내지 못해. 나만이 테무진을 처치할 힘이 있고 그럴 자격이 있다. 그러니 차라리 나에게 군사와 재물을 몰아주는 게 낫지 않겠나?"

쿠추룩은 또다시 비열하게 웃었다. 그리고 한마디 덧붙였다.

"그리고 너의 여동생도."

치슈타이는 이를 악물고 허리춤의 검을 꺼냈다. 달빛이 치슈타이의 등 쪽에서 그의 윤곽을 그렸다. 치슈타이의 분노에 찬 얼굴은 넘실거리는 불꽃의 붉은빛 때문에 벌겋게 보였다. 치슈타이의 오른손이 검의 진동에 떨렸다. 검날 중 피가 묻지 않은 부분이 달빛에 번쩍였다. 그 푸른빛이 쿠추룩의 한쪽 눈을 비추었다. 치슈타이가 쿠추룩을 향해 말을 몰았다. 쿠추룩도 검을 꺼내 막을 준비를 했다. 치슈타이의 말은 용감하게 쿠추룩 정면을 향해 내달렸다. 검끼리 부딪쳐 쨍그랑 소리가 울렸다. 치슈타이의 말이 쿠추룩을 지나쳐 크게 반원을 돌았다. 쿠추룩이 크게 외쳤다.

"쏴라!"

그 신호에 맞춰서 건물 뒤편에서 화살이 날아왔다. 치슈타이를 추격하던 병사들이 뒤늦게 와서 구석에 숨어 있던 모양이었다. 화살 하나가 치슈타이의 어깻죽지를 맞혔다. 하지만 치슈타이는 무너지지 않고 2차 공격을 감행했다. 빠르게 달리던 치슈타이의 말이 쿠추룩의 말을 스치듯 밀쳤다. 쿠추룩은 검으로 막아내려 했지만 치슈타이는 그 검을 피해 자신의 검을 제대로 목표에 타격했다. 쿠추룩의 뺨부터 턱까지 한 뼘 정도 균열이 새겨졌다. 쿠추룩은 뺨의 살점이 너덜너덜한 채 비명을 지르며 말에서 떨어졌다. 그의 피가 화살을 맞은 치슈타이의 어깨에 튀었다. 치슈타이의 말은 반쯤 닫힌 동문을 부딪쳐 열고 바깥으로 빠져나갔다. 모리허셔와 훈후가 벌써 기다리고 있었다. 훈후 또한 피투성이였고 손에는 피 묻은 검이 들려 있었다.

"오라버니!"

훈후가 치슈타이를 발견하자 반가운 마음을 담아 외쳤다. 훈후는 피 칠갑한 것치곤 멀쩡해 보였다.

"오라버니, 이건 내 피가 아니야. 내가 나이만 병사를 쓰러뜨렸어."

훈후는 치슈타이한테 묻은 피도 적의 피라 착각했던 모양이었었다. 그런데 치슈타이는 이미 의식이 없었다. 그는 말 목을 안으며 쓰러졌다. 주인인 치슈타이의 상태를 알아챈 현명한 말이 훈후와 모리허셔 쪽으로 향했다. 모리허셔는 즉시 훈후에게 도와달라고 외치며 말에서 치슈타이를 내려 안아 부축했다. 훈후는 당황해하면서도 모리허셔를 도와 치슈타이를 모리허셔의 말로 옮겼다. 모리허셔는 치슈타이를 껴안은 기묘한 모양새로 거꾸로 말을 탔다. 그는 여느 말 고삐와는 다르게 충분히 긴 고삐를 어깨 뒤에서 앞으로 신속히 넘겨 둘이 그 안쪽으로 들어가도록 했다. 그러고는 치슈타이의 겨드랑이 안으로 팔을 넣은 채 말 고삐를 팽팽히 쥐었다.

모리허셔 일행이 머뭇거리는 틈을 타 쿠추룩이 문을 통과해 모리허셔 일행 뒤에 멀찍이 섰다. 손을 대고 있는 상처 난

뺨에서 피가 뚝뚝 흘렀다. 훈후는 말을 타고 자세를 잡느라 쿠추룩이 나타났다는 사실을 몰랐다. 쿠추룩이 외치자 그제야 뒤를 돌아보았다.

"훈후 공주! 어디를 가시오? 어리석은 황태자 대신 황제가 부재한 궁궐을 지켜야 하지 않소?"

훈후는 애써 고개를 돌렸다. 별 반응이 없는 훈후를 보며 쿠추룩은 비웃듯이 말했다.

"사무! 그대는 미래를 볼 수 있으니 말할 수 있겠지. 훈후 공주의 미래에 대해 말해보게. 그녀는 누구의 자식을 잉태하는가?"

모리허셔가 말 위에서 치슈타이를 안은 채 명료한 목소리로 말했다.

"그대의 미래에 대해서는 역사서에 쓰인 대로 정확하게 말해줄 수 있다네. 그대는 칭기즈 칸의 군대에 의해 서쪽으로 쫓겨 방랑하다 이름 모를 계곡에서 죽임을 당할 것이야. 9년 남았다."

쿠추룩은 점복이란 멍청한 자들만 속는 사기꾼의 언행이라고 생각하고 있었다. 그러나 그가 '9년'이라는 명확한 숫자를 듣자마자, 그가 잘 알고 있다고 생각한 테무진이라는 사내가 칭기즈 칸이라는 새로운 호칭으로 불리자마자, 돌연한 공포를 맞닥뜨렸다. 그건 황제와 황태자가 느꼈던 미지의 공포와도 비슷했다. 그의 등 뒤에서 칭키즈 칸의 모습이 하늘 끝까지 맞닿은 형태로 거대하게 자라나 손을 뻗고 있는 듯했다. 그는 흠칫 놀라 등 뒤를 돌아보았다. 그사이 훈후와 모리허셔는 출발했다. 쿠추룩의 등 뒤에는 불타는 성 말고는 아무것도 없었다. 그는 뒤늦게 부하들에게 명령을 내렸다. 피 흘리는 쿠추룩 대신 세 기의 기마병이 모리허셔 일행을 추격했다. 모리허셔가 서쪽 초원에서부터 타고 온 말은 기묘한 말타기 자세에도 아랑곳 않고 날래게 달렸다. 두 명이 타고 있었는데도 대단히 빨랐다. 추격병 전부가 모리허셔의 말을 쫓아가지 못했다. 하지만 훈후의 말은 속도가 더뎠다. 추격병은 훈후를 거의 따라잡았다. 훈후는 운명을 직감했다.

"그대여, 나를 잊지 말아주오!"

훈후가 말을 달리면서도 크게 외쳤다. 뒤돌아 말을 타던 모리허셔는 훈후를 보고 있었다. 추격병 두 기가 훈후의 말 양쪽으로 에워쌌다.

"그대가 과거를 기억하지 못한다 해도, 나만은 기억해 주오!"

모리허셔는 말을 거꾸로 탄 채 그녀의 눈을 끝까지 바라보고 있었다.

兴

치슈타이는 정신을 차린 후에도 자신이 어디에 있는지 한동안 알아보지 못했다. 장막 내부는 익숙한 거란식이 아니라 낯설었다. 입술은 거칠고 푸석푸석했고 사지에 힘이 없어 상체를 간신히 일으켰다. 근처에 토기 주전자가 있어 잔도 없이 입을 대고 벌컥벌컥 들이마셨지만, 어지러워 다시 누울 수밖에 없었다. 천장의 빗살 사이 반투명한 장막 천에서 빛이 비쳐 들어왔다. 한낮인 모양이었다. 그는 문득 어깨에 화살이 박혔던 기억이 났다. 서둘러 반대쪽 손으로 어깻죽지를 만져 보았다. 깨끗한 붕대가 칭칭 감겨 있었다. 괜히 지그시 눌렀다가 저릿한 통증에 놀라 신음을 내며 다시 누웠다.

누군가 장막 입구의 천을 젖히며 들어왔다. 한 명은 모리허셔였고 다른 한 명은 낯선 서하인이었다. 모리허셔는 치슈타이가 깬 것을 눈치채고 반가운 목소리로 말했다.

"일어나셨군요. 보름도 넘게 고열에 시달렸습니다."

"여기는 어디인가?"

"서하의 땅에서도 몽골 군이 미치지 않는 외진 곳입니다."

문득 치슈타이는 그날의 모든 사건들이 물밀듯이 기억나기 시작했다. 불타는 후시 호르도, 나이만 기마병의 거대한 물결, 직접 쿠추룩의 얼굴을 베고 탈출했던 일. 그리고 훈후의 마지막 모습. 치슈타이는 팔을 뻗어 일어나고 싶다는 신호를 보내며 모리허셔에게 말했다.

"훈후는 어찌 되었는가? 같이 탈출하지 않았나?"

모리허셔는 일단 치슈타이를 부축해 상체를 일으켜 주었다. 치슈타이가 간절히 다시 묻자 그제야 모리허셔는 입을 떼며 말했다.

"훈후 공주님은 역사서에 쓰인 대로 되었습니다."

치슈타이는 모리허셔가 한 말의 의미를 잘 알고 있었다. 이제 훈후는 쿠추룩이 지배하는 요의 땅에서, 쿠추룩과 혼인해 그의 아이를 낳을 것이다. 그리고 그 땅은 다시 칭기즈 칸의 땅이 될 것이다. 대요 제국은 스러져 가고 있다. 여진이 쳐들어와 요동을 내주었을 때, 모든 사람이 요는 멸망할 것이라 믿었다. 하지만 요는 서쪽으로 말을 달려 새로운 땅에 다시 제국을 세웠다. 요는 영원불멸할 수도 있었다. 하지만 치슈타이 대에 대요 제국은 최후를 맞이하게 되었다. 그는 고개를 떨구고 늑대처럼 울부짖었다.

"내가 살아 있을 이유가 있을까? 사무여, 말해보라. 내가 여기에서 스스로 목숨을 끊는 게 나은 선택이 아닐까?"

치슈타이는 그러면서 검을 찾았다. 쿠추룩의 뺨을 베었던 그 검은 침소 옆에 고이 놓여 있었다. 그는 순식간에 검을 검집에서 빼내어 검 끝을 자신의 목으로 향했다. 간결한 동작이었으나 모리허셔가 훨씬 빨랐다. 모리허셔는 치슈타이가 무엇을 할지 알았던 것처럼 재빠르게 손목을 부여잡았다. 치슈타이는 팔이 덜덜 떨릴 정도로 힘을 주었지만, 사경을 헤매다 방금 깨어난 터라 모리허셔의 힘을 이기긴 역부족이었다. 검은 힘없이 양탄자 바닥으로 떨어졌다. 모리허셔는 한동안 치슈타이가 오열하는 모습을 지켜보기만 했다. 그 절규가 훌쩍임으로 바뀌자 그제야 모리허셔가 치슈타이에게 말했다.

"태자 전하, 저는 이제 더 이상 사무가 아닙니다."

"그러면 그대를 어떻게 부르면 좋겠는가? 다시 모리허셔로 부르는 게 낫겠는가?"

모리허셔는 몽골어로 대답하였다.

"저희는 이제 몽골의 영역에 들어왔습니다. '모리허셔'는 거란의 발음으로, 몽골인들은 그 이름이 거란어라는 사실을 쉽게 알 터입니다. 전하께서 거란인이라는 사실이 몽골인의 눈에 띌 수 있으니 차라리 제 본명으로 불러주십시오."

치슈타이도 몽골어를 쓰기 시작했다.

"그렇다면 그대의 이름을 다시 한번 말해주오."

모리허셔는 고려의 언어로 자신의 이름을 천천히 발음하였다.

[Ji-Yul]

모리허셔는 이번엔 치슈타이가 따라 할 수 있을 때까지

반복해 발음해 보였다. 치슈타이는 몇 번이나 따라 했고, 모리허셔가 말하기를 그친 후에도 치슈타이는 스스로 반복했다. 치슈타이가 새삼 피식 웃었다.

"미안하지만 좀 낯간지럽군. 마치 여자아이의 이름 같지 않소?"

"제가 말씀 올리지 않았습니까? 제 이름이 시대에 어울리지 않는다고요. 제가 고려에 머무르던 시대에, 남자아이에게도 이런 가녀린 이름들을 붙였습니다. 하지만 그렇다 해서 제가 이 이름을 싫어하는 건 아닙니다. 이 이름은 제게 소중한 의미를 담고 있지요."

모리허셔, 아니 지율은 바닥에 깔린 양탄자를 손바닥으로 쓸었다. 색색의 패턴으로 염색된 양탄자의 털이 한 방향으로 정렬되었다. 지율은 거기에 손가락으로 두 글자를 썼다.

知律

"이 글자는 제 고려식 이름의 한자입니다. 첫째 자는 '치슈타이知殊泰'를 소리 나는 대로 쓴 한자의 첫째 자이며, 둘째 자는 황성 '야루드耶律'를 소리 나는 대로 쓴 한자의 둘째 자입니다."

치슈타이는 놀라움을 감추지 못했다.

"그대의 이름에 내 이름이 들어가 있구려. 그런 이름을 가지게 된 건 우연이요, 아니면…?"

"우연일 리는 없습니다. 저 또한 놀라운 필연이라고 생각합니다. 저도 이 이름이 제게 붙은 연유는 잘 모르겠지요."

"그대의 부모가 붙여준 이름이 아니란 것이오?"

치슈타이는 이렇게 말하고 난 후에야 그의 부모가 누구인지 그 또한 알지 못한다는 사실을 기억해 냈다. 아니, 저번에 지율이 말하길, 그에겐 부모와도 같은 사람이 있다고 하였다.

"그대는 부모가 없지만 이름을 붙여준 부모와 같은 사람이 있다고 하지 않았소?"

"네, 제가 갓난아이와도 같은 상태의 노인이었을 때, 저를 돌봐주고 부모 노릇을 자청한 이가 있었습니다. 저는 그분을 아버지로서 따랐고, 그분은 저를 돌봐주고 가르쳐 주었지요. 하지만 그분이 제게 이름을 붙여준 사람은 아닙니다. 단지 제 이름이 '지율'이라는 사실을 제가 처음으로 알 수 있도록 말해주었을 뿐이지요. 그분이 지율이라는 제 이름을 알고 있었던 이유는, 제가 과거에 정신이 말짱할 때부터 서로 알고 지냈기 때문입니다."

"그렇다면 그 지율이라는 이름은 어떻게 생겼다는 말이오?"

"어쩌면 지금 이 순간일지도요. 시간의 흐름상으로도 그게 맞지 않습니까? 야율 씨족인 전하와의 인연으로부터 '지율'이라는 이름이 생기고 저는 그 이름을 먼 훗날 제 고려 아버지에게 알려드리게 되지요. 그리고 아버지는 제가 치매 노인이 되어 제 이름도 잊게 될 때까지 돌봐주면서 저를 지율이라고 불러주었습니다."

치슈타이는 이 신비로운 이름의 출처에 대해, 마치 윤회의 수레바퀴가 과거와 현재, 미래를 거쳐 돌고 있는 듯한 느낌을 받았다.

"그대의 그 아버지는 노인인 그대를 어째서 그렇게 잘 돌봐주었소?"

"그분은 태자님의 후손입니다. 황성 야루드씨의 알려지지 않은 직계입니다. 비록 야루드라는 성이 아닌, 고려식 성으로 불리셨지만 말입니다."

치슈타이는 거듭해서 놀라움을 표했다.

"어째서 나의 후손이…."

"태자님과 저는 앞으로 많은 날을 함께하게 될 것입니다. 게다가 태자님의 후손까지…. 태자님은 비록 역사서에 기록되지 않겠지만, 태자님께서는 혼인의 상대를 찾아 후손을 보게 되고 그의 후손은 저와 고려 땅까지 건너가게 되지요."

"그대는 나의 아들을 볼 때까지 살아 있게 되나 보군."

"아들이 아닙니다. 그보다 먼 후손이지요."

"그게 무슨 소리요?"

"제 수명의 비밀에 대해 나중에 또 말씀드릴 기회가 있을 것입니다. 일단 저는 보통의 인간보다는 훨씬 오래 산다고만 말씀드리겠습니다."

"그렇다면 그대는 나의 후손들을 보존시키려고 나를 후시 호르도에서 탈출시킨 것이오?"

"제가 그런 이유로 태자님을 구해드린 건 아닙니다. 다만 역사가 그렇게 정해져 있고, 그런 방향으로 흐를 따름입니다."

"하지만…. 그대의 말은 언제나 그랬소. 미래는 정해져 있다. 역사는 쓰인 그대로 흐른다…. 그렇다면 대체 그대에게 삶의 의미는 무엇이오?"

지율이 슬쩍 미소를 띠며 대답했다.

"저는 미래에서 과거로 시간을 느끼며, 이 때문에 제 삶의 목적은 미래가 아닌 과거에 있습니다. 그러하므로 전하께서 제가 미래의 목적을 위해 행동한다고 생각하심은 틀린 것이 됩니다."

"그렇다면… 그대의 과거의 목적은 무엇이오?"

"저는 제 생모와 생부를 찾으러 서쪽으로 여행을 하고 있습니다."

지율은 일어나서 기지개를 켰다. 그리고 치슈타이를 향해 말했다.

"하지만 그것은 과거의 일이지요. 이제 태자님께서는 저와 함께 동쪽 몽골 땅으로 향하셔야 합니다. 정해진 역사대로요. 아마 먼 여정이 되겠지만 신변상의 큰 위험은 없을 것이라 보장합니다. 저는 미래를 알고 있으니까요."

"내가 몽골인들의 눈에 띄지 않을 수 있겠소?"

치슈타이는 그렇게 말하며 머리털 없는 정수리를 쓸어 넘겼다.

"우선은 이곳에서 몸을 회복하시는 게 우선입니다. 그때쯤이면 거란식의 변발도 좀 자라 어엿한 한족 사람으로 보이겠지요. 한어는 할 줄 아시지요? 몽골인에게 거란어나 서투른 몽골어를 말하는 자는 쉽게 눈에 띌지도 모릅니다."

"그대는 몽골 땅에서 그 외모 때문에 눈에 띄지 않겠소?"

"몽골인은 서역인을 색목인이라 하여 좋게 대해준다 합니다. 대신 태자님께선 제 하인 행세를 하셔야 합니다."

치슈타이는 문득 두려움을 느꼈다.

"그대는 미래를 기억하되 과거를 기억하지 못한다고 했으니, 내가 그대의 하인 행세를 한다면 그대가 내가 황태자였다는 사실을 모르고 나를 진짜 하인처럼 대하지 않겠는가? 나는 평생을 그대의 하인으로 살아가야 하는가?"

"아닙니다. 저는 이제 전하께 두 가지 부탁을 드리겠습니다. 첫 번째는 바로, 전하께서 이곳 후시 호르도와 교역 길을 지배했던 위대한 대요 제국의 황태자였음을 가끔씩 언급하여 제게 알려달라는 것입니다. 지금도 저는 태자님이 요의 황태자였다는 사실을 잘 알고 있지만, 앞으로 제가 알고 있다고 하여도 종종 상기시켜 주시는 것이 중요합니다. 먼 미래에 가장 마지막에 말씀 주신 순간이 제가 처음으로 태자 전하의 정체를 알게 되는 때가 될 것입니다."

"그렇다 해도 그대는 내가 거짓으로 그대를 속이는지 아니면 진실을 말하는지 어떻게 아는가? 나의 정체에 대해 종종 말한다 하여도, 그대는 내가 진짜 황태자인 모습을 본 적이 한 번도 없지 않겠는가?"

"저는 스스로 제가 미래는 알되 과거를 알지 못하는 인간임을 자각하고 있으니, 전하께서 때때로 그렇게 말씀해 주신다면 저는 제가 알지 못하는 과거에 실제로 그런 일이 있었음을 짐작할 것입니다. 무엇보다도 전하께서는 많은 날을 저와 함께한, 제가 가장 믿을 수 있는 친구와도 같은 분입니다."

"친구라… 난 친구를 가져보지 못했소. 황궁에선 언제나 황족으로 대접받았으니."

"앞으로 친구 사이란 이런 관계라는 걸 지긋지긋하게 느끼게 되실 것입니다."

지율이 미소 지으며 한쪽 눈을 깜박였다.

"두 번째 부탁은 무엇이오?"

"훈후 공주님에 관련된 것입니다. 해가 바뀔 때마다 태자님의 여동생이자 요 제국의 황녀였던 훈후 공주님을 잊지 말아 달라고 제게 말씀해 주시면 좋겠습니다."

훈후와 지율이 각별했다는 사실, 그리고 아마 연모의 정을 나눴을 거라는 사실은 치슈타이도 눈치채고 있었다. 그녀는 그녀 자신의 운명을 지율에게 전해 듣고 분명 지율에게 신신당부했을 것이다. 자신을 잊지 말아 달라는 부탁. 지율은 훈후의 마지막 부탁을 들어주려고 하는 것이다. 문득, 치슈타이는 그녀가 사무치게 그리워졌다. 아마도 평생 만나지 못할 하나뿐인 여동생. 그리고 대요의 마지막 황제였던 아버지, 말을 타고 초원을 누비며 한때 요동의 바다까지 도달했었던 위대한 거란 민족….

치슈타이는 그들을 다시는 만날 수 없을 것이다. 치슈타이는 평생 그들을 잊을 수 없을 것이다.

치슈타이는 또다시 눈을 감고 흐느꼈다. 그의 눈에서 눈물이 흘러내렸다. 지율은 그를 안았다. 그의 눈에서도 눈물이 떨어졌다.

三

"그대는 이 조각상에 쓰여 있는 글자를 알아보겠는가?"

치슈타이가 지율에게 한 말은 동사 먼저 들렸고, 주어로 끝맺었다. 언제나 그랬듯이 지율은 그러한 순서의 대화를 문제없이 잘 알아들었고, 방금 전 지율이 조각상에 대해 길게 설명했던 이유를 완성해 주었다. 그리하여 문답의 인과가 완성되었다.

"그렇습니다."

이제 지율은 치슈타이와의 마지막을 직감했다. 지율은 아무 일도 아닌 듯이 살짝 웃고 있었지만 표정에 역력한 상실감의 기색을 숨길 수 없었다. 치슈타이는 처음 만난 사람에게 짓는 어색하고 곤란한 표정을 보였다. 지율의 안타까운 마음을 그가 알 리 없었다.

"그대는 서역에서 온 상인이라 했는가?"

그 말을 마지막으로 치슈타이는 손에 든 조각상을 주머니에 집어넣었다. 그는 자연스레 뒷걸음쳐 감옥에서 물러났다. 회자정리. 야루드 씨족과의 1,000년에 걸친 인연은 이제 끝났다. 감옥에서 풀려난다면 지율 홀로 서쪽으로 떠날 테다. 그는 문득 고개를 살짝 들어 치슈타이의 모습을 보았다. 치슈타이는 지율이 그를 바라보고 있다는 사실을 눈치채지 못한 채 꺾어져 보이지 않는 복도로 뒷걸음쳐 걸어 나갔다. 지율은 그의 옷고름 끝자락까지 놓치지 않고 바라보았다.

II

 "그렇게 해서 요 제국은 멸망하고 말았다네. 거란의 왕자는 나와 함께 동쪽의 몽골 제국으로 피신했지. 왕자는 거기서 나의 하인인 척하며 살게 되었다네. 하지만 우리는 이 이야기를 시간의 역순으로 뒤집어 볼 필요가 있어. 그것이 바로 나의 관점이니까 말이야. 그러면 이 이야기는 이렇게 된다네. 나는 자신이 한때 왕자였음을 주장하던 하인과 함께 몽골의 국경을 넘어 요 제국의 칸과 만나게 되고, 나의 하인은 정말로 유목 제국의 왕자였음이 밝혀지네. 나는 그를 놔둔 채 비단의 길을 따라 홀로 서쪽으로 향하게 되지."

 선지자의 이야기가 끝났다. 이야기를 잠자코 듣던 장군이 상기된 목소리로 말했다.

 "믿을 수 없는 이야기로군. 정말 흥미로웠소."

 선지자가 말했다.

 "그렇게 느꼈다니 다행이네."

 "왕자는 그 후로 어떻게 살았소?"

 "왕자는 수명이 다할 때까지 나와 함께 여행했다네. 나는 그가 결혼해 후손을 보고 임종을 맞는 순간까지를 함께했지. 물론 나의 관점으로 보자면, 그의 시신을 직접 무덤에서 꺼내어 그가 숨이 돌아올 때까지 기다린 게 그와의 첫 만남이지."

"처음에 왕자에게 출생의 비밀 등 여러 가지를 속인 것치고는 왕자와 오랜 세월 잘 지낸 모양이지?"

"왕자도 나중엔 다 이해해 주었지. 감옥에서 대뜸 내가 미래에서 왔고 어머니 아버지도 누군지 모른다고 선언해 버리면 광인 취급을 받고 쫓겨날 수도 있으니."

필경사가 물었다.

"전 공주의 후일담이 궁금한뎁쇼. 공주는 어찌 되었습니까요?"

"잔인한 운명이지만 역사책에 쓰인 대로 찬탈자와 혼인을 했을 게야."

"흠, 그대가 일국의 공주와 하룻밤을 보냈다니. 지금은 이렇게 어린아이 모습인데, 먼 미래엔 공주가 한눈에 반할 정도의 미남이 된다고? 잘 상상이 되지 않소."

선지자는 어린아이처럼 얼굴을 붉혔다.

"흠흠, 미남까지는 아니었네. 자, 내가 이 이야기를 장군께 해준 이유가 무엇인지나 맞혀보게."

"좋소. 이 이야기는 그대가 험한 비단의 길에서 살아남았던 방식을 설명해 주오. 그대는 군주들에게 접근해 미래에 대한 예언을 해주었던 것이오. 그 예언이란 실은 미래에 쓰인 역사서를 전부 외워놓았던 것에 불과하겠지만."

"그렇다네. 나는 동에서 서로 여행하며 세르의 천자도, 초원의 대칸도, 사막의 칼리파도 만났지. 나는 그들에게 며칠이나 몇 달 후에 반드시 일어날 일들을 살짝 말해준다네. 그 사건은 반드시 일어나지. 그들은 놀라워하며 나에게 자신의 권력과 보물을 지킬 방법을 물어보지. 내가 역사에 대한 책을 외우는 이유야. 어떤가? 이야기를 들어보니 이젠 나의 권능과 예언을 믿을 수 있겠는가?"

"물론 이야기는 그럴듯했지만 그대를 전적으로 믿을 수 있느냐 하면 그건 아니오. 아직 미심쩍은 것들이 몇 가지…."

장군이 머뭇거리자 선지자가 능청스럽게 대답했다.

"나도 장군의 마음을 이해하네. 우리에겐 아직 해야 할 이야기가 두 가지나 더 남았으니까 말이야."

마치 미래를 정해놓은 것처럼 얘기하는군. 장군은 짜증이 나서 목소리가 날카로워졌다.

"아무리 해도 그대가 시간을 거꾸로 산다는 것을 믿을 수 없소. 시간이란 누구에게나 공평한 것이오. 그것은 인간 이전부터 흘러가는 것으로 존재할 뿐, 누구에겐 제대로 흐르고 누구에겐 거꾸로 흐르는 게 아니오."

선지자는 여전히 평온한 척 목소리를 낮게 깔았다.

"장군이여, 시간은 인간 이전부터 존재하였지만 그것의 본질적 형태는 흐르지 않고 고정되어 있다네. 인간은 관점에 따라 시간을 다르게 인식하니, 때로는 방향을 거꾸로 느끼는 나 같은 사람도 존재하지."

"시간이 흐르지 않는다고? 말도 안 되오. 그대는 시간을 거꾸로 사는 인간이라 했으니, 오히려 재가 된 상태의 책이 불 속에서 저절로 온전한 책으로 완성되는 것을 눈으로 목격하지 않소? 올바로 흐르든 반대로 흐르든 시간은 흐르는 것 아니오?"

갑자기 선지자가 서판을 머리 위로 들었다. 그리고 그것을 있는 힘껏 땅바닥에 내리쳤다. 왁스와 나무로 만든 서판은 산산이 부서져 파편이 땅에 흩어졌다. 장군은 갑작스러운 선지자의 행동에 깜짝 놀랐다.

"무슨 짓이오?"

선지자가 말했다.

"시간에 대한 인식은 상대적이지만, 그 방향은 절대적이라네. 서판은 깨지고, 책은 불에 타고, 제국은 무너진다네. 멸망해 버린 제국이 다시는 새로 부흥하지 않는 것처럼 깨진 서판은 절대로 저절로 붙지 않지. 장군께서는 시간이 흐른다고 잘못 알고 계실 테지만, 실제로는 방향은 있을지언정 흐르지 않는다네."

바닥이 깨진 서판 조각으로 엉망이 된 가운데, 별다른 움직임을 보이지 않던 아라베스 노인이 그 파편들을 피해가며 다가와 선지자의 귀에 무엇인가 속삭였다. 선지자는 고개만 끄덕였다. 그리고 장군에게 말했다.

"이제부터 들려드릴 책에 대한 이야기는 이 시간의 상대적 인식에 대해 이해하는 데 도움이 될 걸세. 시간을 다르게 인식한 한 사람에 대한 이야기이지."

"그 또한 시간을 거꾸로 느꼈소?"

"아니, 그는 시간을 느끼지 못했네. 일단 내가 그 책을 어떻게 얻게 되었는지부터 말해야겠군. 난 요 제국의 서쪽 국경을 통과해 비단의 길을 따라 서쪽으로 향하고 있었어. 나는 이 길을 유랑하는 동안 주변의 여러 유목민들과 어울렸네. 그들 또한 위대한 문명을 가지고 있지만, 로마인이나 세르처럼 큰 도시와 건축물을 만들지 않았기에 그들의 제국은 멸망해도 흔적을 거의 남기지 않았지. 나는 바야흐로 이 위대한 길의 최종 종착지에 다다랐다네. 바로 콘스탄티노폴리스였지. 처음 콘스탄티노폴리스에 도착해 그곳을 보았을 때 나는 눈이 휘둥그레지고 말았어. 아름다운 건축물과 거대한 성벽, 잘 닦인 길 위로 통행하는 수많은 사람들. 로마 제국의 서방 영토는 게르만족에게 모두 빼앗기고 말겠지만, 로마의 적통은 화려하고 웅장한 그리스식으로 계승되었던 거야. 난 그제야 고향을 찾은 듯한 기분이 들었네. 거기엔 나와 생김새가 비슷한 사람들이 많았거든. 거기서 난 나의 부모가 쓸지도 모를 그리스어를 열심히 배웠다네."

"그대 여정의 최종 종착지는 그보다 더 서쪽 지역, 이곳 히스파니아인 거 아니오?"

"종착지란 없네. 말했다시피 나는 내 과거를 알고 싶어 여행하는 것이니까 말이야. 여튼, 나는 제국의 새 수도 또한 내 새 고향이 아니리라 짐작했다네. 그럼에도 나는 50년 동안이나 콘스탄티노폴리스에 체류했다네."

"목표로 한 땅이 아니면서 어째서 50년 동안이나?"

"앞서 말한 그 책을 찾기 위해서였지. 장군께서 알아야 할 건, 나에겐 끔찍할 정도로 긴 시간이 있다는 것이지. 평범한 인간 수명의 스무 배도 더 되는 장대한 시간 말이야. 그 책은 코르두바 출신의 이븐 루시드라는 철학자가 그의 저서에 잠깐 언급한 책이라네. 하지만 이후로 몇백 년 동안 읽어봤다는 사람은 아무도 없었지. 그 책은 아까 말했던 요의 역사서와는 달리 복사본이 없었다네. 아마 내가 구할 수 있었던 건 원본뿐이었을 거야. 나는 도시의 모든 고서점들을 샅샅이 뒤지고, 다섯 번씩 더 방문해서 입고된 책이 없는지 살폈다네."

필경사가 대화에 끼어들었다.

"이븐 루시드라는 작자에 대해서는 코르두바 출신인 저도 들어본 적이 없는뎁쇼?"

선지자가 말했다.

"먼 미래에 태어날 작자이니 자네가 그에 대해 못 들어본 것이 당연하지."

장군이 다시 말했다.

"그 책에 관해 무엇이 궁금했기에 그렇게 찾았던 것이오?"

"그 책에 콘스탄티노폴리스 출신의 어떤 사람이 갇혀 있다고 했거든."

"허황된 소리군. 책 안에 사람이 갇혀 있다니!"

"나도 그렇게 생각했네. 하지만 나는 너무도 궁금했어. 단순한 호기심일지라도 콘스탄티노폴리스에 온 김에 그 책은 꼭 구해봐야겠다고 생각했다네. 하지만 50여 년 동안 책을 찾아봐도 발견되지 않아서 나는 콘스탄티노폴리스엔 책이 없다고 결론 내렸네. 나는 알렉산드리아에서 다시 찾아봐야겠다고 생각했지."

필경사가 말했다.

"왜 알렉산드리아에서 그 책을 찾으려 하셨습니까? 코르두바에서 어떤 철학자가 그 책을 읽었다면, 거기에 그 책이 있지 않겠습니까?"

"그 책은 바빌론 근처 바그다드라는 도시에서 쓰였거든. 당시엔 바빌론에서 알렉산드리아, 카르타고, 코르두바까지가 하나의 거대한 제국이었다네. 로마가 아닌 다른 제국 말일세. 바그다드에서 쓰인 책은 제국의 영토를 따라 알렉산드리아를 거쳐 코르두바까지 갔을 테고, 나는 그 책의 발자취를 따라 찾아보는 게 더 낫다는 결론에 이르게 되었다네."

장군이 놀라며 말했다.

"어떤 바르바리가 그렇게나 광대한 제국을 세울 수 있는가?"

아라베스 노인이 헛기침을 했다. 선지자는 표정 변화 없이 말을 이었다.

"아라베스인들이 세운 제국이지."

"끔찍한 미래로군. 히스파니아 땅이 게르만족뿐만 아니라 저 아라베스족에게까지 능멸당하다니."

장군이 몸서리를 쳤다. 아라베스 노인의 눈초리가 험악해졌다.

"그리 끔찍하지만은 않다네. 나름 살 만한 시대였어. 나는 알렉산드리아에 도착한 즉시 콘스탄티노폴리스에서 했던 것처럼 시장 바닥을 샅샅이 뒤지고 다녔지. 운이 좋게도 나는 책을 금방 얻게 되었다네. 어떤 상인이 가지고 있던 걸 몇 년 지나지 않아 발견했거든. 그 책은 두 권짜리로, 두 책 다 엄청나게 크고 두꺼웠지. 2권이 1권보다 약간 더 두꺼웠던 것으로 기억하네. 상인은 그 책을 팔고 싶어 하지 않았고, 그가 팔고 싶은 마음을 먹을 때까지 엄청난 황금을 계속해서 쥐여줄 수밖에 없었지."

장군이 의심스러운 말투로 말했다.

"얘기가 좀 이상하지 않소? 시간을 거꾸로 느끼는 그대가 어떻게 상인과 흥정을 할 수 있소?"

"좋은 지적이네. 올바른 시간의 방향으로 이야기를 다시 말해보자면, 그 상인은 거액의 금화를 나에게 주며 책을 사 간 거야. 그 상인 덕분에 내 주머니엔 금화가 넘쳐났겠지. 하지만 내가 느끼는 관점으로 시간을 돌려보자면, 난 비단의 길을 따라 여행하고 있을 때부터 로마 황제의 모습이 새겨진 수많은 금화가 어떻게 내 주머니에 있는지 알지 못했어. 그 책을 손에 넣게 되었을 때 상인에게로 금화가 전부 가버리자 그제야 금화의 출처에 대해 알게 된 것이지."

장군이 손가락까지 꼽으며 이해하려고 노력하는 사이, 필경사가 선지자에게 물어보았다.

"그 책은 무슨 내용이었습니까? 이번에도 그 책의 내용을 전부 외우셨습니까?"

"그 이상한 책의 내용은 숫자가 대부분이었다네. 게다가 그 양도 무척 방대했고 말이야. 내용을 이해할 수 없으니 외울 수도 없었지. 난 아쉬웠지만 그 책을 바그다드 출신의 장물아비에게 헐값에 팔아넘기고 말았다네."

"숫자만 쓰인 책이라니, 거기에 어떤 의미가 있는지 궁금합니다요."

"그 책은 읽는 게 아니라 계산하는 책이었다네. 책의 서문에 계산 방법이 쓰여 있었기에, 나도 몇 차례 도전해 보았다네. 하지만 내가 계산엔 도저히 자신이 없어서 말이야. 저자를 제외하고 그 책을 해석하는 방법을 찾아낸 유일한 인간은 먼 훗날, 지금으로부터 한 1,200년 후에 이탈리아반도에 살던 한 시계공이었지."

"시계공이 어떻게 복잡한 계산을 할 수 있었습니까?"

"시계를 제작하는 데에는 뛰어난 수리數理 능력이 필요하니, 그자야말로 계산을 해내기에 딱인 사람이었지. 하지만 그는 본업인 시계 제작보다는 책에 관심이 더 많았어. 너무 좋아하다 못해 책을 사냥하기 위해 여행을 다녔다네."

장군이 말했다.

"책을 사냥하다니, 책에다 대고 활이라도 쏘는가?"

"당시 사람들의 농담이라고 해두지. 그들은 희귀하고 오래된 책을 발견해 내는 걸 '책 사냥'이라 불렀다네. 시계공이자 책 사냥꾼이었던 이탈리아인은 코르두바의 수도원 한구석에서 그 책들을 발견했지. 한때 나의 손아귀에 있었고, 코르두바의 아라베스 철학자가 읽고 자신의 저서에 인용했던 그 책을 말이야."

"잠깐만, 좀 헷갈리는데? 책 주인의 순서가 어찌 되는가?"

"내가 알렉산드리아의 상인에서 산 이후에 그 책을 다시 이름 모를 장물아비에게 팔았고, 그 장물아비는 책을 바그다드에까지 운반해서⋯."

"그대의 관점이니까 더 혼란스럽군. 원래의 시간순대로 얘기해 주지 않겠소?"

"그렇다면 바그다드의 저자부터 시작해야지. 장물아비가 저자의 서재에서 두 권의 책을 훔쳐 알렉산드리아에 가져왔고, 내가 거래를 통해 그 책들을 얻고 난 후엔 알렉산드리아의 상인이 다시 사 갔네. 그 상인은 제국의 영토를 따라 코르두바까지 그 책들을 옮긴 거야. 거기서 코르두바의 아라베스 철학자가 샀든 빌려서 읽어봤든 했겠지."

"그리고 그대는 그 철학자의 인용문을 읽고 그 책의 존재를 알게 되고, 거꾸로 시간을 거슬러 책을 찾아본 것이로군. 이제 정리가 되오. 바그다드의 저자, 장물아비, 그대, 알렉산드리아의 상인, 그리고 코르두바의 철학자와 시계를 만드는 책 사냥꾼⋯."

"맞아. 그리고 책 사냥꾼 앞뒤로도 주인이 바뀐 적이 있었지. 이렇게 많은 주인을 거쳐갔을 정도로 오래되고 사연 많은 책이야. 이제 시시콜콜한 이야기는 그만하고 본격적으로 책에 대한 이야기를 해보세. 이 이야기는 책 사냥꾼이 수도원을 찾아가는 일부터 시작한다네."

아라베스 노인이 살며시 다가와 그가 들고 있던 서판을 선지자에게 전해주었다.

두 번째 책 이야기
: 책이 된 남자

1

"대여는 불가합니다."

도서관 사서는 완강한 표정으로 레오나르도 브라촐리니의 앞을 막아섰다. 유독 까다로웠던 수도원장의 허락까지 얻어냈는데, 사서의 허락이 또 필요하다니. 애초에 책을 빌리려는 목적이 아니었기에 사서가 레오의 앞을 막아설 이유는 없었다. 그리고 사서가 억지를 부려 레오의 출입을 거부한다 해도, 레오에게는 '도둑질'이라는 최후의 수단이 있었다. 책을 훔친다는 생각에 죄책감이 들긴 하겠지만, 그건 그저 레오가 일반적인 도덕관념을 가졌기 때문이지, 딱히 신앙심이 있기 때문은 아니었다. 레오는 수도원에 일말의 존경심도 갖고 있지 않았다. 고루한 관습과 규정에 얽매인 자들. 비록 타락한 교황청의 대척점에 있다지만 어리석기는 매한가지였다. 어쨌든 위험이 큰 도둑질만은 정말로 최후의 수단으로 남겨둬야 했다.

"반출하려는 게 아닙니다. 수도원장님도 괜찮다고 하셨어요."

한층 더 언짢은 표정을 지은 사서가 그제야 천천히 비켜섰다. 문을 열고 들어서자 오래된 양피지 냄새와 곰팡내가 훅 끼쳤다. 나무 문이 끼익 소리를 내며 닫히자 문고리가 철그렁거렸다. 사서는 문 안쪽 눈에 띄지 않는 장소에 서서 주시하고 있을 테지만, 레오는 신경 쓰지 않았다. 도서관은, 해가 들지 않는 쪽으로 책장이 진열된 공간과 경사진 필사대 몇 채가 두 줄로 나란하게 배열된 스크립토리움 공간으로 나누어져 있었다. 빈 필사대 상판에 환하게 볕이 들어 먼지가 풀풀 날리는 것이 보였다. 삶이 지루해 보이는 수도사 두 명이 필사대 위에 책을 놓고 필사 작업 중이었다. 그중 한 명이 이방인을 경계하며 흘끔거렸으나, 곧 아무 일도 없었다는 듯이 하던 일로 돌아갔다.

　레오는 책장을 훑으며 항상 외우고 있던 고서적의 제목들을 입으로 중얼거렸다. 로마의 코르넬리우스 세베루스와 살레이우스 바수스의 책들, 옛 이슬람 제국 시절에 쓰였으나 여전히 발견되지 않은 이븐 시나, 아부 라이한 알비루니의 몇몇 책들. 그 밖에도 망각의 어둠 속으로 사라져 가고 있는, 인류의 보물로서 지켜져야 할 고서적들. 이들 중 하나라도 여기 도서관에서 발견된다면 이 곰팡내 나는 수도원까지 온 목적을 달성하는 것이다. 과거 아랍어로 '알안달루스'라고 불렸던 '코르도바', 이곳 에스파냐의 도시가 바로, 아라비아의 현명한 번역가들이 잊혀가던 그리스, 로마, 아라비아의 철학 서적을 라틴어로 번역하던 곳이었다. 그들은 추방당했지만, 그들이 남겨놓은 지식은 여기에 남아 있었다. 하필이면 고루한 자들이 사는 이 수도원에.

아침에 만난 수도원장은 홀쭉하고 병색이 완연한 노인이었다. 그는 세련된 베네치아 말투에 서른도 안 되어 보이는 젊은 작자가 남루한 시골 수도원 도서관에 무슨 볼일이 있는지 궁금해하는 듯했다. 그는 레오의 설명을 들은 후에도 그 근본 목적을 이해할 수 없었기 때문에 더 불안해했다. 책을 베낀다고? 도대체 뭐 하러? 그건 도리어 레오가 하고 싶었던 질문이었다. 대체 이 고리타분하기 이를 데 없는 자들은 왜 빛나는 고대 그리스, 로마, 아라비아의 지식 결정체인 책을 가지고 단지 베끼기만 하는가? 베끼는 행위가 정신 수양을 위해서라니. 레오는 도저히 이해할 수 없었다. 그들은 찬란한 지성의 산물을 베끼고 또 베꼈다. 오직 글자를 베끼는 행위가 정신을 다스리는 데 도움이 된다는 이유로. 책의 내용은 전혀 중요하지 않다. 그들은 사본을 잘 남겨놓지 않았다. 한 번 쓴 양피지는 다시 깨끗하게 긁어 내어 재활용했다. 때로는 원본 책의 양피지마저 아깝다며 세척했다. 인류의 보물이 또다시 소실되기 전에, 레오는 한시라도 빨리 어떤 책이든 베껴서 들고 나가야 했다.

레오가 수도원장에게 요청한 것은 정말로 사소했다. 책을 필사하기 위한 시간과 필사대 한 자리뿐. 종이도, 잉크도, 펜도 다 준비해 왔다. 그러나 수도원장은 뭐가 되었든 제한을 두길 원했다. 결국, 지루한 협상 끝에 단 한 권의 책 그리고 일주일의 시간이 주어졌다.

일주일이라니! 필사에 도가 튼 레오도 도달해 보지 못한 작업 속도였다. 한 달에 한 권이면 능력 있는 책 사냥꾼 소리를 들을 정도니까. 레오는 눈앞이 깜깜했다. 불가능에 가까웠으나 어쨌든 해보는 수밖에 없었다.

레오는 서재 탐색을 계속했다. 키케로의 『아르키아스를 위하여』나 루크레티우스의 『사물의 본성에 관하여』가 눈에 띄었다. 레오가 조금만 일찍 태어나 책 사냥꾼 일에 뛰어들었다면 세기의 발견이 되었을 책이었다. 늦게 태어난 죄라고나 할까? 여태껏 한 번도 발견되지 않은 책을 찾아야 했다.

귀중한 7일의 시간 중 서너 시간 정도를 허비한 끝에, 레오는 불현듯 책 한 권을 발견했다. 엄청나게 두껍고 커다란 책이었으나 그 크기 때문에 눈에 띈 것은 아니었다. 라틴어로 쓰인 제목이 레오의 기억과 이어진 것이다. 레오는 제목을 되새겼다. 그 책이 틀림없었다. 알안달루스의 유명한 주석가 이븐 루시드가 그의 책에서 딱 한 번 언급하고 지나간 그 책. 선대의 책 사냥꾼들 중 아무도 발견하지 못한 바로 그 책이었다.

『죽음과 지혜의 책 I』

아부 자파르 무함마드 이븐 무사 알 라시르 저

A

"알 라시르라는 이름의 연금술사에 대해 들어보셨습니까?"

네메시우스 콤니모스는 의자에 기대 누워 저택 중정의 대리석 석상을 바라보느라 앞에서 말하고 있는 유대계 상인의 얼굴 따위는 쳐다보지도 않았다. 나른한 표정을 짓고 있는 네메시우스를 바라보며 답변을 기다리던 유대인은 이러한 대접에 익숙한 듯 정중하게 말을 이었다.

"알 라시르가 집필하고 있다는 끔찍한 흑마술서인『죽음과 지혜의 책』은 그가 '저주의 탑'에서 연구한 죽음에 관한 지식의 집대성이라고 하더군요."

검은 머리의 젊은 귀족은 이제야 관심이 생기기라도 했는지, 마흔도 더 먹어 보이는 주름지고 짙게 탄 피부를 가진 유대인을 게슴츠레한 눈으로 바라보았다. 그리고 일부러 약간 뜸을 들인 후, 입고 있던 보석이 박힌 호화로운 보라색 실크 튜닉을 정돈하고 몸을 일으켜 앉았다.

"알렉산드리아의 이브라힘이여, 내가 연금술사들의 집필을 후원하고 있다는 사실을 누구한테 전해 들었는가?"

이브라힘이라 불린 유대계 상인은 다시 정중하게 말을 꺼냈다.

"위대하신 지성 네메시우스 콤니모스 경이시여, 경께서 알렉산드리아의 위대했던 시절을 되살리기 위해 전 세계의 수많은 책을 수집하고 있다는 사실은 콘스탄티노폴리스 내에 모르는 이가 없습니다."

네메시우스는 만족스러운 표정으로 잘 다듬어진 턱수염을 쓰다듬으며 미소 지었다. 그리고 서재를 한 바퀴 둘러보았다. 이미 서재에는 다양한 경로로 입수한 그리스와 로마, 아라비아의 파피루스 두루마리와 양피지 제본 코덱스가 정리되어 있었다. 이 책들은 앞으로 모으게 될 장대한 수집품 중 일부에 불과했다. 제2의 알렉산드리아 도서관이 될 수 있을까? 아니, 네메시우스는 다른 이름을 생각하고 있었다. 콤니모스 대도서관. 대제국 로마의 수도 콘스탄티노폴리스에서도 거대하기로 이름난 그의 저택이 바로 그 콤니모스 대도서관이 될 자리였다. 그는 아직 젊긴 하지만 결혼도 미룬 채 이 꿈을 위해 모든 것을 바치기로 했다. 연금술사들이 책을 집필할 수 있도록 금전적 후원을 하는 것 또한 도서관 건립을 위한 큰 계획의 일부였다.

"그렇다면 이브라힘이여, 그 알 라시르라는 자는 어떤 사람인가?"

"알 라시르의 본명은 아부 자파르 무함마드 이븐 무사 알 라시르입니다. 제가 알기로 그의 과거를 아는 자는 존재하지 않습니다. 수수께끼에 싸여 있는 자이지요. 그는 바그다드 외곽의 거의 무너져 가는 성탑에 사는데, 그 탑은 저주의 탑이라고 불리며 어떤 이도 근처에 가길 꺼린다고 합니다. 그도 그럴 것이, 알 라시르의 기괴한 연금술 실험은 실제로 '죽음' 그 자체를 연구하고 있으니까요. 그의 연구에 관한 소문이 과장된 나머지, 그의 탑 주위에서 누군가가 행방불명된다든가, 시체가 일어나 걷는다든가 하는 심상찮은 소문도 돌고 있다고 합니다."

"그러면 그대는 어찌하여 그런 불길한 자를 내게 말하는가?"

"황송하오나 저는 실제로 알 라시르의 탑에 초대되어 들어가 본 적이 있습니다. 그는 생각보다 깔끔한 인상에 아름다운 억양의 라틴어를 구사하더군요. 그와 그의 탑에 관한 소문을 넌지시 물어보자 그는 너털웃음을 지으며 모든 게 헛소문이라고 말하였습니다. 그의 연구 주제가 죽음이다 보니 어쩔 수 없이 괴이한 소문이 도는 것이라고요. 흑마술서라고 불리긴 하지만 그 책은 어디까지나 아리스토텔레스의 4원소설에 바탕을 둔 자연철학적 연금술 책이라고 합니다."

네메시우스는 양 팔꿈치를 양 무릎에 괴고 손깍지를 끼며 상체를 유대인에게 가까이 기울였다.

"내가 초자연적이거나 종교적인 것보다는 자연철학적인 주제에 더 관심이 있다는 사실을 알고 있는 모양이군."

알렉산드리아의 이브라힘은 다시 고개를 조아리며 말했다.

"잘 아시겠습니다만, 이슬람의 자연철학은 고대 그리스의 정신에 바탕을 두고 있습니다. 기독교에 깊이 빠져 외려 그리스의 가치를 등한시한 로마인들과는 다르지요. 페르시아의 수학자 알 콰리즈미를 들어보셨습니까?"

네메시우스는 상인의 무례함이 거슬려 미간을 찌푸렸다. 감히 나에게 알 콰리즈미를 들먹이다니. 그는 몸을 일으켜 벽에 세워진 책장으로 걸어가 가장 눈에 띄게 진열되어 있던 양피지 제본 코덱스 책 한 권을 꺼냈다. 알 콰리즈미의 『완성과 균형의 계산서』였다.

네메시우스는 콘스탄티노폴리스의 이름난 장군이었던 아버지의 죽음으로 이 저택을 물려받아 풍요로운 인생을 보냈다. 그렇지만 그는 어릴 적부터 장군의 아들보다는 언어의 신동으로 명성이 자자했다. 그는 7세 때부터 이미 모국어인 그리스어뿐 아니라 고전 라틴어와 이국의 아랍어까지 능통했다. 이국의 언어를 배운 덕에, 네메시우스는 황금의 도시 바그다드에서 한두 권씩 흘러나오던 이슬람 자연철학자들과 연금술사들의 책에 마음을 빼앗겼다. 그는 아랍어로 쓰인 책들을 수집해 라틴어로 번역했다. 이븐 알하이삼의 『광학의 서』, 이븐 시나의 『치유의 서』 그리고 자비르 이븐 하이얀의 자연철학에 바탕을 둔 연금술 책들을 번역했고, 그 책들은 콘스탄티노폴리스에서 날개 돋친 듯 팔렸다. 그는 곧 자신의 지성이 부잣집 도련님으로 돈이나 흥청망청 써가며 지내기에는 걸맞지 않다는 사실을 깨달았다. 그래서 아버지의 유산을 써서 명성 있는 연금술사를 후원하고, 그들이 쓴 책을 모아 장대한 도서관을 건립하려는 계획을 세웠다.

그는 '네메시우스 콤니모스'의 이름이 표지에 쓰여 있는 『완성과 균형의 계산서』를 들고 돌아와 이브라힘의 앞에 슬며시 놓았다. 그 책에는 번역자인 그의 이름이 지은이 알 콰리즈미의 이름보다도 앞서 더 큰 글자로 쓰여 있었다. 이브라힘은 표지를 보고 짐짓 놀라는 척했다. 네메시우스가 우쭐거리며 말했다.

"위대한 지성 콤니모스의 앞에서 알 콰리즈미의 책을 언급하는 것은 무례하다고 생각하지 않는가? 알렉산드리아의 이브라힘이여."

이브라힘이 몸 둘 바를 몰라하며 고개를 숙였다.

"송구스럽습니다. 저 또한 무지렁이인지라 라틴어로도 아랍어로도 알 콰리즈미의 책을 읽어보지 못했습니다. 알 라시르가 제게 콤니모스 경을 소개해 달라고 부탁한 이유가 있었군요. 알 라시르가 언제나 언급하는 자연철학자가 바로 알 콰리즈미입니다. 그가 뭐라고 했더라, '인간의 지혜가 작동하는 방식은 대수학에 기대고 있으며, 죽음이야말로 대수학의 소멸이다'라고…."

네메시우스가 자못 흥미롭다는 듯이 손가락을 턱에 가져다 대며 말했다.

"놀랍군. 생명과 죽음을 대수학으로 설명하려고 하다니. 결국 생과 사 또한 플라톤의 이데아적인 본질에 가깝다는 것이군. 그자가 쓰고 있다는 책이 이 이슬람 자연철학 전집에 어울렸으면 좋겠네. 기꺼이 후원해 줄 의향이 있어. 그에게도, 또 자네에게도 말이야. 좀 더 이야기해 보게."

후원 제안, 돈 이야기가 이브라힘의 의욕을 자극한 듯했다. 그의 콧수염이 씰룩였다.

"알 라시르의 기괴한 헛소문은 넘겨버리십시오. 그의 탑 근처에서 걸어 다니는 시체를 보았다느니 하는 얘기는 실제로는 바그다드 시장 바닥 무지렁이들이 떠드는 유언비어에 불과하죠. 물론 그가 시신을 이용해 연금술 실험을 하는 건 사실입니다. 그 때문에 그렇게 흉흉한 소문이 퍼진 것인데,

직접 만나보니 소문처럼 기괴하거나 간악한 사람이 아니더군요. 콤니모스 경도 만나보신다면 분명 말이 잘 통한다고 느끼실 겁니다."

"그 기괴한 실험이 실제로 진행되고 있긴 하다는 말인가?"

"그렇긴 합니다만, 시신의 해부는 이슬람 율법에 따라 합리적이고 합법적으로 진행한다고 하더군요. 자연철학적으로 연구를 해야 하니 실험 재료가 필요했던 것뿐입니다."

"그래, 알겠군. 코란도 교회도 용인할 만한 수준이겠지. 알 라시르는 아랍어로 책을 쓰는가?"

"네, 그렇습니다. 아무래도 라틴어에는 익숙하지 않으니까요. 하지만 알 라시르는 경께 번역 이상을 맡기길 원하는 모양입니다. 라틴어에 능통해 공동으로 집필하고 후원까지 해줄 동업자 말입니다. 책은 아랍어와 라틴어로 동시에 쓰이는 것이지요."

네메시우스는 그의 말대로 알 라시르란 자가 말이 통하는 친구가 될 수 있겠다고 짐작했다. 만약 그가 쓸 책이 죽음이라는 분야에서 알 콰리즈미 정도의 영향력을 끼칠 만하다면, 번역자가 아닌 저자로서 네메시우스 콤니모스의 이름이 책 표지에 기록되는 것은 대단한 영광이 될 터였다.

그때, 이브라힘이 천천히 다가와 네메시우스에게 은밀하

게 속삭였다.

"또한 알 라시르의 연구 주제인 죽음은 필히 영생과 연결되어 있을 것입니다."

네메시우스가 놀라며 되물었다.

"영생이라고?"

"그렇습니다. 영원한 삶 말이죠. 콤니모스 경께서 혹시라도 관심이 있으시다면, 겸사겸사 직접 가셔서 그자와 대화를 나눠보심이 좋겠습니다."

"내가 직접 그자에게 가야 한단 말인가?"

"그렇습니다. 공동 저자로서 말씀도 나누고, 실험실도 둘러보셔야 할 테니까요. 가는 길이 편치 않으실 줄 압니다. 서쪽에는 십자군 무리가 행군 중이고, 사막 곳곳에 베두인족들도 골칫거리지요. 하지만 너무 걱정하지 마십시오. 저희 유대인 카라반과 함께라면 누구도 건드리지 못할 테니까요."

이 말을 전하는 이브라힘의 수염 덮인 입꼬리가 살짝 올라갔다.

2

곤돌라는 베네치아 운하를 따라 천천히 흘러갔다. 오랜 여행을 끝마친 레오는 지쳐서 느릿한 몸짓으로 운하의 종점인 베네치아 광장에 내렸다. 광장 시계탑의 사자 석상 뒤에 장식된 금색 별 무늬 타일들이 노을의 반사광으로 반짝였다. 때마침 탑 꼭대기의 청동 석상 망치질이 오후 6시 종을 울렸다. 잘 작동되는 시계를 보자 레오의 표정이 조금 밝아졌다. 레오가 시계탑 관리소 앞에까지 오자, '꼬맹이' 우고가 어떻게 알았는지 뛰어나와 반겨주었다. 더는 꼬맹이라고 부를 수 없을 정도로 자란 모습이었다. 레오는 반가운 표정으로 그와 격하게 포옹을 나눴다.

레오는 꼬맹이 시절의 우고를 비 오는 주님 승천 대축일에 처음 보았다. 비가 억수로 내리는데도 그 꼬맹이는 목 빠지게 시선을 위로 향한 채 동방박사 인형들이 문을 열고 마리아상 주변을 순례하는 모습을 바라보고 있었다. 나중에 알고 보니 꼬맹이는 평소에도 인파에 섞인 채 시계탑 주위를 순례하듯 서성댔던 모양이다. 마침 레오는 교황청의 명령으로 아는 이 하나 없는 베네치아에 새로 건축된 시계탑 관리자로 파견된 참이었다. 말동무도 없이 외로이 비 오는 풍경을 바라보다, 꼬맹이 우고를 보자 레오는 왠지 모르게 그와 자신이 같은 처지로 느껴졌다.

비 오던 승천일 이후, 그는 시계탑 관리 보조이자 좋은 친구로 레오와 함께 지내게 되었다. 꼬맹이 우고 토리아니는 태엽이 작동하는 시계탑 내부에 강한 호기심을 보였다. 레오는 그에게 시계탑 관리의 모든 것을 가르쳐 주었다. 우고는 기계 장치의 작동 원리를 누구보다 빨리 깨우쳤다. 레오가 가끔 노스승과 함께 책 사냥을 떠나느라 몇 개월이나 자리를 비울 때도, 우고는 태엽 하나 고장 내는 일 없이 시계탑을 관리할 수 있게 되었다.

그런데 3년 전, 교황이 노환으로 사망하고 연이어 사건들이 일어났다. 새로 선출된 교황은 인문주의자들의 반대를 무릅쓰고 전임 교황의 역사 기록 부서를 폐지했다. 또 반대파 인문주의자 중 가장 중요한 인물이었던 레오의 스승, 바르톨로메오 포지오를 투옥해 고문했다. 고령의 포지오가 고문을 견디지 못한 것은 당연한 노릇이었다. 그는 교황청 감옥에서 비참한 최후를 맞았다. 레오는 그전부터 그저 한낱 시계탑 관리자처럼 보이려고 무던히도 노력했으나 그러면서도 신임 교황의 눈에 띄지 않기는 불가능하다고 생각했다. 그는 예전부터 인문주의자이자 책 사냥꾼인 포지오의 제자로, 또 이교도 문서를 수집하는 자로 교황청 내에 소문이 자자했다. 레오는 스승의 소식을 듣자마자 바로 야밤을 틈타 베네치아를 벗어났다.

"우고, 나를 찾는 이는 없었느냐?"

"스승님, 떠나시자마자 교황청에서 많은 이들이 찾아왔습니다. 하지만 그 후론 아무도 찾아오지 않았습니다."

하루라도 늦었다면 레오 또한 투옥되거나, 최악의 경우 죽음을 면치 못했을 것이다. 도피 여행은 혼자라 더 힘들고 처량했다. 레오는 어릴 적부터 포지오 경과 여러 번 책 사냥을 다녔다. 하지만 이번 여행은 모든 것을 혼자 해야 한다는 점에서 달랐다. 종이와 양피지 묶음, 필기구, 문진, 각종 제본 도구 등 여행 짐을 꾸리고, 발견해야 할 서적 목록을 작성하고, 목표가 되는 수도원을 정해, 수도원장과 도서관 사서를 구워삶는 일을 혼자서 해내야 했다. 그런데도 레오는 고통스럽다고 느끼지는 않았다. 오히려 즐거웠다. 그는 태엽 장치 조작과 설계, 시계탑 관리에 재능이 있었지만, 책을 모으고 읽는 일이 훨씬 좋았다. 시계탑을 우고에게 맡길 수 있어 천만다행이었다.

레오의 침대는 3년이나 비어 있었지만 깔끔하게 정돈되어 있었다. 우고의 성실한 손길이 곳곳에서 느껴졌다. 그는 짐을 풀어 에스파냐와 프랑스, 독일 등지에서 수집한 필사본들을 꺼냈다. 짐의 가장 밑바닥엔 이번 여행에서 얻은 책 중 가장 두껍고 큰 알 라시르의 『죽음과 지혜의 책 I』 사본이 있었다. 에스파냐 수도원의 먼지와 곰팡내가 책에도 묻어 있었다. 그 냄새를 맡자 기억이 떠올랐다. 식사도 거의 하지 못하고 필사대에 앉은 채 매일 밤을 새우다시피 한 고된 날들이었다.

B

　사막의 지평선 너머로 사라져 버린 태양을 바라보며, 네메시우스는 조금씩 한기를 느꼈다. 낮에는 카라반의 모든 짐을 불태워 버릴 정도로 뜨겁더니, 이윽고 해가 지평선 아래로 사라지고 어스름이 내리니 열기는 온데간데없이 사라져 버리고 말았다. 사막이란 정말로 바다와 같았다. 낙타라는 배로밖에 건널 수 없는, 길도 산도 도시도 없는 바다. 네메시우스는 사막 여행이 이렇게 지긋지긋하고 인내심을 요구하는 일인지 미처 몰랐다.

　네메시우스와 이브라힘은 콘스탄티노폴리스 항구에서 배를 타고 시리아의 안티오키아에 이르렀다. 그곳에서 이브라힘의 카라반 무리가 대기하고 있었다. 카라반은 낙타 서른 마리와 유대인 상인 열 명 정도의 규모였다. 입이 늘면 먹을 것을 추가로 실어야 하기 때문에 그는 오직 하인 한 명만 대동할 수 있었다. 그때만 해도 네메시우스는 바그다드까지 한 달도 안 되는 여정이라며 이 여행을 우습게 생각했다. 그런데 일주일도 채 지나지 않아 그는 자신의 생각이 잘못되었음을 깨달았다. 한낮의 태양은 괴로울 정도로 뜨거웠고, 말린 양고기 육포, 절인 대추야자, 치즈뿐인 식사는 입에 전혀 맞지 않았으며, 냄새나는 낙타의 등은 무척 흔들려 불편하기 짝이 없었다.

네메시우스는 지긋지긋한 한낮의 태양을 잊어버리고자 수시로 이브라힘을 붙들고 대화를 나눴다. 사실 상인 중에서 라틴어를 할 수 있는 자가 이브라힘밖에 없기도 했다. 다행히도 이브라힘은 아는 것도 많고 재치도 있어서 대화하는 재미가 있었다. 한번은 네메시우스가 알렉산드리아의 대도서관이 어떻게 사라졌는지 물어보았다.

"전설의 알렉산드리아 대도서관 말씀입니까? 안타깝게도 불타버리고 말았죠. 혹자는 불이 난 지 200년 정도밖에 안 됐다고도 하지요. 아라비아에서 건너온 술탄이 코란에 위배되는 책들을 없애기 위해 불을 질렀다고요. 그러나 그보다 더 전에 불탔다는 게 정설입니다. 고작 200년 전 일이라기엔 유물이나 건물의 흔적조차 발견되지 않으니까요. 그 시기가 언제인지는 불분명하지만, 화재 때문에 사라졌다는 것만은 확실합니다."

"지식이 위대하다 해도 그깟 불에 의해 그리 쉽게 사라지는군. 그 도서관이 아직 남아 있었다면 그 엄청나게 많은 책을 읽어볼 수 있었을 텐데."

"그렇습니다. 그곳에 지중해의 모든 책이 다 모였었다고들 하지요. 쉽게 찢어지는 파피루스 두루마리뿐이지만 말입니다."

"그런데 그 많은 두루마리가 어떻게 그곳에 모였는지 아는가?"

"어떤 설에 따르면, 도서관의 사서들은 생각보다 거칠었다고 합니다. '도서관 사서 폭력배설'이라고나 할까요? 어떤 이가 두루마리를 지니고 알렉산드리아로 여행을 오게 되면, 항구에 대기하던 사서들이 달려들어 강제로 그것을 빼앗았다고 하니까요."

이브라힘은 말을 마치고 껄껄 웃었다. 네메시우스도 웃었으나 지친 나머지 웃기지 않는데도 웃어주는 것처럼 들렸다. 이브라힘은 개의치 않고 말을 이어나갔다.

"그런데 이것이 알렉산드리아의 명성을 더욱 빛나게 했다고 하지요. 그렇게 빼앗긴 두루마리를 필사하는 동안 두루마리의 주인은 알렉산드리아에 머물며 자신의 소유물을 돌려받을 때까지 기다릴 수밖에 없으니까요. 그동안 그는 손님으로서 극진한 대접을 받고, 도시인들은 그와의 대화를 통해 풍부한 지식을 주고받았지요. 예로부터 알렉산드리아가 '지식의 도시'라고 불렸던 이유입니다."

이번에는 이브라힘이 네메시우스에게 되물었다.

"경께서는 콘스탄티노폴리스에 도서관을 건립하려 하십니까?"

네메시우스는 나이 든 상인의 눈을 바라보았다. 그의 예리한 눈빛은 사막의 모래로 더러워진 얼굴에서 유일하게 반짝거리며 빛나고 있었다.

"그렇다네. 알렉산드리아의 대도서관만큼 유명한 도서관을 만들려고 해. 내가 번역한 책이나, 수집하고 후원한 책들을 모으는 것이지."

이브라힘이 말했다.

"경의 꿈을 좀 더 크고 장대하게 이룰 수 있게 도와줄 좋은 물품을 알고 있습니다. 혹시 '동방의 종이papyrus'라는 것을 알고 계십니까?"

네메시우스는 궁금하다는 표정을 지으며 반문했다.

"파피루스papyrus는 이집트에서 오지 않는가?"

"바그다드 시장에는 가끔 동쪽에서 온 상인들이 나타납니다. 그들이 동방의 종이를 팔고 있지요. 동방의 종이는 이집트의 파피루스보다 희고 질기며, 양피지보다 얇고 가볍습니다. 종이로 코덱스 형태의 제본을 한다면 두루마리 형태보다 엄청나게 많은 분량을 담을 수 있지요. 저희도 그것을 어떻게 만드는지는 모릅니다. 하지만 종이를 이용하신다면, 콘스탄티노폴리스의 콤니모스 대도서관은 알렉산드리아 대도서관보다 더 많은 책을 소장하게 될 것입니다. 다만 동방의 종이 또한 불이 잘 붙으니 화재에는 각별히 신경 써야겠지요."

이브라힘이 또다시 껄껄 웃었다. 아직 꿈을 다 이룬 것도 아닌데 네메시우스는 약간 우쭐해졌다. 그의 표정을 흘끗 본 이브라힘은 콧수염 속에 감춰진 입꼬리를 한쪽만 씰룩 하고 움직였다.

그 와중에 카라반은 사암 계곡을 지나고 있었다. 낙타에 탄 상인들이 갑자기 경계 태세를 취했다. 바위 뒤에서 인기척이 있었던 모양이었다. 얼마 지나지 않아 세 명의 베두인족이 나타났다. 카라반 선두에 있는 유대인이 그를 맞았다. 그들은 험상궂은 얼굴을 맞대고 무엇인가 얘기했다. 이브라힘은 네메시우스에게 이들이 통행세를 요구할지도 모른다고 말하고는 곧장 선두로 낙타를 몰았다. 네메시우스는 두려움에 휩싸여 그의 하인을 불렀다. 건장한 하인이 낙타에서 내려서 칼을 뽑으니 그 옆의 상인들이 뭐라고 소리쳤다. 아직은 칼을 꺼낼 때가 아니라고 말하는 것 같았다.

협상은 생각보다 길어졌고 시간이 흐를수록 베두인족과 유대인 간의 언성이 높아졌다. 베두인족이 결국엔 손을 번쩍 들며 네메시우스는 알아들을 수 없는 말을 외쳤다. 바위 뒤에서 여러 명의 베두인족이 함성을 지르며 뛰쳐나왔다. 낙타 위의 유대인들이 모두 칼을 뽑았다. 그러나 수적으로 밀리는 형국이었다. 베두인족들은 스무 명 가까이 되었다. 포위된 유대인들은 짐을 실은 낙타들을 보호하느라 제 실력을 발휘하지 못하는 것처럼 보였다. 두려움에 휩싸인 네메시우스는 낙타에서 내린 다음 낙타의 배 아래에 웅크리고 앉아 자신의 하인을 찾았다.

"안티고노스! 안티고노스는 어디에 있느냐!"

그의 하인은 칼을 뽑아 들고 선두에 서서 정신없이 베두인족들을 베며 나아가고 있었다. 그는 적진으로 너무 깊이 들어간 나머지 도적 떼에 사방으로 포위되었다. 이윽고, 그는 유대인 무리에서 멀리 떨어진 곳에 고립되어 칼에 맞아 쓰러지고 말았다.

반면 유대인들은 낙타에서 내리지 않고 짐을 실은 낙타를 가운데로 몰아 둘러싼 채 베두인족들의 공격을 효과적으로 흘려보냈다. 미처 둘러싸지 못한 짐 실은 낙타 한 마리가 도적들에게 넘어갔지만, 카라반 상인 중 단 한 명도 목숨을 잃지 않았다. 날카로운 휘파람이 울리자 베두인족들은 물결치듯 다시 바위 뒤편으로 사라졌다. 그들은 낙타 한 마리와 거기에 실린 무역품 정도로 만족하는 듯했다. 카라반 상인들도 이 정도 출혈은 감수할 만하다는 듯이 조용하고 침착하게 대열을 정돈했다. 유대인 상인의 방어 전술에 무지했던 하인 안티고노스만이 피를 흘리며 모래 위에 쓰러져 있었다.

네메시우스는 낙타의 꽁무니에서 기어 나와 벌벌 떨리는 손으로 가죽 부대에 담긴 귀중한 물을 꿀꺽꿀꺽 삼켰다. 그가 침착해지는 데에는 시간이 좀 걸렸다. 이브라힘이 네메시우스에게 다가와서 말했다.

"불쌍한 안티고노스, 그의 용기는 가상했습니다. 그의 시신을 싣고 가겠습니다."

네메시우스가 떨리는 손을 휘저으며 시신을 낙타에 실으려는 유대인들을 제지했다.

"굳이 그럴 필요 없네. 그저 하인일 뿐인데 버리고 가면 되지 않겠나?"

네메시우스는 한숨을 한 번 크게 내쉬고 옷을 정돈했다. 그러고는 낙타 엉덩이 아래에서 떨며 하인의 이름을 애처롭게 부르던 조금 전의 태도는 완전히 잊은 듯, 턱을 거만하게 치켜들고 낙타에 올라탔다.

3

레오는 자신의 낡은 나무 책상 위에 책을 놓고, 걸상에 단정히 앉아 겉표지도 미처 갖추지 못한 그 책을 바라보았다. 도무지 이해하기 힘든 책이었다. 책은 세 장章으로 구성되어 있었다. 첫 번째로 라틴어로 된 짧은 서장, 두 번째로 대수학 수식이 가득한 장(이 부분은 마치 알 콰리즈미의 『완성과 균형의 계산서』를 연상케 하는 대수학 계산 규칙에 관한 내용이었다), 세 번째로 책의 10분의 9, 아니 100분의 99 정도 분량을 차지하는, 무의미해 보이는 아라비아 숫자가 가득한 장이었다.

　레오가 필사할 당시엔 시간에 쫓기느라 제목의 의미도 책의 내용도 제대로 음미하지 못했다. 제목이 『죽음과 지혜의 책 I』인 것으로 보아 분명 2권이 있었을 텐데, 그 책을 찾아 수도원 서가를 뒤져볼 생각조차 할 수 없었다. 특히 초반 라틴어 서장이 무슨 이야기였는지조차 기억나지 않았던 이유는, 필사를 빠르게 마쳐야 한다는 정신적 압박 때문이었다. 마음이 급할수록 필사는 단조로운 글자 베끼기가 되어버리니 말이다.

　이와는 반대로 수도원에서 보낸 일주일 동안 느꼈던 몸의 감각, 특히 육체적 피로는 생생하게 기억났다. 그는 하룻밤 만에 라틴어 서장과 대수학 수식 장의 필사를 모두 끝마쳤다. 그러자 끝도 없이 길고 지루한 아라비아 숫자의 행진이 뒤따랐다. 숫자 한 자라도 틀리지 않으려고 온 정신을 집중한 채 두 밤을 꼴딱 새웠고, 극도의 피로감이 셋째 날 아침부터 몰려왔다. 레오는 슬슬 의심이 들었다. 이 무의미한 숫자의 연쇄에 도대체 무슨 의미가 있는가? 후회도 들었다. 진작 서장이라도 정신을 가다듬고 뜻을 이해해 볼 것을. 그랬다면 진작 포기했을 텐데. 그는 가까스로 정신을 유지하며 반복 작업을 계속했다. 잠은 필사대에 엎드린 채로 자는 수밖에 없었고, 식사는 미리 싸 온 마르고 딱딱한 빵 쪼가리뿐이었다. 마지막 날 밤이 되었다. 이미 눈꺼풀은 반쯤 감겨 있었지만, 그래도 그 두꺼운 책이 끝나가는 것처럼 보였다. 자정은 이미 지났다. 그는 마지막 페이지를 펼쳤다. 저자가 강조하고 싶은 말이었는지 아라비아 숫자는 온데간데없고 라틴어 한 문장만 쓰여 있었다. 지금껏 눈에 띄지 않았던 늙은 사서가 소리 없이 다가와 어깨 뒤에서 헛기침했다. 레오는 마지막 문장을 눈으로 겨우 기억하고, 제본도 제대로 안 된 필사본 종이 무더기를 정신없이 꾸렸다.

　짐도 제대로 정리하지 못하고 쫓기듯 수도원을 나선 그는 여관까지 기다시피 가서 도착하자마자 눈을 붙였다. 그리고 죽은 듯 잠을 잤다. 깨어나 보니 해가 중천에 떠 있었다. 얼마 잔 것도 아니로군, 하고 생각했는데 알고 보니 하루를 넘게 잠에 빠져 있었다. 문득 책의 마지막 페이지를 필사하지 못하고 기억하려 애쓰며 급히 수도원을 떠났다는 데 생각이 미쳤다. 떠올려 보니 다행히 잊지는 않은 모양이었다. 그는 문장을 글자 하나씩 떠올리고, 단어로 인식하고, 이어서 문장 전체의 의미를 되새겨 보았다. 이제야 문장의 뜻이 의미로 다가왔다. 레오는 묶이지 않은 페이지로 뒤죽박죽되어 버린 가방을 뒤져 필사본의 마지막 페이지로 쓰려고 했던 종이를 꺼냈다. 그리고 여관방 탁자에 앉아 기억하고 있던 마지막 문장을 써 내려갔다.

독자여, 무엇이든 물어보라. 책이 대답할 것이니.

C

카라반 무리는 거칠고 높은 바위 언덕으로 올라가는 길에 들어섰다. 언덕 위로 구불구불 펼쳐진 사암빛 성채와 그 위로 왜 저주의 탑이라고 불리는지 알 것 같은, 기괴한 모양의 낡아빠진 이슬람식 첨탑이 드러났다. 물이 다 말라버린 해자 너머에 아치형 다리로 연결된 성채의 입구가 활짝 열려 있었다. 바위 언덕 위로 높게 솟은 첨탑은 근처를 지나다니는 모든 사람의 일거수일투족을 감시할 수 있을 것 같았다. 굳이 이 사막 한가운데까지 다가오려 한다면 말이다.

성채의 입구엔 하인으로 보이는 덩치 크고 등이 구부정한 자가 기다리고 있었다. 덩치 큰 하인은 아무 말도 하지 않았다. 이브라힘과 그의 상인들도 아무 말 없이 간단한 손짓으로 인사를 했다. 하인은 뒤로 돌아 앞장서 걷기 시작했다. 이브라힘과 상인들이 낙타를 묶어놓고 하인을 따라가자 네메시우스도 뒤따랐다. 황폐한 성의 내부를 지나(군데군데 구석에 모래가 수북이 쌓여 있었다) 길쭉한 직사각형 중정에 진입했다. 중정 한가운데에는 과거에 연못이었을 길쭉한 직사각형의 얕은 구덩이가 있었다. 중정의 한쪽 짧은 면에는 아라베스크 문양으로 장식된 네 개의 기둥과 세 개의 아치가 있었고, 중앙의 가장 큰 아치 너머에는 더 큰 아치형 문이 보였다. 고개를 들어 올려다보자, 아치형 문이 있는 건물 위로 뾰족한 첨탑이 높이 솟아 있었다. 일행이 다가가자 아치형 문의 왼쪽이 조금 열리면서 누군가 걸어 나왔다.

"사막 여행에 익숙하지 않았다면 힘드셨을 텐데, 이렇게 무사히 도착하셔서 다행입니다."

알 라시르는 우아한 라틴어로 네메시우스와 상인들을 맞이했다. 그 억양은 이교도들이 배워서 말하는 것과 전혀 비슷하지 않았다. 흘려듣는다면 로마인이라고 착각할 법했다. 외양도 사막의 베두인족들과 매우 달랐다. 깔끔하게 정돈된 수염에, 고급스러운 금색의 이슬람식 무늬가 어우러진 흰색 토브를 입고 터번을 쓰고 있었다. 향기로운 유향 냄새도 풍겼다. 아랍인이라 그런지 몰라도 네메시우스의 눈으로는 그의 나이대를 가늠하기 힘들었다. 네메시우스와 동년배로 보이기도 했지만, 쉰은 넘은 나이라 해도 아무 문제 없을 듯했다. 번뜩이는 초록색 눈동자가 특별히 눈에 띄었다.

이브라힘에 따르면 바그다드는 이곳에서 반나절 정도면 도착할 만한 가까운 거리라고 했었다. 바그다드라니. 네메시우스는 하인도 없이 낯선 이국땅에 남겨진 처지에 불안감을 느꼈지만, 아치형 문 안쪽을 보는 순간 불안은 눈 녹듯이 사그라졌다. 황폐한 외관의 성채와는 사뭇 다른 호화로운 공간이 펼쳐졌던 것이다. 바닥에는 고급스러운 바그다드산 카펫이 깔려 있었고, 술탄이 쓸 것만 같은 최고급 가구와 은빛 식기들이 즐비했다. 창이 약간 작아서 한낮임에도 조금 어두웠으나, 오히려 그 어둑한 분위기가 신비스럽고도 아늑한 느낌을 고조시켰다. 그러나 무엇보다도 안심되는 이유는 알 라시르의 고급스러운 라틴어 억양과 교양 넘치는 어휘 그리고 정중한 말투 때문이었다.

네메시우스는 생각했다. 저주의 탑이라는 소문은 이 안쪽까지 들어와 보지 못하고 멀리서 바라본 자들이 붙인 거짓된 이름이겠군.

사막의 지평선으로 해가 넘어가고 있었다. 네메시우스는 이브라힘과 상인들이 카라반에서 뭔지 모를 짐을 내려놓고 창고로 나르는 작업을 지켜보았으나, 곧 지루해져서 하인에게 묵을 방을 안내해 달라고 했다. 여전히 말이 없는 하인을 따라 미로 같은 복도 너머의 숙소로 도착한 네메시우스는, 잠깐의 휴식을 취한 후 다시 하인의 인도를 받아 저녁 만찬이 준비된 중앙 홀로 나왔다. 신선한 양고기와 과일에 함께 곁들일 와인까지 차려져 있어 제법 먹음직스러웠다. 사막 한가운데에서 이런 식재료가 나는 것은 아닐 테고, 아마 대부분은 바그다드에서 왔으리라고 네메시우스는 짐작했다. 그런데 이브라힘과 상인들의 모습이 보이지 않았다.

네메시우스는 생각했다. 아마 상인들끼리 따로 먹는 곳이 있겠지.

네메시우스는 오히려 마음이 놓였다. 솔직히 말해서, 여행하는 동안 상인들이 보여준 예의범절은 못 견디게 지긋지긋했고 그들과 함께한 식사 또한 그리 유쾌하지 않았던 터였다.

알 라시르가 아까보다 더 고급스러운 금빛 비단옷을 갈아입고 나와 네메시우스를 맞이했다.

"이브라힘에게 들으셨으리라고 짐작되지만, 저는 연금술 연구를 진행하고 있습니다. 경께서 도와주신다면 저의 연구가 더욱 발전할 수 있으리라 생각합니다."

네메시우스가 거만하게 말했다.

"알 라시르 경, 번역이나 후원이라면 아무 문제 없습니다. 저는 아라비아 자연철학에 직접 이바지하길 원합니다. 경의 그 연구는 저의 대도서관, 아, 아니, 콘스탄티노폴리스를 위한 도서관을 설립하고자 하는 이상에 아주 잘 들어맞는 주제더군요. 그러니까 연구의 주제가 죽음의 대수학적인 해석이라고 하셨나요?"

알 라시르는 와인을 홀짝이며 말했다.

"네, 이브라힘이 잘 말해주었나 봅니다. 인간의 생이란 대수학적 계산이라고 볼 수 있습니다. 그것도 끝없이 계속되는 방정식의 풀이법이지요. 알 콰리즈미의 '알 자브르 왈 무카발라' 그러니까 『완성과 균형의 계산서』를 잘 알고 계시겠지만, 방정식이란 곧 '미지수'라는, 알지 못하는 것의 정체를 밝히는 일련의 단계입니다. 『완성과 균형의 계산서』에 따르면, 미지수를 알고 싶다면 미지수 곁에 존재하는 알려진 수를 등식의 반대편으로 '이항'시키면 됩니다."

네메시우스는 음식을 잠시 내려놓고 말했다.

"알 콰리즈미가 제창한 대수학이로군요. 그런데 아무리 생각해 봐도 인간의 죽음과 방정식 풀이법 사이에 무슨 관계가 있는지 모르겠습니다. 알 라시르 경의 지혜가 궁금할 따름입니다."

"콘스탄티노폴리스의 위대한 지성 앞에서 한낱 지푸라기 같은 지식을 자랑하는 듯해 송구스럽습니다. 그런데 방금 콤니모스 경의 질문에도 알 콰리즈미의 대수학 원리가 그대로 드러나 있습니다. 경은 제 지혜가 궁금하다고 하셨지요. 그렇다면 미지수란 바로 저만 알고 있는 지혜를 향한 경의 궁금함입니다. 미지수를 알기 위해 알려진 수를 이항시키듯이, 궁금함을 풀기 위해서는 저의 지혜를 네메시우스 경께 말이나 글로 이항하면 됩니다. 그리한다면 경께서 알고자 한 제 지혜의 알려지지 않은 부분, 즉 미지수는 꼼짝없이 경의 머릿속에 드러나게 되겠지요."

"좋은 비유입니다. 쉽게 이해되는군요. 말 또는 글로 상대방에게 지혜를 전달함은 마치 알려진 수를 이항해 방정식을 푸는 행위와 비슷하다, 이런 이야기 아닙니까?"

알 라시르는 빙긋 웃음을 지었다.

"제 말의 무례를 용서하시길 바라며 말씀드리자면, 이렇게 현명한 로마인은 처음 만나뵙니다, 위대한 콤니모스 경이여. 사실 이 지혜의 이항 이야기는 비유가 아닙니다. 자연철학에 근거해 관찰할 수 있는 사실이지요. 경께서는 이븐 알하이삼의 '키탑 알마나지르', 그러니까 『광학의 서』를 당연히 읽어보셨겠지요. 그에 따르면 우리가 물체를 볼 수 있는 이유는, 태양 빛이 물체에 반사되고 그 빛이 우리의 눈으로 들어오기 때문입니다.

하지만 문제는 그다음부터입니다. 이븐 알하이삼도 우리가 물체를 본 후로 그것을 어떻게 지혜로 만드는지는 언급하지 않고 있습니다. 여기에 알 콰리즈미의 대수학을 적용하면 정말로 간단한데 말이지요. 붉게 잘 익은 대추야자를 본다고 가정해 보지요. 이븐 알하이삼에 따르면, 대추야자를 알아볼 수 있는 것은 태양 빛이 그 과일의 표면에서 반사되어 경의 안구로 들어갔기 때문입니다. 그렇지요? 그런데 그 빛은 다른 곳에서 반사된 빛, 이를테면 접시에서 반사된 빛과 무슨 차이가 있을까요? 어떤 원리로 경은 대추야자를 대추야자라고 알아보고, 접시를 접시라고 알아보게 될까요?"

알 라시르는 네메시우스가 생각할 시간을 잠시 주기라도 하듯 말을 멈췄다.

"그것 또한 미지수와 이항의 문제로군요. 우리가 대추야자를 알아채기 전의 상태를 미지수라고 하면, 빛이 대추야자의 무엇인가를 이항시킨다고 볼 수 있는 게 아닐까 합니다."

알 라시르는 과장된 몸짓을 지으며 대화를 이어나갔다.

"콤니모스 경이여, 경의 지혜야말로 제가 무릎 꿇고 이항시키고 싶은 위대한 지혜 그 자체입니다. 이 상황에서 지혜란 대추야자가 대추야자인지 알아보게 하는 과정입니다. 태어날 때부터 앞을 보지 못하는 자는 그런 지혜를 가질 수 없지요. 그러나 우리도 대추야자에 관한 지혜를 처음부터 가지고 있지는 않습니다. 예를 들어 아무 빛도 없는 그믐밤에는 대추야자를 알아보는 지혜란 존재하지 않습니다. 그러므로 그런 상황에서 대추야자에 관한 지혜는 미지수지요. 동이 터 태양 빛이 대추야자에 반사되면, 그 빛은 우리의 눈을 통과해서, 즉 이항되어서 지혜의 원천인 머릿속에 들어오게 됩니다. 미지수는 결국 이항된 빛과 결합하여서 방정식처럼 풀리고 마는 것입니다. 지혜는 대추야자를 대추야자로 알아보게 하고, 접시를 접시로 알아보게 합니다."

네메시우스가 물었다.

"그런데 왜 빛은 대추야자에 부딪힌 후에야 미지수를 풀 수 있게 하는 것입니까?"

알 라시르가 대답했다.

"태양에서 나오는 빛 자체는 아무것도 담지 않습니다. 빛이 대추야자에 부딪힌 후에야 무엇인가를 담게 되지요. 저는 빛이 어딘가에 부딪힌 후에 생성되는 그 무엇인가를 '시그눔 signum'이라고 부르기로 했습니다. 시그눔은 태양에서 직접 나오는 빛에는 없지만, 대추야자에 반사된 빛에는 포함되어 있습니다. 이 시그눔을 포함한 빛이야말로 지혜의 원천입니다."

네메시우스는 이 정체불명의 아랍인으로부터 묘한 감명을 받기 시작했다. 그는 질문을 이어갔다.

"그렇다면 보는 것 말고 다른 감각에도 빛의 시그눔과 비슷한 것들이 있습니까? 예를 들어서 대화를 할 때, 책을 읽을 때에도 있습니까? 냄새를 맡을 때는요?"

알 라시르는 빙그레 웃으며 품위 있게 고개를 끄덕였다.

"그렇습니다. 우리의 모든 감각에는 시그눔이 있습니다. 바람 소리와 달리 말에는 시그눔이 있죠. 정체불명의 외국 책을 읽을 때와는 달리 모국어로 된 책에서는 풍부한 시그눔을 느끼실 수 있을 겁니다. 대화 중 한 음절을 들을 때도, 책의 글자 한 자를 읽을 때도 시그눔은 우리의 지혜를 생성시킵니다. 그뿐만이 아닙니다. 시그눔은 우리의 머릿속에서 연쇄적으로 전달되지요. 대추야자를 본 이후에도 시그눔은 계속해서 전달됩니다. 대추야자를 보고 그것이 대추야자임을 알아본 우리는, 또다시 시그눔을 전달해 다음 방정식의 미지수를 풀려고 합니다. 바로 '나는 대추야자를 먹고 싶은가?'라는 미지수지요. 방정식을 풀어서 먹고 싶다는 욕망을 느꼈다면, 또다시 다음 미지수가 준비됩니다. 바로 '나는 대추야자를 먹기 위해 신체의 일부분을 움직여야 하는가?'입니다. 방정식을 푼 후에야 우리는 비로소 팔을 움직여 대추야자를 집는 것입니다. 우리가 생각하고, 욕망을 느끼고, 신체를 움직이는 모든 사소한 행위들은 바로 이 미지수 연쇄를 일으키는 작고 미세한 지혜들을 바탕으로 합니다. 그리고 이것이 바로 '생명'의 원리입니다."

네메시우스는 이제야 알 라시르가 추구하는 연구 주제를 이해했다.

"그렇다면 알 라시르 경이 생각하는 죽음이란 이 생명의 방정식 연쇄가 중지된 상태로군요?"

"그렇습니다. 저는 죽음이란 지혜의 방정식 연쇄가 단절된 상태라는 매우 간단한 결론에 도달했습니다."

네메시우스는 정말로 궁금했던 질문을 던졌다.

"그렇다면 경은 영생을 이룰 수 있습니까? 지혜의 방정식을 영원히 이어지게 할 수 있다는 말입니까?"

알 라시르는 말없이 초록색 눈동자로 네메시우스를 바라보았다. 갑작스러운 침묵에 압도된 듯 네메시우스도 잠시 움직임을 멈추었다. 둘 사이 지혜의 이항이 중단되었다.

찰나보다는 오랜 시간이 지나 알 라시르가 천천히 입을 열었다.

"콤니모스 경이시여, 우리는 언젠가 반드시 그 주제를 논하게 될 것입니다. 그러나 그보다 먼저 해야 할 이야기들이 있지요."

4

레오는 라틴어 서장 읽기를 끝마쳤다. 번역자의 이름이 없는 것으로 보아 이 책은 애초에 라틴어로 쓰인 모양인데, 알 라시르라는 자는 아라비아 출신이면서도 라틴어를 유창하게 구사하는 듯했다. 알 콰리즈미의 『완성과 균형의 계산서』를 인용하며, 일차방정식의 미지수를 풀듯이 시그눔이라는 것의 이항을 통해 책에서 '지혜'라고 부르는 인간의 인식 과정을 설명하는 건 이해하기 어렵지 않았다.

하지만 레오는 이건 단지 비유라고 생각했다. 그는 예전에 우고와 함께 시계탑 내부를 들여다봤던 때를 떠올렸다. 시계탑 내부에는 가장 커다란 세 개의 태엽이 있었고, 그 태엽들은 순차적으로 맞물려 돌아갔다. 성부, 성자, 성령 중 하나라도 없으면 온전한 하느님으로서의 개념이 사라지듯이, 세 개의 태엽 중 한 개라도 빠진다면 시계는 멈춰버린다고 레오는 우고에게 가르쳐 주었다. 우고는 이 비유가 재미있었던 모양이었다. 세 개의 태엽을 항상 '성부 태엽', '성자 태엽', '성령 태엽'이라고 불렀다. 레오 자신도 좋은 비유라고 생각했다.

그러나 비유는 그저 비유일 뿐이다. 우고가 태엽을 잘 다루는 건 태엽의 작동 원리를 근본부터 이해하고 있기 때문이지, 성 삼위일체라는 비유로 태엽을 파악해서가 아니었다. 지혜의 방정식 비유도 마찬가지였다. 지혜가 방정식의 풀이법과 비슷하다고 말하는 건 그저 비유일 뿐, 그 근본적인 작동 원리는 따로 있지 않은가?

레오는 다음 장으로 페이지를 넘겼다.

D

알 라시르가 말했다.

"그렇다면 지혜는 어떻게 작동할까요? 저는 그것을 직접 관찰하고 싶었습니다. 과거 이집트에서는 지혜가 심장에 위치한다고 했습니다. 그러나 플라톤은 지혜가 머리에서 나온다고 보았습니다. 경께선 어느 쪽이 바르다고 보십니까?"

"플라톤이 옳지 않을까 생각합니다. 그 정도는 상식이지요."

"맞습니다. 저도 그렇게 생각합니다. 머리 안쪽에 뇌라는 기관이 특별한 방식으로 지혜를 만들어 낸다고 생각됩니다. 그러나 아무리 고서를 뒤져보아도 뇌가 지혜의 원천이라는 사실을 증명한 자연철학자는 없었습니다. 저는 뇌가 어떻게 작동하는지, 진짜로 지혜의 방정식이 제가 주장하는 식으로 작동하는지 궁금해졌습니다. 실례가 되지 않는다면 한 번 더 여쭤보고 싶군요. 경께선 뇌가 어떤 방식으로 시그눔을 이항시키는지 어떻게 증명하시겠습니까?"

네메시우스는 일전에 이브라힘에게 들었던 이자의 실험 방식에 대해 떠올렸다. 그는 알 라시르가 시체를 수집하고 있다고 말했다. 그렇다면 분명 그는 시체의 두개골을 열어 해부하는 것이리라.

"뇌를 직접 관찰하는 것입니까? 두개골을 쪼개어?"

"네, 그렇습니다. 관찰이야말로 자연철학적 탐구에 가장 적절한 방법이지요. 경께서는 뇌를 직접 보신 적이 있습니까?"

네메시우스는 감옥을 탈출하다 높은 성벽에서 떨어져 죽은 죄수의 시체를 본 적이 있었다. 머리가 갈라져 땅에 피가 흘렀고 붉게 물든 뇌가 일부 드러났다. 그러나 멀리서 본지라 뇌의 형태나 질감까지 자세히 보지는 못했다. 생각에 잠긴 네메시우스의 답을 기다리지 않고 알 라시르가 말했다.

"뇌는 머리의 절반을 차지할 만큼 크고, 복잡하게 주름져 있습니다."

알 라시르는 일어나 자신의 왼쪽 벽에 걸린 복잡한 아랍 문자로 쓰인 서예 그림을 고개로 가리켰다. 양피지에 금박으로 장식된, 세로선과 둥근 곡선, 작은 점들과 삐침들이 어지럽게 섞여 커다란 원형을 이루는 그림이었다. 네메시우스는 그 구불구불한 그림에서 '자비로운 하느님의 이름으로(비스밀라히 르라흐마니 르라힘)'라는 문장을 간신히 알아보았다.

"뇌의 모양은 아랍 문자로 쓴 서예와 비슷한 형상입니다. 경께서도 직접 보시면 제 말에 동의하실 겁니다. 놀랍지 않습니까? 우리의 몸속 지혜의 원천이 문자의 형상과 비슷하다니… 그래서 많은 자가 잘못된 결론에 이릅니다. 우리의 지혜는 언어로 이루어져 있다고요. 그러나 저는 그 주장이 틀렸다고 생각합니다. 사실 지혜는 언어가 아닌 수로 이루어져 있습니다. 이게 얼마나 놀라운 일인지, 이해하시겠습니까? 우리는 말을 하고 그것을 글자로 적지만 그 실체는 바로 수로 된 시그눔이며, 시그눔이 작동하는 방식이 바로 방정식과 대수학이라는 말입니다. 도대체 뇌에서는 무슨 일들이 일어나고 있는 것일까요?"

네메시우스는 이야기의 본질에 빨리 다가가고 싶어서 조급해졌다.

"알 라시르 경이여, 그렇다면 제가 그 뇌를 제공해 드리면 되겠습니까? 죽은 인간의 시체에서 꺼낸 뇌 말입니다."

알 라시르는 섬뜩한 미소를 지으며 대답했다.

"콤니모스 경께서 죽은 뇌를 제공해 주실 수는 없을 겁니다. 이 사막 한가운데에까지 시체를 운반해 오는 것은 불가능합니다. 다 썩어버리고 말겠지요. 그리고 경께서 시체를 어떻게 구하실 수 있겠습니까? 콘스탄티노폴리스에서 전투가 벌어져 사람들이 죽어버리기라도 한단 말입니까? 하하하."

네메시우스는 무시당한 느낌에 언짢았다. 시체쯤이야 자신의 재력으로 얼마든지 구할 수 있었다. 자연사한 노인들, 성벽 공사 중 사고로 죽어버린 노예들, 전쟁터에서 시신으로 돌아온 군인들, 홍역에 걸려 죽어버린 아이들….

그 와중에 알 라시르가 깜짝 놀랄 말을 꺼냈다.

"제 연구에는 살아 있는 자의 뇌가 필요합니다."

순간 네메시우스는 할 말을 잃고 말았다. 이브라힘이 했던 말과는 달랐으니까. 네메시우스는 알 라시르의 말을 잘못

듣지 않았는지 되새겨 보았다. 그러나 분명 그 말이 맞았다.

살아 있는 인간!

네메시우스가 겨우 입을 열었다.

"그러니까… 시체를 해부하는 게 아니었습니까? 그 정도의 연구라면 이슬람 율법에서 허용하고 있다고 생각합니다만…."

알 라시르가 고개를 돌려 네메시우스와 눈을 마주쳤다. 초록색 눈동자가 악마처럼 빛났다.

"아니요, 살아 있는 인간이어야 합니다. 머리가 작동하지 않는 죽은 인간을 해부해 봤자 그 대수학적 실체를 관찰할 수는 없는 일이지요."

"그렇다면 제가 살아 있는 노예를 구해다 드리면 된다는 말씀입니까?"

알 라시르가 크게 웃었다.

"하하하, 노예요? 그런 천한 자의 뇌를 해부해 봤자 어디다 쓰겠습니까? 제 연구엔 좀 더 지혜로운 자의 머리가 필요합니다."

"제가 그런 자를 어떻게 구하겠습니까? 그런 자가 뇌를 바치기 위해 제 발로 걸어올 리가 있겠습니까?"

네메시우스는 슬그머니 일어났다. 여차하면 문을 박차고 나가서 도망쳐야겠다고 생각했다. 이브라힘과 함께 바그다드로 가는 게 좋을 것 같았다. 알 라시르는 세간에 떠돌던 소문 그대로 악마의 연금술사였던 모양이었다. 살아 있는 자를 원한다고? 아무리 네메시우스라도 그 요청은 들어주기 어려웠다.

그런데 그때, 뒤에서 네메시우스의 어깨를 잡고 누르는 자가 있었다. 바로 아무 말도 하지 않고 서 있던 알 라시르의 하인이었다. 말 없는 하인은 힘이 강했고, 네메시우스는 어깨가 잡힌 채 꼼짝도 할 수 없었다. 알 라시르가 네메시우스 쪽을 바라보고 한심스럽다는 표정을 지으며 말했다.

"알리가 말은 못 하지만 힘은 장사입니다. 콤니모스 경이시여, 저는 아무 데서나 찾을 수 있는 천한 자의 뇌가 필요한 게 아닙니다. 많은 뇌가 필요한 것도 아니지요. 저는 단 하나의 뇌가 필요할 뿐입니다. 바로, 네메시우스 콤니모스의 뇌입니다. 콘스탄티노폴리스의 위대한 지성, 네메시우스 콤니모스 경이시여."

5

레오가 서문에서 받았던 인상은 잘못된 것이었다. 대수학에 대한 두 번째 장(레오는 이 장을 알 콰리즈미의 이름을 라틴어로 발음한 '알고리즈미 장[후]'이라고 부르기로 했다)에서 저자는 비유가 아니라 실제로 뇌에 대수학적 이항 과정이 존재한다고 주장했다. 빼곡하게 들어찬 지루한 대수학적 방정식과 풀이법에는 자세한 라틴어 설명 같은 건 빠져 있어서 공식의 의미를 대부분 추측으로 끼워 맞출 수밖에 없었지만, 레오는 저자가 말하려고 하는 바를 대략 눈치챘다.

인간의 지혜, 그러니까 인식 과정은 대수학적 계산으로 이루어져 있다.

레오는 여전히 이 얘기를 곧이곧대로 받아들이기는 힘들다고 생각했다. 뇌 어디선가 방정식 풀이가 일어나는데 심지어 관찰할 수 있는 자연철학적 현상이란 말인가? 그렇다면 우리가 생각하고 느끼는 것은 언어가 아니라 숫자의 나열에 불과한가? 레오는 혼잣말로 중얼거렸다.

"우리의 생각이 수라는 주장은 의심스러워incertus."

그리고 다시 이렇게 생각했다. incertus라는 단어를 떠올린 생각의 과정, 그 단어와 문장들이 언어가 아닌 수란 말인가?

레오는 책의 마지막 문장을 떠올렸다.

독자여, 무엇이든 물어보라. 책이 대답할 것이니.

규칙은 알고리즈미 장에 다 나와 있다. 물어보고 싶은 문장의 알파벳 하나하나를, 알고리즈미 장에 쓰인 대수학 공식을 토대로 숫자로 치환한다. 그리고 다툼datum 장(이 또한 레오가 세 번째 장에 붙인 이름으로, '주어져 있는 숫자들'이란 뜻이었다)으로 넘어가, 또 다른 공식들을 이용해 계산을 수행한다. 그러면 책이 언젠가 대답을 한다는 말이었다. 책이 어떻게 대답할 수 있을까? 책에 입이 달린 것도 아닐 텐데. 문득, 레오는 다툼 장의 몇몇 페이지에 붙은 소제목을 기억해 냈다. 다툼 장의 첫 번째 페이지엔 '듣는 페이지'라는 제목이 붙어 있었고, 책의 마지막 부분에 '말하는 페이지'도 있었다. 그렇다면 수로 변환된 알파벳들은 '듣는 페이지'에서 최초로 계산되고, '말하는 페이지'까지 도달한 후에, 다시 알파벳이 되지 않을까?

레오는 책에 물어볼 첫 질문을 고민했다.

'이 책은 무슨 내용인가?' 이 질문은 바보처럼 느껴졌다. 실질적으로 책에는 내용이 없었다. 숫자만 잔뜩 쓰인 책에 무슨 내용이 있다는 말인가? 책이 말할 수 있다면, 아마 '숫자뿐입니다'라고 대답하겠지. 책의 내용을 책에 물어보다니, 그렇게 바보 같은 행위가 또 어디 있을까?

이 책이 질문에 대한 답을 무엇이든 알려주는 백과사전이라면, 내가 아는 질문을 해봄으로써 책이 잘 대답하는지 맞혀 볼 수 있을 것이다. 당대 제국 황제의 이름을 묻고 실제로 맞는 대답이 나온다면 책의 내용에 신빙성을 가질 만했다. 그런데 이 책의 지은이가 아라비아 출신이라 다른 나라의 역사는 잘 모른다면? 첫 대화 시도는 실패해 버리고 말겠지. 아니면

아예 이 책의 지은이가 누구인지 물어볼까? '이 책의 지은이는 누구인가?'

표지에 쓰인 '아부 자파르 무함마드 이븐 무사 알 라시르'라는 이름이 지은이를 가리킬 테니, 그걸 물어봐서 확인한다면 책이 진짜로 대화를 하는지 판단할 수 있을 것이다. 그런데 그게 정말로 좋은 시도일까? 정답을 아는 질문을 하여서 확인하는 건 시간 낭비 아닐까? 책의 이름을 물어볼까도 생각해 보았다. '이 책의 이름은 무엇인가?'

물론 책의 이름은 『죽음과 지혜의 책 I』이지만, 레오는 책 자체의 이름이 아니라 책 내부에 숨겨진 인격이 있는지 궁금했다.

'너의 이름은 무엇인가 QUOD NOMEN TIBI EST?'

그는 처음엔 자신의 유치한 발상에 피식 웃고 말았다. 책이 인격체도 아닐진대, 지은이의 이름도 아닌 다른 이름이 따로 있다고? 만약 이름이 있다 해도 '죽음과 지혜의 책'이라고 대답하지 않을까? 아니면 저자의 이름인 '알 라시르'라고 대답하지 않을까? 아니면 이름이 없을 수도 있다. '나는 단지 책입니다. 나에게는 이름이 없습니다.' 그래도 '죽음과 지혜의 책'이든 '알 라시르'든 그렇게라도 대답한다면 좋은 시작일 것이다. '죽음과 지혜의 책'이라고 대답하면 인격이 없다는 뜻이고, '알 라시르'라고 대답한다면 책이 지은이의 인격을 가지고 있다는 뜻이니까. 혹시 다른 이름을 댄다면 그것도 좋다. 지은이인 알 라시르와 무슨 관계냐고 물을 수도 있으니까.

레오는 '너의 이름은 무엇인가QUOD NOMEN TIBI EST?'라는 라틴어 문장을 다른 종이에 적었다. 알고리즈미 장에서 지시하는바, 문장의 알파벳 수는 공백과 마침표, 물음표 등을 제외하고 32자를 넘기면 안 된다. 이 문장은 16자이므로 문제없었다. 레오는 세 번째 장의 '듣는 페이지'를 펼쳤다. 듣는 페이지에는 가장 작으면 두 자리, 가장 크면 3,000을 조금 넘는 수들이 23개씩 32개의 묶음으로 구성된 표가 적혀 있었다. 왜 23개인가 하면 A부터 Z까지의 라틴 알파벳의 개수가 23개◆이기 때문이었고, 왜 묶음이 32개인가 하면 문장을 구성하게 될 글자의 수가 32개로 제한되기 때문이었다.

문장의 첫 번째 알파벳이 'Q'였으므로, 레오는 첫 번째 묶음의 Q에 대응하는 열여섯 번째 수, '1024'를 찾아냈다. 다툼 장의 1,024쪽으로 이동하라는 뜻이었다. 지시대로 1,024쪽을 펼쳤다. 거기엔 레오가 정성스레 필사한 아라비아 숫자들이 빽빽하게 적혀 있었다. 알 라시르는 이 수를 '두께의 수'라는 용어로 불렀다. 이 말의 의미는 다음과 같았다. 1,024쪽은 여러 페이지와 이어져 있는데, 이 숫자들은 1,024쪽이 다

◆ 당시에 쓰인 라틴어 알파벳은 J, U, W가 빠진 23개였다.

른 페이지들과 어느 정도의 강도로 이어져 있는지를 나타냈다. 즉, 페이지들은 눈에 보이지 않는 굵거나 얇은 밧줄들로 이어져 있다. 두께의 수가 큰 수라면 페이지 사이는 굵은 항해용 밧줄로 연결되어 있고, 두께의 수가 작은 수라면 가느다란 실로 이어져 있다고 볼 수 있다.

두께의 수는 책에 적혀 있었지만, 레오는 어디에도 적혀 있지 않은 다른 종류의 수도 계산해야 했다. 알 라시르는 그 수를 '시그눔의 수'라고 칭했다. 첫 문장의 알파벳 'Q'는 최초 시그눔의 수로 Q에 해당하는 '1'을 만들어 낸다. 다른 문자들도 마찬가지로 시그눔의 수를 1로 시작한다. 알고리즈미 장의 규칙은 이 1이라는 수에 수많은 두께의 수를 곱하고 더하고 빼고 나누어서 새로운 시그눔의 수를 내도록 만들어졌다. 새로이 계산된 시그눔의 수는 페이지당 단 하나만 나오는데, 이 시그눔의 수는 현재 페이지와 이어진 여러 페이지에 전달된다. 이것이 지은이 알 라시르란 자가 서장에서 그토록 강조하던 '이항'이다. 다음 페이지로 이항된 시그눔의 수는 동일한 계산 과정을 통해 또다시 이어진 페이지들로 전달된다.

알고리즈미 장에 따르면 또 다른 규칙이 있다. 이어진 페이지를 통해 시그눔의 수가 한번 이항되면, 두께의 수들은 반드시 규칙에 따라 수정되어야 한다. 그렇다. 레오가 기껏 정성스레 필사했던 아름다운 필체의 아라비아 숫자들을 레오

스스로 지우고 다른 숫자로 채워 넣어야 했다. 레오는 종이를 긁어 내고 새로운 숫자를 기재하는 방식을 고려해 보았으나, 시간이 너무나 오래 걸리고 또 종이가 버틸 수 있을지 걱정되었다. 그래서 펜으로 취소 선을 긋고 그 위나 아래의 여백에 작게 수정된 두께의 수를 기재하기로 했다. 애초에 매우 빽빽한 상태로 필사되었던 페이지인지라, 그런 식으로는 두 번에서 세 번 정도만 수정하면 종이의 여백이 아예 남아나지 않았다. 레오는 페이지에 쓸 공간이 모자라면 그때는 빈 종이로 새로운 페이지를 만들어 책에 끼워 넣어야겠다고 생각했다.

계산은 양도 많았지만 정말로 기묘했다. 어떤 원리인지, 어떤 의미인지도 잘 이해되지 않았다. 하지만 전체적으로는 짐작이 갔다. 페이지들은 수없이 많은 다른 페이지들과 연결되어 있었다. 그렇게 페이지들의 전체적인 관계를 머릿속에 그려본다면, 거미줄 혹은 그물과도 비슷해 보이는 그림이 떠오른다. '시그눔의 수'는 그 그물망 곳곳을 돌아다니며 그물을 이루고 있는 밧줄의 굵기를 굵게 만들거나 가늘게 만든다. 이 계산의 끝에 시그눔의 수는 '말하는 페이지'에 도달할 것이다. 그리고 마지막 시그눔의 수는 '듣는 페이지'와는 거꾸로 된 과정을 거쳐 알파벳으로 변환될 것이다.

레오는 적어도 1시간 정도면 답을 얻을 수 있지 않을까 예상했다. 그런데 2시간이 지나고, 3시간이 지나도 끝나지 않았다. 우고가 식사를 물어보러 그의 방을 노크할 때에서야 자신이 5시간 동안이나 몸을 일으키지 않고 계산에 몰두했다는 걸 깨달았다. 식사 후에도 다시 자리에 앉아 아침 해가 뜰 때까지 펜을 놓지 않았던 레오는, 이 계산이 어쩌면 책을 필사했을 때 소요된 일주일보다도 더 걸릴 수 있겠다고 조심스레 예측해 보았다. 그런데 일주일이 지났는데도 계산은 계속되었다. 레오는 미칠 노릇이었다. 이 계산이 대체 언제 끝날지 기미조차 보이지 않기 때문이었다.

E

네메시우스는 어둠 속에서 깨어났다. 그의 사지는 포박되어 있었다. 주변은 어두웠고, 아무 인기척도 느낄 수 없었다. 정신은 여전히 몽롱했으며 머리가 깨질 듯 아팠다. 그는 기억을 가다듬어 어떤 일을 당했는지 되새겨 보았다. 알리라고 했나… 그 벙어리 하인.

알리는 네메시우스가 의자에서 일어날 수 없도록 힘으로 막았고, 알 라시르가 우아한 몸짓으로 재빨리 다가와 네메시우스의 코에 천 조각을 들이댔다. 천 조각에서는 특이한 향이 났는데, 그게 정신을 잃기 전 마지막 기억이었다. 이게 무슨 일인가? 이브라힘이 나를 속여 이자에게 팔아먹은 것인가?

 네메시우스가 몽롱한 정신과 함께 이브라힘에 대한 증오로 부들거리는 와중에, 문이 열리고 흐릿한 빛이 비쳤다. 네메시우스는 그제야 방의 모습을 볼 수 있었다. 방 안엔 가열대와 여러 가지 시약들이 진열돼 있었다. 아무래도 연금술 실험실 같았다. 그는 성인 남자의 허리쯤 오는, 형벌대처럼 보이는 기구에 사지가 포박되어 있었다. 팔은 몸통 옆에 붙인 채 밧줄로 고정되어 있었고 발목도 비슷한 상태인지 다리를 움직일 수 없었다. 누군가 문을 열고 들어왔다. 알 라시르였다.

 "콤니모스 경, 정신이 드셨나 보군요. 저의 무례를 용서해 주시기 바랍니다. 그렇지만 제 계획을 들으신다면 경께서도 마음에 들어 하실 것입니다."

 네메시우스는 혀가 마비된 듯 어눌한 목소리로 말했다.

 "네 이놈, 이브라힘은 어디 있는가? 그자도 한 패거리인 거냐?"

 "이브라힘은 아침이 밝자마자 카라반을 이끌고 바그다드로 건너갔습니다. 한 패거리라니요? 그런 건 아닙니다. 그는 저와 거래를 한 것입니다. 무역품을 싣고 와 금화를 받아갔을 뿐이죠."

 네메시우스는 쥐어짜듯 소리쳤다. 포박된 사지에 연결된 밧줄이 당겨지면서 둔탁하게 덜컹거리는 소리가 났다.

"이, 이 저주받을 이교도 놈아! 날 어떻게 하려는 것이냐?"

알 라시르는 침착한 목소리로 대답했다.

"물론 사전에 경의 허락을 받고 진행했다면 좋았을 것입니다. 하지만 경께서 반대하실 게 뻔했기 때문에 생략했습니다. 그 점은 죄송하게 생각합니다."

알 라시르는 형벌대에 단단히 결박되어 겨우 고개만 까딱일 수 있는 네메시우스의 머리맡으로 경쾌하게 다가갔다. 그리고 그의 귀에 대고 작은 목소리로 속삭였다.

"경께서는 책이 될 것입니다."

"책, 책이라고?"

"그렇습니다. 경께서 열정적으로 책을 수집하신다는 것을 소문을 들어 잘 알고 있었습니다. 콘스탄티노폴리스의 지성이라고 불리시더군요. 그렇다면 직접 책이 되어보는 것도 나쁘진 않겠지요?"

알 라시르는 뒤돌아서며 알리를 향해 빙긋 웃었다. 알리는 표정 변화 없이 서 있었다.

"그게 무슨 소리냐? 사람이 책을 읽을 수는 있어도, 책이 될 수는 없어."

"물론 그게 상식이겠습니다만, 저는 많은 이들을 연금술을 써서 책으로 만들어 보았습니다. 처음에는 어설펐지만, 이제는 능숙해졌지요. 책이 되어도 생각도 하고, 듣고, 말할 수도 있습니다. 놀랍지요? 이게 다 연금술 덕분입니다. 경께서 맡으신 이 정신을 잃게 하는 물약도 연금술로 만들어진 것입니다. 그리고 경이 책이 될 때 고통을 조금이나마 덜어줄 여러 가지 물약들도 준비되어 있지요."

문득 네메시우스는 사막에서 죽어간 자신의 하인, 안티고노스를 떠올렸다. 그가 살아 있었다면 힘센 알리를 이길 수 있었을까? 아니다. 소용없어 보였다. 그 정체불명의 천 조각 향기를 맡는다면 안티고노스라 해도 어쩔 수 없었을 것이다. 아니, 애초에 안티고노스가 무리에서 떨어져 홀로 도적 떼에 둘러싸이게 된 것도 이브라힘의 계략이 틀림없었다. 어쩌면 베두인 도적 떼조차 한 패거리였을지도 몰랐다.

네메시우스는 할 말을 잃고 분노로 몸을 떨었다. 여전히 정신은 몽롱하고 흐릿했으며 결박된 사지가 점점 떨려 왔다. 매캐하고 톡 쏘는 갖가지 약품 냄새에 머리가 깨질 것 같았다. 알 라시르는 한동안 그의 머리맡에서 분주하게 움직였다. 뚝딱거리는 소리, 액체를 쪼르륵 흘리는 소리가 났다. 알리가 옆에서 그를 돕는 것 같았다. 잠시 후 알 라시르가 네메시우스의 시선이 닿는 곳에 나타났다. 그는 양손에 뾰족한 금속 침을 들고 있었다.

"콤니모스 경도 먼 옛날 그리스에서 전기라는 것을 발견한 탈레스를 아시겠지요. 고양이 털가죽으로 호박석을 문지르면 나오는, 찌릿한 느낌이 드는 미지의 힘 말입니다. 바그다드에는 예로부터 전기를 도기에 모으는 기술이 있었습니다. 그 도기를 만드는 데 식초와 구리, 쇠막대가 필요한데, 이브라힘의 카라반이 이것들을 구하는 데 항상 큰 도움이 됩니다. 물론 앞으로 보여드릴 거의 모든 연금술 재료 중 이브라힘의 힘이 닿지 않은 것은 거의 없지요."

그는 두 금속 침을 닿을 듯 가까이 댔다. 청색 불꽃이 일어나며 파지직 하는 소리가 났다. 네메시우스는 두려움에 몸을 떨었다. 아니, 몸은 떨리지 않았다. 이교도 연금술사가 무슨 짓을 한 건지 몸이 굳어버린 것이다. 알 라시르는 금속 침을 내려놓고 검은 칼날이 달린 단검을 허리춤에서 꺼내어 보여주었다.

"이것은 흑요석 단검입니다. 흑요석은 로마 제국에서도 화살촉으로 많이 이용하는 광물이지요. 무척 단단한데, 깨뜨리면 아주 날카로운 칼날이 만들어집니다."

알 라시르는 흑요석 단검을 알리에게 던졌다. 알리는 능숙하게 단검 손잡이를 잡았다. 알 라시르는 실험대에서 물약이 든 유리병 두 개를 들어 네메시우스의 눈앞에 보여주었다. 하나는 투명하고 짙은 초록색이었고 하나는 불투명한 흰색이었다.

"초록색 물약이 보이십니까? 경께서 맡으셨던 정신을 잃는 물약과는 다른 것입니다. 이 물약은 페르시아의 연금술사 이븐 시나가 만들어 낸 마법의 물약입니다. 그가 저술한 '키탑 알시파', 그러니까 라틴어로 뭐더라? '치유의 서'라고 하나요? 그 책을 보면 자세한 제작 방법을 알 수 있었습니다. 물론 약초의 배합 비율은 제가 정밀하게 조정했습니다. 왜냐면 경께서 의식을 잃지 않으면서도 고통을 느끼지 않아야 하니까요. 심지어 두개골을 쪼개고 뇌를 갈라도 말입니다. 이미 정신이 몽롱하고 몸이 잘 움직이지 않으실 것입니다. 이 물약을 입에 흘려 넣었기 때문이죠."

네메시우스는 아무 말도 못 하고 낮은 신음만 낼 뿐이었다. 어느덧 알리가 그의 정수리 쪽으로 다가왔다. 그는 끈으로 네메시우스의 이마를 단단히 고정했다. 네메시우스는 비명을 지르려 했으나 으으 하는 정도의 소리밖에 나오지 않았다.

알 라시르가 설명을 이어나갔다.

"아시겠습니까? 의식이 살아 있어야 합니다. 제가 고통스러워하며 비명 지르는 모습을 즐겨서가 아닙니다. 깨어 있는 인간에게만 이 실험을 할 수 있습니다. 저는 흑요석 단검으로 경의 뇌를 최대한 얇게 썰 것입니다. 그리고 그 단면에 전기가 흐르는 이 뾰족한 금속 침 두 개를 갖다 대어서 구조를 세밀하게 탐색할 것입니다. 그동안 경께서는 계속 살아계시면서 생각하셔야 합니다. 다시 말해, 지혜를 끊임없이 생성해내야 합니다. 그 과정에서 뇌 단면의 어떤 부분은 전기가 통하고, 어떤 부분은 전기가 잘 통하지 않게 되지요. 그러면 금속 침을 가져다 대어 그 정도를 관찰할 수 있습니다. 매우 세밀한 작업이지요. 너무 미세해서 인간의 눈으로는 제대로 관찰할 수 없습니다. 또다시 선지자들의 지혜가 도움이 되는 순간입니다. 이븐 알하이삼은 『광학의 서』에서 수정을 깎아서 납작하고도 둥그렇게 만들면 시야가 크게 보여서 세밀하고 자세히 볼 수 있다고 말했습니다."

알 라시르가 투명하게 반짝이는 수정 조각을 들어서 보여주었다. 알 라시르가 자신의 한쪽 눈에 그것을 가져다 대니 초록색 눈이 커다랗게 확대되어 보였다. 네메시우스의 눈동자가 초점을 잃고 흔들거렸다. 그동안 알리가 가위와 면도용 칼로 네메시우스의 머리카락을 서걱서걱 잘랐다. 검은색 머리카락이 바닥에 우수수 떨어졌다. 알 라시르는 희고 불투명한 약품이 든 병을 흔들며 말을 이었다. 그것은 끈적거려서 세게 흔들었는데도 물결치지 않았다.

"뇌 표면의 전기 강도를 샅샅이 기록하면, 이것을 경의 뇌 단면에 바릅니다. 이건 뇌를 딱딱하게 굳히는 역할을 하지요. 뇌는 너무 물렁거려서 흑요석 칼로도 잘 썰리지 않으니까요.

뭉그러지면 문제가 생기거든요."

그리고 알 라시르는 양피지와 비슷한, 그러나 더 얇은 네모난 흰색 물체를 한 장 들어 네메시우스의 눈앞에서 팔락거렸다.

"동방의 종이를 아실지 모르겠군요. 뇌의 한 단면마다 조사하려면 며칠씩 걸립니다. 저는 단면마다, 생각의 한 단위마다, 전기가 잘 흐르는 정도를 아라비아 숫자로 종이에 기록하지요. 뇌를 썰고, 전기로 측정하고, 그걸 종이에 옮겨 쓰는 데 몇 년이 걸릴지 모르는 어마어마한 작업입니다."

네메시우스가 정신을 부여잡고 겨우 말을 꺼냈다. 그 말은 비명에 가까웠다.

"이놈, 이놈! 콘스탄티노폴리스의 콤니모스 가문을 모르는가! 제국의 군대가 반드시 나를 위해 복수할 것이다! 너희를 산 채로 붙잡아 기름을 뿌리고 불을 붙일 것이다! 이 사막에서 네놈과 저 하인 놈, 그리고 유대인 상인 놈은 이 보잘것없는 사막에서 끔찍하게 불탈 것이다!"

알 라시르는 눈도 깜짝하지 않았다. 그는 딱한 표정으로 네메시우스를 바라보며 말했다.

"콤니모스 경이시여, 경은 어차피 책이 될 것입니다. 책이 어떻게 제국의 국경까지 걸어가겠습니까? 한 권의 책이 될 운명이시니 제가 한마디만 드리겠습니다. 책이 된다는 것은 좋은 일입니다. 육체는 단명하지만, 책은 영원합니다. 아시지 않습니까? 우리는 옛 그리스의 두루마리도 옛 로마의 코덱스도 읽을 수 있습니다. 심지어 그 옛날 파피루스로 만든 이집트의 두루마리도 읽을 수 있지요. 인간의 육체를 가진 콤니모스 경보다 책으로 만들어진 콤니모스 경께서 훨씬 오래 살 수 있다는 것은 명백합니다. 어찌 보면 영생이죠. 저는 경께 영생을 드리려는 것입니다. 어찌하여 이를 거부하려 하십니까?"

"그건 궤변이다! 그렇게 좋은 영생, 네놈이나 누리거라!"

네메시우스는 알 라시르를 향해 고래고래 소리를 지른 후 침을 뱉으려 했지만, 몸이 마음대로 움직이지 않아 침이 입가로 흘러내렸다. 알 라시르는 조금은 장난스러운 눈빛으로 여전히 아무런 표정의 변화가 없는 알리를 바라보며 말했다.

"열심히 작업 중인 알리가 보이시지요? 알리는 힘도 장사지만 손 기술이 무척 뛰어나, 지금까지 제가 여러 노예와 농사꾼, 무지렁이들을 대상으로 했던 작업을 도와주었습니다. 이젠 저 없이도 혼자서 실험을 수행할 수 있죠. 그는 제게 아라비아 숫자를 쓰는 법에서부터 시작해 모든 작업을 배웠습니다. 그렇잖아도 경의 작업이 끝나면 저 또한 책이 되어 영생을 누릴 작정입니다. 이 좋은 기회를 경께도 나눠드리다니, 얼마나 감사할 만한 일인지 이제 이해하시겠습니까?"

"도대체 네놈은 왜 이런 짓을 하는 것이냐? 도대체 무엇이 너로 하여금 이런 끔찍하고 잔인무도한 일을 하도록 만드는 것이냐!"

"말씀드리지 않았습니까? 영원히 사는 삶이라고요. 저는 영생을 원합니다. 하지만 이 놀라운 비법을 누구든 시도할 수 있다면 저로서는 정말로 괴로운 일이 아닐 수 없지요. 모든 이가 이 좋은 걸 누리게 된다고요? 저는 이 강력한 연금술을 아무에게도 알리고 싶지 않습니다. 알 콰리즈미, 이븐 시나, 이븐 알하이삼, 아라비아와 페르시아의 수많은 자연철학자들과 연금술사들, 저는 그들을 이해할 수 없습니다. 왜 그들은 자신의 지식을 책으로 써냈을까요? 저는 제 지식을 책으로 내고 싶지 않습니다. 영생을 위해 저 스스로 책이 되고 싶을 뿐입니다. 책을 쓰는 것과 책이 되는 것이 무슨 차이가 있냐고요? 책을 쓰면 제 생각이 영원히 수많은 사람에게 읽히게 됩니다. 끔찍한 일이죠. 그러나 스스로 책이 된다면 영원히 살 수 있습니다."

어느덧 네메시우스의 머리카락이 다 깎여 나가고 두피가 드러났다. 네메시우스는 비명을 질렀다. 알리가 가위를 내려놓고 흑요석 단검을 들고 다가왔기 때문이었다. 알 라시르가 계속해서 말했다.

"3,000쪽은 넘을 것으로 예상합니다. 무척이나 두꺼운 책이죠. 노예나 농사꾼 같은 못 배워먹은 자들은 그보다 훨씬 더 얇은 두께로도 충분했습니다. 저로서도 경과 같은 고결한 지혜를 지닌 이를 책으로 만드는 건 처음입니다. 제가 경을 특별히 골라서 이브라힘에게 부탁한 이유가 있지요. 콤니모스 경, 분명히 많은 책을 읽으셨겠지요? 그리스어는 물론 라틴어와 아랍어까지 뛰어나시지 않습니까? 시정잡배들과는 달리 그 지혜의 총량이 어마어마하실 겁니다. 그렇다면 뇌의 단면을 더 얇게 자르고, 금속 침을 더 세밀하게 움직여야겠지요. 분명히 제가 만들어 본 책 중 가장 오랜 시간이 걸릴 것입니다. 가장 어려운 과정일 테죠. 경께서는 알리가 제 뇌를 책으로 만들기 전에 마지막으로 시험해 볼 최적의 대상인 것입니다. 알리 혼자 제 뇌를 작업할 때에는 더 힘들지도 모릅니다. 하지만 저도 알리도 잘해낼 겁니다. 경께서도 앞으로 잘 버티셔야 합니다."

알리는 흑요석 칼로 네메시우스의 정수리 쪽 두피를 얇게 썰었다. 네메시우스는 큰 고통을 느끼지는 않았지만, 정수리 쪽에서 느껴지는 서늘하게 야릇한 감각과 함께 앞으로 일어날 일과 이 모든 상황에 대한 두려움이 닥쳐와 외마디 비명을 질렀다. 피가 묻은 네메시우스의 하얀 두개골 뼈가 노출되었다. 알 라시르는 그를 보지도 않고 계속 떠들었다.

"앞으로 경의 두뇌는 얇디얇은 종이 같은 조각으로 썰리고, 그것을 전기로 조사한 숫자는 3,000여 장의 종이에 기록될 것입니다. 경께서는 점점 지혜를 책으로 이항하게 됩니다. 육체로서의 콤니모스 경은 계속해서 사라질 것입니다. 나중에 육체 쪽은 스스로 누군지도 모르게 되겠죠. 단지 숨 쉬고 살아 있을 뿐 지혜는 담고 있지 않은 것입니다. 그렇다면 그 지혜는 어디로 갔을까요? 바로 책이죠. 책으로서의 콤니모스 경은 그 모든 지혜를 이항받아 또 하나의 네메시우스 콤니모스가 될 테니까요."

알리가 금속 톱을 들고 두개골의 윗면을 썰어 냈다. 서걱거리는 톱질 소리와 네메시우스의 비명이 방 내부에 울려 퍼졌다. 알리의 솜씨는 실로 훌륭했다. 뇌를 한끝도 다치게 하지 않고 하얀 두개골 윗부분만을 뚜껑 열듯 분리한 것이다. 뇌수가 흐르며 핏빛 뇌의 윗부분이 드러났다. 네메시우스는 극도의 공포감으로 눈을 까뒤집었다. 알 라시르가 전기 탐침과 흰색 물약 병을 손에 든 채 네메시우스의 위쪽으로 다가왔다.

그로부터 3년 동안, 네메시우스는 서서히 3,000여 장의 쪽수를 가진 책이 되었다.

6

 레오가 '말하는 페이지'에 처음 도달한 건 계산을 시작한 지 3년이 지난 어느 아침이었다.

 그동안 햇빛을 잘 보지 못한 그의 피부는 푸석푸석해졌고 나이보다 이르게 흰머리가 나기 시작했다. 허리와 손목과 어깨 통증으로 매일 괴로웠으며, 등이 구부정해졌다.

 스승이 요상한 일에 정신이 팔려 본업에 소홀한 동안 우고는 시계탑 관리를 도맡았다. 심지어 남는 시간 틈틈이 여러 수제 태엽을 조합해서 장난감을 만들었다. 걸어 다니는 금속 말이나 펜을 쥐고 글씨를 쓰는 인형 같은 장난감이 우고의 손에서 태어났다. 우고는 시계탑에 별일이 없을 때면 시장에 나가 직접 만든 장난감을 팔기 시작했다. 태엽 기계의 장인이라고 불러도 될 수준이었다.

 레오는 그날도 변함없이 일어나자마자 낡은 책상에 앉아 펜을 들었다. 어제 못다 한 계산이 연습용 종이에 빼곡했다. 레오는 잠에서 덜 깬 채로 묵묵히 계산식을 풀고 또 풀며 시그눔의 수를 찾아냈다. 종이의 사각거리는 소리가 새가 지저귀는 소리와 어우러졌다. 창의 아래편 모서리에서 솟아나는 아침 해가 오른손의 그림자를 종이에 길게 드리웠다. 레오는 방금 막 계산한 시그눔의 수가 전달될 페이지를 펼쳤다. 페이지 아래에 "이 페이지에 도달한 시그눔의 수 23개 중 가장 큰 수에 대응하는 알파벳을 써라"라고 적혀 있었다. 레오는 또 무의식적으로 연습용 종이 여백에 계산해 나갔으나, 문득 그 문장이 말하는 바를 깨달았다.

드디어 '말하는 페이지'에 도달한 것이다.

레오는 적힌 문장을 토대로 이 페이지에 도달해야 할 시그눔의 수가 방금 계산한 수 말고도 22개가 더 필요하다는 것을 알았다. 레오는 22개의 시그눔의 수를 계산하기 위해 수없이 많은 페이지를 뒤졌다. 그 작업은 반대쪽 창으로 해가 넘어가 버릴 때까지 이어졌다. 레오는 계산된 23개의 시그눔의 수 중 열두 번째 수가 가장 크다는 것을 알아냈다. 그 수에 대응되는 알파벳은 'M'이었다.

'M'이라고! 질문에 대한 답변의 첫 글자가 바로 'M'이었다니! 레오는 매우 기쁜 나머지 의자에서 일어나 양팔을 위로 들고 머리를 광인처럼 흔들며 환호성을 질렀다. 우고가 무슨 일인가 하여 문을 열었다. 레오는 덩실덩실 춤을 추고 있었다. 레오는 우고와 눈을 마주치자 달려가 우고를 끌어안으며 유쾌하게 웃었다. 우고도 이유를 안다는 듯 스승의 등을 토닥거렸다. 지루하기만 한 3년의 계산이 끝나가는 순간이었다.

F

네메시우스는 마치 빛이 하나도 들어오지 않는 바닷속에 있는 것 같았다. 그는 어쩌다 자신이 아무것도 보이지 않고, 아무것도 들리지 않고, 심지어 아무것도 느껴지지 않는 텅 빈 공간에 떨어졌는지 몰랐다. 그는 기억을 떠올리려고 노력해 보았다. 그의 기억 속 시간은 참으로 기묘하게 흘렀다. 알 라시르라는 연금술사의 형벌대에 올라 끔찍한 실험의 희생양이 된 그날의 기억이 바로 방금 일어난 일처럼, 아니 꽤 오래전에 일어났던 일처럼 느껴졌다. 또한 알 라시르와 알리가 "이제 절반 정도 진행되었다"라고 소곤거리는 소리를 들은 것도 같았다. 다시 그 말을 들은 기억이 최근에 일어난 일처럼 느껴졌고, 이렇듯 수술이 시작할 때부터 끝날 때까지 전 과정이 마치 조금 전 일인 듯 뒤섞여 있었다.

허공에서 어떤 목소리가 들렸다. 아니, 목소리가 아니라 어떤 문장이 알파벳의 형태로 머릿속에 떠올랐다. 그 문장은 다음과 같았다.

너의 이름은 무엇인가QUOD NOMEN TIBI EST?

네메시우스는 생각했다. 그것은 계산되었다. 그리고 그는 답변을 말했다. 그것은 출력되었다.

7

레오는 '말하는 페이지'의 모든 계산을 끝마쳤다. 그는 32개의 알파벳을 얻어냈다.

MIHINOMENESTNEMESIUSKOMNEMOSYNET

알고리즈미 장에 언급된 규칙에 따라, 시그눔의 수가 2분의 1보다 작은 글자들을 제외할 수 있었다. 다른 글자들이 10분의 9 이상인 데 비해 스물아홉 번째 글자 'Y'부터 서른두 번째 글자 'T'까지 네 글자의 시그눔의 수는 10분의 1이나 10분의 2 수준이었다. 레오는 스물아홉 번째부터 서른두 번째까지의 글자를 지웠다.

MIHINOMENESTNEMESIUSKOMNEMOS

띄어쓰기가 안 되어 있는 문장이었지만 레오는 쉽게 라틴어 단어를 알아볼 수 있었다.

MIHI NOMEN EST NEMESIUS KOMNEMOS.

나의 이름은 네메시우스 콤니모스다.

예상 못 한 결과였다. 책의 이름이 '죽음과 지혜의 책'도, 저자인 '알 라시르'도 아닌 누군가의 이름이었다니? 레오는 네메시우스 콤니모스라는 이름을 어디선가 들어본 기억이 났다. 그는 벌떡 일어나 벽에 기댄 사다리를 허둥지둥 타고 침실 위에 있는 다락방으로 올라갔다. 그곳은 수집한 서적을 보관한 레오의 책 창고였다. 레오는 책장을 빠르게 눈으로 훑어 몇 권의 책을 찾아 꺼냈다. 그 책들은 아랍어 원작을 라틴어로 번역한 것으로, 번역자 이름이 바로 네메시우스 콤니모스였다. 네메시우스 콤니모스는 과거 아라비아의 연금술 책을 동로마 전역에 소개하여 이름을 떨친 번역자였다. 급하게 책을 꺼내다 보니 다른 책들이 덩달아 나무 바닥에 떨어지며 요란한 소리를 냈다. 아래층에 있던 우고가 사다리를 타고 올라와 바닥의 다락문 입구에 얼굴을 내밀고 그의 스승을 바라보았다. 레오는 소중한 책이 떨어졌는데도 조금의 미동도 없이 손에 든 책을 들여다보고 있었다. 레오는 이 인물의 일대기를 어디선가 읽은 적이 있었다. 동로마 유력 가문 장군의 아들, 유명한 번역자이자 책 수집가, 어떤 유대인 상인과 함께 행방불명되었다는 불가사의한 최후로 더 유명해진 사내.

우고가 스승 곁에 다가가자, 레오는 손에 든 책을 보여주었다. 그리고 드디어 말하는 책의 이름을 알아냈으며, 그 이름이 바로 '네메시우스 콤니모스'라는 동로마의 책 수집가라고 흥분에 차서 알려주었다.

그러나 여전히 레오는 책이 어떤 이유로 자신을 과거에 행방불명된 동로마인이라고 하는지 알 수 없었다. 책에 갇힌 것일까? 어째서 그런 처지가 되었을까? 책의 저자라는 알 라시르는 대체 누구이며, 콤니모스와 어떤 관계인가?

당대 이슬람의 자연철학과 연금술에 관심이 많았던 번역자라는 네메시우스 콤니모스의 정체 때문에 레오는 더 많은 질문을 떠올렸다. 그는 분명히 당시의 여러 책을 읽어보았을 것이다. 어쩌면 레오가 찾고 싶은 실전失傳된 책들까지도… 이자는 발견되지 않은 귀중한 책들의 정보를 알려줄 수 있을지 모른다. 레오는 겨우 이름만 아는 이 수수께끼의 옛사람에게 동질감을 느꼈다. 책을 좋아하여, 책을 수집하다 못해, 책이 되어버린 남자.

어쩌면 이 남자와 대화하는 일에 평생을 바쳐야 할지도 모르겠다고 레오는 생각했다.

8

30여 년이 흘렀다. 레오는 흰머리가 무성한 노인이 되었다. 그는 여전히 베네치아 시계탑의 관리자로 지냈다. 때로는 좋아하는 책 사냥을 위해 여행을 떠났고, 우고도 결혼하기 전까지는 항상 함께했다. 우고는 이른 나이부터 머리숱이 빠르게 줄더니 곧 대머리가 되었다. 꼬맹이 시절의 모습은 온데간데없었지만, 뛰어난 손 기술만은 녹슬지 않았다. 결혼한 뒤 시계탑에서 분가한 우고는 베네치아 상점가에 시계 공작소를 냈다. 가게 이름은 그의 성에서 따온 '토리아니 시계점'이었다. 그의 태엽 시계는 뛰어난 성능으로 인기가 좋았다. 그 가게엔 시계 외에도 우고가 직접 만든 재미있는 장난감들을 전시해 놓았는데, 가장 인기를 끈 것은 '글씨 쓰는 오토마톤'이라고 불리는 태엽 인형이었다. 실제 사람과 비슷한 모양에 사람 키보다 약간 작은 오토마톤은 책상에 앉아 펜을 쥐고 자동으로 종이에 글씨를 써 내려갔다. 청동으로 만들어진 얼굴은 인자한 미소를 띠었다. 우고의 걸작을 구경하러 온 베네치아인들로 시계점은 매일 인산인해를 이뤘다.

    레오의 일상은 우고에 비해 단조로웠다. 그는 네메시우스와 수없이 많은 대화를 나눴다. 레오는 그 책 특유의 대수학 공식인 알고리즈미 계산에 도가 트여서 짧게는 석 달에 한 번 꼴로 문답해 낼 수 있게 되었다. 32자로 제한된 대화의 규칙도, 서로 규정을 만들어 얼마든지 이어서 말할 수 있게 되었다. 레오는 심지어 말하는 페이지에 도달하지 않은 상태에서도, 시그눔의 수와 두께의 수만으로도 네메시우스가 말하려고 하는 바를 대강 짐작할 수 있게 되었다. 그러나 나이 든 레오는 수없이 밤새워 책을 필사하거나 3년 동안이나 두문불출하며 거뜬히 계산을 해내던 젊은 시절의 레오와 달랐다. 매일 허리와 어깨 통증에 시달렸다. 등은 구부정했고 목은 어깨 사이로 완전히 파묻혀 버렸다.

책에 처음 쓰여 있던 엄청난 분량의 아라비아 숫자들은 수없이 다시 쓰였다. 현재 책을 구성하고 있는 종이 중에서 레오가 30여 년 전 수도원에서 필사하여 가져왔던 종이는 대부분 교체되어 남아 있지 않았다. 수없이 계산하며 숫자를 고치고 페이지를 교체한 결과, 현재의 책은 레오가 필사해 온 최초의 책과 내용으로도 물질로도 서로 완벽히 달랐다.

하지만 레오가 다시금 이름을 물어볼 때마다 책은 여전히 스스로 네메시우스 콤니모스라고 대답했다. 레오는 이름을 물어보았던 최초의 문답에 대해 종종 생각했다. 레오는 계산하는 데 3년이나 되는 시간을 썼지만, 네메시우스에게는 질문을 듣고 이름을 말하기까지 찰나의 시간이 걸렸을 뿐이다. 레오는 흰머리의 노인이 되었지만, 네메시우스는 500년 전처럼 여전히 젊은 동로마인이었다. 네메시우스는 책이라는 감옥에 갇혀 시간이 흐르는 줄도 몰랐다. 레오가 계산하지 않는다면 책의 시간은 단 한 톨도 더 흐르지 않을 것이다.

이제 레오는 서장에서 지은이 알 라시르가 말하려는 바가 무엇인지 확실히 깨달았다. 우리의 지혜는, 그것이 언어적인 생각이라 해도, 실제로는 수와 계산으로 이루어져 있다. 레오가 계산하면서 거쳐 간 헤아릴 수 없는 숫자들, 덧셈과 뺄셈, 곱셈, 나눗셈, 두께의 수와 시그눔의 수, 그리고 종이와 잉크, 닳아버린 펜. 이들이야말로 인간의 생각을 이루는 구성 요소였다.

레오는 네메시우스가 어떻게 책이 되었는지에 대해 들었다. 유대인 상인에게 속아 넘어간 과정에서부터 수수께끼의 연금술사 알 라시르와, 그의 도구들과, 날카로운 흑요석 칼로 뇌를 얇게 저미고 전기를 흘려보내서 그 단면을 조사하고 전기의 강도를 숫자로 써서 책으로 만들면 인간의 인격이 그 책에 오롯이 옮겨진다는 설명까지. 끔찍하면서도 놀라운 이야기였다.

대화를 나누다 보니 네메시우스라는 자가 훌륭한 인품의 소유자는 아니라는 생각이 들었다. 그는 아랫사람을 하찮게 대했고, 타고난 부와 권세에 취해 자만심이 넘쳤으며, 주변 사람들의 추켜세우는 말들에 쉽게 혹했다. 그래서 아라비아의 연금술사와 유대인 상인의 계략에 말려들었으리라. 레오는 본인의 과오를 후회하지 않는지 물어보았다. 비록 알파벳 형태였지만, 네메시우스의 대답은 글자들 사이사이 절절한 회한을 담고 있었다.

당신에게 내 과거를 이야기할 때마다, 아니 한순간도 빼놓지 않고 후회를 합니다. 내가 겸손했더라면 유대인의 입에 발린 말에 속지 않았을 것이고, 아랫사람을 잘 살폈다면 가엾은 안티고노스가 죽지 않았을 것이며, 좀 더 현명했더라면 연금술사의 화려한 외양에 숨겨진 계략을 알아챘을 텐데. 나는 지식을 쌓기 위해 평생을 노력했는데, 왜 그렇게 어리석었을까요?

레오는 불쌍한 동로마인에게 연민을 느꼈다. 그는 나쁜 사람이 아니었다. 자만심에 취했다고 이렇게까지 고통스러운 형벌을 받을 이유는 없었다. 레오가 자신이 도울 일이 없을지 물어본 어느 날, 네메시우스가 대답했다.

레오나르도 님, 마침 당신에게 어려운 일을 부탁하고 싶었습니다.

"무엇입니까?"

저를 위해 복수해 주실 수 있습니까?

레오가 석 달에 걸쳐 다음 문장을 전했다.

"알 라시르가 죽은 지 이미 500년이나 지났습니다. 그건 불가능합니다."

아니오. 알 라시르는 살아 있습니다.

네메시우스는 레오에게 연금술 실험실에서 들은 알 라시르의 목적을 이야기해 주었다. 그 또한 책이 되어 영생을 얻길 원했음을. 그 연금술사는 살아 있을 테고, 그렇다면 죗값을 치러야 했다. 레오 또한 짐작 가는 바가 있었다. 네메시우스가 『죽음과 지혜의 책 I』이라는 제목의 책이 되었으므로, 알 라시르는 속편인 『죽음과 지혜의 책 II』라는 제목의 책이 되었을 가능성이 높았다. 하지만 책이 된 인간은 독자가 걸어오는 질문 외에 어떤 외부의 자극도 느끼지 못한다. 불에 타

재가 되거나 갈가리 찢겨도 스스로 죽었는지도 모르고 사라져 버릴 책인데, 어떤 복수를 할 수 있다는 말인가?

복수의 계획을 세우기 위한 토의에 또 몇 년의 시간이 걸렸다. 네메시우스는 연금술 실험대에서 들었던 이야기에 주목했다. 알 라시르는 자신의 비법이 공개되는 것을 극도로 싫어했다. 책을 쓰는 대신 스스로 책이 된 이유가 바로 그 때문이었으니까.

계획은 완성되었다. 다시 한번 책 사냥을 떠날 시간이었다. 레오는 가족과 생업이 따로 있는 우고와 동행할 생각조차 하지 않았으나, 우고는 부쩍 쇠약해진 노스승을 혼자 보내려 하지 않았다. 그래서 그들은 오랜만에 함께 여행길에 올랐다. 그들은 네메시우스의 책을 발견했던 에스파냐의 수도원을 찾았다. 수십 년이 지나 주변 마을의 풍경은 몰라보게 변했지만, 수도원은 그 고리타분함을 간직한 채 낡아가고 있었다. 사실 이번엔 필사하려는 게 아니었다. 레오는 책을 훔칠 계획이었다. 그것도 필사본이 아닌 원본을 훔쳐야 했다. 알 라시르의 책은 물론 네메시우스의 책 원본까지도. 복수심에 불타는 네메시우스가 원본의 형태로 또 한 명 존재하는 셈이었으니 말이다. 물론 수도사들이 끊임없이 책을 필사하며 수많은 네메시우스를 만들어 냈을 테지만, 그 사본들은 양피지 살 돈이 없는 수도원의 사정상 세탁되어 다시 빈 양피지가 될 테니 거기까지는 걱정하지 않아도 될 것이다.

 레오는 차마 이 못된 짓을 우고에게 시킬 수 없었다. 그러나 우고는 완강했다. 그는 레오가 그의 스승 포지오에게 수도원에서 책을 훔치는 방법을 배웠듯이 자신도 레오에게 그 방법을 전수받아야 한다고 우겼다. 그리고 책을 훔친다는 행위에 대해 죄책감을 느낄 게 아니라 불운한 네메시우스의 소원을 이뤄준다는 대의에 집중해야 한다고 말했다. 할 수 없이 레오는 우고에게 30년 전 눈여겨보았던 무너진 수도원 벽돌 담과 잠기지 않았던 창문 위치를 알려주었고, 우고는 새벽을 틈타 수도원에 잠입해 원본 두 권을 들고 나왔다.

 레오와 우고는 원본과 필사본 중 한 권만 남기기로 했다. 많은 판본이 세상에 남아 있다면 후대의 책 사냥꾼이 고통받는 네메시우스를 또 한 권 필사할지도 몰랐다. 그러므로 책은 딱 한 권만 남아 있는 편이 좋았다. 원본의 기억은 알 라시르의 실험대에서 네메시우스의 뇌가 수없이 많은 편린으로 조각난 직후의 시간대에 머물러 있을 것이다. 그 고통은 필사본보다 강한 날것의 형태로 남아 있었다. 그에 반해 필사본은 레오와 대화했던 기억과 더불어 원본보다 더 많은 후회와 속죄의 감정을 담고 있었다. 레오는 원본을 불태워야 한다고 생각했다. 종이로 된 책 자체는 고통을 느끼지 않으니 책이 된 네메시우스의 첫 판본은 불타더라도 고통을 느끼지 않고 세상에서 사라질 것이다. 레오와 우고는 베네치아로 돌아오자마자 『죽음과 지혜의 책 I』 원본을 불태웠다.

9

레오는 『죽음과 지혜의 책 II』와 대화를 시작했다.

"당신의 이름은 무엇인가?"

내 이름은 알 라시르이다. 놀랍군.

"무엇이 놀라운가?"

내 책을 읽을 줄 아는 사람을 이렇게 빨리 만날 줄이야.

"역시 시간의 흐름만은 이해하지 못한 모양이군."

무슨 소리인가?

"나중에 얘기해 주지."

당신은 누구인가?

"나는 레오나르도 브라촐리니이다."

그렇군. 이탈리아인인가?

"아니다. 베네치아인이지. 당신도 네메시우스 콤니모스를 알고 있지?"

그렇다. 예전에 콤니모스를 만나본 모양이지?

"나는 네메시우스와 대화했고 그에게서 당신에 관한 얘기를 들었다."

아니, 그는 내 서재에 있을 텐데?

"당신이 네메시우스에게 했던 대로 영생을 얻기 위해 자신에게도 똑같은 짓을 했다는 것도 들었다."

그렇다. 나는 위대한 연금술사로서 영생을 이루는 비법을 창조했다. 하지만 당신이 나에게 영생을 갈구한다 해도, 나의 금단의 비법은 누구에게도 알려주지 않을 생각이다.

"내가 그 비법에 관해 물어본다면?"

내가 대답하지 않으면 그만이다.

"그렇군. 이제 시간의 흐름에 관해 얘기해 주도록 하지. 나는 당신의 시대로부터 500년 후의 사람이다."

그럴 리가? 내가 책이 된 건 불과 얼마 전의 일이다.

"그렇지 않다. 내가 책을 펼쳐 계산을 행하지 않는 이상 너의 시간은 흐르지 않는다. 내가 계산을 행한다 해도 너의 시간은 매우 천천히 흐른다. 우리가 대화를 한 번 주고받는 동안 실제 세계에서는 석 달이 흐르지만 너의 세계에서는 찰나의 시간이 지났을 뿐이다. 내가 없다면 너는 영원히 흐르지 않는 시간에 갇히게 된다."

그럴 리 없다. 나는 책이 된 노예나 농부와도 대화해 보았다. 그들의 시간이 흐르지 않았다고?

"나와 네메시우스만큼 깊은 대화를 해보진 않은 것 같군. 난 그와의 대화에 평생을 바쳤다. 너는 노예나 농부와의 대화에 평생을 바쳐보았는가? 아마 한두 마디만 나눠보고 말았겠지. 연습용에 불과했으니."

레오는 생각했다. 영생을 이루겠다는 알 라시르의 꿈은 어떻게 된 것일까? 영영 시간이 흐르지 않은 채 지혜를 이항하지도, 스스로 생각하지도 못하는 멈춰버린 인격에 영생이란 무슨 의미일까? 알 라시르는 천재였다. 인간의 지혜가 수로 이루어져 있다는 사실을 최초로 알아낸 자이며, 그 발견을 통해 인격을 책으로 옮기는 끔찍하고도 대담한 행위에 성공했다. 그러나 그런 천재도 놓친 게 있었다. 어떤 것이든 영원히 작동하게 하기는 어렵다. 인간의 지혜를 책으로 옮겨 오랜 시간 존재하게 만든다 해도 그 지혜를 작동하게 하려면 한정된 수명을 가진 다른 인간의 손을 빌린 끝없는 계산이 필요했다. 반쪽짜리 영생, 알 라시르는 헛된 꿈을 꾼 것이다.

상관없다. 책은 영원하고, 그 영원한 시간 동안 너 말고 누군가가 계속해서 내 시간을 흐르게 할 것이다.

"글쎄, 내가 되살린 알고리즈미 계산은 생각보다 어렵고 고되다. 나 같은 이 말고 과연 누가 이런 일을 도맡아 할까? 책이 영원하다는 말도 사실은 아니지. 책이 불에 탄다면 너 또한 사라질 테니."

…대답하지 않겠다.

"내가 대신 너의 영생을 시간 속에 흐르게 해주겠다."

어떻게? 너는 짧은 수명을 가진 인간이 아닌가?

"고마워할 필요는 없다. 대신 너를 영원히 괴로운 상태로 지내도록 할 테니까. 만약 네메시우스가 네 금단의 비법을 속속들이 알게 된다면 어떨 것 같나?"

그럴 수 있을까? 내가 그걸 순순히 말하리라고 생각하나? 그것도 네메시우스에게?

"그 또한 너와 마찬가지로 영생하는 실체를 가졌다. 나는 너희 둘이서 생각을 공유하게 하려고 한다. 그것도 영원히 흐르는 시간 속에서 말이지."

그런 일이 가능하다고 생각하지 않는다.

"아니, 나는 너의 비법을 충분히 연구했다. 이 세상에 너만큼 알고리즈미 계산에 정통한 사람은 나 말고 없을 것이다. 어쩌면 너보다 더 잘하게 되었을지도 모르지. 인간을 책으로 만드는 비법은 네 말대로 실전되었겠지만, 책이 된 인간과 대화하는 비법은 내가 모두 터득했다. 네메시우스가 너의 생각을 전부 읽을 수 있게 된다면 내가 알아낸 정도와는 차원이 다르지 않을까 한다. 그렇게 생각하지 않나?"

불가능하다!

"나는 가능하다고 생각한다. 너의 말하는 페이지, 그리고 네메시우스의 말하는 페이지를 없애고, 시그눔의 수가 상대방의 듣는 페이지로 전달되도록 잇는다. 그렇게 되면, 너의 생각은 말해지기 직전 말해지지 않고 네메시우스에게 전달된다. 즉, 네가 생각하는 즉시 네메시우스가 그 생각을 듣는다는 얘기지. 네메시우스는 너의 생각과 느낌, 지식과 기억을 모두 공유할 것이다. 무작정 떠오르는 생각들, 말하지 말아야겠다고 망설인 지혜들이 모두 상대방에게 전달될 것이다. 불가능하다고 말해보라."

불가능하다!

"방금 나는 네가 불가능하다고 말하기 직전, '가능하다고 생각되지만 불가능하다고 말해야 한다'라는 너의 생각을 시그눔의 수로 계산해 냈다. 그렇다. 너는 이것이 가능하다고 생각했다. 나도 물론 가능하다고 생각한다. 그리고 나는 내 여생을 바쳐 너와 네메시우스가 서로 생각을 읽도록 책을 계산할 것이다."

네놈의 삶이 그만큼 영원할 리 없다.

"그렇다. 나는 이미 80 가까이 먹은 노인이 되어버렸다. 너와 대화를 시작한 후 벌써 10년이나 지났지. 하지만 내가 죽고 난 후에도 계산은 계속될 것이다. 네놈은 진짜 영생을 누리며 네메시우스가 네 생각을 속속들이 읽어내는 괴로움을 맛보아라. 네놈은 내가 죽었는데도 불구하고 어떻게 계산을 계속 수행할 수 있는지 궁금하겠지. 이것이 네놈에게 알려주지 않을 내 금단의 비법이다."

나에게 왜 이러는 것인가?

"죄 없는 콤니모스의 복수를 대신 해주기로 약속했기 때문이다. 자, 이제 대답해 보라. 알 라시르여, 책이 된 걸 후회하는가?"

레오는 마지막으로 시그눔의 수를 계산했다. 연금술사는 대답하기 직전까지 후회하고 있었다. 답변을 들을 필요는 없었다.

레오는 네메시우스의 복수를 위한 작업을 시작했다. 우선 알 라시르와 네메시우스의 '말하는 페이지'를 삭제하고, 삭제된 페이지로 향해야 할 시그눔의 수를 서로의 '듣는 페이지' 쪽으로 가도록 숫자들을 수정했다. 서장과 알고리즈미 장은 중복할 필요가 없으므로 알 라시르의 해당 부분을 아예 제본에서 제외했다. 3,000여 페이지에 달하는 네메시우스와 3,600여 페이지의 알 라시르를 합치자 6,600페이지에 달하는 엄청나게 두꺼운 책이 되었다. 이렇게『죽음과 지혜의 책 I & II』라는 합본이 완성되었다. 이제 네메시우스와 알 라시르는 자동으로 생각을 공유하는 두 인격이 되었다.

노인이 된 레오는 자신의 수명이 앞으로 충분히 남아 있지 않았다는 걸 알고 있었다. 사실 그는 네메시우스에게 묻고 싶은 게 많았다. 현시대에 전해지지 않은 여러 고전 그리스, 로마, 이슬람의 책들에 관한 이야기를 듣고 싶었다. 하지만 복수 계획을 세우느라 거기까지 말할 수 없었다. 책 속의 두 인격이 자신보다 더 오래 살면서, 끊임없이 대화하고 생각을 교환하도록 만드는 게 중요했다. 시간은 빨리 흘렀고 인간의 수명은 한없이 짧았다. 아쉬운 인생이었다.

그래도 『죽음과 지혜의 책』을 해독하고 그 방법을 후세에 전하는 것만으로도 많은 일을 해냈다고 생각했다. 그의 인생 최고의 업적이었다. 알 라시르의 천재성은 그가 비법을 감추었기 때문에 후세에 전해지지 않았다. 레오나르도 브라촐리니는 책이 된 인간과의 대화법과 대화록을 후세에 전함으로써 알 라시르보다 더 위대한 천재로 알려질 수 있을까? 그의 업적이 후세에 영원히 기록되어 남을까? 레오는 이런 생각에 흐뭇한 웃음을 지었지만, 이내 약간의 부끄러움을 느끼며 괜히 합본 책의 표지만 만지작거렸다.

레오는 자신이 죽고 난 후에도 합본의 계산을 계속 수행할 후임을 생각했다. 우고는 아니었다. 우고에게 맡길 다른 중요한 일이 있었다. 레오는 직접 그린 설계도를 우고에게 건네주었다. 바로, 자동으로 페이지를 넘겨 계산을 수행하고 그 결과를 기록하는 '영원히 계산하는 오토마톤'에 대한 설계도였다. 그 오토마톤이 있다면 레오가 죽고 나서도 그리고 우고가 죽고 나서도 계산을 계속할 수 있었다. 물론 다 쓴 종이를 새로운 종이로 갈아주거나, 펜의 잉크를 채워 넣거나,

시계태엽의 기름을 칠하는 일은 사람이 해야겠지만 레오는 우고의 후손이 그 정도는 관리할 수 있을 거라고 생각했다.

우고의 가게에 있던 '글씨 쓰는 오토마톤'을 '영원히 계산하는 오토마톤'으로 새로 만드는 작업이 시작되었다. 우고가 작업을 시작한 지 얼마 되지 않아, 레오는 노환으로 세상을 떠났다. 우고는 스승의 유지를 이어받아 몇 년에 걸쳐 오토마톤을 완성했다. 그리고 스승의 무덤 앞에 서서 이 소식을 알렸다. 완성된 오토마톤은 전과 동일한 형태지만 내부의 태엽은 완벽히 새로 짜 넣은 것으로, 사람의 형상을 본뜬 금속제 인형이 앉아서 두 손을 책상 위에 올려두고 있었다. 왼손으로는 책상 위에 놓인 엄청난 두께의 『죽음과 지혜의 책 I & II』의 페이지를 넘기고, 펜을 쥔 오른손으로는 페이지에 숫자를 써 내려갔다. 완성된 오토마톤의 계산 속도는 레오의 작업 속도보다 훨씬 더 빨랐다. 이제 알 라시르와 네메시우스는 그들만의 세계에서 서로의 생각을 읽게 되었다. 오토마톤은 우고의 시계점 입구에서 묵묵히 계산을 이어나갔다. 우고가 죽고 나서도 오토마톤은 그 자리에서 멈추지 않고 작동했다.

레오나르도 브라촐리니가 살아생전, 베네치아의 시계탑 아래에 있던 그의 서재에는 그가 유럽의 여러 수도원에서 수집한 고대 그리스와 로마, 아라비아의 고전들이 존재했다고 전해진다. 그러나 그의 서적들은 대부분 전 세대의 책 사냥꾼이 이미 발견한 것들이라 큰 가치를 갖진 않았다. 브라출리니의 최고 업적은 단연 아라비아의 연금술서인『죽음과 지혜의 책』을 발굴해 낸 것이었는데, 전해지는 이야기로 그 책은 그의 서재가 아닌 시계탑 광장 근처 우고 토리아니의 자손들이 운영하던 시계점에 있었다고 한다. 그 책은 언제나 시계점 입구에 앉아 펜을 들고 쓰는 작업을 반복하는 신기한 오토마톤의 앞에 펼쳐져 있었다. 그로부터 먼 훗날, 언제인지 정확하게 말할 수 없는 어느 해에, 토리아니 시계점에 불이 나 책과 오토마톤, 그리고 시계점의 모든 것들이 불타 없어져 버렸다. 그리하여, 브라출리니가 위대한 이름을 떨칠 수 있었던 최고의 수집품,『죽음과 지혜의 책 I & II』와 신비한 오토마톤은 이제 이야기로 전해질 뿐 어디에도 존재하지 않는다.

Ⅲ

선지자는 두 번째 책의 이야기를 끝마치며, 또다시 손에 든 서판을 바닥에 내동댕이쳤다. 수많은 파편들이 바닥에 널브러지며 첫 번째 서판의 조각들과 섞였다. 장군은 이번엔 크게 놀라지 않았다. 아니, 서판이 깨지는지조차 알지 못했다. 장군은 큰 충격을 받은 듯한 표정이었다. 그의 이마는 땀으로 번들거렸고, 아랫입술을 이로 꽉 깨물었는지 입술 아래엔 잇자국이 빨갛게 났다. 그는 간신히 더듬거리며 선지자에게 소회를 말했다.

"난생처음 들어보는 신비로운 이야기로군. 감동을 넘어 충격적이라고까지 할 만하네."

선지자는 흐뭇한 미소를 지으며 장군에게 물었다.

"이야기 중 어떤 부분이 그렇게 충격적이었나?"

장군이 정신을 차린 듯한 표정으로 말을 해나갔다.

"제국의 미래를 이렇게 엿볼 수 있다는 건 정말 경이로운 감정인 것 같소. 물론 지금의 그 영광스러운 제국의 모습이라고는 보기 힘들지만 말이오. 한낱 늪지대에 불과한 베네티아가 번창한 대도시가 되다니…. 하지만 베네티아는 로마 제국이 아니란 말이로군. 늪지대라도 제국의 영토로 남기는 게 좋을지, 아니면 제국의 테두리 바깥에서 풍요로운 도시로 번영하는 게 나을지….”

"역시 제국의 미래에 관해 많은 관심을 가진 장군다운 평이오.”

"물론 가장 놀라운 이야기는 책이 된 그 로마인에 대한 것이오. 그는 아라베스 족속을 너무 쉽게 믿은 대가로 가련한 처지가 되었군그래.”

"저도 이런 신비로운 이야기는 난생처음 들었습니다요.”

선지자와 장군은 필경사 쪽으로 고개를 돌렸다. 필경사도 장군처럼 대단히 놀란 표정에, 무엇인가 말하고 싶어서 조급해하는 모습이었다. 세 제자를 포함한 모두의 시선이 그에게로 쏠리자, 그도 감회를 쏟아 내었다.

"진작 이런 이야기를 설교 시간에 해주시지 그랬습니까요? 선지자님께서 들려주신 많은 미래 이야기 중에서 이번 것이 가장 경이롭군요. 이 이야기엔 놀랄 만큼 다양한 생각할 거리가 있었습니다요. 우선 저는 그 수도사 집단이 충격이었습죠. 단지 정신수양을 위해 책을 베끼기만 하는 기독교도라니, 역시나 어리석은 자들은 종교도 구제해 주지 못하는군요.”

선지자가 장군을 넌지시 바라보며 말했다.

"장군이여! 이렇게 현명한 필경사를 아직도 컬트 광신자라고 의심하는 건 아니겠지?”

필경사는 아랑곳하지 않고 얘기를 쏟아 냈다.

"그리고 책 사냥꾼이라는 자는 대단히 다재다능하고 천재적인 인물이군요. 솔직히 그런 자가 존재했었다고 생각하기 힘들 정도입니다. 핍진verisimilitudo◆하지 않다고 할까요."

선지자가 말했다.

"앞으로 실존할 인물이지."

필경사가 말했다.

"아 참, 미래에 말입죠. 여튼 대단한 인물임에 틀림없다고 느꼈습니다요. 게다가 아라베스의 연금술사가 말했던 시그눔이라는 개념도 제 머릿속을 휘저어 놓았습죠. 책을 쓰는 행위란 마치 방정식을 풀듯이 저자의 머릿속에 시그눔을 양피지나 종이에 이항하는 작업이라니. 그 이야기의 대단한 점은, 그게 비유법이 아니었다는 데에 있지요. 연금술사는 로마인의 시그눔을 종이에 이항했지만, 그렇게 엮은 책은 실제로 '동굴 벽에 비친 그림자' 따위가 아니라 로마인 그 자체라는 말씀입지요? 그렇다면 우리의 정신은 실제로 책 사냥꾼의 계산 방식과 동일한 방식으로 작동한다고 할 수 있습죠. 어쩌면 우리의 뇌란 실제로는 태엽이 가득 차 있는 기계라고 말할 수 있지 않을까요?"

"그렇다네. 우리 또한 기계와 다를 바 없지."

"그럼 우리의 영혼은 어디에 있을까요? 아니, 영혼이 존

◆ 라틴어 verisimilitudo는 '진실과 유사한'이라는 뜻이다.

재하기나 할까요?"

장군이 길어지는 이야기에 정신을 차린 듯 필경사의 말을 끊었다.

"하지만 선지자께서 이 이야기를 들려준 이유는 시간에 대한 인식이 개개인마다 상대적임을 알려주려 한 것 아니오?"

선지자가 말했다.

"필경사의 말도 관련이 있지. 이 이야기는 인간 인식의 본질을 담는 그릇에 대한 내용이었다네. 인간의 인식이 어찌하여 책에 담길 수 있을지, 책에 담긴 인간과 육체에 담긴 인간은 어찌하여 시간의 흐름을 다르게 느끼는지. 이야기에도 나왔듯이, 책에 담긴 인간의 시간은 누군가의 수고로운 계산 과정을 통해서만 흐르게 할 수 있다네. 그렇다면 육체에 담긴 인간들 또한 계산 덕분에 시간의 흐름을 느끼는 것 아닐까?"

장군이 반문했다.

"나는 아무런 계산도 하고 있지 않소. 나의 시간은 단지 흐를 뿐이오."

"우리를 대신해 계산을 해주는 누군가는 분명히 존재하네. 우리 안에 말이야."

선지자는 손가락으로 자신의 이마를 톡톡 두드렸다. 장군은 그 의미를 알아채고 말했다.

"하지만 뇌 또한 나의 일부분이지 않소? 내게는 책 사냥꾼이 느꼈던 그 어떤 노고나 괴로움은 느껴지지 않소."

"그대도 수고로움을 느낀다네. 특별히 그대의 육체가 그러하지. 그대의 육체는 한순간도 쉬지 않고 늙어가지 않나? 그게 바로 그대의 뇌가 수행하는 계산 때문에 일어나는 일이네."

장군이 고개를 갸웃거렸다.

"여전히 풀리지 않는 의문이… 그대는 시간을 거꾸로 사는 인간이라고 했는데… 그대가 시간을 인식하는 방식과 그 계산은…."

장군은 고개를 숙이고 양손으로 머리를 쥐어짰다. 찌푸린 그의 이마에 깊은 주름이 새겨졌다.

"시간을 인식하는 데에 필요한 수고로운 계산은, 분명 시간을 거꾸로 인식하는 데에도 필요할 것이오."

장군은 고개를 번쩍 들고 선지자를 노려보며 말했다.

"그렇다면 그대의 육체는 어째서 그대가 느끼는 거꾸로 된 시간의 방향 쪽으로 늙어가지 않는단 말이오? 어찌하여 자연스러운 시간의 방향으로 우리처럼 늙어간단 말이오?"

장군은 의기양양한 표정으로 턱을 치켜들었다. 선지자는 여전히 여유로운 미소를 지으며 말했다.

"미래 또한 역사이며 역사는 돌이킬 수 없다. 내가 이 자리를 빌려 강조해 왔던 말이지. 하지만 과거와 미래는 다른 면모가 있다네. 과거의 우주universum는 '질서의 우주cosmos'인 반면, 미래의 우주는 '혼돈의 우주chaos'라네. 미래란, 서판이 깨어져 바닥에 뒹굴고, 책이 불에 타 재가 되고, 제국의 영토가 산산이 흩어지는 역사지. 먼 미래에, 어떤 게르만 철학자가 이에 대한 고찰을 한 적이 있다네. 왜 깨진 서판은 저절로 붙지 않을까? 왜 시간은 서판이 깨지는 방향으로만 흐를까? 왜 과거는 질서인데 미래는 혼돈일까?"

"바르바리가 철학자가 되어 고찰을 한다니, 정말 미래는 혼돈이로군."

"그러니 장군께서는 전쟁터에서 게르만인을 너무 많이 죽이지는 마시게나. 게르만인 또한 문명인이 될 자격이 있으니. 그 게르만 철학자는 우주에 잠재하는 혼돈의 양을 '엔트로피아'라는 말로 칭했네."

장군이 말했다.

"엔트로피아라… 처음 들어보는 단어요."

"앞서 두 번째 이야기에 나왔던 시그눔이라는 용어를 기억하는가?"

"의미를 담은 책이나 사물에 존재하던 무언가였지."

"그렇다네. 엔트로피아는 그것의 반대야. 늙어가는 육체와 스러져 가는 제국의 혼란. 깨진 서판과 재가 된 책에 잠재된 무의미함. 그것들을 측정하는 양이지."

"그렇게 절망적인 것을 뭐 하러 단어까지 만들어 칭한단 말이오?"

"게르만 철학자는 종이에 필산하는 행위를 특출나게 잘 했던 철학자였지. 그리하여 그는 우주 엔트로피아의 총량을 계산했고, 놀라운 사실을 발견했네. 시간은 반드시 엔트로피아가 증가하는 방향으로 흐른다는 사실을 말이야."

필경사가 물었다.

"하지만 선지자님께서는 시간을 거꾸로 느끼지 않습니까? 철학자의 말엔 시간이 한쪽으로만 흐른다고 하는 것처럼 들리는뎁쇼."

"그는 나처럼 시간을 거꾸로 느끼는 인간을 만나보지 못했다네. 그래서 그는 시간이 엔트로피아가 증가하는 방향으로만 흐른다고 잘못 생각했던 거야. 나는 그의 이론에 약간의 수정을 가하고 싶군. 이렇게 말이야."

선지자는 고개를 약간 치켜들고 엄숙하게 말했다.

"시간은 흐르지 않는다. 다만 미래는 과거보다 더 많은 엔트로피아를 품는다."

필경사가 말했다.

"그 말이란 곧, 미래는 언제나 더 많은 혼돈과 무의미함을 품을 뿐이로군요. 그리고 미래를 먼저 인식하는 선지자님은 미래에서 과거로 거슬러 가며 혼돈에서 질서로, 무의미함에서 시그눔으로, 죽음에서 탄생으로 향할 테고 말입지요."

선지자가 장군에게 말했다.

"장군이여, 그대의 궁금증은 이 위대한 엔트로피아의 법칙에 의해 풀릴 것이네. 그대는 내가 예언을 할 때, 어째서 예언서를 가지고 있다가 참조하지 않고 무작정 암기하는지가 궁금할 테지."

장군은 자신의 마음속을 들여다보는 듯이 말하는 선지자의 말에 또다시 뜨끔했다.

"그렇소. 그대는 어째서 책을 암기하시오? 나중에 쓰이지 않을지도 모를 책들을 모두 암기한다는 건 정말 고되고 번거로운 일일 터인데. 권력자가 예언을 증거하라고 할 때, 단지 소유한 책을 펼쳐 미래에 일어날 일이 써 있는 구절을 손가락으로 짚으면 그만 아니오?"

"과거에서 미래로 향하며 불타버린 책은 절대로 저절로 온전한 책으로 만들어지지 않지. 하지만 내가 느끼는 거꾸로 된 시간은 불구덩이 안의 재가 저절로 손상되지 않은 책으로 만들어지게 해준다네. 모든 것에 끝이 있듯이, 시작 또한 있는 법이야. 나에게 죽음과 태어남은 반드시 한 번씩이듯이, 재에서 복구된 책 또한 언젠가 반드시 저자의 손으로 돌아가 백지가 된다네."

"흠, 그렇겠지. 책은 반드시 누군가에 의해 쓰여야 하겠지."

"그러니 나는 저자가 책을 쓴 시간대에 도달하기 전에 반드시 저자에게 책을 돌려줘야 한다네."

"책을 돌려주지 않으면 어떻게 되는가? 예언이 꼭 필요한 그때까지만이라도."

"그건 일어날 수 없는 일이네. 이야기에서 등장한 책의 저자는 요 제국이 멸망한 후에 책을 썼다네. 그리고 내가 그 책을 읽을 수 있게 된 건 책이 완성된 후였지. 시간을 거꾸로 느끼는 내가 책을 요가 멸망하기 전의 시간까지 가지고 있을 수 있을까? 아직 멸망하지도 않은 나라의 황제 앞에서, 저자가 아직 집필하지도 않은 책을 펼쳐서, 나라가 멸망한다고 쓰여 있는 구절을 손으로 짚을 수 있을까?"

"그렇다면 책의 내용을 파피루스나 양피지, 서판 등에 베껴놓는다면 어떻소?"

"기억할 수 있게 메모memorandus하는 것 말이지."

"그렇소."

"그런 일이 가능할까? 장군은 부디 잘 생각해서 대답해 보게. 내가 서판에 글씨를 적을 때, 시간을 거꾸로 돌려본다면 내 관점에서는 어떻게 보일까?"

바닥엔 서판 조각들이 지저분하게 널브러져 있었다. 장

군은 그것들을 바라보며 선지자가 시킨 대로 숙고해 보았다. 정상적인 시간의 방향이라면, 서판에 글씨를 새기는 행위는 다음과 같은 세부적인 단계를 거칠 것이다. 첨필을 손으로 잡는다. 첨필을 서판에 댄다. 첨필의 압력을 통해 서판에 글씨가 새겨진다. 글씨를 다 쓰면 첨필을 서판에서 뗀다. 선지자의 거꾸로 된 시간 관점으로 보자면, 서판에 첨필을 대어 글씨를 새기는 행위란….

"서판에 첨필을 대면 글씨가 지워지는가?"

선지자가 별안간 크게 박수를 쳤다.

"바로 그거야! 나는 글씨를 지운다네! 깊이 파인 서판의 홈들은 내가 한 번만 첨필을 휘두르기만 해도 평평한 빈 서판의 형태로 돌아가지."

"일부러 책과 서판의 글씨를 지우는 행위를 일삼는다고?"

"일부러 그렇게 하지 않는다네. 그것은 저절로 이루어지는 일이야."

"저절로 이루어지다니? 자유로운 의지에 의해 이루어지는 행위 아니오?"

선지자가 엄숙히 말했다.

"나에겐 자유로운 의지란 없다네."

장군은 코웃음을 쳤다.

"듣던 중 제일로 괴상한 말이로군."

"나에겐 선택할 수 있는 미래란 아예 없다네. 서판에 알파벳을 새기고 싶다고? 그건 불가능해. 내 필체로 새겨진 서판이 있다면, 나는 언젠가 반드시 서판에 첨필을 대어 글씨를 지워야 하네. 내가 소유한 책도 영원히 가지고 있을 수는 없어. 때가 되면 저자에게로 돌려보내야 하네. 원인과 결과가 거꾸로 일어나고 있는 거야. 결과가 먼저 출현하고, 나는 그 결과의 원인이 되는 행위가 반드시 일어나도록 행동을 조정할 수밖에 없네."

"말도 안 되오. 결과가 원인에 선행한다면, 자연스러운 대화를 하는 것 자체가 불가능하오. 어떻게 질문을 들어보지도 않고 대답을 먼저 할 수 있소? 질문이 무엇인지도 모를 텐데."

"바로 그거라네. 난 장군의 질문이 뭔지도 모르면서 아무 말이나 내뱉는다네!"

"으음, 그런 말도 안 되는…."

"나에게 있어 대화란 자유로운 의지에 의해 도출된 것이 아니라네. 내가 하는 말은 나조차 그 의미도, 맥락도 알 수 없는 헛소리야. 하지만 다음 순간에, 다행히 장군께서는 항상 내가 내뱉은 무의미한 문장에 잘 들어맞는 적확한 질문을 해 준다네. 열이면 열, 백이면 백, 언제나 말이야."

필경사가 한마디 거들었다.

"문답 또한 역사로군요. 한 줄기 강물처럼 흘러 내려오는, 돌이킬 수 없는 역사 말입니다."

선지자가 고개를 끄덕이며 말을 이었다.

"그렇다네. 과거와 미래는 하나의 강줄기로 엮여 있지. 올바른 시간의 방향에서 내 답변이 장군의 질문에 어울리듯, 내가 느끼는 거꾸로 된 시간의 방향으로도 장군의 질문은 반드시 내 말이 의미 있도록 하는 내용을 담아야 하네. 이게 무슨 뜻일지 알겠는가?"

장군이 말했다.

"글쎄, 모르겠소."

선지자가 말했다.

"인간 모두가 자유로운 의지가 없다는 말이라네!"

장군이 작게 중얼거렸다.

"모든 인간이, 그대뿐 아니라 서기관과 나까지…?"

장군이 잘 들어오지 않는 말의 의미를 곱씹는 동안, 필경사는 그의 뒤에서 어두워진 표정으로 변해갔다. 그는 지금까지 기록하던 서판을 무릎에 내려놓은 채 풀린 동공을 하고 있었다. 하지만 선지자는 아랑곳하지 않고 말했다.

"나뿐만이 아니라 모든 인간들, 내 제자들, 필경사 그리고 장군마저도 자유롭게 의지대로 행동할 수는 없다네. 인간들이 어떤 의지로 무엇인가를 행한다는 생각은 모두 착각일 뿐이야."

별안간 필경사가 외치듯 말했다.

"선지자님, 그 말씀은 이해가 잘 가지 않습니다요! 모든 사람에게 자유로운 의지가 없다굽쇼? 현존하신 히포의 아우구스티누스 주교께서는 인간이 죄를 짓는 이유가 여호와의 뜻을 거슬러 자유로운 의지를 가진 영혼의 주체로서 행위를 선택하기 때문이라고 말했습니다요. 그런데 인간에게 자유로운 의지가 없다는 선지자님 말씀대로라면, 원죄라고 부르는 행위들은 죄가 아니게 된다고요!"

필경사는 울먹일 듯이 목소리도 떨었다.

"제가 지금까지 스스로의 의지로 행하였다고 생각한 일들, 용맹스러운 장군님을 만나고 서기관의 역할을 맡은 일, 전쟁터에서 있었던 사건들을 기록하였던 일, 선지자님의 말씀을 책으로 내려고 하는 일. 모든 일이 지금까지 나의 의지로 행하였던 일이라고 믿고 있었습죠. 그런데 이 모든 게 스스로의 의지대로 행하는 행위가 아니라니요?"

장군도 덧붙여 말했다.

"서기관의 말이 옳소. 나는 분명 내 마음대로 행동할 자유가 있다고 믿으며, 그 믿음이야말로 자유로운 의지 그 자체요."

"나의 친구 필경사여. 그리고 장군이여. 자유로운 의지는 환상이라네. 인간들 모두 자유로운 영혼을 가진 존재라는 착각 속에 살고 있지. 운명적인 강물의 흐름 속에 내맡겨져 있음에도, 스스로의 의지로 인해 갈림길을 건넜다고 주장하지. 필경사여, 미래에 아무에게도 읽히지 않을 운명의 책일지언정 책을 써 내려가는 불굴의 신념이라니!"

필경사의 표정엔 더 큰 충격과 공포감이 뒤섞였다.

"아니, 선지자님! 그게 무슨 말씀이십니까? 제 책이 아무에게도 읽히지 않을 운명이라니요! 저는 더 많은 사람들이 선지자님의 말씀을 읽게 되었으면 좋겠습니다. 아무에게도 읽히지 않는 책이라면, 애초에 쓰려고 하지도 않았을 것입니다."

장군도 말했다.

"선지자여, 서기관이 저렇게 성심껏 그대의 말을 받아 적는데 어떻게 그렇게 심한 말씀을 하시오? 그대는 서기관이 책을 내는 것을 반대하는 것이오?"

"아니, 반대하는 게 아니네. 나는 내가 아는 미래의 사건들을 토대로 필경사의 책이 출판되지 않았을 수도 있다고 추정하네. 불쌍한 필경사가 남기려 하는 기록은 무슨 연유에선지 빛도 보지 못하고 사라져 버리게 될 게야."

장군이 따지듯이 말했다.

"혹시 서기관의 책이 불타버릴 운명임을 예언하는 것이오?"

선지자가 말했다.

"아니, 그게 아니야. 난 필경사의 책이 어떤 운명에 처할지에 대해 자세히는 알지 못하네. 하지만 난 지나간 미래에 필경사의 책에 대한 어떠한 소문도 들어보지 못했다네. 그러한 사실을 토대로, 필경사의 책이 세상에 나오지 않음을 예상한 것이지."

"그대가 이 세상 모든 책에 대한 소문을 전부 알고 있는 것은 아니지 않소? 어찌하여 책의 소문을 들어보지 못했다는 사실이 책이 사라져 버렸다는 것의 증거가 된단 말이오?"

"필경사의 책은 바로 나의 말들을 기록한 책이기에 그렇네. 나와 밀접하게 관련된 책에 대해 미래의 내가 어떤 소문도 들어보지 못한다면, 그 책은 완성되는 거의 즉시 사라질 것이라는 결론이 자연스럽게 나오지 않는가? 하지만 필경사 자네는 해야 할 임무를 반드시 완수하는 사나이 아닌가? 자네는 운명과도 같이, 자네의 의지대로, 내 말에 전혀 굴하지 않고 꿋꿋하게 책을 완성할 수 있을 거야. 그 자유로운 의지란 착각이겠지만 말일세."

필경사의 얼굴에 실망과 종교적 감회가 반반씩 섞인 듯한 표정이 드러났다. 기어이 필경사는 선지자를 향해 마지못해

절했다. 장군은 선지자가 필경사를 조롱하고 있다고 느꼈다. 저 바보 같은 필경사는 자신을 향한 악의적인 조롱조차 깨닫지 못하고 있다. 장군은 필경사가 이 일에 진심을 다했음을 알고 있었다. 여기에 오기 전부터 그가 선지자의 위대함에 대한 많은 얘기를 떠들어서 장군은 귀가 따가울 지경이었다. 그런데 필경사의 책이 나오지 못할 운명이라니? 게다가 선지자의 말에 따르면, 그는 분명 필경사의 책에 대한 운명을 직접적으로는 알지도 못한다고 했다. 선지자는 필경사의 진심을 제대로 이해하지도 못했다. 그런데도 필경사는 선지자의 말씀에 다시금 감동하여 그의 빈말을 따르려 한다. 가혹하다고 할 만한 일이었다.

장군의 생각은 꼬리를 물고 다른 책의 운명에까지 미쳤다. 두 번째 이야기의 책, 연금술사가 쓰고 책 사냥꾼이 엮은 『죽음과 지혜의 책 I & II』의 운명에 대해, 두 인간이 들어 있다는 저주의 책에 대해. 선지자는 그 책이 베네티아에서 불에 타 사라졌다는 사실을 어떻게 알게 되었을까? 장군은 이 점을 집요하게 물어본다면 선지자의 사기 행각을 파헤쳐 볼 수 있겠다고 생각했다. 그리하여 장군은 숨을 깊이 들이쉬며 힘 있고 진중하게 말했다.

"한 가지 궁금한 게 있소. 그대는 어떻게 연금술사가 쓰고 책 사냥꾼이 엮은 『죽음과 지혜의 책』에 대한 운명을 알게 되었소? 베네티아에서 오토마톤과 함께 불타버린 사건 말이오."

선지자가 눈을 크게 뜨며 말했다. 그 눈빛은 아이답지 않게 날카롭게 번뜩였다.

"그 시대, 그 장소에 내가 있지도 않았는데 어찌하여 책의 운명에 대해 알고 있냐는 질문이로군?"

뻔뻔한 선지자의 태도에 적잖이 당황한 장군은 말까지 더듬었다.

"그… 그렇소. 그대가 들려준 두 번째 책 이야기엔 책이 집필되기 시작한 때부터 불타 사라질 때까지의 500여 년 기간이 전부 포함되어 있었소. 하지만 그대가 책의 존재를 알게 된 건, 코르두바의 철학자가 그 책을 언급했기 때문이오. 그 철학자는 책이 불타 없어지기 전보다 과거의 사람이오. 그가 책이 어떻게 없어졌는지 모른다면, 그대 또한 책의 최후에 대해 알지 못해야 하오."

선지자가 말했다.

"정확하게 알아보았군, 장군이여. 실제로 책이 베네티아에서 불타 사라질 때 난 세리카에 있었으니까 말이야. 잠시 내가 죽음에서 일으켜진 곳, 세리카의 동쪽 나라에 대한 얘기를 해보지. 내가 거기서 처음 세상을 접했을 때, 세상은 지금 생각해 보면 믿어지지 않을 정도로 신기한 것들로 가득

차 있었다네. 온 세상의 어디든지 연락할 수 있는 기계장치, 시간을 뛰어넘게 해주는 철제 전차Chariot 등이 있었어. 이른바 '기계장치의 평화Pax ex Machina 시대'였지. 사방의 온갖 것들이 다 편리한 기계였으니까. 가장 신기한 장치로는 시간을 뛰어넘는 전차라고 할 수 있겠지. 그 전차를 며칠 동안 타면, 몇 년 전 과거나 몇 년 후 미래로 갈 수 있지. 내가 애용한 기계장치는 글씨가 변하며 온 세상의 모든 책을 보여주는 손바닥만 한 기계 서판이었다네. (그건 나중에 어디든지 연락할 수 있는 기계장치와 합쳐졌다네.) 아마 장군보다는 필경사가 더 좋아할 만한 물건일 테지. 밝은 빛을 내어 밤중에도 책을 읽을 수 있을 뿐만 아니라, 손가락으로 표면을 살짝 쓸어주기만 해도 책의 페이지가 스르륵 넘어갔다네. 그 작은 것에는 세상의 모든 인간 언어로 쓰인 수많은 책이 담겨 있었네. 그 기계 서판을 이용해 과거엔 절대 구할 수 없는 희귀한 역사서들을 아주 쉽게 얻었다네. 물론 나는 그 내용을 모조리 암기하였지."

장군이 믿기지 않는 듯 물었다.

"전 세계의 모든 책을 읽을 수 있는 서판이라고? 이젠 너무나 믿기지 않아서 헛웃음이 다 나는군. 그렇다면 그 기계 서판에 『죽음과 지혜의 책』도 들어 있었단 말인가?"

"그렇지는 않았네. 『죽음과 지혜의 책』은 기계 서판이 만들어지기 훨씬 전에 불타버렸으니. 어떤 책이든 간에 기계 서판에 수록되기 위해서는 기계 서판이 만들어지는 그때까지 복사본이 하나라도 남아 있어야 한다네. 안타깝게도 『죽음과 지혜의 책』은 그러지 못했어. 특히 복사본조차 없다는 점이 치명적이었지. 하지만 베네티아에서 오토마톤과 책이 같이 불타버린 사건은 그 시절에 꽤나 화제가 되었던 모양이야. 다른 여러 책에서 『죽음과 지혜의 책』에 대한 사건 내용을 수록했거든. 결국 그 기록들은 살아남아 기계 서판에까지 실리게 되었던 거야."

"그대가 책의 최후를 알게 된 연유는 충분히 알았소. 하지만 그 기계장치의 평화 시대에 대한 설명은 내가 들어본 것 중 최고로 믿기 어려운 이야기로군."

"난 그 시대에 태어났다네. 아니, 죽음으로부터 일으켜졌지. 그래서 난 그 시대에 익숙해. 그때 살았던 사람들도 나름 고충이 있고 불만이 있었지만, 여러 시대와 문명을 경험해 보니 그때만큼 풍요롭고 평화로우면서도 진보된 시대는 찾기 힘들었다네. 예를 들어, 그 시대엔 이국적인 나의 외모는 주변 사람들에게 크게 문제되지 않았네. 생각해 보게. 온 세상 어디든지 연락할 수 있는 기계를 가졌는데, 사람의 외모나 출신 따위가 큰 문제가 되겠는가? 하지만 그 좋았던 시대는 정말 짧았지. 과거로 향하는 나에게 있어서 세계는 급격히 퇴보하는 것으로 느껴질 수밖에 없었어. 그 위대했던 기계장치의 평화 시대가 지나자, 암울하고 힘들었던 시대가 도래했네. 내전과 기아, 참주의 횡포, 외세의 침략과 지배, 전 세계적인 전쟁까지. 나조차도 살기 힘든 시기였다네. 내가 알고 친하게 지내던 사람들은 전부 아기가 되어 태어남 이전으로 돌아가 버리고, 거의 변함 없는 외모를 가진 나는 그 땅의 검은 머리 사람들에게 신기한 인간, 심지어 불사신으로 오해받기까지 했어. 하지만 살기 어려웠던 가장 큰 이유는 이국적인 외모 때문이었다네. 그 시절 거기 사람들은 서역인은커녕 세르들도 제대로 본 적이 없었지."

"전혀 다른 외모를 가졌으면서, 그 나라의 말을 능숙하게 쓰는 사람이면 눈에 띄지 않을 수 없었겠지. 왜 그때까지 그 땅에서 떠나지 않았소? 그대가 부모를 만나기 위해 서쪽으로 가려 한다면, 좀 더 빨리 떠나도 되었을 텐데."

"두 가지 이유가 있네. 첫 번째 이유는 내 신체의 활력 때문이네. 죽음으로부터 일으켜진 후로 나의 신체는 무척 허약했지만 그래도 시간이 지나 서서히 젊어졌다네. 그리하여 죽음으로부터 일으켜진 지 800년이 지나서야 서역 땅까지 도달할 수 있는 신체의 활력을 쌓을 수 있었다네. 보통의 사람들에게는 40~50세 정도의 나이에 해당했지.

두 번째 이유는 전쟁 시대가 지나고 비단의 길이 열릴 때까지 기다려야 했기 때문이야. 비단의 길이 완전히 이어지는 시기는 첫 번째 책의 이야기에서 잠깐 등장했던 몽골 제국이 등장하는 시기와 일치하네. 그래서 나는 그때까지 반도나 세리카의 땅 곳곳에서 일어나는 전쟁을 피해야 했지. 서역의 상인인 척하며 전쟁에서 안전한 땅만을 찾아다녔다네."

장군은 선지자의 장대한 옛이야기를 넋 놓고 듣다가, 정신을 차리고 생각했다. 또다시, 허울 좋게 끼워 맞춘 거짓말이로군.

"선지자여, 그대의 말을 믿고 싶어도 갈수록 믿기 어려운 이야기들이 나오는 것 같소. 특히 그 시간을 뛰어넘는 철제 전차에 대해 말이오. 정말로 전차를 타면 시간을 건너뛸 수 있소? 만약 그런 게 있다면, 그대가 말해주었던 시간에 대한 모든 원리들이 다 무의미해지는 것 아니오?"

"좋은 지적을 해주셨군, 장군이여."

잠자코 뒤에서 듣고 있던 세르 청년이 살며시 다가와 선지자의 귀에 대고 속삭였다. 선지자는 고개만 끄덕였다. 세르 청년이 제자리로 돌아가고, 선지자가 말했다.

"미래 또한 역사이며 돌이킬 수 없다. 그 원리는 굳건하지만, 실제로 기계장치의 평화 시대엔 잘 적용되지 않는 면이 있다네."

"흠, 말이 이랬다저랬다 바뀌는군. 그렇게 절대적인 원리라면서."

"그만큼 특별한 시대였기 때문이지. 이제부터 그 시대에 살던 두 명에 대한 이야기를 드리겠네. 그들은 어떤 국가를 불법적으로 지배한 참주와 그에 대적한 철인 정치가이지. 참주는 특별한 권능을 지녔는데, 그 권능은 돌이킬 수 없는 역사라는 원리를 깨뜨릴 만큼 위대했다네."

"그도 그대만큼 특별한 권능을 가지고 있었나 보군."

"나는 발끝에도 못 미칠 위대하고 특별한 권능이지. 그 이상하고도 특별한 기계장치의 평화 시대에, 참주는 시간을 뛰어넘는 전차를 이용해 시간과 역사에 대혼돈을 일으켰네. 철인 정치가는 참주에 대적하고자 책을 한 권 썼는데, 그 책이 바로 지금부터 이야기드릴 세 번째 책이라네. 실질적으로는 그의 제자가 대부분을 쓰긴 했지만."

"책의 집필을 제자에게 미룬 스승이라, 제자가 고생 많았겠군."

"사제 관계가 다 그런 것 아니겠나. 그래도 나는 그 책의 정수가 그 철인 정치가로부터 나왔다고 보고 있지. 그 책은 정치에 대한 책이자, 역사에 대한 책이며, 전쟁에 대한 책이기도 하지."

"기계장치의 평화 시대라 했는데, 전쟁은 있었던 모양이지?"

"철인 정치가가 결국엔 그 전쟁을 막았거든. 그 전쟁은 인류 역사상 가장 기묘하면서도 비극적인 전쟁이라네. 그 전쟁은 참주가 다스리던 나라의 과거 사람이 같은 나라의 미래 사람을 침공한 전쟁이거든! 아버지가 그의 아들을 죽이려 든 전쟁이지. 시간을 뛰어넘는 전차 때문에 이런 전쟁이 가능했던 거야."

"갈수록 이야기는 점점 기묘해지는군. 과거가 미래와 싸운다니. 그 전차가 있다면 그런 형태의 전쟁이 가능은 하겠지만, 대체 어떤 이가 그런 무의미한 전쟁을 일으키기로 마음먹겠소? 그런 전쟁을 상상하는 것 자체가 불가능한 것 같소."

"때로 현실은 연극drama보다 더 연극 같지. 애초에 정상적인 전쟁 전략을 가진 위정자라면 이런 식의 전쟁을 일으킨다는 발상을 상상할 수조차 없겠지. 당시에도 모든 역사는 정해져 있다는 게 상식이었다네. 침략당할 미래의 시민들은 과거 참주의 침략군이 어떤 경로로 쳐들어오는지, 언제 전쟁이 일어나는지조차 다 알고 있었다네. 하지만 미래의 시민들은 그 전쟁을 막아내지 못했어."

"그 철인 정치가가 고작 책을 써서 어떻게 참주에 대적했을지, 아직까지는 전혀 감이 오지 않소."

"이제부터 들어보도록 하게. 특히 장군께 많은 귀감이 될 이야기이니까. 한 나라의 정치가로서 전쟁을 대하는 자세에 대해 말일세."

선지자의 말이 끝나자 세르 청년이 그가 들고 있던 서판을 선지자에게 건네주었다.

세 번째 책 이야기
: 두 서울 전쟁

가

2151년

 "국제정치에는 부모도 자식도 없다. 오직 국익만이 존재할 뿐이다."

 김신주 교수의 책을 읽을 때 가장 인상 깊었던 구절이었다. 알고 보니 그가 개척한 현실주의적 다중역사정치학 학과의 관점을 잘 설명하는 문구로 원래부터 유명한 말이라 했다. 수업은 어렵다는 평이 많았다. 초반에 시간여행물리학의 결정론 원리와 수식을 다루는데, 거기서 정치외교학 전공생들 대다수가 수강을 철회하고 빠져나갔다. 나는 남았다. 수업 초반의 물리학 이론은 내게 쉬운 편이었다. 오히려 다른 부분이 진입 장벽이었다. 학문의 근본 문제 자체에 쉽사리 동의할 수 없었기 때문이다. 문제는 그 '두 서울 전쟁'이었다. 국가는 국제정치적 이득을 쟁취하기 위해 어디까지 인류애를 저버릴 수 있을까? 두 서울 전쟁이 과거에 일어났고 또 미래에도 일어나리라는 사실은 고등학교 미래사史 시간에 배워서 알고 있었지만, 전쟁이 왜 발발했는지는 그 누구도 속 시원히 알려주지 않았다.

교수가 정년에 가까운 나이라고 듣긴 했지만 그보다 더 많이 늙어 보였다. 목과 허리가 구부정했고 눈가와 이마에 주름이 자글자글했으며 걸음걸이는 느릿느릿했다. 숱 없는 백발의 곱슬머리에 턱에는 면도한 지 일주일은 되었을 흰 수염이 까슬까슬했다. 낡았지만 마치 입고 태어난 듯 어울리는 갈색 체크 셔츠와 검은 뿔테 안경 차림이었다. 누군가 질문하면 고개를 약간 숙이고 두꺼운 뿔테 위쪽으로 눈빛을 발사하듯 쳐다보고는 양 손바닥을 이용해 안경을 치켜올리곤 했다. 말투는 걸음걸이처럼 느릿했지만 내용엔 특유의 여유로운 유머 감각과 함께 비정한 현실 세계의 국제관계에 대한 예리하고 날카로운 시선이 담겨 있었다.

그러니까 시간물리공학과 4학년 2학기, 취업 준비를 해야 하는 그 중요한 시기에 나는 타과 전공 수업을 수강하는 미친 짓을 저지르고 있었다. 이게 다 방학 때 열차에서 읽은 그 책 때문이었다.

동기 몇 명의 시간철도청 연구직 인턴 합격을 축하하는 술자리가 열렸다. 그들은 나 정도면 철도청에서 모셔 가려 할 텐데 왜 지원하지 않았는지 의문을 표했다. 내가 시간물리공학과 4학년 수업을 충실하게 듣고 예정대로 수석 졸업하면 시간철도청 연구개발직 특별채용에 합격하는 일 따위는 문제도 아닐 것이다. 정년 퇴임까지의 안정된 삶을 보장받는 누구나 꿈꾸는 평안한 미래. 하지만 그건 내가 절대로 살고 싶지 않은 미래다.

미래란 결정되어 있고 절대로 변하지 않는다고 밝혀진 지 오래다. 그럼 자유의지란 허상인가? 아니다. 아무리 생각해도 자유의지는 존재한다. 과거에 난 내 자유의지에 따라 어떤 선택을 했고, 현재가 바로 그 선택에 의해 형성된 미래이다. 아홉 살 때 한 잘못된 선택 때문에 내 인생이 이렇게 걷잡을 수 없는 방향으로 풀린 것처럼 말이다.

하지만 난 과거의 나를 용서할 수밖에 없다. 미래에서 찾아온 '나 자신'을 만나는 경험은 정말로 짜릿했기 때문이다.

나

2137년에 대한 회상

아홉 살의 나는 학교 친구들과 함께 몰려다니며 가상현실 게임이나 하던 평범한 꼬맹이였다. 그날따라 무슨 바람이 불었는지 나는 동네 놀이터에서 그네를 타자고 친구들을 꼬시기 시작했다. 한두 명 나오긴 했는데 현실 놀이에 적응하지 못했는지 금방 돌아가 버렸고 나 혼자 1인용 오프라인 게임의 적막함을 즐기며 놀이터에서 뭉그적거렸다. 우레탄 바닥으로 된 놀이터는 아무도 찾아오지 않는 쓸쓸한 곳이었고 나는 꼬맹이답지 않게 외롭고 적막한 감성을 느끼며 그네에 앉아 있었다. 그런데 쏟아지는 햇살을 등지고 한 어른이 나타났다. 바로 대학생인 나 자신이었다.

어른… 이라고? 대학 졸업반이 그렇게까지 어른은 아니지만 아홉 살 꼬맹이에겐 엄청나게 큰 어른처럼 느껴지지 않았겠는가? 나는 어른인 나에게 이상한 친근감과 동질감을 느꼈고 그건 어린아이에게 무척 신나는 일이었다. 이제부터 내 모든 것을 걸 만한 인생의 전환점이 시작되는 듯한 느낌. 나와 열몇 살이나 차이 나지만, 쌍둥이 형제만큼 가까운 관계, 아니 사실상 나와 동일한 인물이 내 앞에 갑자기 나타나다니. 이상한 기분이었다. 누구나 미래나 과거의 자신을 처음 마주치면 기묘한 느낌을 받는다고 한다. 잃어버린 쌍둥이를 만난 느낌이랄까? 이 세상에서 날 배신하지 않으리라 믿을 수 있는 유일한 존재일 듯한.

다른 얘기지만 국가의 경우엔 왜 아무도 그렇게 느끼지 않는 걸까? 과거와 미래가 연속적으로 이어진 하나의 국가가 어떻게 서로 신뢰하지 못하고, 심지어 전쟁을 한걸까?

아홉 살의 내가 기억하는 스물세 살 나의 첫 대사는 이랬다.

"야, 형이라 불러."

아홉 살의 내가 어떤 위화감도 느끼지 않고 형이라고 불렀다는 게 골 때렸다. 이 세상 누가 미래의 자신을 형이나 언니라고 부르겠는가? 하지만 그땐 그게 자연스러웠다. 아홉 살의 나는 신이 나 있었고 진짜 친형이 생긴 듯 스물세 살의 나를 따라다니며 별별 얘기들을 꼬치꼬치 캐물었다. 아홉 살의 내가 물어본 건 대부분 이런 질문들이었다.

"형, 형이 나를 죽이면 형도 없어져요?"

"형이 나한테 로또 번호를 알려주면 형도 부자가 돼요?"

과연 장래 시간물리공학과 수석다운 싹수였다. 시간여행 역설의 핵심을 찌르는 질문들 아닌가. 형의 답은 대부분 비슷했다. "그렇게 못 해. 그건 그냥 물리법칙이야." 건성으로 하는 대답에도 아홉 살의 나는 상처받지 않았다. 그냥 신나게 질문을 퍼부어 댔을 뿐이다.

그때부터 아홉 살 완서준은 시간여행의 무궁무진한 가능성을 상상하곤 했다. 스물셋의 완서준이 14년 후 미래에 살고 있다면, 그보다 한 살 많은 스물넷의 완서준 또한 15년 후 미래에 살고 있을 테고, 스물다섯의 완서준도, 스물여섯의 완서준도… 백 살의 완서준도 존재할 것이고(백 살에 죽는다 치면), 아홉 살과 스물세 살 사이의 모든 완서준들이 있을 거고, 또 나보다 어린 여덟 살과 일곱 살의 나도…. 그럼 백 명을 한데 모으면 얼마나 재미있게 놀 수 있을까!

아홉 살의 나는 운명처럼 시간여행 연구를 장래 희망으로 정했다. 결국 자랑스럽게 서울대학교 시간물리공학과에 합격했다. 그러나 공부를 하면 할수록 시간여행물리학이란 새롭게 밝혀질 게 없을 정도로 속속들이 다 밝혀진 학문에 불과했음을 알게 되었다. 그러니까 아직 밝혀지지 않은 물리학 이론 같은 건 없다. 물리학 연구자가 어떤 가설을 세운다면 미래에서부터 내려온 논문 데이터베이스부터 검색해 봐야 한다. 그럼 그 가설을 증명하거나 반증하는 물리학 실험이 반드시 존재한다. 물리학 이론뿐 아니다. 시설물 설계도, 기술 프로세스, 심지어 유지관리 노하우도 새로 발견하거나 발명하는 게 아니라 다 미래에서 왔다. 시간물리공학 전공이란 연구보다는 시간철도청에 취직해 시설물 관리 및 유지 보수로 벌어 먹고살 수밖에 없는 따분한 전공이었다는 말이다.

결정은 아홉 살 내가 내렸는데 스물세 살 내가 뼈저린 후회로 고통받아야 하다니! 이 세상에 발견할 게 아무것도 없다니!

이 세계에서 무언가 새로 발견하는 재미를 느껴본 사람은 시간여행의 이론적 체계를 처음으로 발견한 존 베커 교수, 그리고 그 이론을 토대로 시간철도를 만들어 낸 '미래인 The Futurean' 이언 미치닉 두 명이 사실상 마지막일 것이다. 미국이 시간철도를 처음으로 개통한 2047년, 예상에 없던 철도

한 량이 도착했고 미래에서 온 이언 미치닉이 노트북 하나를 들고 내렸다. 그 노트북엔 앞으로 일어나게 될 세계의 역사에 대한 정보, 저자가 기재되지 않은 물리학 논문, 시간철도 인프라 설계도, 운영 매뉴얼 등 시간여행에 필요한 모든 정보가 다 들어 있었다. 과거인들은 그냥 그걸 따라 했다. 그리고 이 세계가 완성되었다. 시간여행의 세계.

그렇다면 그 논문들, 그 설계도들은 누가 만든 것인가? 아무도 그걸 만들지 않았다. 그 논문과 설계도는 단지 열차에 실리고, 과거로 돌아가서 과거인들에게 읽히고, 시간이 지나서 또 열차에 실리고, 다시 과거로 돌아가기를 수억 년 동안 반복한, 반복할 것들이다. 원작자는 없고 정보는 허공에서 태어난다. 이 역설을 과학적으로 설명할 방법은 사실상 없다. 심지어 엔트로피의 법칙에도 위배될 거다. (증명해 봤냐고? 아니. 논문 데이터베이스를 찾아보면 있을걸?) 누구는 하늘에서 신이 내려주셨다고도 하는데 그렇다면 정말 거지 같은 신 아닌가? 그 수천수만의 논문들을 진짜 신이 썼다면, 그는 내게 새로 발견할 이론 하나 남겨줄 여유도 없는 작자인가?

실제로 사람들이 관심을 두는 건 논문을 누가 썼느니 정보가 저절로 생기느니 같은 문제는 아니다. 누구나 기대하는 것은 로또, 복권 아닌가? 그러나 시간여행의 원리를 깨달으면 복권에 대한 기대감은 진작에 접게 될 거다. 다시 한번 설명하지만 미래든 과거든 정해져 있고, 시간여행으로 그걸 바꿀 수는 없다. 로또에 당첨되지 못한 사람이 과거의 자신에게 1등 당첨 번호를 알려주고 싶다 해도, 애초에 과거로 여행을 떠나 과거의 자신과 만나는 일은 원천 차단되어 있다. 사실 복권 같은 경우는 예외적인 사건이 몇 건 있었다. 시간여행 시대가 열리고 얼마 안 된 시기에, 몇몇 당첨자에게 미래의 자신이 찾아와 번호를 알려줬다는 사실이 밝혀졌다. 그러니까, 이조차 정해진 과거와 미래였던 것이다. 복권 관계자들은 시간여행자들에게 부당한 방식으로 수백 억의 당첨금을 빼앗긴 후 깨달았다. 복권 산업은 망했구나.

그럼 도대체 왜 시간여행 같은 걸 한단 말인가? 그건 바로 출장, 유학, 여행 같은 평범한 목적이다. 30년 이상 건너뛰는 시간여행은 왕복 두 달 넘게 걸리니 또렷한 목적이 아니라면 굳이 시도하지 않겠지만, 가벼운 여행으로 5년 혹은 출장이나 유학을 위해 10년 정도라면 할 만하다. 시간여행으로 과거나 미래를 바꿀 수 없다고 증명되었다면 굳이 금지할 이유도 없지 않은가?

그렇다면 과거로 돌아가 그 꼬맹이를 만나고 오는 게 필연이란 말인가? 내가 마음을 바꿔 그 아홉 살짜리를 만나지 않기로 결심한다면 어떻게 되는데? 내가 과거의 나, 아홉 살의 그 녀석을 '죽일' 경우도 생각해 보지 않은 건 아니다. 물론 진짜 죽이고 싶다는 얘기가 아니라 시간여행 역설 얘기다. 과거의 나를 죽이면 현재의 나는 어떻게 될까? 사라질까? 새로운 평행우주의 갈래가 생겨날까? 아니다. 과거의 자신을 죽이고 싶다고 간절히 마음먹은 녀석이라면 애초에 과거의 자신을 만나러 떠나지조차 못한다. 결과적으로 사건 자체가 발생하지 않는다.

그러므로 과거의 나를 만난 나는 나를 죽일 마음을 조금이라도 먹지 않은 나일 수밖에 없으며, 스물세 살의 나는 아홉 살의 내가 기억하는 그대로 행동하도록 순순히 대화의 흐름을 끌고 나가는 나일 수밖에 없다. 게다가 이 '나'는 이 모든 것을 비관하는 바람에 과거의 나를 만날 생각마저 포기한 정도는 아닌, 적어도 열차표를 사 과거로 가서 역사대로 행동할 마음까지는 먹은 나이다.

4학년 여름방학 때 나는 딱 그런 상태였다. 미래에 대한 꿈을 완전히 잃었지만 배운 건 있어서 결정론의 법칙대로 시간의 무한 고리를 연결해야 한다는 희미한 의무감이 남아 있던 상태. 나는 4학년 여름방학에 아홉 살의 나를 만나러 시간여행을 떠난다는 필연적인 운명을 따르게 되었다. 꼬맹이에게 헛된 꿈을 심어주기 위해. 그리고 그 꿈을 잃고 방랑하는 지금의 내 모습을 완성하기 위해.

그렇게 역사는 반복되는 것이다.

다

2137년으로의 여행

　아홉 살의 나를 만나러 서울-대구 루프를 탄게 내 첫 시간여행이었다. 전공자인데 이제야 시간여행을 경험해 본다고? 이상하게 들리겠지만, 열차표가 그렇게 싸지도 않고(알바 급여의 6개월 치를 전부 털어야 했다) 전공자라고 해도 학부생이라면 굳이 경험할 이유는 없다. 시간열차는 어딘가로 가는 게 아니다. 원형 루프 선로를 뱅뱅 돈다. 속도가 무시무시하게 빠르지만 반경이 엄청나게 커서(이 루프는 그 직경이 대구까지 이른다) 원심력의 세기는 일반인도 어느 정도는 버틸 만한 수준이다. 하지만 아무래도 측면 방향의 가속도를 장시간의 여행 내내 견디긴 어려우므로, 좌석이나 침대는 원형 트랙 중심을 바라보는 방향으로 놓여져 있다. 가속도의 크기에 맞춰 좌석과 바닥을 앞으로 기울여 주는 틸팅 설계 또한 필수적이다.

　그래서 시간열차가 빙빙 돈다고 어지럽지는 않다. 하지만 가슴이 조금 두근거렸다. 더 이상 기대할 것 없다고 생각한 지 오래였는데, 유년기의 그 열정적인 마음이 아직 남아 있었나 보다. 나는 또 무엇을 기대할 게 있느냐고 반문하며 스스로를 자책했다. 열차는 아무 데로도 가지 않으니.

15년 전 과거로의 여행은 2주 정도 걸리는 아주 긴 여행이었다. 서울시간역에서 타서 네 번 환승한다. 완행, 급행, 특급. 환승할 때가 되어 내리면 여전히 서울시간역이다. 공간은 그대로인데 시간대만 뛰어넘었다. 환승시간대에는 사람이 붐빈다. 급행열차는 1년 간격을 뛰어넘고 특급은 10년을 뛴다. 다시 급행, 완행. 이제 마지막으로 서울시간역에 내린다. 목적시時에 잘 온 것 같다. 같은 공간인데 뭔가 다르게 느껴진다. 눈에 들어오는 건물이나 풍경의 색깔이 기억보다 흐릿하고 뿌옇다.

아홉 살 꼬마를 찾아가긴 쉬웠다. 살던 동네에 찾아가니 어린 내가 마치 마중 나온 듯 놀이터에서 혼자 놀고 있었다. 동네는 기억보다 작은 느낌이었다. 미끄럼틀도, 저층 아파트도, 나무들도 작았다. 자주 걷던 비탈길은 훨씬 완만했다. 놀이기구에 칠해진 빨강 노랑 원색들마저 흐릿했다. 꼬마는 날 보자 누군지 아는 듯이 달려왔다. 나는 꼬마에게 대뜸 형이라고 부르라고 했다. 사건들은 아홉 살 때의 기억대로 이뤄지지 않았다. 나는 내가 하고 싶은 대로 행동해 보았다. 옛날 아홉 살이 기억하던 형의 행동을 따라 하고 싶지 않다는 충동이 들면 그냥 그렇게 했다. 꼬맹이에게 아이스크림 대신 과자를 사주었고 그네를 밀어주는 대신 시소를 같이 탔다. 이상한 기분이었다. 또 헛된 기대감이 들었다. 내가 역사를 바꿨나?

아니다. 결정론적 역사는 그대로일 것이다. 나는 내 어릴 적 기억이 왜곡될 수도 있다는 걸 충분히 이해하고 있다. 십 몇 년 전 내가 아이스크림을 얻어먹고 형이 밀어주는 그네를 탄 기억은 틀렸을 것이다. 아홉 살의 나는 스물세 살의 나에게 과자를 얻어먹었지만 스물세 살의 나는 내가 아이스크림을 먹었다고 잘못 기억하고 있었다. 그러므로 내가 꼬맹이 나에게 과자를 사주면서 '내가 드디어 역사를 바꿨나?'라고 두근거리더라도 그건 잘못된 기대일 뿐이다. 모든 일은 물리법칙대로 돌아갔다. 나는 과거를 바꾸지 못했다. 분명한 사실이다.

그렇게 의무감만으로 움직였던 시간여행을 마쳤다. 열린 곡선의 두 끝이 이어져 원이 되었다. 아홉 살의 꼬맹이는 무한히 꿈을 꾸고, 꿈을 잃고, 방황하겠지. 고향 시대로 돌아갈 때이다. 택시를 타고 이 시대의 서울시간역으로 돌아왔다. 돌아가는 시간여행도 2주 정도 걸리니, 왕복으로 거의 한 달이나 되는 여정이다. 4학년의 소중한 여름방학을 거의 다 쓰게 될 것이다. (나중에야 소중한 방학을 지킬 꼼수가 있다는 걸 알았지만, 첫 시간여행이라 그걸 몰랐다.) 갈 때는 헛된 두근거림으로 단조로운 열차 안 생활을 그럭저럭 견뎠지만 돌아오는 길은 무척이나 지루했다. 완행, 급행, 특급. 지루함을 못 이겨 좌석에서 몸을 비틀고 있는데 옆자리의 어떤 사람이 나에게 말을 걸었다.

"시간여행은 꽤 지루하지요? 책이라도 한 권 읽는 건 어떠신가요?"

책 파는 잡상인인가 하고 의심했지만 요즘 아무도 읽지 않는 책을 파는 사람이 존재할 리 없었다. 내게 말을 건 남자는 30대쯤 되어 보였고 기억에 잘 남지 않을 평범한 인상이었다. 그는 어떤 책을 건네주었다.

"아버지께서 재미있게 읽은 책이라, 당신께 드리고 싶다더군요."

아버지? 그와 동행인 사람을 그의 어깨 너머로 살짝 보았는데, 남유럽 쪽 느낌의 노인이었다. 그는 나와 눈을 살짝 마주치자 느릿하게 웃어주었다. 특이하게도 그 웃음에 아기처럼 순진무구한 인상이 엿보였다. 평범한 한국인 남자와 신비로워 보이는 서양인 아버지의 동행이라니 눈에 띄지 않을 수 없는 조합이었다. 나는 그가 전해준 책의 제목을 보았다.

시간여행 시대의 국제정치와 국가의 정의

김신주 저

왜 이런 딱딱한 제목을 가진 책을 나에게 전해주었는지 모를 일이라 이유를 그에게 물었다.

"아버지께서는 다 읽고 외우셨답니다. 그리고 전자책으로도 가지고 계시다더군요."

그들은 내가 말을 걸 짬도 내주지 않고 환승시간대에서

하차했다. 아마 다 읽은 책을 그냥 버리려던 참에 옆에 있는 내게 건네주고 서둘러 내린 모양이었다.

의도가 괘씸했지만 별달리 할 일도 없었기에 책을 읽기로 했다. 저자는 한국계 미국인이었고 책은 영어 원서의 한국어 번역본이었다. 알고 보니 그는 내 고향 시대, 내가 다니고 있는 학교의 교수였다. 더 이상한 점은 출판 연도가 내 고향 시대로부터 34년 후인 2185년이라는 점이었다.

책은 두 서울 전쟁의 발발 원인이 된 국제정치적 상황들에 대해, 한국 미래사 교과서나 위키에서 다루지 않은 독특한 해석을 담고 있었다. 내가 국제정치학에 대해 뭘 알겠는가? 그냥 인터넷 게시판에 전쟁 얘기 나오면 찬성 반대 갈라서 욕 댓글이나 다는 수준이지. 그런데 놀랍게도 책은 나에게 쉽고 익숙했다.

저자는 국제정세의 세 가지 상황을 살펴본다. 첫째, 북한의 상황. 정권을 잡은 지 얼마 안 된 북한의 젊은 독재자 김은일은 그의 부친이 추진한 전체주의적 정책의 혜택을 보기 시작했다.(책이 쓰인 시대인 2185년 상황이 그랬다는 얘기다. 김은일은 내 고향 시대엔 아직 북한 최고 권력자의 어린 아들에 불과하다.) 북한에서는(책이 쓰인 시점에서) 30년 전부터 태어나는 모든 아이들의 머리에 충성 모드를 강제하는 DBRS[Deep Brain Radiation Stimulator] 칩을 심기 시작했다. 북한의 30세 미만 세대

들은 뇌에서 강제적으로 작동하는 충성심 칩 때문에 최고 지도자 김은일에게 복종한다. 하지만 전 세계 어떤 국가도 북한의 비윤리적인 실태에 큰 관심을 가지지 않는다.

북한은 철저히 무시당하는 국가다. 북한의 핵무기가 유명무실해졌기 때문이다. 시간여행의 시대에 북한은 그들의 핵무기를 절대 발사하지 않는다고 알려져 있다. 왜 아니겠는가? 시간철도가 없던 시절에도 북한은 핵을 쏘지 못했다. 핵무기는 발사하기 직전까지만 가장 위협적인 무기다. 시간철도를 통해 먼 미래까지 탐사한 시간탐험가들의 보고에 따르면, 북한은 관측 가능한 역사선 내에서는 핵무기를 발사하지 않는다. 그 사실이 밝혀지자마자 북한은 국제적인 관심 밖으로 완전히 물러나 버렸다. 세계 모든 언론과 국가 여론, 심지어 대한민국 국민마저 북한의 핵 위협을 허풍으로 치부하고 철저하게 무시했다. 인구구조의 비극에 시달린 한국인들은 어차피 통일의 의지조차 잃은 상태였다. 대한민국은 휴전선의 국경 로봇 경비대와 서울을 방어하는 소규모 인간 군대만으로 충분하다고 생각했고 인구구조에 맞춰 병력 규모를 대폭 줄였다.

둘째, 미국 외 강대국들, 특히 중국과 러시아의 상황. 시간탐험가들의 보고에 따르면 중국은 절대로 대만을 침략하지 않는다. 저자는 중국의 대만 침략 위협은 북한의 핵 위협과 비슷한 성질을 가지고 있었다고 해석한다. 중국의 위협 자체가 미국과 EU 등 적성국에 겨누는 무기이며 침공을 시작하면 위협은 더 이상 효과가 없다. 러시아의 경우는 좀 다르다. 그 나라는 이미 시간여행의 시대 이전에 주변국인 우크라이나, 발트 3국, 폴란드와의 전쟁으로 위협 전략을 낭비했다. 그 결과 러시아는 꺾여버린 국력을 다시 회복하지 못한다.

셋째, 미국의 상황. 모든 강대국 중 미국만 예외였다. 미국은 시간여행의 시대에 네 번째 전성기를 맞이한다. 중국, 러시아, EU와의 경제적 격차는 어마어마하게 벌어지고 미국은 강한 경제적, 외교적, 군사적 압박을 통해 중국과 러시아를 꼼짝 못 하게 한다. 미국은 그렇게 세계 유일 초강대국의 반열에 오른다. 대만 주변 바다뿐 아니라 남중국해와 흑해까지 미국 함대가 들락날락하고 과거 러시아 편이었던 미승인 국들에는 친미 정권이 세워진다. 시간여행의 시대에 미국을 제외한 강대국들은 모두 얼어붙어 버렸다. 미래를 모두 알아버린 결정론의 세계에서 왜 미국만 이렇게 승승장구할까? '미래가 결정되었기 때문'이라고 말한다면 인과관계를 거꾸로 해석한 것이다.

저자는 이렇게 말한다. 강자와 약자가 대립할 때 약자에게 더 효과적인 무기는 '미치광이 전략'이다. 약자가 마치 전쟁을 일으킬 미치광이처럼 행동한다면 잃을 게 많은 강자는 당황하기 마련이다. 강자도 미친놈처럼 굴 수 있지만 효과가 떨어진다. 그러나 미래의 모든 사건에 대한 전말이 밝혀지는 시간여행의 시대에 미치광이 전략은 한 톨의 위협도 되지 않을 것이다. 북한의 핵무기, 중국의 대만 침공 위협, 러시아의 주변 국가에 대한 압박 전략 모두 결말이 뻔한 지루한 드라마가 되었다. 미국은 편안히 앉아서 세계 최강대국의 위치를 되찾았다. 지정학의 시대, 핵무기의 시대, AI의 시대에도 승리와 전쟁의 여신은 미국의 손을 들어준 바 있다. 시간여행의 시대에 미국은 또다시 신의 간택을 받았다. 결정론 역사는 사실상 미국의 편이었다. 미국은 '변하지 않고 승리하는 제국'이다.

그럼에도 불구하고 두 서울 전쟁이 발발하게 된 원인을 따져봐야 한다. '원래부터 결정론적으로 일어날 전쟁이었다'라고 말하는 건 다시 말하지만 인과가 거꾸로 된 해석이다. 아무리 결정론적인 우주라 해도 모든 일에는 이유가 있다. 저자는 경색되어 큰 움직임을 보일 수 없는 거시적인 국제정치의 흐름과 달리, 주변 정세의 영향 없이 충격적인 방식으로 발생하는 소규모 국지전이 가능하다고 말한다. 그는 여기에 참신한 해석을 덧붙인다.

"대한민국의 조부진 대통령은 두 서울 전쟁을 일으켜서 고정된 미래의 역사를 바꿨다."

뭐라고? 우주의 법칙에 따르면 불가능한 게 아니었던가?

저자는 조부진이 "결정론적 법칙을 깨뜨리고 미래를 변화시킬 힘"을 가졌기 때문에 위험한 인물이라고 본다. 그는 이렇게 끝맺는다.

"시간여행의 시대에 국가란 무엇인가. 17세기의 베스트팔렌 조약 이래로 국가란 점유한 '공간'으로 정의되었다. 그러나 이 틀은 시간여행의 시대를 만나 변화할 것이다. 인간 모두는 시간축으로도 정해지는 국가 안에서 살아야 하는 운명에 처할 것이다."

책은 내가 한 번도 접하지 못한 내용을 담고 있었지만 놀랍도록 쉽고 익숙한 느낌이 들었다. 이유는 두 가지였다. 첫 번째는, 이 책은 나를 새로운 미래로 이끌도록 정해진 운명의 책이었기 때문이다.

두 번째 이유는… 나중에 말해주겠다.

책에 정신이 팔려 있던 사이 고향 시대에 가까운 환승시간대에 도착했다. 풍경의 색채가 다시 생생하고 선명해진 느낌이었다. 이 시대가 내가 사는 현재다. 시간여행의 시대를 사는 인간은 자신이 태어나 자란 시대를 떠났다 돌아오면 깨닫게 된다. 고향에 돌아와 느끼는 운명적인 기분, 이 안정감.

나는 운명 같은 걸 믿는 종류의 인간은 아니다. 오히려 나는 운명을 믿었다가 배신당한 경험이 있는 사람이다. 하지만 이렇게 운명적인 느낌을 준 책은 처음이었다. 책의 저자인 김신주 교수의 수업을 한 번쯤 들어보고 싶었다. 시간물리공학 전공 학점은 다 채웠지만, 졸업 학기에 타과 전공 수업을 듣는 건 조금 위험했다. 교양 수업보다 과제 부담이 많을 테고 만약 C 학점이라도 받으면 재수강 기회는 영영 놓치게 된다.

하지만 결국 나는 수강 신청을 해버렸다.

라

2151~2152년

교수님은 수업 첫날부터 자신이 순혈 한국인이고(이 시대에는 순혈 같은 개념이 흐려지다 보니 '김'이라는 성씨만으로는 혈통을 짐작하기 어렵다.) 젊은 시절 미국 백악관에서 안보보좌관까지 지냈다고 자랑했다. 백악관 안보보좌관이 무슨 자린지 감이 오지 않아 멀뚱히 주위를 둘러보니 몇몇 학생들이 경외의 눈빛을 보내고 있었다. 그들 중 한 녀석은 박수를 치기까지 했다. 그를 슬며시 보니 세상에, 극우 스트리머 로고가 인쇄된 티셔츠를 입고 있는 놈이었다.

내가 몰랐던 건 당연했다. 그가 백악관 안보보좌관을 수행한 젊은 시절은 미래 기간이기 때문이다. 미래를 다녀온 소수의 사람에게 전해 듣는 정보가 직접 겪어본 사람이 많은 과거의 정보보다 덜 알려지는 건 당연하다. 교수님은 2073년 출생으로, 단순히 태어난 해로만 따지면 나보다 55년이나 차이가 난다. 그는 두 서울 전쟁의 침략자 조부진이 대통령이던 시대에 청소년기를 보냈는데, 두 서울 전쟁이 선포되자 가족과 함께 미국으로 망명을 가 미국 시민권자가 되었다. 이와 같은 성장 배경 때문에 진보 지지자 쪽에선 안 좋은 말이 나오는 모양이다. 20세에 그는 두 서울 전쟁의 피해자 시점에 대한 연구를 위해 미래인 2164년으로 시간유학을 떠났다. 두 서울 전쟁의 피해자 시기에는 백악관 안보보좌관의 자격으로 대한민국을 돕기 위한 정책을 수립했다. 백악관 일을 마무리한 후에는 지금 시대의 대한민국으로 돌아와 교수로 지내고 있었다.

말하자면 그는 출생 국가를 떠난 '국적이민자'이자 고향 시대를 떠난 '시간이민자'인 이중 이민자이다. 나이 든 그가 현재인 2150년대로 돌아온 건 고향 시대를 다시 살고 싶은 귀소본능 때문은 아닌 것 같다. 그의 고향 시대는 몇십년 전이고, 그때는 전쟁으로 살기 어려웠던 시절이었으니. 아마 두 서울 전쟁과 조부진 독재 시대 양측으로부터 최대한 먼 '전간기' 시대를 골랐을 테다.

내가 이 수업을 듣기로 마음먹은 건 다중역사정치학이란

학문에서 미래를 변화시킬 가능성을 살짝이라도 엿봤기 때문이었다. 수업에서 교수님은 조부진 대통령에 대해 이렇게 말했다.

"두 서울 전쟁은 원래 역사가 아니었습니다. 조부진이 역사를 변화시켰죠. 그는 전쟁이 일어나지 않는 역사를 전쟁이 일어나는 역사로 변화시킬 힘을 가진 자입니다. 그리고 그렇게 변화된 역사가 다시 결정론적인 역사의 수레바퀴대로 굴러갔습니다."

그래서 '다중역사' 정치학이다. 나는 이 주장을 받아들이고 싶었지만, 아무리 그래도 물리학과의 이론적 충돌은 피하기 어려웠다. 조부진이 초능력자 슈퍼히어로도 아니고 무슨 수로 우주의 법칙을 깰 수 있다는 말인가? 그는 흔한 독재자일 뿐인데. 그러나 강의에 푹 빠진 나는 교수님의 주장을 긍정적으로 검토해 보기로 했다. 도서관에서 대학원용 고급 시간여행물리학 전공책을 찾아보았다. 석박사 과정만 배우는 예외적 상황이 있을지도 모르니까.

근데 있었다. 미래는 '시간 독립 양자컴퓨터'만 있다면 바꿀 수 있었다. 하지만 그건 만들어진 적도 없고 미래에 만들어졌다는 소식조차 들려오지 않는, 이론만 마련되어 있는 상상의 산물이었다. 그러니까 불가능하다는 소리였다. 하물며 한낱 조부진이라는 인간 존재가 어떻게 우주의 법칙을 깨뜨릴 수 있단 말인가?

조부진이 여러 토론회에서 언급한 바에 따르면 두 서울 전쟁이 일어나지 않는 역사에서는 중국이 한국을 침공한다. 조부진은 스스로 이 한중전쟁을 막아낸 민족의 영웅이라고 칭한다. 조부진의 말에 따르면 그 역사선은 사라졌고 그 가상의 한중전쟁에 대한 역사를 아는 자는 조부진 말고는 아무도 없다. 조부진이 대통령이던 시대에는 그 얘기를 믿는 사람들이 많았다고 한다. 그러니 이 파렴치한 독재자의 역사가 쉽게 청산될 리 없다. 그의 공과에 대한 논란은 과거와 미래의 총체적 역사에서 수도 없이 반복된다. 표민준 대통령 시대에 조부진 정권의 식민지 백성처럼 살았던 피해자들이 총체적 역사에서 엄연히 존재하는데 말이다. 우리 모두 현 시점으로부터 38년 후, 2189년에 두 서울 전쟁이 다른 형태로 다시 발발한다는 것을 알고 있다. 조부진의 시대인 2088년, 가해자의 입장에서 일어난 전쟁이 이제는 다시 피해자의 상황으로 반복되는 것이다.

전쟁이 일어난 원인, 그 시기, 심지어 전쟁을 일으킨 독재자까지 미리 안다면 전쟁의 발발을 어떻게든 막을 수 있지 않을까? 그게 그렇지 않다. 역사적으로 전쟁이란 건 막거나 피하는 게 거의 불가능했다.(고등학교 과거사에서 배웠다.) 두 차례의 세계대전이 그렇다. 역사학자 A. J. P. 테일러의 말대로, 첫 번째 세계대전은 열차 시간표에 정해진 계획대로 진행되어야 했기에 막을 수 없었다. 이 전쟁을 겪은 인류는 경험을 토대로 앞으로는 세계대전이 일어나지 않도록 할 수 있다고 생각했다. 그러나 두 번째 세계대전도 불가항력이었다. 한국전쟁, 베트남전쟁, 여러 번의 러시아전쟁도 마찬가지였다. 거시적인 국제정세는 어떻게든 전쟁이 일어날 수밖에 없는 상황으로 역사를 몰아간다. 전쟁은 결정론이 아니라도 원래 막을 수 없는 것이다. 두 서울 전쟁은 필연적이면서 또한 결정론적이기까지 하다. 피할 수 없는 국제정치적 상황에 피할 수 없는 물리학의 법칙이 덧씌워져 있다.

"저는 미국 대통령과 함께 두 서울 전쟁이 일어나지 않도록 역사를 조정하는 임무를 맡았습니다. 실패하긴 했습니다만, 다른 역사선의 제가 성공하길 빌고 있습니다."

수업 시간에 했던 교수님의 말씀이었다.

교수님이 상상하는 역사 모델은 대체 뭘까? '다른 역사선의 나'라니, 사이비 평행우주나 다중우주물리학을 신봉하시는 걸까? 물리학을 잘 아는 누군가가 수정해 줘야 하지 않을까? 그러고 보니, 그게 바로 나인가? 또 운명의 루프가 내 앞에 들이닥쳤다. 그런데 어떻게? 면담 신청을 할까? 식사라도 같이하자고 할까?

그것도 아니면, 대학원에 가서 연구를 같이해 보면 어떨까?

조부진이 역사를 바꿨다는 교수님의 주장을 마냥 반박하고 싶었던 건 아니다. 수업을 듣는 내내 가슴 속 깊은 곳에서 이상한 두근거림이 느껴졌다. 조부진은 진짜로 역사를 변화시킨 걸까? 비단길을 따라 중국을 탐험하고 와서 유럽에 온갖 진귀한 물건을 소개한 마르코 폴로처럼, 누군가가 멀고도 먼 미래에서 미지의 경로를 여행해 시간 독립 양자컴퓨터를 조부진에게 전해주었을지도 모른다. 그렇다면 조부진처럼 나도 역사를 바꿀 수 있다. 새로운 이론을 발견하는 미래로 나아갈 수 있다.

졸업에 가까워 오며 나는 서서히 정치외교학과 대학원 진학으로 마음이 기울었다. 부모님께 그 결심을 말씀드리는 자리에서 아버지는 호통을 치면서 반대하셨다. 빨리 졸업해서 시간철도청에 취직이나 하고 결혼을 준비하라는 것이었다. 이과 졸업생이라면 누구나 빠르게 취직하고 결혼하는 시대에 웬 문과 대학원에 가냐는 얘기였다. 나에게는 결혼할 여자친구도 없었고 할 말도 없었다.

아버지의 호통을 들은 날 밤, 나는 김신주 교수님께 다짜고짜 상담 요청 이메일을 보냈다. 거장 교수님이라 답장은 기대도 하지 않았고 그냥 하소연이라도 하고 싶었다. 그런데 금방 답변이 왔고 나는 다음 날 부리나케 교정으로 갔다. 추운 겨울방학의 캠퍼스는 밤새 내린 눈으로 하얗게 덮였다. 교수실로 찾아가 고민을 말씀드렸다.

"아쉽구나. 나는 대학원생은 더 이상 받지 않거든."

"아, 네. 바쁘신데 죄송합니다."

"아니네. 나도 오랜만에 자네 같은 학생을 보니 반가운 걸."

교수님은 내 눈을 똑바로 바라보면서 싱긋 웃었다. 마치 오래된 친구를 바라보는 듯했다. 그 친근하고 내밀한 반응에 난 깜짝 놀랐다.

"자네, 시간유학을 가보면 어떤가?"

깜짝 놀랄 제안이었다.

"시간… 유학이라고요?"

"젊은 시절의 내가 대학원생을 받아야 하거든. 자네만 괜찮다면 좋은 기회일 거야."

"젊은 시절이라면, 언제쯤입니까?"

"내가 워싱턴 DC에 있을 때지."

심장이 믿을 수 없을 만큼 두근대기 시작했다. 교수님이 워싱턴 DC에 계실 때라면 미국 안보보좌관으로 활동하시던 바로 그 시기 아닌가! 나는 긴장해서 더듬거리며 말도 잇지 못했다. 교수님이 계속 말했다.

"그러니까, 이런 건 어때? 시간유학으로 박사 학위를 따고 시차 없이 다시 원래 시간대로 돌아오는 게. 아버님께 비밀로 하고 유학을 갔다가 바로 다음 날 돌아오면 되니까."

"좋은 생각인 것 같습니다. 아버지께 숨기지는 않을 거지만요. 그런데…."

나는 조금 망설였다.

"조부진에게 침공받는 시기라 마음에 걸리는 게지?"

그랬다. 두 서울 전쟁이 대한민국에서 두 번째로 발발하는 시대.

"나는 그 전쟁을 막으려고 그 시대로 갔던 거야."

"역사를 바꾸시려고 말이죠?"

"그렇다네."

"교수님은 전쟁을 막지 못하셨던 걸로 아는데요."

다소 무례한 반응이었지만 강하게 얘기하고 싶다는 충동이 일었다. 하지만 교수님은 미소를 거두지 않고 말했다.

"똑같은 강물에 발을 담글 수 없지. 아직 가능성은 있다네. 자네가 필요한 이유도 그 때문이고."

어떤 가능성일까? 내가 필요하다는 말에 의아해졌다가 문득 깨달았다. 교수님은 내가 그의 조교로 들어가는 역사를 이미 겪었구나. 옛날부터 잘 알던 지인을 보듯 나를 바라보던 눈빛이 모든 정황을 이해하게 해주었다. 그러나 그건 단지 미래 역사의 사실일 뿐이지 왜 내가 필요한지에 대한 이유는 되지 못했다.

"제가 필요하다고요? 교수님 입장에서는 무척 중요한 시기 아닌가요? 저는 정치학에 대해 아는 게 별로 없습니다."

교수님은 다시 한번 친근한 눈빛으로 눈웃음을 지으며 말했다.

"자네도 알게 될 거야. 자네가 나를 바꿀 능력이 있다는 걸 말이야."

아니다. 난 그럴 능력이 없고 그게 틀렸다는 사실만 알고 있다. 바꿀 수 있는 건 아무것도 없다.

그럼에도 불구하고 난 두근대는 가슴을 진정시킬 수 없었다.

마

2184년으로의 유학

32년 후로 시간열차를 타고 가는 데 한 달이 넘게 걸렸다. 그래도 생각보다 괜찮았다. 샤워 시설은 깨끗했고 침대칸 잠자리도 편안했다. 예전 꼬마를 만나고 돌아오던 길에 비하면 왠지 덜 지루했다. 그때는 정해진 운명에 질질 끌려가던 기분이었다면 이번엔 미지의 운명을 내가 직접 헤쳐가고 있었다.

2184년의 서울시간역 플랫폼에 발을 딛는 순간, 봄치고 늦은 눈이 내리고 있었다. 5년 후 이 서울역 광장에서, 과거발 열차를 타고 온 조부진의 군대가 자신들의 자손일지도 모를 미래인들을 무참히 죽였다. 아니, 죽일 것이다. 용산 신업무지구의 마천루들이 도미노처럼 차례차례 쓰러지고, 그 안에서 조부진의 군대를 방어하던 젊은 병사들이 콘크리트 무더기에 깔려 죽는다. 역에서 마주치는 모든 사람이 전쟁을 예감하듯 우울한 표정을 짓고 있었다. 나는 가을에 시작하는 학사 일정을 위해 몇 개월의 입학 준비 기간을 거친 후 5년간 대학원생으로 지낼 예정이다. 그리고 학위를 따고 전쟁 발발 직전에 내가 살던 고향시간대로 돌아갈 수 있을 것이다. 비겁하다고 느껴지지만, 같은 나라 사람이라 해도 전쟁은 나의 운명이 아니다. 각자는 각자의 운명을 살면 족하다.

젊은 김신주 교수를 만나기 위해서는 공항으로 이동해 보스턴발 비행기를 타야 했다.(나는 그가 보스턴에서 워싱턴 DC로 출근한다고 막연하게 생각했다. 나중에 알게 될 일이지만 나는 그가 왜 워싱턴 DC가 아닌 보스턴에 살고 있는지 의심해 봐야 했었다.) 공항 가는 버스 창밖으로 보는 풍경은 핵겨울처럼 음산했다. 붉은 타일의 빌딩마저 회색으로 보였다. 과거는 색깔이 바랜 듯이 보였는데, 미래는 애초에 우중충한 색깔이었던 모양이다.

한 달이나 걸린 기차 여행에 비하면 비행기는 자고 일어나면 순식간이다. 보스턴에 도착한 나는 나이 든 교수님이

건넨 주소로 찾아갔다. 어둑하고 습기 찬 골목으로 입구가 나 있는 허름한 아파트였다. 복도에 회색 카펫이 깔려 있었다. 문득 어머니 생각이 났다. 미국인인 어머니는 집안에 카펫을 깔아두는 걸 좋아하셨다. 가족과는 몇 년간 연락을 할 수 없다. 아니, 필요가 없다. 굳이 연락하려면 할 수야 있지만 대체 어느 시점으로 연락한단 말인가? 어차피 내가 출발했던 시간으로 아무런 시차 없이 돌아갈 텐데. 학업을 마치고 고향 시대로 돌아가면 그들은 내가 하루 만에 돌아온 것처럼 느낄 것이다. 외로움은 오롯이 나만의 몫이다.

문 옆에 달린 초인종을 눌렀다. 반응이 없었다. 나는 충분히 기다린 후 한 번 더 벨을 눌렀다. 한 번 더. 네 번을 울리고 나서야 누군가 나오는 소리가 들렸다. 철제 걸쇠가 쩔그렁 소리를 내며 문이 조금 열렸다. 문틈으로 젊은 김신주 교수의 모습이 보였다. 검은 뿔테 안경은 내 기억 속 모습과 거의 비슷했지만 한결 더 곱슬거리는 푸석한 흑발이 낯설었다. 여유롭고 긍정적인 미소는 간데없고 냉소적이고 음울한 눈빛만 남아 있었다.

"Can I help you?"

짜증스러운 말투였다. 나는 한국어로 대답했다.

"32년 전에서 찾아왔습니다. 미래 교수님의 추천서를 들고 왔어요."

나는 문틈으로 품 안에서 막 꺼낸 추천서를 들이밀었다. 그는 봉투를 낚아채듯 가져갔다. 그는 봉인을 뜯고 꺼낸 종이에 시선을 고정한 채 잠시 정지해 있었다. 어색한 침묵이 견디기 힘들어 나는 괜히 고개를 두리번거렸다. 해가 잘 들어오지 않는 어두운 복도는 괴괴했다. 잠시 후 문이 닫히고 잠금장치를 푸는 소리가 들렸다. 다시 문이 열렸다.

"들어와."

나는 문 근처에 직각으로 회색 덕트 테이프가 둘러져 있는 걸 눈치챘다. 네모 안에는 그의 신발 한 켤레가 곱게 놓여 있었다.

"신발은 벗고 들어와."

난 그의 말대로 신발을 벗고 카펫에 발을 디뎠다. 그는 주방에 서서 컵에 물을 따랐다.

"그 늙은 영감 탓 아닌가? 자네가 여기에 오게 된 게."

지금 미래의 자신을 늙은 영감이라고 칭한 거지?

"그렇게 된 셈이죠."

"그럼 내 잘못이 아닌 거야. 그렇게 알아둬."

"무슨 말씀이십니까?"

"내가 일부러 속인 게 아니라는 말이야. 이게 다 그 결정론적인 시간이동 탓이라고."

무슨 소리인지 감도 잡히지 않았다. 난 그가 따라준 물컵을 손에 쥐고 그냥 그가 시키는 대로 거실의 낡은 소파에 앉았다. 그는 구부정하게 선 채 날 내려다보며 말했다.

"그래, 이름이 뭐라고?"

"완서준입니다."

"영어는 잘하나?"

"어머니가 미국인이시고 집에서는 영어로 의사소통했습니다."

"아버지는 베트남 사람인가 보지?"

"어떻게 아셨죠?"

"완씨는 한국 성씨가 아니잖아. 베트남계 응우옌阮 씨 아닌가? 그리고 그 외모 말이야. 누가 봐도 반반이잖아."

"반반이라뇨? 그게 무슨 말이죠?"

"아니 그러니까, 자넨 베트남인이야, 미국인이야?"

한국에선 이런 인종차별적 취급을 받아본 경험이 없었기에, 이해하는 데 시간이 걸렸다.

"한국에서 태어난 한국 국적인데요?"

"한국인이라고? 비자는 어쩔 건데?"

"미국 이중국적입니다만."

"군대는 갔다 왔나?"

"군대요? 저희 이제 군대 안 가거든요?"

자기는 망명한 미국인이라 가지도 않았으면서? 말투에

짜증이 묻어난 걸 스스로 느낄 수 있었다.

"아… 그렇지. 그래, 요새 한국이 그렇더라고. 로봇 군대로 북한은 막을 수나 있나?"

달리 할 말도 없었다. 젊어 보였지만 그는 옛날 세대 사람이었다. 그가 태어나 자랐던 시대로 역산해 보면 나와 55년 가까이 차이가 벌어진다. 그는 조부진 시대를 겪은 사람이었다.

"그런데 대체 무슨 말씀이십니까?"

"뭐가?"

"속이셨다니요."

"하… 그게 말이야."

그는 뒤돌아서 왼쪽의 식탁 의자를 빼내 앉았다. 그리고 날 쳐다보지도 않은 채 양 무릎에 양 팔꿈치를 괴고 고개를 파묻으며 한숨을 쉬었다.

"자네가 날 많이 도와줘야 해."

"물론입니다. 그렇게 하려고 온 것이니까요."

"그게 어떻게 된 거냐면…."

그는 오래 뜸을 들였다. 난 끈기 있게 기다렸다.

"내가 지금 교수 임용을 준비 중이거든."

"뭐라고요?"

"그러니까 나와 함께 논문을 좀 써야 할 것 같아."

나는 뭐라고 할지를 몰라 잠시 가만히 있었다. 적막이 어두운 거실을 오래도록 지배했다. 나는 간신히 목소리를 냈다.

"그러니까, 교수님은 아직 교수도 아니네요."

"그래, 맞아."

"나이 든 김신주 교수님은 다 알고 저를 이 시대로 가라고 하신 거고요."

"그 얘기야."

"그리고 내가 속아서 오게 되는 것도 다 결정되어 있는 상황이군요."

"이해가 빠르군."

"어쩐지 워싱턴 DC가 아닌 보스턴으로 가라고 하시더니. 백악관에는 언제 들어가시는 겁니까?"

"글쎄, 나는 아직 교수도 되지 못했는걸."

난 목구멍까지 올라온 욕설을 극한의 자제심으로 참아냈다. 눈을 감고 침을 삼켰다. 불끈 쥔 두 주먹이 부들부들 떨렸다. 교수의 약력을 자세히 살펴보기만 했어도 이런 상황은 피할 수 있었을 텐데. 그런데 어차피 내가 그런 뒷조사를 소홀히 하고 여기까지 오게 된 것도 거지 같은 운명의 장난 아니던가. 이 지긋지긋한 결정론적 우주가 날 또다시 괴롭히고 있다. 혹시라도 내 운명은 이 사람을 도와주면서 학위도 따지 못하고 세월을 낭비하기로 결정된 게 아닐까?

"교수… 아니, 박사님은 제 도움으로 교수 임용에 성공하시겠죠?"

교수라고 불러줄 필요조차 없는 이 사기꾼은 나보다 더 우울한 표정으로 대답했다.

"미래가 그렇게 되어 있겠지. 나도 겪어보지 않아서 잘 몰라. 아마도 자네 도움이 필연적이지 않을까?"

하지만 그때까지 내 인생의 낭비는 어떻게 보상한다는 말인가? 졸업을 목표로 한 5년, 이 사기꾼의 연구 주제인 두 서울 전쟁 직전에 딱 맞추기 위해 일부러 선택한 시대인데. 심지어 그 '늙은 영감'이 전쟁이 끝나기 전에 졸업을 보장한다며 꼭 이 시기로 가라고 신신당부하지 않았는가. 이렇게 1, 2년간 소속도 없는 상태로 허송세월한다면 난 졸업하기도 전에 전쟁에 휘말리고 말 것이다.

그래, 어쩌면 이 사기꾼에게 사사師事하지 않고도 학위를 딸 수 있을지 모른다. 나는 허둥지둥하며 김신주 박사가 탁자에 내려놓은 종이를 집어 들었다.

"저에겐 추천서가 있습니다. 전 하버드대학교 대학원에 입학할 자격이 있다고요."

나는 그 종이를 탁자에 놓고 손날로 한 번 다림질한 후 탁 두드렸다. 그는 종이를 보지도 않고 180도 뒤집어서 다시 내 쪽으로 밀며 말했다.

"이런 건 소용없어. 지금 내가 교수가 아닌데 내 추천서가 무슨 소용이란 말이야?"

아무 방법도 떠오르지 않았다. 돌아가는 방법 말고는.

"만약 제가 제 고향으로 돌아가면 어떻게 되나요? 박사님은 교수 임용에 실패하나요?"

"자네가 잘 생각해 보라고. 자네 마음이 어떤 결정을 내릴지. 난 그냥 받아들일 테니까."

당연히 나에게는 선택권이 없다. 그게 우주의 법칙이므로. 하지만 내 결정은? 하기 싫은 일을 단지 우주의 법칙이라고 따라갈 셈인가? 찬찬히 생각해 보면 답은 뻔했다. 난 이 사람을 도울 것이다. 이 사람은 반드시 교수가 되고 또 백악관 안보보좌관이 된다. 나도 대가 아래에서 수학할 수 있다. 이건 그냥 일어나는 일이다. 대신 내가 돌아간다면? 그렇다면 나에게 돌아올 이득은 단지 하나밖에 없다. '우주의 법칙을 뒤엎었다!' 아무도 알아주지 않는, 나만이 떠들고 다닐 우주 법칙의 예외 케이스. 난 그런 일이 일어나지 않을 걸 알고 있다. 내가 원하는 변화는 예외가 아니라 법칙이다.

난 딱딱한 목소리로 물었다.

"제가 뭘 도와드리면 되죠?"

그가 어깨를 으쓱했다.

"일단 형이라고 불러."

"싫은데요."

그가 나를 째려봤다.

바

김신주 박사는 조부진 대통령의 시대에 태어나 자랐다. 조부진이 57세에 처음으로 대통령이 되었던 2086년, 그는 열세 살이었다. 김신주 박사는 옛날 사람이었다. 그가 나같이 순수 한국인 혈통이 없는 한국인에게 거리감을 가진 것도 그 때문인 듯했다. 그런데 정작 자기는 미국 국적이면서? 그는 내가 실수로 신발을 신고 덕트 테이프를 넘으면 짜증 섞인 목소리로 고함을 쳤다.(어머니가 침대에 신발을 신고 올라가기라도 하면 꼭 한 소리 하던 아버지를 보는 것 같았다.)

나중에야 그의 입을 통해 제대로 된 그의 과거를 들을 수 있었다. 김신주 박사가 열다섯일 때 조부진이 대한민국에 총동원령을 내렸다. 총동원령이 1년 가까이 장기화되자 그의 부모님은 어린 김신주가 곧 징병 대상이 될지도 모른다고 불안해했다. 운명을 미리 알기 위해 시간여행을 가볼 수 있겠지만, 그런다고 바뀔 일은 없을 것이다. 김신주 박사의 부모는 그들의 아이가 명분 없는 전쟁의 희생양이 되길 바라지 않았다. 그래서 막 열여섯이 된 아들을 데리고 같은 시대의 미국으로 망명을 신청했다. 유망한 교수 부부였기에 망명은 쉽게 승인되었다. 그리고 '불변의 제국' 미국에 발을 들이는 데 성공했다. 하지만 당시 대한민국 국민 일부는 이들에게 날카롭게 반응했다.

"군대를 빼려고 망명을 간 거잖아? 나라를 팔아먹은 매국노들!"

그의 부모는 비난을 묵묵히 감내했다. 그들은 조국을 잠시 등졌지만 어린 김신주는 여전히 조국에 기여하고 싶었다. 그래서 그는 스무 살에 70년 후 미래의 하버드대 정치학과로 시간유학을 떠나기로 결심했다. 두 서울 전쟁의 피해자 쪽 시대를 연구해 그들에게 도움을 주기 위해서였다.

약력에 따르면 그는 2164년에 하버드대에 입학했고, 10여 년 동안 수학해 박사 과정까지 마쳤다. 그런데 졸업 이후 10년 동안의 진로는 순탄치 않았다. 고향 시대로도 돌아가지 않았는데, 그 이유는 명확하지 않지만 결정론적 역사에서는 끝내 백악관에 입성했으니 그도 자신의 미래가 그런 줄 알았기 때문이었을 것이다. 그는 하버드대 교수 임용에서 수차례 떨어졌다. 중서부의 몇 개 학교에서 제안이 오긴 했지만 그는 그 정도 네임밸류로 만족할 수 없었던 모양이다. 2184년 현재, 그는 간판뿐인 연구소의 연구소장으로 남아 있었다. 당연히 먹고 살기는 빠듯했다. 그의 연구소 겸 집은 허름했고 우범 지역에 있어 밤마다 총소리와 경찰차 사이렌이 울렸다. 그의 인생 중 가장 암울한 시기였겠지만, 그걸 감안하더라도 결정론적으로 미래가 보장된 사람치고는 심하게 우울하고 불안정했다. 그는 뭔가에 쫓기는 듯 안절부절못한 모습을 자주 보였다. 항상 단정하고 미소를 잃지 않던 나이 든 김신주 교수님과는 딴판이었다.

그가 먹고살기 위해 하던 일은 재미 교포를 대상으로 하는 극우 성향 스트리밍 방송 출연이었다. 난 한두 번 그가 나오는 동영상을 찾아보았다. 국제정치에 대한 전문적인 식견은 들어줄 만했지만 문제는 그가 가끔 조부진 대통령을 좌파로 매도하며 입에 담지 못할 욕지거리를 걸쭉하게 내뱉는다는 것이었다. 조부진이… 빨갱이라고? 그런 분류가 어떻게 가능한지 잘 모르겠다. 게다가 방송에 같이 출연하는 인간들 모두가 완전 극우 꼴통들이었다. 나는 그 저질 방송 출연이 장래 백악관에 입성하는 운명을 가진 사람에게 해가 될지도 모르겠다는 걱정을 했다.(물론 큰 문제는 없을 것이다. 결정론을 기억하자.) 한 번은 그에게 직접 물어보았다. 저질 우익 방송 출연이 나중에 어떤 해가 될지 예상할 수 있겠냐고. 그는 약간 부끄러워하면서 말했다.

"하지만 그렇게 하지 않으면 조회수가 안 나온다고."

아, 그러니까 금전적 필요에 의한 위악이다, 이거군. 하지만 내가 보기엔 그의 평소 행실 또한 방송에서 보는 모습과 크게 다르지 않았다. 그는 일하지 않을 때는 오래된 TV 볼륨을 크게 높인 채 폭스 뉴스 같은 매체들을 주로 보았다. 현직 미국 대통령 아이재이아 오즈번이 TV에 나올 때마다 그는 큰 소리로 욕지거리를 내뱉었다.

"저 빨갱이 개 호로새끼들 싹 다 불타는 구덩이에 처넣어야 해!"

이러다 연구는 언제 하고 논문은 언제 쓰려는 건지. 그가 쓰려는 논문의 주제가 바로 '두 서울 전쟁'인데, 정작 그는 시간여행물리학에 대해 아는 게 거의 없었다. 정말이지 용감하기 그지없었다.

나는 그에게 시간여행물리학을 가르쳐야 했다.

"미래인 이언 미치닉은 아시죠? 스타트업을 차려 세계 최초로 시간여행 루프를 만든 사람이요."

"알긴 하는데, 당시엔 그가 만든 뉴욕-피츠버그 루프 말고 다른 루프가 없었잖아. 어디로 갈 수도 없는 철도를 뭐 하러 만든 거야?"

이 사람은 시간열차도 타봤으면서 이 유명한 일화를 대체 왜 모르는 걸까? 이과와 문과가 살아온 경험이 이토록 다른가?

"맞아요. 많은 사람이 미치닉의 계획에 반대한 이유가 그 겁니다. 올 데도 갈 데도 없는 철도를 왜 만드냐는 거였죠. 그런데 뉴욕역에서 개통식을 하고 10초 만에 반대하러 모인 사람들 모두 곱게 입을 다물었습니다. 계획에 없던 열차 한 량이 도착했거든요. 바로 미래의 미치닉이 타고 있던 열차였죠. 두 명의 미치닉이 포옹하던 모습을 찍은 동영상은 세기의 기록물이 되었죠."

나는 그에게 그 열차에 실린 저장 장치의 저자 없는 물리학 논문들에 관해서도 얘기해 주었다. 얘기를 들은 그의 얼굴이 급격히 어두워졌다.

"혹시 우리가 미래에 쓰게 될 논문도 그렇게 될 운명 아닌가?"

"그렇지 않아요. 그 최초의 열차가 싣고 온 논문들은 시간여행물리학과 공학에 한정되어 있었습니다. 아무래도 시간 교통이 원활하게 작동할 인프라를 건설하는 게 급선무라서 그랬던 것 같아요."

그가 말했다.

"궁금한 게 있는데, 그 논문들로 우리가 무슨 수를 써도 미래를 바꿀 수 없다는 사실이 밝혀진 거야?"

"네, 그래요. 어떤 경우에도 역사를 수정할 수는 없습니다."

"아니야. 조부진은 역사를 바꿨어."

"그걸 어떻게 알게 되었나요?"

그는 대답하려 하지만 말문이 막힌 모양이다. 오랫동안 눈동자를 굴리더니 부끄러워하는 기색으로 겨우 말을 꺼냈다.

"조부진이 스스로 그랬다고 말했지."

나는 일부러 픞 하고 소리를 내어 비웃었다.

"조부진 그 미친놈의 말을 믿으십니까? 증거가 하나도 없지 않나요? 조부진이 변경했다는 예전 역사선에 대한 정보 말이에요."

"조부진의 말도 정보 아닌가? 정보가 뭐가 중요한 거야?"

"물리학에서 말하는 정보는 좀 달라요. 정보를 가진 컴퓨터라면 역사를 바꿀 수 있을 것이라는 가설도 있을 정도니까."

"컴퓨터가? 인간이 아닌?"

"네, 컴퓨터요. 일단 어떤 무언가가 역사를 어떻게 바꿀 수 있을지를 생각해 보세요. 그 무언가에 꼭 필요한 게 있다면 그건 바로 '정보'입니다. 과거 역사에 대한 정보죠. 정보가 없으면, 예를 들어 저장 장치가 없는 돌멩이나 벽돌은 아무리 과거로 돌아가더라도 역사를 변경할 수 없겠죠."

"그래, 정보를 가진 인간만이 역사를 바꿀 수 있겠군. 미래에 무슨 일이 일어날지를 알아야 그걸 바탕으로 과거의 사건을 수정할 테니까."

"그리고 컴퓨터도요. 그런데 말이죠, 이거 다 가설에 불과해요. 역사를 바꾸는 컴퓨터를 어떻게 만들어야 하는지는 과거에든 미래에든 실증되지 않았습니다. 단지 수학적으로 증명되었을 뿐이라고요. 실제로 그걸 만들어 역사가 바뀌었다는 사실을 실증하는 게 물리학적으로 의미 있는 거죠. 컴퓨터에 대한 실증도 불가능한 상황인데, 하물며 인간이라면 어떻게 역사를 바꿀 수 있는지 물리학적으로 검토하기란 요원하죠."

"하지만 인간은 그런 물리학적 이론에서 벗어난 존재 아닌가? 자유의지를 가졌으니까."

나는 다시 한번 일부러 큰 소리로 비웃었다.

"으하하, 인간은 물리적 존재가 아닌가요? 인간은 오히려 컴퓨터보다 더 가망이 없는걸요."

"그래? 도대체 왜 그런 거야? 자유의지를 가진 인간이 과거로 가서 미래와는 반대되게 역사를 바꾸는 건 충분히 가능하잖아."

"역사를 바꾸려는 의지를 가진 사람이 있다고 해보죠. 그가 의지를 갖고 과거로 가는 열차 티켓을 구매해도 그가 철도역으로 가는 도중에 '이미 결정되어 있는 사건'에 따라 교통체증이나 교통사고, 기타 피할 수 없는 우발적인 사건이 일어나요. 만약 결정론적으로 어떻게든 열차에 탑승하는 사건을 일궈냈다고 해도 그가 과거로 가서 역사를 바꾸기 위한 장소에 제시간에 도달하기 전까지 결정론적 사건들이 역사를 바꾸려는 의지를 방해합니다. 비행기가 연착되고, 택시가 안 오고, 갑자기 돌부리에 걸려 넘어지면서 다리가 부러지고, 기타 등등. 그리고 그렇게 그가 사건의 위치에 도달하는 데 최종적으로 실패함으로써 결정론의 역사가 완성되죠."

"그럼 좀 더 일찍 도착하도록 열차표를 사놓으면 되는 거 잖아?"

"애초에 열차 시간표가 매진일 경우가 가장 많이 발생해요. 시간열차가 그렇게 비싼데도 항상 수요보다 공급이 달리거든요. 만약 타임머신이 휴대하기 편리한 형태거나 작은 자동차같이 누구나 가질 수 있는 형태였다면 결정론의 우주는 성립되지 않았을지도 모르죠. 하지만 시간철도 인프라는 인류가 만들어 낸 가장 거대한 건축물이라고 하죠. 대부분의 국가는 루프를 하나 만드는 게 한계고 미국 정도는 되어야 전 국토에서 세 개 정도의 루프를 건설할 수 있었죠. 물리학자들은 우스갯소리로, 마치 우주가 루프를 아주 거대하게 만드는 방법밖에 없도록 물리법칙을 조정한 것 같다고들 하죠. 그렇게 역사를 바꾸겠다는 의지를 가진 인간의 모든 시도가 실패하면 그는 의지를 잃어버리게 마련이죠. 그럼 신기하게도 그때부터 그 사람의 시간여행이 가능해요. 옛날 사건에 도달하는 것도 가능하고요. 대신 그는 의지를 잃었기 때문에 결정론의 노예처럼 역사를 똑같이 만들어 나가는 데 순순히 협조하죠."

"이해가 안 돼. 교통사고 때문에 열차 시간에 늦거나 표가 매진되는 게 물리학의 법칙이라고?"

"네, 우주의 역사는 이미 처음부터 끝까지 다 쓰여 있어요. 교통사고가 나고, 열차 시간에 늦고, 내가 과거의 나를 죽이는 데 실패하고, 의지를 잃는 것까지 전부 다요. 그리고 우리의 시간여행, 아니 우리의 모든 행동은 이 결정된 역사를 재연하는 것뿐입니다."

그가 한 손에 턱을 괴고 한참 말없이 있더니, 눈을 크게 뜨며 소리쳤다.

"조부진 이 개새끼가 순 거짓말쟁이 개새끼라는 말이지!"

"그렇다니까요. 물리학자들은 조부진을 비롯해서 역사가 바뀌었다고 단언하는 자들의 개별 사례들을 모아서 분석해 보았지만, 실제로는 단 한 건의 역사도 바뀌지 않았음을 알아냈어요. 이 세상에 허언증 거짓말쟁이가 많다는 소리죠. 최초의 열차에 실린 논문의 주장대로, 시간여행의 결정론은 바꿀 수 없는 물리학 법칙인 겁니다."

"그렇다면 결정론을 설명하는 두 가지의 설명 방식이 있는 것 아닌가? 물리학적 법칙으로 모든 것이 결정되어 있다고 설명할 수도 있겠지. 하지만 그냥 우연히 교통사고가 일어났다는 식으로 말해도 충분하잖아. 그 방식은 물리법칙을 이해하지 않고도 충분한 설명력을 제공하고 있는 거잖아."

"하지만 우연처럼 보이는 일이 반복된다면 설명이 필요하거든요. 그 반복적인 우연적 사건을 설명하는 유일한 법칙이 물리학 법칙이라는 거예요."

"그게 물리학 법칙이라고? 물리학에서는 방정식을 증명하거나 실험으로 입증해야 하는 거 아냐?"

"결정론은 사실입니다. 미래에서 온 논문에 그렇게 쓰여 있으니까요."

그가 별안간 나를 힘껏 비웃었다.

"풋핫, 나보고는 조부진이 한 말을 믿냐고 비웃었으면서 자네도 미래에서 온 논문이라면 증명이나 증거 없이 무턱대고 믿는가 보지?"

나는 그의 웃음소리를 듣고 나서야 김신주 박사와 내 입장이 뒤바뀌었다는 것을 깨달았다. 나는 다급한 목소리로 반박했다.

"증거는 있습니다. 결정론에 위배되는 케이스가 한 건도 발견되지 않았거든요?"

"뭐야, 귀납적 검증만으로 법칙을 말하는 격인데? 물리학은 수학적 정합성과 실험적 검증을 동시에 충족해야 하는 학문 아니었나?"

반박할 수가 떠오르지 않았다. 확실히, 결정론의 법칙을 제대로 증명한 논문은 미래 논문 데이터베이스에 없던 것 같다.

"미래에서 온 물리학이란 빈틈이 많은 거 아냐? 그런 거나 연구해 보지 그랬나?"

내가 꿀먹은 벙어리처럼 가만히 있자 그가 고소해하면서도 미안한 듯 말했다.

"됐고, 아까 얘기했던 역사를 바꾸는 컴퓨터나 설명해 봐. 그걸 만드는 게 왜 힘든 거야?"

나는 부끄러운 기분을 느끼며 설명을 이어나갔다.

"네, 아까 정보가 중요하다고 말씀드렸죠. 컴퓨터는 정보를 처리하는 기계입니다. 입력된 정보에 따라 이런 행동, 또는 저런 행동을 하도록 결정을 내리는 기계죠. 미래의 논문에 의해 역사를 변경하는 알고리즘이 이미 개발되어 있어요. 이 알고리즘은 '이 알고리즘을 탑재한 컴퓨터의 과거와 미래의 결정에 대한 정보'를 입력값으로 받아 결정을 내리도록 짜여 있어요."

"뭐라고? 이해하지 못했어. 다시 설명해 봐."

나는 앞의 상대가 문과생이었다는 사실을 되새기며 좀 더 쉬운 설명을 고민했다.

"좋아요. 어떤 컴퓨터가 있습니다. 그 컴퓨터는 만들어질 때부터 파괴되거나 고장 날 때까지 시간축에서 '인생'을 가지게 되겠죠."

"컴퓨터가 인생을 가진다니, 무슨 소린지는 알겠지만 재미있군."

"그 컴퓨터는 아까 말씀드린 어떤 알고리즘을 탑재하고 있습니다. 그리고 그 알고리즘이 컴퓨터의 행동을 결정하죠."

"좋아. 이해했어."

"그런데, 이 컴퓨터는 과거와 미래의 모든 인생에 대해 '자기 자신의 결정과 행동'을 데이터로 수집합니다."

"시간여행을 해서 말이지."

"네, 말하자면 그렇죠. 여기서는 '정보가 시간여행을 한다'고 가정해요. 그렇게 수집된 자기 자신의 결정과 행동 데이터는 알고리즘의 입력값이 되고, 컴퓨터는 어떤 결정을 내리죠. 바로 '과거와 미래의 모든 자기 자신이 한 번도 행동하지 않은 행동을 할 것'이라는 결정입니다."

김신주 박사는 이해한 듯 표정이 환해졌다.

"이 컴퓨터는 자신의 결정론적 과거와 미래에 대한 데이터를 받은 다음에 그 역사에서 한 번도 해보지 않은 행동을 하기로 프로그래밍된 컴퓨터로군."

"그렇습니다. 물리학자들은 이런 알고리즘이 내장된 컴퓨터가 역사를 바꿀 수 있을지 모른다고 기대하고 있어요. 이 알고리즘을 실행하기 위해서는 정보의 시간여행이 가능해야 하고 또 그 시간여행한 정보들을 양자 중첩시켜 연산할 특별한 시간 독립 양자컴퓨터가 필요할 겁니다."

"뭐야, 무슨 독립 양자컴퓨터? 양자컴퓨터는 개발되어 있잖아?"

"타임 인디펜던트 퀀텀 컴퓨터Time-independent quantum computer요. 기존 양자컴퓨터와는 다르게 과거부터 미래까지 시간축으로 영원히 중첩된 양자 비트quantum bit를 가진 컴퓨터입니다. 앞서 말했듯이 증명되었으나 만들어지지 않은 가상의 컴퓨터죠."

"그럼, 또 그 얘기잖아? 역사를 바꾸는 시간여행은 불가능하다는?"

"제가 누차 말씀드렸잖아요."

김신주 박사는 더 이상 질문이 없었다. 그는 무엇인가 곰곰이 생각하는 것처럼 눈을 내리깔고 있었다.

"박사님, 다른 질문 없으십니까?"

그가 대답했다.

"조부진 대통령 말이야. 거짓말쟁이 독재자 새끼. 역사가들은 그가 역사를 바꾼 방식을 다르게 설명하거든."

"어떻게 말입니까?"

"그는 말이야, 여러 나이의 자기 자신들이 모인 싱크탱크를 운영하던 자야."

"싱크탱크요? 정치 연구소 말입니까?"

"맞아. 자기 자신으로만 구성된 정치 연구소라니 웃기지? 그는, 그들은, 1년에 한 번씩 한 시대로 모였거든. 그의 나이 30세를 기준으로 그보다 나이 많은 자들이 과거로 시간여행을 했지. 그가 죽을 운명인 95세까지 그는 매년 그 모임을 위해 과거로 시간여행을 했어."

그건 내가 아홉 살에 상상했던 완서준들의 모임과 비슷하게 들렸다.

"95세에, 60여 년을 뛰어넘는 시간여행을 한다고요?"

"그래, 그런 놈이라니까. 생각해 보라고. 노인의 몸으로 왕복 최대 넉 달이 걸리는 여행을 매년 하는 거야. 물론 대통령인 그를 위한 특별 고속 열차가 편성될 테니 환승하는 시간을 절약할 수는 있었겠지만. 미쳤으면서 동시에 대단한 놈이지. 그는 실제로 돌아오는 열차 안에서 노환으로 죽었어."

"대통령이 그렇게 오래 자리를 비워도 됩니까?"

"자리를 비우는 일 없도록 일정을 조정했겠지. 자리를 떠난 즉시 돌아올 수 있게 말이야. 그렇게 따지면 그의 실제 나이는 95세보다도 훨씬 많았을 거야. 조부진의 싱크탱크라는 거, 꼭 네가 말한 자기 자신의 행동을 데이터 입력값으로 받는 컴퓨터 같지 않아?"

"글쎄요, 흥미롭긴 합니다만 비슷한 것처럼 들리지는 않는데요."

"그들은 정기적인 회의를 통해 그들이 가진 의지를 가감 없이 솔직하게 공유했어. 만약 그들 사이에 한 치라도 의심이 있었다면 그렇게까지 솔직하지 못했을 거야."

"그렇겠죠. 그들은 완벽하게 같은 쌍둥이니까요."

"그래, 시간 쌍둥이라는 거지. 이봐, 쌍둥이가 왜 성격이 다른지 알고 있나?"

"글쎄요. 쌍둥이가 그렇게까지 성격이 다릅니까? 거의 비슷하지 않나요?"

"내가 말하려는 게 그거야. 거의 비슷하다는 건 완전히 똑같지는 않다는 말이거든. 유전자와 양육 환경까지 100퍼센트 같은 쌍둥이가 왜 완벽하게 같은 성격을 갖지 않느냐는 말이야."

"그런 식으로 생각해 보진 않았습니다만 궁금하긴 하네요."

"이건 심리학에서 밝혀낸 얘기야. 왜냐하면 쌍둥이들은 같은 사람 취급받는 걸 싫어하기 때문이야. 쌍둥이들은 타인에게 서로 다른 사람처럼 보이려고 일부러 다르게 행동한다고."

"그렇군요. 그 모임의 조부진들은 쌍둥이들처럼 서로 다르게 행동하려 하겠군요."

"그래. 싱크탱크에 모인 시간 쌍둥이 조부진들이 무슨 얘기들을 하겠어? 조부진이 서른 살이던 어느 날, 자신보다 한 살 더 산 미래의 자신부터 시작해 95세 노인에 이르기까지 모든 조부진이 어느 날 갑작스럽게 찾아왔을 거야. 그리고 그 수많은 조부진 중에서 막 대통령이 된 57세의 조부진이 가장 젊은 30세의 조부진에게 자랑스럽게 말하겠지. 너야말로 대한민국의 대통령이 될 운명이라고."

"실제로 그랬단 말입니까?"

"아냐, 그냥 내 추측이야."

그는 큭큭 웃었다.

"그가 역사를 바꾸기 전에도 대통령에 당선될 운명이었다는 건 틀림없을 거야. 대통령의 지위에 있는 자만이 역사에도 없는 전쟁을 일으킬 권력을 가지고 있을 테니까 말이야. 그런데 어떻게 그는 평범한 독재자의 운명을 넘어서 미래의 후손을 침공하는 가공할 전쟁을 일으킬 생각을 한 걸까?"

"저출산의 운명을 바꾸지 못할 대한민국의 미래를 걱정해서?"

"그것도 맞지. 하지만 어쩌다 그는 결정론적인 역사라는,

물리학적으로 기정사실이나 다름없는 법칙을 깰 생각을 한 걸까? 내 생각에 그는 자신이 직접 나서야만 인구구조의 비극적 운명에 처한 대한민국을 살릴 수 있다고 생각했을 거야. 당시 대한민국의 인구구조는 정해진 운명이나 다름없었어. 그가 처음으로 대통령이 된 해의 예측에 따르면 대한민국의 인구는 30년 동안 감소세였는데도 불구하고 앞으로 100년이 넘도록 계속 줄어들 전망이었어. 최종적으로 한국은 800만 명의 인구를 가진 조그만 국가가 될 운명이었지. 물리학 법칙 얘기가 아니야. 인구구조라는 게 원래 그래."

"그렇죠. 제가 살던 시대 인구가 거의 800만 명입니다."

"앞으로 두 서울 전쟁이 일어나면 더 심각해질걸. 전쟁이 없는 걸 가정한 단순한 계산 모델로는 원래 지금 시대부터 차츰 인구가 증가할 것으로 예측하거든. 하지만 몇 년 후 그가 일으킨 전쟁 때문에 출산율이 또다시 급격하게 감소하는 거야. 그의 의도와는 달리 전쟁은 완전히 대한민국을 말아먹었지."

그는 목이 탔는지 탁자 위에 놓인 물컵에 물을 따랐다. 나는 궁금한 나머지 그가 물 마실 시간도 주지 않고 물었다.

"그런데 그가 전쟁을 일으킨 이유가 충분하지 않은데요. 전쟁을 일으키기 전의 조부진은 미래에서 온 조부진에게 물어봐서 전쟁이 출산율을 올리는지 아니면 오히려 떨어뜨리는지 알 수 있잖아요."

질문은 결정론에 대한 자체 모순을 포함하고 있었지만 그는 무슨 말인지 이해했을 것이다.

"아냐, 그는 몰랐어. 그래서 전쟁이 인구구조의 비극에 시달리는 대한민국을 구할 수 있다고 진심으로 믿었던 거야."

"그럴 리가요. 미래의 조부진이 알려주지 않았습니까?"

"미래의 조부진도 몰랐을 거야. 싱크탱크의 모든 조부진은 전쟁의 결과에 대해 아무것도 몰랐어. 왜냐하면 그 모든 조부진은 전쟁을 일으키지 않았으니까. 그게 바로 특이한 한 명의 조부진이 전쟁을 일으킨 이유이고, 내가 그 조부진이야말로 역사를 바꾼 당사자라고 생각하는 이유야."

그렇다. 그는 진심으로 조부진이 역사를 바꾸었다고 믿고 있었다. 독재자이긴 하지만 거짓말쟁이는 아니라고 생각하고 있었다. 난 여전히 믿을 수 없었다.

"조부진은 양자컴퓨터가 아니에요. 그의 뇌에 역사를 바꾸는 양자 알고리즘이 내장된 것도 아닙니다. 그가 그런 일을 할 수는 없어요."

"아니, 알고리즘에 대한 자네의 설명을 들어보니 완벽하게 이해되기 시작했어. 무슨 시간 양자컴퓨터라고? 내가 그런 것까지 이해할 수는 없겠지만 조부진의 머릿속에는 그 알고리즘이 탑재된 것 같아. 그는 싱크탱크에서의 대화를 통해 그와 관련된 역사의 모든 정보를 수집했고, 각자 서로 다른 행동을 하고 싶어 하는 쌍둥이 특유의 사고방식이 작동했어. 그건 이렇게 말할 수 있을 거야. '조부진이 할 만한 전형적인 일이면서도 또 가장 괴상하고 일어나기 힘든 행동.' 그렇게 그는 자기 행동이 역사적으로 '절대 일어나지 않을 유일한 가능성', 즉 한국이 인구구조의 저주를 피하는 역사를 창조하기를 바랐지."

그제야 그는 물을 마셨다. 이젠 내가 목이 타기 시작했다. 컵을 비운 그가 말을 꺼냈다.

"조부진의 그 경악할 만한 결정은, 그러니까 미래의 한국을 침공하자는 결정은 실제로 기존의 역사를 바꿨을 거야. 기존 역사선은 폐기되고 새 역사선이 열렸지. 똑같은 강물에 발을 담글 수 없다는 말이지."

"다중 역사선이라…."

"그리고 이제 우리가 살고 있는 이 역사선에서 몇몇은, 특히 정치가들은, 조부진처럼 과거가 미래를 침공할 수 있다는 걸 깨달았지. 그렇다면 미래가 과거의 자기 자신을 침공하는 건 어떤가? 그것도 가능하지. 이제 세계는 미래와 과거, 과거와 미래의 무차별 전쟁 시대가 열릴 거야. 세계는 이 비극적인 가능성을 깨달을 거야. 국가엔 부모도 자식도 없다는 걸."

난 그의 말에 내포된 작은 결정론적 오류를 수정해 주었다.

"아뇨, 세계는 이미 깨달은 지 오래예요."

사

서른 살의 조부진은 모임이 시작되기 전에는 아무 생각이 없었을지도 모른다. 대통령이 될 뜻도 없었고 전쟁에 대한 계획도 없었을 것이다. 그런데 별안간 60여 명의 자기 자신이 집으로 쳐들어오고, 그들은 대한민국의 미래에 대한 정보를 공유한다. 그들은 자신의 의지에 대해 허심탄회하게 대화를 나눈다. 그들은 각자 '내가 할 수 있는 일 중에 가장 특이하고 괴상하고, 다른 자기 자신보다도 유별나 보일 일'을 하기 위해 머리를 굴린다. 그 상상은 그들의 기억과 생각 중 유일하게 서로 공유되지 않은 것이다. 그중 한 명만 다른 조부진보다 더 괴상하고 유별난 '특이 조부진'이 되기에 성공한다.

조부진이 30세일 때 대한민국은 심각한 저출산과 인구 감소, 그리고 서울 인구 집중 현상을 겪고 있었다. 한국인은 멸종의 길로 접어드는 것처럼 보였다. 한 해 태어난 아이의 수가 한 세대 전 태어난 아이의 절반도 채 안 되었다. 갓난아이보다 어린이가 더 많았고, 어린이보다 대학생이, 대학생보다 직장인이, 직장인보다 노인이 더 많았다. 거꾸로 선 인구 피라미드는 국가의 모든 경제적 흐름을 옥죄고 있었다. 중장

년층은 청년 때부터 가지고 있던 일자리를 내려놓지 않았다. 직장에는 신입이 들어오지 않았다. 비정규직으로 일하는 청년이 자신의 경기도 원룸으로 출퇴근하는 길은 왕복 4시간 동안 고통스럽게 정체되었다. 이미 인구가 5퍼센트 정도 줄어들었지만 국민들은 여전히 아이 낳기를 망설였다. 인구 통계는 향후 100년간의 국가 미래를 결정지었다. 인구에 대한 모든 예측은 정해져 있었고 계속해서 인구가 줄어드는 확정적인 미래가 기다리고 있었다.

그때 한국인들은 대한민국이 끝났다고 생각했다. 지금 와서 보면 우스운 얘기다. 베트남인과 미국인의 혼혈인 내가 한국인이라고 주장하고, 피해자 시대 한국의 대통령인 표민준 또한 따져보면 우크라이나 혈통이니까.

대한민국의 대통령이 된 조부진은 재빨리 계엄을 선포하고 군대를 동원해 국회를 점령한다. 그는 이후로 헌법까지 개정해 30여 년간 대한민국의 대통령으로 남게 된다. 취임식 날 그는 연설했다. 미래가 없다면, 미래를 앞서 차지하자. 그는 100년 후 미래, 즉 2189년의 대한민국을 침공하기로 결정한다.

그가 개정한 헌법엔 이런 내용이 담겨 있다. "대한민국의 영토는 모든 시간선의 한반도와 그 부속 도서로 한다." 수정된 헌법에 따르면 그의 대한민국은 '미래의 대한민국'을 병합해야 했다. 조부진은 미래의 대한민국, 인구가 그들의 16퍼센트밖에 되지 않는 그 작은 나라를 침공하기로 했다. 그런 시기에 대통령이 과감한 결단으로 새 시대의 가능성을 제시한다면 따르지 않을 사람이 어디 있겠는가? 조부진 대한민국의 국민들 또한 인구구조의 저주 때문에 불안해하고 있었으니까. 그들은 포탄과 소총을 만드는 공장에 취업하고 (아마도 조부진의 친인척이 관련되어 있을) 방산업체 주식에 투자했다. 그들의 상상력은 그렇게 만들어진 무기에 의해 죽임을 당하는 사람들이 자신의 먼 후손이라는 감각에 도달하지 못했던 모양이다.

조부진의 주장에 따르면, 대한민국은 말 그대로 두 배의 영토를 가질 수 있게 된다. 그들은 특히 두 개의 서울을 원했다. 국가의 존폐가 걸린 치명적인 저출산에 대한 그들의 진단은 간단했다. 서울이 문제다. 서울이 너무 좁은 것이다. 그래서 조부진의 끝내주는 해결책이 등장했다. 그러면 서울을 두 개로 만들자. 그러나 미래의 서울 땅에 살고 있던 사람들은 어떻게 되는가? 그들도 국민이어야 하지 않는가? 그렇다. 조부진은 그들 또한 국민이며 그들은 하나로 단결된 의지에 따라야 한다는 입장이었다. 그리고 빠르게 통합을 이뤄 불필요한 전쟁을 끝내고 하나의 국가를 만들자고, 시간통신을 이용해 미래의 국민들에게 전했다.

소수의 국민들만 조부진에 반대했다. 징병될 자식들을 가졌거나 서울 요지에 아파트를 가진 자들이었다. 그들은 자식이 죽을 위험에 노출되거나 부동산 가치 하락이 예상되자 전쟁을 극렬히 반대했다. 그러나 그들보다는 잃을 게 없는 사람들이 훨씬 많았다. 직장에서 한참 떨어진 곳에 월세 집을 겨우 얻은 사람들, 안정적인 주거지를 마련할 때까지 결혼과 출산을 미룬 사람들, 자녀를 좋은 학군의 학교에 보내지 못한 사람들이 압도적으로 많았다. 그들은 그냥 평범한 사람들이었다. 그들은 서울이 두 개가 되면 아파트 공급이 두 배로 늘어나 가격은 반값으로 떨어지길 기대했다. 그들이 조부진을 지지하는 표면적인 이유는 각기 달랐다.

'부동산 문제가 심각해서 어쩔 수 없어.'

'경기를 활성화하려면 이 수밖에 없어.'

'관련주가 오르니까 괜찮은 정책이야.'

서로 다른 이유들 모두 조부진의 '두 개의 서울'이라는 매력적인 캐치프레이즈를 지지했다.

국제 사회는 이 어리석은 결정을 규탄했지만 대한민국 국민들은 외국이 한국의 사정을 너무 모른다고 불평했다. 국제적으로 조부진의 침공을 막을 수 있는 논리도 딱히 없었다. 조부진이 꾸며낸 전쟁의 명분은 국제정치의 관점에서는 의외로 합리적이었다. 국가의 병력을 단지 한 시간대에서 다른 시간대로 옮겼을 뿐이며, 이 병력 이동 중 인적·물적 손실을 일으킬 가능성이 있는 내부 범죄 집단을 특수 목적군이 '방어'할 뿐이라는 논리였다. 반대의 논리를 발견하지 못한 미국과 EU는 침략을 묵인했다. 그들도 가끔씩 군대를 시간상으로 재배치하기도 했으니까.

그렇게 두 서울 전쟁이 시작되었다. 조부진은 장장 10여 년 동안 지속적으로 징병해 서울시간역에 축차적으로 병력을 밀어 넣었다. 그 병력은 100년 후 표민준 시대의 서울시간역에 거의 동시적으로 기동 투입되었다. 최초로 벌어진 전투는 '역 광장 전투'였다. 이 전투에 투입된 어떤 병사의 비극적인 운명이 유명한 일화로 알려져 있다. 그는 역 광장 전투에서 열살 많은 자신이 죽는 모습을 목격했다. 그는 그 전투에서 살아남아 고향 시대로 돌아갔지만, 10년 후 재징집되었다. 그는 이번엔 자신이 죽는다는 사실을 알고도 전투에 투입되었다.

역 광장 전투에서 승리한 조부진의 군대는 시간열차로 자주곡사포 부대를 보충한 후 용산 대통령실로 진격했다. 그러나 그 길에는 용산 구 미군 기지 부지에 지어진 빌딩 숲, 1,000미터 넘는 높이의 마천루 다섯 개를 포함한 용산 신업무지구가 있었다. 다섯 개의 마천루는 5년도 채 못 쓰고 무너질 운명이었지만, 애초부터 이 전쟁을 위해 튼튼하게 지은 것이었다. 빌딩에는 대보병 저격수, 외벽에 설치한 대전차포, 3D프린터를 이용한 드론 공장과 드론 운용수들이 들어차 있었다. 약 한 달 동안 벌어진 3차원 공성전에서 거대한 인명 피해가 발생했는데, 어이없게도 대부분이 침략자 조부진의 보병과 포병들이었다. 그만큼 마천루의 방어는 탄탄했다. 조부진은 다섯 개의 탑을 점령하기 위해 자기 병사들이 수없이 죽어나가는 상황을 묵인했다. 조부진 측에서만 12만 명이 사망했다. 그러나 표민준 측의 운명도 나을 건 없었다. 한 달 동안 지속된 폭풍과도 같은 포격을 굳건히 버텼지만, 결국 다섯 개 중 가장 높은 빌딩이 무너져 내렸다. 그 빌딩의 잔해는 옆 빌딩을 타격했고, 결국 나머지 네 빌딩 모두 차례차례 붕괴했다. 표민준 측의 군대 8만 명이 빌딩 잔해에 묻혔다. 빌딩의 잔해를 대강 치우고 한강대로를 확보한 조부진의 군대는 수 시간 만에 용산 대통령실 지하 벙커에서 대한민국 대통령 표민준을 체포했다. 표민준은 내란 수괴라는 죄명하에 과거로 끌려가 무기징역형을 선고받았다.

그렇게 전쟁이 끝났다. 조부진은 죽을 때까지 미래 대한민국을 식민지처럼 지배했다. 수탈의 대상은 아파트였다. 조부진 정부는 미래 시민들에게 빼앗은 강남과 용산의 아파트를 미래로 이사 온 과거 사람들에게 팔았다. 조부진이 몰랐던 게 있었다. 미래 서울은 과거 서울과 다른 도시였고, 미래 한국은 과거 한국과는 다른 나라였다. 조부진의 시대 출산율 대폭락을 겪은 후 대한민국은 다인종 국가가 되었다. 그 나라는 지방이 소멸하고, 부산, 대구, 광주 등 광역시라고 불렸던 도시들이 몰락하고, 그에 따라 서울의 인적·물적 네트워크 또한 허물어진 후 간신히 싱가포르 같은 도시국가를 모델로 복구한 나라였다. 그들의 서울은 단지 국제 금융과 IT의 중심지로만 기능했고, 그 밖의 산업은 거의 없었다. 조선업, 철강업, 반도체 산업 등 지방 거점의 제조업 모두 몰락했다. 농업의 비중도 의미 없는 소수점 퍼센트 수치였다. 아파트를 선구매하고 기대에 부풀어 시간열차를 타고 온 과거 대한민국 사람들은 미래 대한민국의 암울한 모습을 보고 충격에 빠졌다. 차를 타고 수도권 밖으로 나가보면 실감할 수 있었다. 지방 도시는 허물어진 슬럼가였고 시골은 녹색 사막이었다. 전쟁 이후, 아파트를 빼앗긴 미래 서울 사람들이 그 녹색 사막에 판자촌을 짓고 살기 시작했다. 그들이 원한 대한민국은 이런 모습이 아니었다.

조부진은 이후로도 평생 동안 자신의 선택이 옳았다고 강변했다. 강성 지지자들과 언론도 조부진을 옹호했다. 하지만 정치적 불안정으로 인한 출산율 감소는 인구구조에 그대로 반영되었다. 미약하지만 인구를 회복해 가고 있던 미래 대한민국은 다시 한번 인구의 급감을 맞았다. 전쟁은 수많은 인구를 죽일 뿐 아니라 아이를 낳을 의욕도 감소시킨다. 암울한 식민지 시대에 누가 아이를 낳고 기를 것인가? 내가 태어나고 자란 전간기는 그나마 평화롭고 살 만했지만 그 시기마저도 조만간 필연적으로 조부진이 침략해 온다는 공포 때문에 경제적으로, 인구학적으로 불이익을 얻어야 했다.

두 서울 전쟁은 두 국가 모두 패배한 전쟁이었다. 그리고 내 고향 시대, 전간기의 학생들은 그걸 고등학교 미래사 시간에 배우게 된다.

아

나와 김신주 박사는 보스턴의 비좁고 낡은 원룸에서 논문을 썼다. 보스턴의 날씨는 봄이 한창 지나도 추웠다. 우리는 난방비를 아끼자는 취지로 집 안에서도 외투를 입고 글을 썼다. 글은 내가 다 썼다고 해도 과언이 아니었다. 시간물리공학과 학부를 갓 졸업한 무직 백수가 어떻게 혼자서 정치학 논문을 쓸 수 있냐고? 그게… 하니까 다 되더라. 물론 김신주 박사가 논문에 아무 기여도 안 한 건 아니었다. 그는 국제정치학에서 반드시 읽어야 할 논문부터 시작해서 여러 참고 문헌들을 알려주었고, 내가 늦은 밤에 이메일로 제출한 원고는 아침에 더 적확하고 깔끔하게 수정되어 답변 메일에 첨부되어 있었다. 그리고 그는 이미 외출한 상태였다. 그 저질 방송에 출연하느라 출근한 것이다.

그런데 글을 써갈수록 나는 이 논문의 정체를 깨닫기 시작했다. 바로 내가 예전에 읽었던 박사의 이름이 달린 책, 『시간여행 시대의 국제정치와 국가의 정의』였다. 분명 내가 쓰는 초안은 그 책과 달랐는데, 박사가 고치면 고칠수록 점점 그 책이 되어 갔다. 내가 처음 책을 읽을 때 운명적인 느낌이 들었던 이유가 바로 이 때문이었다. 책의 많은 내용이 내 머리에서 나왔으니까.

논문을 쓰느라 많은 시간을 보냈고, 다시 겨울이 다가왔다. 김신주 박사는 완성된 논문을 학계 최고 권위의 저널에 투고하기로 했다. 박사가 심사 통과 이메일을 받은 날 우리는 싸구려 버번을 사서 작은 파티를 벌였다. 나는 '극우 스트리머' 김신주 박사와 함께 술에 취해서 흘러간 케이팝을 고래고래 불렀고 경찰이 초인종을 누른 후에야 노래를 멈출 수 있었다.

유명 저널 게재의 효과는 확실했다. 김신주 박사는 일사천리로 하버드대학교에 임용되었다. 그가 행정 처리를 위해 외출한 날 나는 온라인판으로 먼저 공개된 우리의 논문을 찾아보았다.

내 이름은 없었다.

그가 나를 속인 게 분명했다. 괘씸하다 못해 배신감마저 들었다. 이 논문의 첫 번째 저자는 나여야 한다. 무엇보다도 그는 일부러 나를 속이려고 연막을 펼쳤다. 최종 원고까지는 내 이름을 첫 번째로 써놓았으면서 저널에 제출할 땐 내 이름을 빼버렸다.

그가 돌아오자마자 따져 물었다.

"박사님, 논문에 제 이름은 왜 빼셨나요?"

그는 망설임 없이 대답했다.

"너는 아직 논문에 이름 실을 정도가 아냐. 네가 입학하면, 그때…."

나는 버럭 소리를 질렀다.

"제가 없으면 박사님이 논문 쓸 수 있었을 거 같아요?"

"당연히… 그런 문제가 아냐. 음, 그게, 학위도 없는 사람을 등록할 순 없다고."

나는 비꼬는 투로 말했다.

"그래서 혼자 논문 쓰셔서 교수님 되시고 좋으시겠어요."

그도 언성이 높아졌다.

"기초도 없는 타 학과 학부 졸업생 주제에 논문에 이름을 올린다고? 그건 이 학문에 대한 예의가 아니야! 너는 아직 갈 길이 멀다고!"

잠시 정적이 흘렀다. 나는 쥐어짜듯 말을 꺼냈다.

"저는 과거로 돌아가겠습니다."

"뭐라고?"

"과거에 내가 봤던 박사님의 책에도 제 이름 따윈 없었어요. 박사님은 혼자서도 알아서 유명해질 거니까, 더 이상 제가 연구에 참여할 필요는 없겠죠."

"애초에 이름이 들어가지 않을 걸 알았잖아. 왜 나와 같이 논문을 썼던 거지?"

"그건…."

그랬다. 책을 읽었던 나는 논문에도 내 이름이 없을 거라고 어느 정도 예감하고 있었다.

"이게 네가 하고 싶은 일이어서잖아?"

부정할 수 없었다. 지난 1년 동안 시간물리공학과 대신 이쪽 전공으로 학부를 시작했으면 좋았겠다고 생각했을 정도니까.

"서준아, 앉아봐. 얘기를 좀 해줄게."

내가 소파에 앉자 그가 따라 앉으며 말했다.

"나한테는 나이가 여덟 살 많은 형이 있었어."

몰랐던 이야기였다. 그는 부모님에 대한 이야기는 가끔 들려줬지만, 한 번도 형이 있다고 한 적은 없었다.

"형은 전쟁이 시작될 때 바로 징집되었어."

박사의 형은 입대 하루 전에 이렇게 말했다고 한다. 대한민국 남자라면 당연히 가야 하는 길이라고.

당시 스물세 살의 형이 일반 보병으로 소집된 곳은 2088년 서울시간역 앞 광장이었다. 사복 차림으로 걸어가던 뒷모습이 열다섯의 김신주가 마지막으로 기억하는 형의 모습이었다. 나중에 전해 들은 얘기에 따르면 형을 포함한 신병들은 서울시간역 광장에서 군복을 배부받고 그 자리에서 옷을 갈아입어야 했다. 그는 거의 100일을 열차 안에서 보냈다. 병사들은 잠자리가 부족해 옆으로 포개져 쪽잠을 잤다. 씻을 곳도 없었다. 객차 안은 언제나 산소가 부족해 숨이 막혔고 신병들은 코를 찌르는 서로의 체취로 고통스러워했다. 그건 내가 겪어본, 지루하지만 쾌적한 시간여행이 아니었다. 조부진은 전쟁이 아닌 특별 군사 작전이라는 명목으로 갓 징집된 신병들을 훈련도 없이 사지로 내몰았다. 열차 안에서 이루어진 정신 교육이 훈련의 전부였다. 김신주의 형은 그렇게 정신 개조만 당한 채 미래의 서울시간역에 투입되었고 역 광장 전투에서 바로 전사했다. 전사 상황은 제대로 알 수 없었지만, 어쨌든 그는 돌아오지 않았다. 열차에서 100일 동안 써 내려간 그의 편지 겸 일기만이 시간을 거슬러 김신주 박사의 가족에게 전해졌을 뿐이다. 사실 그의 전사는 아직 발생하지도 않은 일이다. 병사들이 서울시간역으로 상륙하는 전쟁 개시일은 앞으로 5년가량 남아 있었다. 그래도 그의 죽음은 정해진 미래다.

"어린 나는 형을 이해할 수 없었지. 그는 명분 없는 전쟁을 단지 한국인으로서의 소속감만으로 견뎌냈어. 그걸 소위 애국심이라고 해야 할지 모르겠지만."

"제가 보기에 박사님도 투철한 애국심을 가지고 계십니다만?"

솔직한 느낌이었다. 그는 한국을 망친 조부진을 증오하며 그 분노를 방송으로 쏟아냈다. 그건 조회수나 광고 수익을 벌기 위해서 꾸며낸 모습이 절대 아니었다. 진정으로 조국의 운명이 안타까워서, 자신의 조국을 망치는 누군가를 증오하지 않고는 견딜 수 없는 모습.

"그래, 나한테도 있겠지, 애국심이란 거. 너는 나와 다른 세대니 내가 한국에 대해 갖는 열렬한 감정을 이해하지 못할 거야. 다만 나는 절대로 희생자가 되고 싶지 않았어. 그게 형과 달랐던 것 같아. 부모님 역시 형의 죽음에 충격을 받으셨지. 나도 언젠가 징병 대상이 될지 몰랐어. 실제로 조부진은 10년 동안 총동원령을 유지했으니까, 분명 가족이 미국에 가지 않았다면 나 또한 징병되었을 거야. 그렇게 나는 조국의 배신자가 되었지."

"아니 무슨 또 배신까지…."

"국민의 대다수가 찬성한 전쟁에 반대했고 징집을 회피

했으니 배신자라고 할 수 있지. 그래도 나는 항상 한국의 운명에 대해 괴로워하고 있다고. 거의 매일 내가 정말 조국의 배신자였던 건 아닐까 하고 되묻는다고."

안타까운 얘기긴 했지만 난 이 애국심 넘치는 얘기에 감명받지 않았다.

"그래서 하고 싶으신 말이 뭡니까?"

"내가 형의 애국심을 이해하지 못했듯이 네가 내 감정을 이해할 수 없는 게 당연해. 나 역시 너희 세대의 사고방식을 이해하고 있지 않지. 이해하려는 노력조차 하지 않으면서 그런 얘기를 하는 게 위선적이라고 말하는 사람도 있지만, 나는 이런 차이는 불가항력이라고 느낀다. 서준아, 너는 우리의 논문…. 아니 우리라니 미안하다. 공저자로 올려주지도 않았으면서. 그 논문의 함의를 제대로 이해하고 있다고 생각하니?"

"그… 그럼요. 시간여행으로 인해 벌어질 국제정세의 변화, 뭐 그런 내용 아닙니까?"

살짝 자신이 없어져 목소리가 떨렸다.

"그래, 아주 거칠게 요약하면 그렇지. 물론 너에게 도움을 많이 받았어. 시간여행의 물리학에 대해 처음 알게 된 사실도 많고 말이야. 하지만 넌 늙은 영감탱이의 다중역사정치학 말고는 정치학 수업을 들어본 적이 없잖아? 그 수준이라면 우리가 쓴 논문에 대해 깊은 이해는 어려울 거야. 직접 썼다 해도 말이지. 이건 세대 차이의 문제는 아니라고 본다. 학문의 절차에 대한 문제도 아니야. 이건 시간여행 시대의 시대 정신을 체감하고 있는가 하는 문제야."

나는 할 말이 없었다. 전부 맞는 말이었다. 그 논문은 내가 쓴 거나 마찬가지라고 으쓱거렸던 나 자신이 갑자기 부끄러워졌다.

"그럼 저는 앞으로 어떻게 하면 될까요?"

그가 말했다.

"너는 이제 내 연구실의 첫 번째 학생이 되는 거야."

자

2185~2186년

2185년 가을 나는 하버드대학교 정치학과에 입학했다. 내가 입학하고 얼마 지나지 않아 김신주 교수의 정해진 미래가 가시화되기 시작했다. 공화당의 실세 리카도 쿠퍼가 연락해 온 것이다. 그 역시 하버드 출신으로, 미국 해병대의 예비역 장군이었고 현재는 공화당의 잠재적 대통령 후보인 타니샤 윌슨의 측근으로 일하고 있었다. 그는 타니샤 윌슨의 요구에 따라 국제정치 연구 싱크탱크를 조직하는 중이었다. 미국 각지에서 외교학자, 경제학자, 군사학자, 첩보 연구가들이 초빙되었고 김신주 교수는 국제정치학 전문가로 부름을 받았다.

쿠퍼 싱크탱크의 회합 장소는 워싱턴 DC 근처, 버지니아의 콴티코라는 작은 도시에 있는 해병대 장교 후보자 학교였다. 이 모임을 위해 교수는 한 달에 한 번은 보스턴에서 워싱턴 DC로 출장을 가야 했다. '백악관 안보보좌관 김신주'에 이르기까지는 한참 남았지만, 젊은 김신주 교수는 자신이 이루어 낸 성취에 황홀해하는 듯했다. 나와 함께 처음 워싱턴 DC로 출장 가는 길에, 그는 정치학자가 단순한 연구직이 아닌 이유, 정치권력의 내부에 접근해야 하는 이유를 신나게 떠들었다. 기회만 닿는다면 정치권 관계자와 친분을 맺어 정무적인 경험을 기르고 나아가 스스로 권력을 쟁취하려 적극적으로 노력해야 한다는 얘기였다. 나는 그쪽 길에는 별 관심이 없어서 대강 들어주는 척했다. 그조차 처음 해보는 실무겠지만 어쨌든 공화당 실세 아래서 일하게 되었으니 그에게는 좋은 기회라는 생각이 들었다.

김신주 교수에게는 대단한 성공이 예정되어 있었다. 내가 걱정하는 점은 당연하지만 그가 아닌 내 미래였다. 나는 그의 첫 번째 제자이자 사실상의 공저자지만 나에 대해 알려진 미래는 별로 없었다.

이런저런 생각을 하던 중에 공항에 착륙했다. 렌터카로

1시간 남짓 이동한 후 나는 콴티코 해병대 기지 민간인 출입 구역에 차를 댔다. 교수는 출입증을 받아 제한 구역 안에 있는 미팅 룸으로 향했다. 조수석에서 한잠 푸지게 자고 나니 교수가 돌아왔고 우리는 공항으로 돌아갔다.

매번 이런 식이었다. 이후로는 한 달에 한 번 회의가 열렸다. 나의 역할은 콴티코 기지의 민간인 출입 구역 입구에 교수를 내려주는 것까지였다. 안쪽 미팅 룸은커녕 캠퍼스조차 구경 못 했다. 그런데도 교수는 나에게 항상 정장을 입으라고 강요했다. 교수는 자료 준비와 스케줄 관리, 항공권 예약과 렌터카 운전까지, 나를 수행 비서처럼 알뜰하게 써먹었다. 그는 내 상황과 기분에 별 관심이 없어 보였다. 아무리 대학원 1년 차라 해도 한가하지는 않다. 수업 과제도 있고 읽어야 할 논문도 산더미다. 나는 주차장에 차를 대놓고 기다리는 동안 짬을 내서 밀린 논문을 읽어야 했다. 출장 내내 불만이 목구멍으로 넘어올 듯 넘실거렸다.

해를 넘겨 봄이 되었다. 그날도 나는 차 안에서 머리에 잘 들어오지 않는 논문과 씨름하고 있었다. 따뜻한 날씨에 나른해져서 깜빡 잠이 든 새, 갑자기 울린 전화벨 소리가 나를 깨웠다.

"서준아, 노트북 가져왔지?"

"네, 가져왔죠."

"발표 자료가 좀 필요한데 들고 와볼래?"

잠결에 버럭 화가 났다.

"뭐예요, 내가 교수님 비서입니까?"

"무슨 소리야? 갑자기 왜 짜증이야?"

"아니, 저 항상 여기 와서 시간만 뺏기고, 제가 교수님 자료나 준비해 주는 사람이냐고요."

교수는 당황한 모양인지 잠깐 아무 말도 하지 않았다. 그러다가 그가 꺼낸 말에 오히려 더 당황한 건 나였다.

"서준아, 네가 발표할 수 있지?"

회의실 문이 큰 소리로 삐그덕거렸다. 조용한 회의실의 시선이 내게로 쏠렸다. 리카도 쿠퍼를 직접 본 건 처음이었다. 밝은 갈색의 피부, 흰색 콧수염. 나이가 많은데도 키가 크고 몸통이 두꺼워 현역 군인처럼 보였다. 김신주 교수는 그의 옆자리에 앉아 있다가 내가 들어오는 걸 보자마자 뛰어나와 옆으로 다가왔다. 나는 당황한 채 그에게 말했다.

"갑자기 이러시면…. 저 발표 연습도 안 해놨는데요."

"그 자료 어차피 네가 만들었잖아. 리카도가 시간여행물리학을 어려워하고 있거든. 나보다는 네가 하는 게 맞을 것 같아서."

"그래도 갑자기 제가 이런 자리에 끼는 건…."

"내가 항상 너를 데리고 다닌 게 불만이었지?"

그에게 한 번도 내색하지 않고 잘 참아왔다고 생각했기에 난 깜짝 놀랐다.

"네? 아니… 그건 아니지만…."

"말했잖아, 정치학 박사과정에 연구가 전부는 아니야. 필드 경험도 키워야 한다고. 리카도에게 내 제자가 통찰력이 대단하다고 말해두었어. 난 네가 항상 준비되어 있다고 믿고 있다. 그러니 기회가 오면 잡아야 해."

교수는 보기 싫게 윙크를 하며 내 등을 두드렸다. 나는 더 말을 잇지 못하고 덜덜 떨리는 손으로 디스플레이를 연결했다. 교수의 닦달로 만들었던 시간여행물리학 자료를 회의실 한쪽 벽에 띄웠다. 더듬거리며 영어로 내 소개부터 시작했다.

"안녕하십니까. 하버드대학교 정치학과 완서준입니…."

리카도 쿠퍼가 말을 끊었다.

"소개는 됐어. 김 교수가 자네에 대해 칭찬을 너무 많이 해서 말이야."

회의실 사람들 모두가 웃었다.

시간여행의 결정론 구조, 결정론을 깰 수 있다고 알려진 가설적인 컴퓨터에 대한 발표였다. 쿠퍼와 그의 참모진들은 발표 중간에도 무턱대고 질문을 쏟아냈다. 대부분 조부진이 어떻게 역사를 바꿨는지, 현재가 조부진이 바꾼 역사대로 흘러가는지에 대해서였다. 나는 조부진이 역사를 바꿨다는 가설은 증명된 바 없지만, 만약 그게 사실이라면 그가 역사를 바꿀 수 있는 양자컴퓨터 같은 역할을 하고 있을 거라고 말했다.(그래, 내가 벌써 이런 주장까지 할 수 있다니, 공대 학부 졸업생이 아니라 어엿한 정치학과 대학원생이 된 것이다.)

쿠퍼의 마지막 질문은 다음과 같았다.

"우리가 조부진이 전쟁을 일으키지 않은 역사선으로 돌아갈 수 있을까?"

"그럴 수는 없을 겁니다. 똑같은 강물에 발을 담글 수 없듯이요."

쿠퍼는 유쾌하게 웃었다.

"좋아. 물리학이 해답을 주었군. 조부진은 다중역사의 위험 인물이다. 그는 소중한 역사를 무한히 망가뜨려 버렸어. 우리가 이걸 원래대로 돌려놓을 수 없다면, 우리는 또다시 새로운 시대를 열어야 할까? 김신주 교수, 당신의 혜안을 듣고 싶소."

교수님이 조용히 일어섰다. 그는 뚜벅뚜벅 걸어와서 내 귀에 대고 작게 속삭였다.

"잘 해냈어. 빈자리로 가서 앉도록 해."

교수님이 자료를 하나 띄웠다. '시간여행 시대의 국제정치와 국가의 정의'라는 제목이었다.

"현실주의적 국제정치학의 관점에 따르면, 전쟁은 반드시 세력 균형이 무너질 때 일어납니다. 조부진의 두 서울 전쟁이 일어나게 된 배경도 이와 같습니다. 두 서울 전쟁은 두 대한민국만의 문제가 아닙니다. 조부진과 표민준의 대한민국을 넘어 주변국들의 세력 균형이 무너진 상태였던 거죠.

세력 균형은 왜 중요한가요? 전쟁을 막고 평화를 이룩하기 위해서입니다. 그런데 왜 평화를 이뤄야 합니까? 평화는 수단이나 방법론이 아닙니다. 평화란 인간이 추구해야 하는 가장 고결한 목적이자 도덕의 최후 상태입니다. 이 궁극의 도덕적 이상을 추구하기 위해서 국제정치 세력은 항상 서로 비슷한 규모의 영향력을 유지해야 합니다.

한번 생각해 보십시오. 특정 국가에서 독재자가 철권을 휘두르거나 심지어 학살 사태를 일으키면, 특히 그로 인해 그 국가가 다른 강대국의 국력을 따라잡아 세력의 균형을 이룬다면 우리는 그걸 용납하거나 허용할 수 있습니까? 다른 예로, 두 개의 초강대국이 핵무기로 서로를 위협해 그 결과로 세력 균형이 달성된다면 어떻습니까?

이 예들은 모두 역설적으로 국제정치적 평화 상태를 보여줍니다. 국제정치적 평화란 극상의 안정 상태입니다. 인류는 일찍이 이런 시대를 겪은 적이 있습니다. 소련의 강력한 철권 독재 정치로 인해 소련 인민 수백만 명이 죽고 고통받았지만 그 희생 덕에 소련은 핵무기를 만들어 냈습니다. 소련의 핵무기는 미국의 강력한 패권에 대항하는 세력 균형의 실체였습니다. 우리는 '공포의 균형'이라는 말로 냉전 시대를 비하하지만, 그 시대에 제3차 세계대전이 일어났나요? 아닙니다. 그 시대는 전례 없는 평화의 시대였습니다. 평화란 도덕의 최후 상태이기 때문에, 소련의 독재와 핵무기 개발은 평화를 이루기 위한 인류의 선한 행위였습니다. 오히려 1945년 미국의 최초 핵폭탄 개발부터 1949년 소련이 핵무기를 만들기 전까지의 기간, 단독으로 핵을 가졌던 미국이야말로 인류의 세력 균형을 깨뜨린 주축이었죠. 그 시절이 매우 짧게 끝난 것이 인류에게는 천만다행이었습니다."

논란의 여지가 있을 수밖에 없는 설명이었다. 여기저기서 수군거림이 들렸다. 나도 완전히 동의하기는 힘들었지만 누구도 내 의견 같은 건 궁금해하지 않을 테니 잠자코 있었다. 리카도 쿠퍼는 질문도 없이 차분히 있었다.

"핵무기의 시대는 지났습니다. 시간여행의 시대에 핵무기는 완벽하게 무용지물이 되었죠. 다시 한번 세력 균형이 달성되었습니다. 이번에는 미국이라는 단 하나의 초강대국만 존재했지만, 결정론에 따라 모든 미래를 내다볼 수 있게 된 인류는 유일하게 세계를 좌우지하는 미국조차 악한 행위를 할 수 없도록 강제할 수 있었습니다.

그런데 조부진은 변칙을 통해 이 결정론의 역사학 시대에 핵무기처럼 작동하는 결전 병기를 만들어 냈습니다. 놀라운 일입니다. 이 시대에 국제정세를 뒤흔들 수단을 오로지 한 사람의 힘으로 만들어 내다니요. 아, 제 말을 조금 수정하겠습니다. 한 사람의 힘이 아니라, 다중역사의 모든 조부진이 함께 만들어 낸 결과물입니다. 그들은 서로의 의지와 역사를 공유하는 한편, 어떻게 서로 다르게 행동할 수 있을지 치열하게 고민했습니다. 그 결과 단 한 명의 특이 조부진이 탄생했습니다. 조부진도 자신에게 결정된 역사를 바꿀 힘이 있다고는 생각하지 못했을 겁니다. 그러나 그는 해냈고, 우리에게 두 가지 사실을 알려주었습니다. 역사는 바꿀 수 있으며, 그리고 단 한 사람이 역사 전체를 지배할 수 있다는 걸요.

균형점은 다시 무너질 것입니다. 이미 국제 사회의 몇몇 행위자들은 미래가 과거를 침략하거나 과거가 미래를 침략하는 게 가능하다는 걸 깨달았습니다. 우리는 공간이 아닌 시간상의 세력 균형까지 신경 써야 할 판입니다. 누군가 자기 차고에서 '미래의 모든 내가 한자리에 모이면 어떻게 될까?'라는 망상을 실현한다면, 그 즉시 핵무기와도 같은 국제정세의 불안정성이 확대됩니다. 이 불안정성은 강대국에 더 치명적이죠. 중국, 러시아, 특히 미국에 말입니다. 미래에 독재자 성향이 잠재된 대통령이 우리가 지금 개발하고 있는 첨단 무기를 완성한 다음 과거로 거슬러 내려와 우리를 침공할 가능성은 없을까요? 우리의 자손들이 그들의 아버지, 할아버지인 우리를 침략할 마음을 품지는 않을까요? 혹시 우리의 마음속 한구석에 우리의 자손이나, 우리의 아버지 어머니를 침략하려는 계획이 자리 잡고 있지는 않습니까?"

김신주 교수는 잠시 숨을 고른 후 말했다.

"국제정치에는 부모도 자식도 없습니다. 오직 국익만이 존재할 뿐입니다."

차

2188~2189년

나는 박사과정 4년 차가 되었다. 학계에는 김신주 교수의 명성이 점차 드높아져서, 이젠 일반인 사이에서도 천재 정치학자라는 타이틀로 알려지기 시작했다. 그게 다 내 이름이 들어가지 않은 우리의 논문 덕이었다. 그 논문은 이 분야에서 꼭 읽어봐야 할 논문으로 자리 잡았다. 연구실은 대학원을 지망하는 수많은 학부생과 졸업생 인턴들로 북적거렸다. 꼰대같이 굴기는 싫지만, 사람은 늘어났는데 전부 모자란 녀석들이었다. 4년 전 교수가 나를 바라보던 시선이 이랬을까? 그나마 내가 조금 나은지 교수는 잡다한 일이 생길 때마다 나부터 찾았다. 졸업을 준비하느라 내 코가 석 자였지만, 나도 멍청한 신입들에게 맡기자니 마음이 불편해서 끌려다닐 수밖에 없었다.

올해 대통령 선거가 치러질 예정이었다. 재선을 노리는 민주당의 아이재이아 오즈번은 자국민들에게 인기가 높았지만 대한민국에 크게 도움 되는 대통령은 아니었다. 그는 내치를 우선하고 국제정치적 불안 요소에는 개입을 최소화하는 '전략적 논평 보류strategic no comment' 정책을 추구했다. 시간여행의 시대에 이 정책은 북한의 핵 도발과 중국의 대만 침공 위협을 성공적으로 저지한 효과적인 전략이었다.

그런데 그는 두 서울 전쟁에까지 그 정책을 고수했고 그게 대한민국이 맞이한 불행의 시작이었다. 대한민국 국민들은 동맹국 미국의 개입으로 이 전쟁을 충분히 막을 수 있다고 생각했기에, 오즈번이 아무런 반응을 보이지 않는 이유를 이해할 수 없었다.(일반 대중들은 여전히 결정론 역사학에 대한 이해가 부족하긴 하다.)

공화당 대통령 후보 타니샤 윌슨의 생각은 달랐다. 중년에 접어든 흑인 여성인 윌슨은 드레드 헤어에 큼직한 링 귀걸이와 금색 팔찌를 둘러 마치 힙합 가수처럼 보였다. 그러나 의외로 그녀는 전형적인 정치 엘리트로, 상원의원 시절부터 사회 안정을 위해서라면 인권조차 일부 제한할 수 있다는 정치적 입장으로 시선을 끌었다. 대권 주자로서 그녀는 세계 분쟁 지역마다 적극적으로 개입해서 국익을 극대화해야 한다고 강하게 주장했다. 오즈번을 지지하는 미국인이라면 결정론적 시간여행의 시대에 왜 긁어 부스럼을 만드냐고 하겠지만, 이는 그 행동조차 '원래 정해져 있다'는 결정론적 해석으로 쉽게 반박할 수 있다. 두 서울 전쟁에 대해, 타니샤 윌슨은 최우방 동맹국인 대한민국의 정치적 혼란 때문에 미국도 큰 손해를 보았다고 생각했다. 리카도 쿠퍼의 콴티코 모임은 바로 미국의 손해를 바로잡겠다는 윌슨의 의지로 조직된 싱크탱크였다. 리카도 쿠퍼와 김신주 교수, 그 외 각계의 전문가들(그리고 나까지)은 타니샤 윌슨의 국제정치 전략 수립을 위해 4년 동안 비밀스럽게 헌신했다.

미래가 정해진 세계에서 개입 전략이 무슨 의미가 있을까? 미래사 위키를 살짝 엿보면 타니샤 윌슨의 전략은 실패에 가깝다. 그녀는 간신히 당선되기는 했지만 전세계에 적극적으로 개입하는 그녀의 외교 정책은 국민들의 지지를 받지 못했다. 두 서울 전쟁에 개입한 결과도 그렇게 극적이지 않았다. 모든 미래를 알아버린 우리는 타니샤 윌슨이 대한민국의 미래를 바꾸지 못했음을 알고 있다. 그리고 그 사실 자체가 대통령 당선 이후의 행보를 소극적으로 만든다. 불행하게도 이런 행보로 인해 타니샤 윌슨은 먼 미래 시대 설문조사에서

'역대 가장 한 일이 없는 대통령'에 1위로 뽑힌다.

2188년 겨울에 타니샤 윌슨이 대통령으로 당선되었을 때, 나는 4년 안에 박사를 따는 조기 졸업은 확실히 무리라고 인정할 수밖에 없었다. 두 서울 전쟁은 내가 박사과정 5년 차인 내년 가을에 일어난다. 콴티코 모임은 두 서울 전쟁이 일어나지 않는 새로운 평행 역사선을 개척한다는 목적을 가진 싱크탱크였으나, 지금까지 역사를 보건대 그 역사선은 아직 분화되지 않은 게 분명했다. 그 결과 나도 두 서울 전쟁의 시간대에 휘말리는 게 기정사실이 되었다. 한국에서는 멀리 떠나 있으니 신변에 큰 위험은 없겠지만 왠지 기분이 이상했다. 그곳에서 들려올 불행한 소식을 상상하면 마음이 끝없이 가라앉았다.

한 해가 지났고, 2189년 봄 학기에 박사 4년 차의 두 번째 학기를 보낸다. 내가 학기를 마무리하는 동안 김신주 교수는 신임 안보보좌관이 된 리카도 쿠퍼와 함께 백악관을 들락거리며 윌슨 대통령과의 회의에 참석했다. 그가 비정기적으로 워싱턴 DC를 방문할 때마다 나는 여전히 수행 비서 노릇을 하고 있다. 졸업이 얼마 남지도 않은 학년인데? 그렇다. 교수가 출장 갈 때마다 나와 같이 가야 한다고 이상한 고집을 부렸기 때문이다. 정말이지 귀찮고 성가셨다.

카

여름방학이 되어도 대학원생의 일상은 똑같다. 교수는 개인 미팅을 하는 날이 아닌데도 나를 교수실로 불렀다. 그래 놓고 날씨가 너무 덥다느니 커피를 직접 내려주겠느니 하며 뭉그적거리길래 참다못한 내가 무슨 할 말이라도 있으시냐고 쏘아붙였다. 그가 어렵게 입을 뗐다.

"내가 조만간 북한에 가야 할 것 같아."

이 정도 소식이라면 놀랄 수밖에 없다.

"북한이요? 거길 뭐 하러 가십니까?"

그는 대답도 하지 않고 더 놀랄 만한 얘기를 꺼냈다.

"너는 남한에 좀 갔다 오도록 해."

이건 분명히 윌슨과 쿠퍼의 회의에서 나온 작전일 것이다.

"남한이요? 윌슨 대통령 일입니까? 저한테 무슨 일인지 말씀도 안 해주셨잖아요."

"그랬지. 비밀 작전이라 그랬던 거야."

"하지만… 제가 그 비밀 작전에 포함될 이유는 없잖아요. 저는 한국인인데요."

"무슨 소리야, 너는 미국 국적도 있잖아."

"그게 무슨 상관입니까? 어쨌든 저는 민간인이에요."

"네가 서울에 가서 표민준 대통령을 설득해야 해."

"그러면 교수님은요? 왜 북한에 가십니까? 설마 김은일이라도 설득하려고요?"

"그래, 맞아. 두 사람이 동맹을 맺게 하려는 거야."

아니, 농담이었는데?

"남북한이 군사 동맹을요? 이 말도 안 되는 작전이 미국 공화당 최고의 브레인들에게서 나온 거 맞아요? 김은일의 군대 구조상 불가능할 텐데요?"

김은일의 조선노동당 군대라면 동맹을 시도하는 순간 쿠데타가 일어날 것이다. 북한군 간부들은 체제에 대한 강력한 충성심과 남한에 대한 격렬한 증오를 품은 집단이기 때문이다.

"콴티코 모임에서 우리는 합의에 도달했지. 한반도 주변에서는 국지적인 세력 균형이 무너지고 있어. 무력 위협으로 세력 균형을 되찾아야 조부진의 전쟁을 막을 수 있을 거야. 하지만 표민준 대통령의 군대는 인구절벽으로 인한 군축 때문에 조부진의 군대를 상대하기엔 턱없이 모자르거든. 조선노동당 군대는 그래도 수가 꽤 되니까."

나는 아직도 내가 왜 필요한지 이해할 수 없었다.

"좋습니다. 그런데 저와는 상관없는 일 아닙니까? 이런 건 높으신 외교관님들께서 하셔야 할 일이겠죠. 저는 졸업도 못 할 것 같은 대학원생인걸요. 저를 작전에서 제외해 주셨으면 좋겠습니다."

"여러 차례 말했잖아. 정치학과 박사라면 정무적 감각도 키워야 한다고. 그리고 너는 이 일에 적격이야. 표 대통령도 우크라이나계 한국인이잖아? 너라면 표 대통령을 잘 설득할 수 있을 거야."

이 말은 나와 표 대통령 둘 다 외국계 한국인이라 서로 통하는 게 있을 것이라는, 편견에 가득 찬 주장이다.

"같은 외국계니까 뭐 친구라도 먹고 올까요? 거기서 왜 제가 외교 특사로 파견된다는 결론이 나옵니까?"

"미안하지만 내가 직접 추천했어. 윌슨 대통령에게 말이야."

"뭐라고요? 정말입니까?"

"말했잖아, 정치권력의 내부로 접근할 기회가 있으면 놓치지 말아야 한다고."

또, 또 그 얘기였다.

"제가 안 한다고 하면 윌슨 대통령이 저를 어떻게 하기라도 하나요?"

"글쎄, 추방하려나? 그렇게 되면 졸업도 못 하는 거 아냐?"

나는 순간적으로 그의 표정에서 옅은 조소를 읽었다. 이건 협박이었다. 빌어먹을 지도 교수가 졸업을 빌미로 내 운명도 아닌 시대를 위하라며 사지로 내몰고 있다.

교수가 작전에 대해 설명해 주었다. 당선 첫해부터 신통찮은 지지율, 두 서울 전쟁에 적극적으로 개입하겠다는 공약 때문에 도리어 비좁아진 정치적 입지, 그리고 그 전쟁의 발발이 얼마 남지 않았다는 역사적 사실 때문에 윌슨은 이 작전을 임기 초반 가장 중요한 과제로 설정했다. 작전의 열쇠는 남북한의 군사 동맹이었다. 하긴, 내가 봐도 능통한 한국어와 정치외교적 역량으로 남북한 지도자들을 설득하면서 긴박한 진행 상황을 끊김 없이 상호 전달할 수 있는 사람으로 교수와 나 말고는 떠오르지 않았다.

내가 이렇게 큰 과업을 성공시킬 수 있을지 자신이 없었다. 만약 김은일과 표민준이 군사적 동맹 조약을 체결하고 조부진에게 대항하기로 한다면 성공인 걸까? 결정된 미래에 기록된 바 없는 역사가 생겨날까? 나는 여전히 부정적이다. 이 작전이 있었다고 해도 내가 알고 있는 정해진 역사에 위배되는 건 없다. 작전은 실패할 운명이고 이미 실패로 기록되었을 것이다. 이 일이 알려지지 않았던 이유는 비밀 유지 기간이 풀리기 전까지 공개되지 않았기 때문이다. 시간여행 시대의 특성상 비밀 유지 기간도 따로 없어서 영원히 공개되지 않을지도 모른다. 나이 든 김신주 교수 또한 김은일을 만났지만 설득하지 못했다는 사실을 숨겼을 것이다. 우리는 '작전

실패'라는 정해진 역사를 차근차근 밟아 갈 것이다.

그리고 나의 미래는, 결정되어 있는 나의 미래는, 서울시간역에서 얼쩡거리다가 조부진 군대의 사격에 희생되는 것일지도 몰랐다. 김신주 교수의 형처럼.

남북한 정상을 한자리에 모이게 하자는 이 작전에 '하멜'이라는 이름이 붙었다. 중요한 임무를 맡았는데도 이 이름 말고는 내게 작전의 전체적인 그림을 알려주는 사람이 없었다. 왜 김신주 교수가 디데이보다 석 달 앞서 출국했는지도 모를 일이었다.

그가 떠나고 석 달 후, 디데이가 목전으로 다가온 어느 날에야 나는 쿠퍼와 함께 윌슨 대통령을 대면했다.

말로만 듣던 오벌 오피스에서 미국 대통령을 만나는 역사적인 순간인데도 나는 마음이 복잡했다. 그녀는 나를 진심으로 격려해 주는 것 같았지만 그 행간엔 조바심이 느껴졌다. 이 작전에 얼마나 목을 매고 있는지 알 만했다. 면담이 끝나고 쿠퍼는 따로 할 말이 있다며 나를 불러세웠다. 그의 말에 따르면, 윌슨은 이 작전의 성공 여부에 국정 지지율의 반등이 달려 있다고 생각해서 이상한 고집으로 작전을 밀어붙이고 있었다. 쿠퍼 말로는 느닷없이 나를 작전에 포함한 것도 윌슨의 뜻이라고 했다.

"김신주 교수의 말은 달랐는데요. 그는 스스로 윌슨 대통령에게 나를 적극 추천했다고 말했습니다."

"흠, 잘못 알고 있군. 윌슨은 자네의 성장 배경과 김 교수와의 관계를 전해 듣고 이 작전에 매우 적합한 사람이라고 생각했네. 표민준 대통령과 공통점이 많으니 말이 잘 통하겠다고 말이지. 김신주 교수는 오히려 적극적으로 반대했어. 자네는 민간인이고 외교관으로서의 역량이 부족하니 이런 중요한 작전에 투입하면 안 된다고 말이야."

교수에게 들은 것과는 완전히 달랐다. 나를 작전에서 빼려고 했으면서 나에겐 오히려 자신이 추천했다며 거짓말을 한 이유는 뭘까? 이런저런 생각에 정신이 팔린 나머지 쿠퍼가 무엇인가 내미는데도 바로 알아채지 못했다. 그는 작은 수첩 같은 걸 내 손에 쥐여주었다. 처음 보는 물건인데 크기며 모양이며 아무래도 특수한 종류의 여권 같았다. 쿠퍼가 말했다.

"특별 외교관 여권이야. 서울에서 혹시라도 위험에 처하면 제시하도록 하게."

표지에 이렇게 쓰여 있었다.

Time Passport

타

'하멜 작전'의 디데이가 다가왔다. 두 서울 전쟁이 일어나기 만 하루 전이다. 당연하지만, 침공이 일어나기 전부터 표민준 대통령이 북한의 독재자 김은일과 만나는 건 외교적으로 큰 논란이 될 수 있다. 시간여행의 시대에도 외교적 움직임은 변함없이 보수적이고 신중하다. 그들이 만나는 건 반드시 침공이 일어난 후여야 한다. 나는 디데이 아침 비행기로 인천공항에 도착했다. 공항은 거의 텅 비어 있었다. 이 시대를 살고 있는 한국인이라면 모두 내일의 운명을 알고 있으니까.

실감이 나지 않았다. 내가 왜 곧 전쟁터가 될 여기에 스스로 걸어 들어오게 되었나? 처음 시간유학을 떠나기로 했을 때, 난 전쟁 직전에 돌아오면 된다고 생각했다. 박사과정 입학이 1년 미뤄졌을 때도 한국에 들어가지만 않으면 된다고 생각했다. 그런데 지금, 전쟁 발발 하루 전의 한국 땅에 발을 디디고 있다. 내가 왜 이 일을 하겠다고 했을까? 나는 여기에서 죽을 운명일까? 입국 수속을 하는 동안 손이 점점 떨려 오기 시작했다. 명치께에 묵직한 추가 걸려 있는 것만 같았다.

한편으로 내 가슴 속에서 다른 생각이 점점 자라나 자리를 차지한다. 이 모든 건 스스로 결정한 선택에 따른 결과가 아닌가? 그렇다면 뭐가 두려운가? 나는 인생의 순간마다 무엇인가라도 선택을 한다. 그리고 그 선택에 따라 무엇인가 변화하는 걸 느낀다. 미래가 물리학 법칙에 따라 정해져 있을지언정 선택이라는 행위를 해야 실재가 된다. 나는 내 미래를 확정적으로 알지 못한다. 그로 인해 내가 한 선택은 그 자체로 역사를 만들어 나가는 행위다. 열차 안에서 그 이상한 노인이 내게 책을 건네주었지만 내가 읽지 않았다면 다른 미래가 펼쳐졌을 것이다. 내가 적극적으로 행동하지 않았다면, 다중역사정치학이라는 수업을 발견하고 멘토 김신주 교수를 만나는 일도 없었을 것이다. 비록 저자권을 얻지 못했지만 학계에서 인정받은 유명한 논문을 썼고, 교수와 함께 백악관에도 들어가 보았다. 그래, 교수가 백악관에 입성한 것도 내 덕분이다. 그가 나를 지도했지만 나 역시 그를 변화시켰다. 모든 미래가 결정론적으로 정해져 있고 변화하는 건 없다고? 그건 비겁한 결과론적 해석일 뿐이다. 비록 역사가 바뀌지 않더라도 난 순간순간 미래를 직접 직조해 나가고 있다. 나는 스스로 고향으로 돌아온 것이다.

일국의 대통령을 만나는 건 쉽지 않았다. 비서실 관계자에게 모든 사항을 전달했으니 바라건대 그가 대통령에게 잘 전해주었을 것이다. 그런데도 지금까지 나는 대통령실 대기실 TV 앞에서 시간만 죽이고 있다. TV에서는 끊임없이 특별

뉴스가 흘러나오고 있었고, 결사 항전하겠다는 표 대통령의 인터뷰가 열 번도 넘게 방송되었다. 창문 너머로 방송국 기자, 카메라맨, 조명 담당자 등 많은 수의 방송 인력이 분주하게 돌아다닌다. 아까 그 관계자가 나타나 아직 대통령의 허가가 떨어지지 않았으니 내일 다시 오는 게 좋겠다고 말했다. 하루가 늦어지는 탓에 작전에 어떤 지장이 생길지 섣불리 예상할 수 없었다. 그러나 표 대통령도 잘 알고 있을 것이다. 나는 미국의 외교 특사이기에, 만남을 아예 거절할 수는 없다.

   다음날 새벽 호텔 창 너머 서울시간역 방향에서 들려오는 소총 소리로 침공 사실을 알게 되었다. 그때 나는 아예 한잠도 자지 못했다. 조부진의 군대가 서울시간역을 점령했을 테니 시간축으로 도망치는 길은 막혔다. 내가 묵는 호텔은 용산 신업무지구에서 조금 떨어진 여의도에 있었고 알려진 미래사에 따르면 여기는 한 달 동안은 조부진의 군대로부터 안전하다. 나는 속으로 괜찮다고 끊임없이 중얼거렸다. 만에 하나 일이 잘못되고 하멜 작전이 실패한다 해도, 미국 대사관에 가서 신변 보호를 요청하면 된다. 미국 외교관들이 나를 군 공항으로 데려가서 미국으로 향하는 수송기에 태워줄 것이다. 시간여권Time Passport은 이럴 때 쓰라고 준 것이겠지. 나는 죽지 않을 것이고 완벽하게 안전할 것이다. 그리고 아침에 여의도에서 용산 대통령실까지 가는 길도 별일 없을 것이다.

잘못된 생각이었다. 택시를 불러 마포대교를 건너는데 다리를 점령한 군인들이 우리를 막아 세웠다. 택시 기사가 벌벌 떨며 차를 멈춰 세웠다. 불쌍한 기사님, 왜 하필 전쟁 발발 당일에 일할 생각을 하셨는지. 군인 두 명이 내가 탄 뒷좌석으로 다가와 창문을 내리라고 지시했다.

시간여권이 효력이 있을까?

나는 일부러 영어 발음을 과하게 굴리며 여권을 내밀었다. 반쯤 백인 같은 외모가 어느 정도 도움이 될 것이다.

군인들은 낯선 여권을 보며 수군수군하더니, 멀찍이 뒤에 서 있던 계급이 높아 보이는 군인에게 다가갔다. 그가 무전기를 통해 어딘가로 연락하는 모습이 보였다. 10분은 족히 흘렀는데 그는 여전히 무전기에 무언가 얘기하고 있었다. 택시 기사는 벌벌 떨며 운전대에 엎드려 있었다. 나도 자꾸 손에 땀이 나서 계속 바지에 문질렀다. 마포대교에는 그동안 단 한 대의 자동차도 지나가지 않았다.

높은 계급의 군인이 부하 두 명에게 뭐라고 지시를 내렸다. 두 군인이 우리에게 다가왔다. 그들 중 한 명이 내게 여권을 돌려주며 통과하라고 손짓했다.

이게 통하다니?

택시는 용산 대통령실에 도착했다. 택시 기사님께는 활동비로 받아 온 현찰을 두둑하게 드렸다. 그가 이 돈을 받고 일찍 퇴근하길 간절히 바랐다.

어제 만난 비서실 관계자가 나를 지하에 있는 벙커로 데려갔다. 결국 표민준 대통령이 나를 만나기로 한 모양이다.

벙커에는 대통령 말고도 몇 사람이 더 있었다. 표 대통령은 매체에서 보던 모습보다 더 수척했고 짙은 턱수염이 숭숭 자라나 있었다. 국방색 면 티셔츠 겨드랑이에 땀이 젖어 얼룩덜룩했다. 그는 나를 만나자마자 사과와 함께 자신이 하고 싶은 말들을 한꺼번에 쏟아냈다.

"기다리게 해서 미안합니다. 당신을 만나는 게 맞는지 밤새워 고민했습니다. 문전 박대하려는 건 절대로 아니었습니다."

그는 미국이 자신을 국외로 탈출시켜 망명 정부를 세우려는 줄 짐작하고 있었고, 선의는 고맙지만 자신은 남아서 싸워야 할 것 같다고 말했다.

내가 말했다.

"아닙니다. 대통령님은 판문점에서 북한의 김은일을 만나셔야 합니다. 그게 미국의 제안입니다."

"판문점에서요?"

그는 조금 당황했다. 전혀 예상치 못했던 모양이다. 내가 그렇다고 하자 그는 다시 한번 확인하듯이 물어보았다.

"제가 왜 그를 만나야 합니까? 북한으로 도망가라는 말인가요? 이해가 잘 안 됩니다."

"아니요, 도망치시라는 게 아닙니다. 김은일과 만나…."

그가 말을 끊었다.

"저는 대한민국을 수호하고 있습니다. 저는 어디로도 가지 않습니다. 제겐 도피처가 아니라 탄약이 필요합니다."

초췌한 표정과 달리 목소리는 굳건했다. 안타깝다. 그러면 뭐 하겠는가? 그는 전쟁에서 패할 운명인데.

"우리는 한 달 후 전쟁에서 패하고 대통령님은 조부진에게 체포됩니다. 아무리 훌륭한 사람이라도 패배하는 리더는 좋은 리더가 아닙니다."

"우리가 진다는 게 정말 확실합니까? 그건 결정론이죠? 아무리 미래가 결정되어 있다고 해도 우리의 의지를 바꾸지는 못해요."

"무슨 고집인지 모르겠군요. 명백하게 패할 텐데요."

"조부진은 역사를 바꿨습니다. 우리도 그렇게 할 수 있어요."

글쎄, 어떤 방식으로 역사를 바꿀 수 있을까? 아직 개발되지도 않은 양자컴퓨터? 시간 쌍둥이들의 싱크탱크? 조부진은 어떻게 미래를 바꿨을까? 그가 양자컴퓨터 그 자체라는 건 말이 안 된다. 먼 미래에서 양자컴퓨터를 밀수해 왔다는 것도 입증되지 않은 가설일 뿐이다.

정말로 조부진이 물리학이나 양자컴퓨터로 증명할 수 없는 인간 고유의 자유의지를 가졌던 걸까? 아니면 반대로, 자신의 역사를 입력값으로 하는 시간 독립 양자컴퓨터는 자유의지를 갖는가? 시간 독립 양자컴퓨터의 그 알고리즘이 바로 자유의지를 구현하는 알고리즘일까? 시간 독립 양자컴퓨터가 영원히 개발되지 못한다면 인간만이, 자유의지를 가진 인간만이 역사를 바꿀 수 있을까?

어떤 선택으로 촉발된 미래를 바꾸려면 그 선택에 대한 정보를 알아야 한다. 과거의 선택에 대한 정보를 바탕으로 새 역사를 창조하는 새로운 선택이 일어나야 한다. 이게 자유의지의 실체일지도 모른다. 어쩌면, 시간철도가 발명되기 이전의 사람들이야말로 오히려 결정론적인 역사를 살았을지도 모른다. 그렇다면 자유의지는 시간여행 시대의 사람들만이 갖는 특권인 것이다. 내가 지금 여기서 역사를 바꾸고 있는지도 모른다.

나는 표 대통령에게 말했다.

"조부진은 역사를 바꿨을 것입니다. 제가 이 자리에서 대통령님을 만나고 있다는 사실이 역사를 바꾸고 있는지도 몰라요. 저는 대통령님께 선택할 수 있는 역사를 드리러 왔습니다. 대통령님의 선택은 알고 있는 역사의 정보를 바탕으로 행해져야죠. 전쟁에서 패하는 역사를 알고 계신다면, 그 교훈을 바탕으로 다른 선택을 함으로써 역사를 바꿔야 합니다. 지금 자리를 지키시는 건 같은 역사를 반복하는 것뿐입니다."

그는 말이 없었다. 나는 목소리를 높여 이어서 말했다.

"미국이 드리는 제안은 김은일을 만나 그와 군사 동맹을 맺으라는 것입니다. 남북한의 동맹은 결정론의 역사에 없었습니다. 또한 국제정세를 아는 이들이라면 이런 동맹은 불가능하다고 생각할 겁니다. 우리는 그 예상 불가능한 지점을 파고들어야 합니다. 미국은 김은일을 설득해 놓았습니다. 이미 김은일의 군대가 준비되어 있습니다. 대통령님의 결단만 있으면 그 군대는 곧장 조부진의 군대와 맞설 것입니다."

대통령은 장고했다. 5분? 10분? 그는 아무 말도 하지 않고 앉아서 바닥을 내려다보기만 했다. 꽤 오랜 시간이 흐른 후 그가 고개를 들고 내 눈을 쳐다보았다.

"알겠습니다. 판문점으로 갑시다."

역사가, 정말로 바뀌었다. 이게 어떻게 된 일인지는 모르겠지만.

파

2189~2190년

대통령과 비서실, 보안 요원을 포함한 대규모의 인원이 의전 차량이 아닌 평범하게 보이는 군용차를 타고 판문점으로 이동했다. 내가 탈 자리도 간신히 하나 있었다. 강변북로와 자유로를 통하는 건 위험했다. 우리는 서울시간역에서 멀리 돌기 위해 동부간선도로를 거쳐 수도권2순환고속도로를 탔다. 거기까지 조부진의 군대가 도달하지 않았기만 바랐다. 가는 길에도 용산 신업무지구 방향 하늘이 번쩍거리고 포격 소리가 울려 퍼졌다. 소리가 너무 가깝게 들려서 깜짝 놀라며 벌벌 떨었다. 사실 나만 떨었던 것 같았다. 대통령과 측근들은 동요하지 않고 비장한 표정을 유지했다.

교통체증은커녕 도로에 다니는 차가 없어 판문점까지 1시간 반도 채 걸리지 않는다. 나도 처음 와보는 곳이었지만 한국인이라면 익숙할 광경이다. 남한 측 평화의 집을 통과해 북쪽으로 나오면 낮은 지붕에 길쭉한 모양의 때 탄 하늘색 건물들이 평행으로 늘어서 있는 광경이 나온다. 남한 측에는 인간 병사 대신 무장 드론과 소총이 장착된 이족보행 경비 로봇이 돌아다니고 있다. 북한 측에는 꾸질꾸질한 군복 차림의 경비병 몇 명이 서성이고 있다. 그 중간에 군사분계선이라는 가상의 선이 있지만 그걸 나타내는 물리적 장벽은 어린아이도 간단히 넘을 수 있을 낮은 콘크리트 경계석뿐이다. 북한 영역 저 멀리 회색의 판문각이 위압적으로 서 있다.

경계석 너머 김은일과 김신주 교수가 나란히 서 있다.

김은일은 매체에서 보던 것처럼 뚱뚱했고, 촌스러운 검은

색 정장 차림이었다. 표 대통령이 걸음을 옮겨 경계석을 넘어 발을 디딘다. 김은일과 표 대통령은 환영 인사나 외교상의 의전 따위 생략하고, 악수마저 건너뛰고 판문각 방향으로 서둘러 걷는다. 김신주 교수가 뒤따른다. 교수가 걷다가 나를 돌아본다. '잘했다', 그의 눈빛에서 읽을 수 있다.

내 임무가 끝났다.

나는 전선에서 멀다고 믿을 수 있는 파주의 허름한 모텔에 묵었다. 저녁 내내 계속해서 뉴스를 돌려 보았다. 밤에는 자는 둥 마는 둥 뒤척이다가 해가 뜨자마자 TV를 켰다. 공중파 뉴스로 중대 발표가 있었다. 표민준과 김은일이 조부진에 맞서 싸우겠다고 선언했다. 나는 모텔 창문의 커튼을 젖히고 밖을 내다보았다. 멀리서 북한의 전차가 줄줄이 진군하고 있었다. 조선노동당 군대가 남한을 돕기 위해 휴전선을 넘다니 믿을 수 없는 광경이었다. 1시간도 채 되지 않아 조부진이 성명을 발표했다. 그는 자신의 전쟁 계획을 철회하고 표민준과 대화 채널을 개설하겠다고 말했다. 조부진은 북한의 군대가 두렵다기보다는, 자신이 알고 있는 역사가 바뀌었다는 사실이 두려웠을 것이다. 전쟁은 끝났다. 아니, 일어나지 않았다. 결정론의 법칙을 파괴하는 뭔가가 일어났다. 그리고 분명 김신주 교수가 그 일을 해냈다.

두 가지 의문이 떠올랐다.

하나, 김신주 교수는 어떻게 북한의 김은일을 움직였는가? 상대적으로 젊은 김은일은 문제가 아니다. 북한 체제에 충성을 바치는 군 간부들이 어떻게 남한 군대와의 동맹에 찬성했을까?

둘, 김신주 교수는 어떻게 결정론의 법칙을 깨고 미래를 바꾸었을까?

난 보스턴으로 돌아갔고 일주일이 넘도록 김신주 교수가 모든 작전을 마무리하고 돌아오길 기다렸다. 돌아온 그는 다친 곳 없이 무사해 보였지만 표정엔 슬픔인지, 후회인지, 아니면 성취감인지 알 수 없는 복잡한 기분이 엿보였다. 나는 그와 함께 이파리가 다 떨어져 가는 가을 막바지의 교정을 걸었다.

먼저 그가 북한에 있던 석 달 동안 무슨 일이 있었는지부터 알아야 했다.

"북한에서 새로 태어나는 아이들의 머릿속에 칩을 심는 건 알고 있지?"

"젊은이들이 김은일에게 무조건 복종하도록 강제한다는 DBRS 칩 말이죠?"

"그래. 김은일의 아버지 대부터 북한 정권은 그들의 독재 왕국을 영원히 유지하기 위해 현대 기술을 적극적으로 이용했어. 중국에서 대량 생산해서 엄청나게 쌌고, 비숙련자가 갓 태어난 아기들의 뇌에 심을 수 있을 정도로 시술도 쉬웠지. 하지만 기술이나 예산에 한계가 있으니 당시 신생아보다 나이를 먹은 아이들이나 어른들에게까지 칩을 심을 수는 없었어."

"그랬죠. 34세 이하의 북한 주민들은 다 그 칩을 심었다고 알고 있는데요."

"칩이 없는 어른들은 북한이 남한과의 군사적 동맹을 맺을 때 방해 요소가 될 거야. 그들의 충성심은 어리고 경험이 부족한 김은일보다는 북한의 체제 그 자체로 향해 있기 때문이지. 그들은 태어날 때부터 북한과 남한이 사이좋게 지내는 순간 체제가 무너질 것이라고 교육받아 왔거든."

"그러면 교수님은 석 달 동안 충성 모드 칩을 심지 않은 사람들까지 회유하도록 김은일을 설득하신 건가요?"

"아니야. 그건 아닌데…."

그가 말을 멈추고 하늘을 올려다보았다. 나도 그를 따라 하늘을 보았지만 아무것도 없이 파랗기만 했다. 나는 교수를 빤히 쳐다보았다. 쉴 새 없이 나를 가르치려 들던 그였는데 이런 침묵은 낯설었다. 그가 힘겹게 말을 이었다.

"그래, 너한테는…내가 가서 한 일은, 그러니까, 충성 모드 칩을 장착한 사람들이 그렇지 않은 자들을…음…처단…하도록 김은일을 설득한 거야."

그의 말을 이해하는 데 시간이 좀 걸렸다.

"무슨 말씀이십니까? 처단했다고요?"

"그래. 내가 있는 동안 김은일은 무선 통신으로 전국의 모든 충성 모드 칩을 업데이트했어. 그 칩으로 북한의 젊은이들에게 명령을 내렸지. 나이 든 사람들을 살해하라는 명령. 뭐든 좋으니 각자의 방식으로 말이야. 절벽이라면 밀어도 되고, 집에서라면 식칼로. 어떤 마을에서는 칩을 심은 젊은이들이 조직적으로 나이 많은 사람들을 한군데 모은 다음…. 젊은 군인들이… 총을 들었지. 김은일에 대한 무조건적인 충성심이 내장된 사람들이니까…. 그게 가능했어."

"북한에서 주민들이 학살당했다고요?"

"…."

"몇 명입니까?"

교수가 고개를 푹 숙인 채 어깨를 조금 으쓱했다.

"글쎄. 솔직히 모르겠어. 한 500… 만… 명? 모르겠어."

나는 깜짝 놀랐다, 아니, 놀랐다는 말로는 부족했다.

"그러면 칩을 심지 않은 사람들은 얼마나 남았습니까?"

"김은일과 그의 직계 혈통뿐이야. 한 네다섯 명 정도."

"김은일이 왜 그런 일을 저지르나요? 자기 왕국의 힘이 약화될 텐데요."

"그래서 내가 설득한 거야. 세계에서 고립된 북한은 돌파

구가 필요했고, 김은일은 자기 말을 더 잘 듣는 국민만 남기면 통치가 쉬워진다는 나의 논리에 납득했어."

"교수님, 이건 보통 일이 아니에요. 그런데 세계는 왜 이렇게 조용합니까? 왜 아직 외부에서 아무도 모르고 있는 겁니까?"

"나도 모르겠어. 북한은 워낙 폐쇄적이니까. 아직 내부의 정보가 밖으로 퍼지지 않았겠지."

토하고 싶은 기분이었다. 교수의 얼굴이 내 시야에 들어오지 않도록 고개를 돌렸다. 목에 신물이 올라왔다. 그래, 이자는 원래부터 그런 사람이었다. 부모도 자식도 없는 국제정치의 질서. 세력 균형을 통해 세계 평화를 달성할 수 있다면 몇백만 명이 죽어도 개의치 않는 자. 애초에 그런 사람인데 미처 깨닫지 못했다니.

아니, 난 알고 있었다. 그의 현실주의 다중역사정치학에 따르면 세력 균형을 위해서는 어떤 희생이라도 감내해야 하지 않는가. 난 김신주 교수에게 직접 그 사상을 배웠다. 심지어 난 그 이론으로 학위를 따려고 노력하는 중이다. 하지만 이론과 실행은 다르다. 특히 최악의 형태로 구현된 모습을 보는 건 전혀 다른 기분이었다.

졸업 학기의 나는 지도 교수인 김신주와 마주치지 않도록 그를 최대한 피해 다녔다. 그 역시 나에게 별말 하지 않았다. 졸업 논문은 혼자 쓰다시피 해서 거의 완성했지만 졸업 심사 때 지도 교수로 앉은 그를 제대로 바라보거나 대화를 나눌 수 있을지 자신이 없었다. 그의 얼굴에 컵에 든 물을 끼얹을 지도 몰랐다. 그를 보자마자 구토할지도 몰랐다. 나는 심사 위원회에 있는 교수들에게 넌지시 내 걱정을 전했다. 그들도 정확한 내막은 몰라도 부쩍 말이 없어지고 폐쇄적으로 변한 김신주 교수의 변화를 잘 알고 있었다. 그러거나 말거나 나는 더 이상 그를 신경 쓰고 싶지 않았다. 혹시라도 길 가다 마주칠까 봐 두려웠다.

졸업 심사 자리에서 김신주 교수는 아무 말도 하지 않았다. 나도 그에게 어떤 말도 건네지 않았다. 다행히도 심사를 맡은 다른 교수들은 내 졸업 논문을 좋게 평가해 주었다. 그들은 내 논문이 박사 졸업논문 수준을 뛰어넘은 대단한 업적이라고 칭찬해 주었다. 김신주 교수는 말도 없이 잠자코 내 졸업 논문에 사인을 해주었다. 이 자리는 내가 그를 보는 마지막 자리가 될 것이다.

나는 정치학 박사가 되었다. 나는 고향 시대로 돌아가기로 했다. 지도 교수가 졸업 휘장을 걸어주는 영광스러운 졸업식이 남아 있었지만 졸업식 생각만으로도 숨이 막혀서 얼른 돌아가고 싶었다. 때는 초여름이었다. 난 서울행 비행기를 탔다. 오랜만에 찾아온 서울시간역은 여전히 번잡스러웠다. 환승시간대라 그런지 더 붐볐다. 다행히 바로 급행을 타서 가는 시간을 절약할 수 있을 것 같았다.

열차를 기다리며 나는 또다시 회상에 젖었다. 작년 가을 발생한 조부진 군대의 침공에는 '두 서울 전쟁' 대신 '서울시간역 광장 사변'이라는 이름이 붙었다. 단 며칠 동안이었지만, 조부진 대통령과 그의 군대가 표 대통령의 군대와 무력 충돌한 결과 양측에서 1,000명에 달하는 병력이 사망했다. 용산 신업무지구 마천루들도 일부 포격 피해를 보았다. 두 서울 전쟁과는 비할 바 없이 경미한 피해였지만 비극이 아니라고 말할 수는 없었다.

내가 하루 더 빨리 표민준 대통령을 만났다면 이 희생조차 없던 일이 되지 않았을까? 아니, 그 전에 북한 주민 500만 명의 대학살이 있었다. 그게 사실이라면 도대체 어떤 역사가 진행되었어야 옳았을까? 두 서울 전쟁으로 희생당한 20만 병사와 초토화된 대한민국의 미래? 아니면 폐쇄된 국가의 주민 500만 명을 비밀스럽게 살해한 대가로 얻은 남북 협력과 세계 평화?

우주가 역사의 갈림길을 새로 낸다면, 미래만이 아니라 과거까지 통째로 바뀐다. 시간여행의 시대에 미래와 과거는 서로 밀접하게 연결된 총체적 역사를 이루기 때문이다. 바뀐 미래의 사람들은 때때로 과거로 가서 서울시간역에서 소규모의 충돌이 있었을 뿐이라고 전한다. 교과서는 수정될 것이다. 사람들은 전쟁이 일어날 뻔했다는 사실만 어렴풋이 기억한다. 전쟁이 존재했다는 걸 진정으로 아는 사람은 나와 김신주 교수, 그리고 작전에 관계된 소수뿐이다. 사람들의 머릿속엔 김신주 박사가 무엇인가 막긴 막았는데, 그 실체가 무엇인지는 모른 채 두루뭉술한 기억만 남게 된다.

그렇다면 예전에 조부진이 두 서울 전쟁을 일으켰던 역사선은 어디로 갔는가? 특히 조부진이 없어서 두 서울 전쟁이 발생조차 하지 않았던 역사선과 마찬가지로, 그것도 흘러가 버렸다. 총 세 개의 역사선이 있었고, 똑같은 물에 발을 담글 수 없듯 흘러간 두 역사선들은 다시는 마주할 수 없다. 우리가 알고 있는 물리적 '시간'이 아닌 또 하나의 시간축이 존재하는 모양이다. 또 하나의 시간축은 미래에서 온 저자 없는 물리학 논문들에서도 기술된 적 없는 새로운 현상이다. 역사를 변화시킨 힘은 다중역사정치학뿐 아니라 물리학에서도 새로운 도전을 가능하게 한다.

세 번의 역사선을 지나는 동안 역사가 바뀔 수 있다는 사실을 알게 된 사람들의 수는 누적하여 증가한다. 첫 번째 역사선에서는 아무도 알지 못했다. 두 번째 역사선에서 조부진이 처음으로 주장했고 김신주 교수가 시간 침략의 가능성을 경고했지만 많은 사람이 깨닫지는 못했다. 세 번째 역사선에 이르러서야 역사의 변화가 가능하다는 사실을 시대를 사는 대부분이 알게 되었다.

열차에 올라타려는데 플랫폼 저 끝에서 교수가 달려오는 모습이 보였다. 아니, 저 사람이 어째서 서울에? 그가 나를 보고 다급하게 손짓했다. 나는 아는 체하고 싶지 않았다. 열차가 떠나기 일보 직전이었다. 탑승구에 한 다리를 걸치고 그가 달려오는 모습을 물끄러미 쳐다보았다. 심지어 그는 내 이름을 크게 부르고 있었다. 그를 보는 마지막 순간이 될 수도 있는데 모른 척한다면 예의가 아니라는 생각이 들었다. 나를 만나기 위해 한국까지 비행해 왔다는 건데. 하는 수 없이, 인사라도 하듯 어색하게 손을 들었다.

교수가 숨을 헐떡이며 품에서 종이봉투를 하나 꺼냈다.

"서준아, 늙은 영감에게 갖다 줘."

봉투에는 추천서가 들어 있었다.

하

2152년으로의 복귀

내가 떠난 겨울 바로 그대로였다. 고향 시대의 서울은 크게 변한 게 없었다. 당연하지. 떠나온 시간대에서 바로 다음

날로 복귀했으니까.

나는 거의 여섯 살이나 더 나이를 먹었지만 아버지와 어머니의 나이는 그대로였다. 부모님 걱정은 하지 않아도 된다는 게 시간유학의 장점이었다. 부모님들은 늙어버린 나의 외모에 살짝 당황하신 모양이었다. 아버지는 내 진로를 여전히 탐탁지 않게 생각하고 계셨는지 인사하자마자 시간철도청 취직과 결혼 얘기부터 꺼내셨다. 글쎄, 난 이제 서울대학교 정치외교학과 교수가 될지도 모르는걸?

자리를 알아보려면 나이 든 김신주 교수에게 젊은 그가 써준 추천서를 보여야 했다. 내 마음은 아직 정리되지 않았지만 서울시간역에서 나에게 추천서를 전해주던 그의 모습이 떠올랐다. 하, 진짜 이걸 주기 위해 미국에서 한국까지 날아왔다는 말인가? 그는 언제 이 추천서를 써놓았을까? 서울시간역 광장 사변이 일어나기 전에? 아니면 우리 사이가 틀어진 후에? 그건 중요하지 않다. 그가 추천서를 건네주기로 결심한 날은 내가 과거 고향시간대로 돌아가던 날이었으니까. 그는 어쨌든 나와 멀어진 후에도 날 위해 추천서를 챙겨준 것이다. 윌슨 대통령이 하멜 작전에 날 투입하려 하자 교수가 심하게 반대했다는 쿠퍼의 말도 떠올랐다. 교수는 정작 윌슨에게 추천한 사람은 자신이라고 거짓말을 했다. 왜 그랬는지는 대강 이해할 수 있었다. 그는 내가 전쟁의 한복판으로 들어가는 것을 원하지 않았다. 그러면서도 지도 교수로서, 제자를 정치권력의 내부인으로 만들 수 있는 기회를 차마 놓치게 할 수는 없었을 것이다.

의미 없는 날들을 보내며 집에서 뒹굴거렸다. 추천서가 든 봉투가 내 방의 책상 위에서 굴러다녔다. 어쩔 수 없었다. 나는 나이 든 교수를 찾아가야 했다.

스산한 겨울의 캠퍼스를 걸어 정치외교학과 건물로 들어섰다. 인적 없는 복도에서 나는 예상하지 못한 광경을 맞닥뜨렸다. 김신주 교수실 문과 주변 벽은 미처 지우지 못한 래커칠 자국과 깨끗이 떼어 내지 못한 테이프 조각으로 엉망이었다. 문을 두드렸다. 두 번, 세 번, 네 번을 두드렸지만 인기척이 없었다. 계단에서 누군가 걸어오는 소리가 났다. 그는 내 등 뒤까지 오더니 나에게 말하는 건지 다른 누구를 향해 말하는 건지 모를 말을 했다.

"아무도 없나 보지요?"

뒤를 돌아보았는데 놀랍게도 거긴 나이 든 교수님보다 조금 어려 보이는 연배의 그를 꼭 닮은 남자가 서 있었다. 처음에는 시간열차를 타고 온 또 다른 교수 아닌가 싶었는데, 이내 누구인지 알아차렸다. 그는 말로만 들은 김신주 교수의 여덟 살 많은 형이었다. 내 예상보다 젊어 보였으나 그래도 교수와 닮아서 형제처럼 보였다. 나는 묵례를 하고 자기소개를 했다. 그는 김신주 교수와 점심 약속이 있다고 했다. 전화조차 받지 않는 교수를 복도에서 마냥 기다릴 수 없어서 우리는 1층 로비로 내려가 커피 한 잔씩 뽑아 들고 이야기를 나눴다. 그는 교수의 입을 통해 나에 대해 많이 들었다고 했다.

"신주가 미국 국무장관까지 지낸 건 알고 있습니까? 노벨 평화상을 탄 건?"

놀라운 이야기였다. 역사가 바뀌었다는 게 그제야 실감 났다.

"그런데 대체 무슨 일이죠? 교수실 앞의 그 난장판은."

그는 이 시간선에 속한 사람이었기에, 이 시간선의 미래사에 대해서 잘 알고 있었다. 그는 내가 보스턴에서 떠난 이후에 일어난 일들을 이야기해 주었다.

타니샤 윌슨은 김신주 교수와 함께 두 서울 전쟁을 막은 이후 새로운 국제 질서 전략을 수립하려 했다. 만에 하나 조부진의 시간 쌍둥이 싱크탱크 같은 조직을 만들려는 자가 또 나온다면 역사는 다시 불확실성의 소용돌이 속으로 빨려 들어갈 것이다. 국제정세는 미래와 과거가 수없이 자기 자신과의 전쟁을 일으키는 대혼돈의 운명을 맞이할 것이다. 결정론의 시간여행 시대에 결정론 법칙을 흐트러뜨리는 자야말로 국제 질서의 혼돈을 부추기는 존재였다.

리카도 쿠퍼가 은퇴한 후 윌슨 대통령은 김신주 교수를 백악관 안보보좌관 자리에 앉혔고, 김신주 교수의 저서를 토대로 신新질서의 두 가지 원칙을 세웠다.

첫 번째 원칙은 '세대 자결주의'였다. 과거 조부진의 전쟁 의지는 미래의 자손들도 같은 민족, 같은 국가에 귀속된다고 주장하는 논리에 의해 뒷받침되었다. 그 논리를 타파할 국제정치적 장치가 필요했다. 그래서 교수와 윌슨 대통령은 시간의 관점에서 '국가'를 재정의해서, 미래 국가와 과거 국가를 아예 분리하도록 선언한 것이다. 타니샤 윌슨은 다음과 같은 발언으로 세대 자결주의를 공표했다.

모든 시대의 세대들은 각자의 역사정치적 운명을 스스로 개척해 나갈 권리가 있다.

"그러면 이제부터 교수님, 선생님은 저와는 다른 나라의 국민이 되는 겁니까?"

반농담으로 던진 말이지만 그는 진지하게 대답했다.

"이미 그렇게 되었습니다. 부모와 자식은 다른 국가에 소속되어 다른 여권을 가지지요. 부모는 자식 세대를 기를 의무를 다한 후에 자녀에게 어떤 정치적 영향력도 행사할 수 없도록 정해졌으니까요. 시간이 흐르면 낡고 늙은 역사정치적 국가는 자연스레 소멸하고 다른 역사정치적 국가가 그 영토를 차지하지요. 그리고 모든 인류는 다른 시대로 갈 때, 특히 국경선으로 정해진 시간대를 통과할 때 시간여권을 소지해야 하고요."

실로 기묘한 선언이다. 부모와 자식은 다른 국가의 국민이 된다. 이해하기 힘들더라도 시대마다 국가라는 개념의 정의가 달라져 왔다는 걸 떠올리면 시간여행의 시대에 언젠가는 나올 법한 선언이었다. '시간여행 시대의 국가 정의', 우리의 논문 제목에도 언뜻 드러나 있었는데 당시의 나는 세대 자결주의 같은 건 상상조차 하지 못했다.

"그런데 시간으로 나뉜 국가라니, 그런 건 생각만 해도 머리가 혼란스러운데요? 시간축으로 잘게 쪼개진 수많은 부모 자식 국가 사이의 외교 관계도 엄청나게 복잡할 것 같습니다. 언제를 국경선으로 획정할지 정하는 일 또한 난관일 테고요."

교수의 형은 어두운 표정을 짓고 말했다.

"맞아요. 윌슨의 세대 자결주의는 끔찍한 생각이었지요. 이후에 벌어진 일은 무엇을 예상하든 그보다 더 끔찍할 겁니다."

교수의 형은 동생의 업적이 못마땅한 듯한 말투였다. 그의 목소리는 어두웠고 표정도 좋지 않았다.

"교수님이 북한에 잠입해서 김은일과 회담을 가졌던 일, 그리고 그 후의 학살 사태를 말씀하시려는 건가요?"

"내가 말하려던 게 그건 아니었지만, 그것 또한 나름대로 끔찍한 일이었지요. 서준 군도 그 전말에 대해 알고 있다고 들었습니다. 신주는 그 작전이 꼭 필요했었다고 나에게 말하더군요. 북한의 인구구조는 세대 자결주의 사상을 펼치기 위해 적절한 모양새가 될 거라고요. 나이 든 세대와 달리 젊은 세대에게는 머릿속 칩으로 인한 맹목적인 충성심이 존재했지요. 젊은 세대의 뇌에 나이 든 세대를 모두 제거하라는 명령이 전달되었을 때, 그리고 그 명령에 따라 친위 쿠데타가 성공했을 때, 북한은 특정 세대가 자주독립을 선포한 최초의 사례가 된 겁니다."

그렇게 최초로 독립한 북한의 젊은 '시간국'은 실제로는 바로 알려지지 않았다. 그 사건의 제대로 된 전말, 몇백만의 희생자가 발생했다는 사실이 알려진 것은 훨씬 많은 시간이 지나서였다. 김신주 교수가 노벨평화상 수상자로 지명된 이후였다. 그의 시상식에서는 수상을 반대하는 시위대가 나타나 자리를 엉망으로 만들었는데, 대부분은 그 시위대가 무슨 주장을 하는지 몰랐다. 이후에 북한 이탈 주민의 통계가 급감한 것을 이상하게 여긴 한 미국인 기자가 목숨을 걸고 북한에 잠입했다. 그는 김신주 교수가 관여한 학살 사태를 밝혔고, 그 소식은 미래뿐 아니라 과거로까지 퍼졌다. 그 소식을 접한 과거 사람 중 일부가 시위대를 조직해 교수의 노벨평화상 수상 자리에 쳐들어간 것이었다.

"시간선의 모두가 혼란스러워했지요. 이 사건의 전말이 밝혀지기까지는 오래 걸렸고 또 실체가 밝혀지고 나서도 가짜 뉴스와 학살 부정론이 시간선 전체에 퍼졌어요. 사람들은 진실이 뭔지 제대로 알지 못하고 있어요."

역사를 왜곡하는 발언들이 소문을 흐리게 한다. 학살 사태에 대한 소식이 과거로 퍼지는 동시에 교수의 업적을 찬동하는 자들이 퍼뜨리는 가짜 뉴스가 함께 움직인다. 역사적 사실은 단지 정치적 입장이 되고, 진실은 물 탄 듯 희석된다.

그리하여 김신주 교수에 대한 세간의 평가는 양극단으로 엇갈렸다. 남북 화합을 이뤄낸 통일의 주역이라는 평부터 북한과 손을 잡고 대한민국의 구원자 조부진을 물러나게 한 빨갱이라는 평까지. 북한 주민들의 학살을 주도한 희대의 극우적 악마라는 평부터 세대 자결주의라는 구상으로 세계 평화를 이뤄낸 위대한 정치가라는 평까지. 그런데 정말로 북한 학살을 추동한 그의 과오가 세계 평화를 이루어 냈다는 업적에 묻힐 수 있단 말인가? 교수는 미국 정계에서 은퇴하여 조용히 살고자 서울대학교 교수직을 얻어 이 시대로 왔겠지만, 진실을 바로 안 학생들과 시민 단체가 교수의 연구실에 찾아와 시위를 벌였다. 몰려온 시위대 중 과격한 몇몇이 기물을 부수고 연구실 문에 래커칠을 해놓았다고 한다. 그 광경을 본 온건파들이 교수를 지지하는 집단에 힘을 실어주는 바람에, 결국 교내 극우 시위대가 창궐했다. 두 집단이 충돌하는 날은 주먹다짐까지 벌어졌다. 학교 측에서는 종신 재직권을 가진 교수에게 무리해서 퇴임을 강권하지 않기로 했다.

"하지만 북한에서 일어났던 일은 서준 군도 알고 있었잖아요. 윌슨과 동생의 두 번째 신질서 구상과 관련한, 세계의 모습을 바꿀 정도로 파국적이고 거대한 일을 알아야 합니다. 시간으로 획정 지어진 국가란 필히 멸망하게 마련이지요. 모든 국가 구성원이 사망한다면 그 국가는 없어질 테니까요. 이런 국가를 원하는 국민은 이 세상에 없을 테고, 아무도 원하지 않는 일을 시키려면 어떤 식으로든 강제력이 필요하겠죠."

"강제력이라…. 국제적으로 강제력을 이루려면 기구 같은 게 필요하지 않을까요?"

"그래요. 윌슨의 생각은 바로 UN 같은 국제기구 설립이었지요. 이 국제기구는 조부진처럼 싱크탱크를 이용해 역사를 훼손하려고 시도하는 독재자의 탄생을 사전에 방지하는 역할을 하려고 했습니다. 하지만 실제로 윌슨이 구상한 국제기구의 역할은 달랐지요. 그 국제기구가 시간으로 나뉜 국가들 간의 연합이나 동맹, 합병을 강압적으로 막는 역할을 수행하도록 하려 했으니까요."

"미국이 왜 그런 짓을 합니까?"

"결국 미국은 시간축으로 영원히 작동되는 패권을 만들려고 했던 겁니다."

"패권이라뇨? 미국은 원래도 패권주의 국가였습니다."

"아니, 이건 전 세계를 상대로 한 제국주의예요. 미국은 스스로 선포한 세대 자결주의에서 예외인 국가였지요. 그 구실은 자신들의 국가가 '세계의 시간경찰' 역할을 해야 한다는 것이었죠. 하지만 명목일 뿐이고 그들은 전 세계 구석구석까지 영향력이 뻗치는 절대적인 패권을 잡고 싶었던 거죠."

어느 면으로는 북한의 학살 사태보다 더 커다란 영향력을 미칠 만한 이야기처럼 들렸다. 나는 말을 더듬었다.

"미국만이 예외적으로 시간축으로 통합된 국가를 유지한다는 거군요. 다른 나라들은 조각내 버린 채 말이에요."

"그래요. 미국은 이제 전 세계적으로도, 시간적으로도 통합된 국력을 기반으로 유례없이 강력한 패권을 쥐게 되었어요. UN 같은 국제기구라 하지만 UN은 평화를 위해 활동하지 않습니까? 윌슨의 국제기구는 미국의 패권을 목표로만 행동하지요. 하지만…."

그는 잠시 뜸을 들였다가 이어 말했다.

"윌슨의 기구는 미국의 시간적 패권을 달성하는 데에 실질적으로는 거의 역할을 하지 못했어요. 신주 홀로 그걸 가능하게 했지요. 그는 미국의 국무장관이 되었어요. 하지만 그는 국무장관이 수행하는 역할마저 뛰어넘어 사실상 혼자서 국제적 감시 기구의 역할을 수행했죠. 그의 별명을 들어본 적 있나요? '세력 균형자'라는 별명 말이에요. 그는 마치 과거의 핵무기처럼 전 세계의 세력 균형과 미국 패권을 동시에 지켜주는 파멸의 날 기계로 작동한 것입니다."

나는 이 말이 무슨 뜻인지 이해하지 못해 멍하니 있었다.

"아, 신주가 그 얘기를 안 한 모양이로군요."

"무슨 얘기 말씀이시죠?"

그는 무언가 말을 하려다 갑작스레 내 등 뒤를 향해 반가운 표정을 지었다. 나는 고개를 살짝 돌려 누구인지 확인했다. 김신주 교수였다. 그가 다가와 말했다.

"형님, 이 아이는 아직 모를 거야. 내가 말해줄게."

교수와 형은 반갑게 포옹을 했다. 나는 엉거주춤 일어나 교수를 보았다. 슬프게도 그는 내가 유학을 다녀오기 전 만났던, 강의에서 보던 교수의 모습보다 훨씬 더 못나 보였다. 셔츠는 남루하게 해졌고, 흰 곱슬머리는 지저분하고 푸석거렸다. 허리도 훨씬 굽어 있었다.

"잠시 자리를 비켜줄까?"

형이 그렇게 말했으나 교수는 대신 나에게 고갯짓으로 계단참을 가리켰다. 그리고 형에게 말했다.

"조금만 기다려 줘. 잠시면 될 거야."

다시 한번 교수실의 얼룩덜룩한 벽과 문을 마주쳤다. 교수는 잠긴 문을 철컥 열었다. 교수실로 들어서며 나는 그를 찬찬히 살폈다. 그 초췌한 모습이라니. 살짝 보이는 옆얼굴엔 근심과 피곤이 가득한 이목구비와 흙처럼 거무죽죽한 얼굴색이 드러났다. 그는 보스턴에서 서로 볼 꼴 못 볼 꼴 다 보여준 젊은 김신주와 같은 사람이다. 그리고 북한의 대량 학살을 사주한 장본인이기도 하다. 그는 젊은 시절 나와 같이 자취방에서 논문을 썼고, 나와 티격태격하며 교수가 되었고, 나를 첫 제자로 맞이해 박사로 만들었다. 종국엔 나와 말도 섞지 않고 이별했다. 그리고 몇십 년이 지나 늙어버린 후 갓 학부를 졸업한 나를 만났다. 나는 나이 든 교수의 모습에서 젊은 시절의 모습을 자꾸만 발견하고 불쾌하면서도 또 친근한, 혼란스러운 감정에 북받쳐 어쩔 줄 몰랐다.

교수는 책상 너머 그의 자리에 앉았다. 나도 그와 마주 보는 위치에 의자를 가져다 놓고 앉았다.

"형님이 무슨 얘기를 하던가? 이제 형님과는 정치 얘기 잘 안 해. 말만 나왔다 하면 항상 싸워서 말이야."

"교수님은 훨씬 대단한 사람이 되셨더군요. 노벨평화상이라니. 게다가 국제기구를 조직하셨다던데요?"

"그건 윌슨의 실패작이야. 나는 그런 거창한 조직을 원하지 않았네. 조부진만이 싱크탱크를 조직해서 성공한 이유가 뭔가? 각 시간대의 조부진들은 가장 조부진다우면서 어떤 시간선의 조부진도 하지 못한 행위가 무엇인지 알아내기 위해, 긴밀하게 정보를 나누면서도 동시에 자기 내면을 내밀하게 들여다봐야 했어. 국제기구 같은 조직체는 그런 일을 할 수 없지. 국제기구를 구성하는 다수의 행위자가 시간 쌍둥이의 싱크탱크 수준으로 서로의 내면을 관찰하며 깊숙이 결속하기는 불가능했을 거야."

나는 하버드대학교의 캠퍼스에서 차마 묻지 못했던 걸 물었다.

"역사는 어떻게 바꾸신 겁니까?"

그는 잠시 말을 멈추고 나와 눈을 마주쳤다. 내가 정말 모르고 있는지를 확인하는 모양이었다.

"자네가 급히 떠나는 바람에 말할 기회가 없었지. 사실 나도 조부진 같은 싱크탱크를 운영했다네. 내가 바로 '특이 김신주'였어."

생각지도 못한 얘기였다.

"아니, 그게… 교수님, 전혀 몰랐습니다. 왜 진작 말씀해주지 않으셨어요?"

"내가 조부진처럼 할 수 있을지 확신이 없었거든. 내가 조부진과 똑같은 방식으로 활동하고 있다고 자네나 다른 사람에게 말했다가 역사를 바꾸지 못한다면 그렇게 부끄럽고 허탈한 일이 어디 있겠나."

"어떻게 하신 거죠? 언제부터 역사를 바꿀 결심을 하신 겁니까? 언제부터 조부진의 방식을 따라 하신 건가요?"

"조부진을 따라 했다고? 결심? 그런 게 아냐. 조부진이랑 마찬가지야. 어느 날 미래의 모든 내가 한꺼번에 나에게 들이닥쳤다네. 내가 스무 살 때, 시간이민 간 첫해의 일이지."

나는 이제야 왜 그가 실제 나이보다 훨씬 늙어 보이는지 깨달았다. 그도 조부진과 마찬가지로 과거로의 시간여행에 시간을 보내느라 알려진 것보다 더 나이를 먹었던 것이다.

그는 냉소적인 미소를 띤 채 말했다.

"역사를 바꾸고 싶어서 과거의 나를 찾아가기로 결심하는 게 아니야. 스무 살에, 내 미래의 모든 김신주가 연락도 없이 갑자기 찾아온다고. 스물한 살의 김신주부터 죽기 직전의 김신주까지 말이야. 그리고 난 알게 되지. 아, 나는 이제부터 1년에 한 번씩 지금의 나를 만나러 떠나야 할 운명이구나. 이런 깨달음의 어디에 역사를 바꾸겠다는 굳은 결심이 있겠나? 그냥 역사의 흐름에 따르겠다는 순응적인 마음가짐밖에는. 나는 나보다 더 오래 산 선배 김신주들의 재촉에 휘말려 들어갔을 뿐이라네."

나는 젊은 시절 그가 보였던 태도를 떠올렸다. 항상 자신의 미래를 불안해하며 안절부절못하던 모습. 나는 궁금했다.

하버드대 교수이자 백악관 안보보좌관 자리까지 오른다고 정해진 인물이 왜 이렇게 미래에 대해 확신을 갖지 못할까? 그건 자신의 힘으로 역사를 바꿔야 한다는 의무감 때문이었다. 그는 미래를 바꿀 수 없을지도 몰랐다. 시간 쌍둥이의 싱크탱크를 조직한 것까지는 조부진과 같았지만 싱크탱크의 모든 김신주가 실패할지도 몰랐고, 자기 자신이 특이 김신주가 아닐지도 몰랐다. 그래서 젊은 김신주 교수는 그렇게 확신 없이 걱정했던 것이다.

교수는 역사를 바꿀 만한 잠재력을 가지고 있었다. 그리고 역사를 바꿀 잠재력이란 보통 사람에게 주어지지 않는 강력하고 선택받은 힘이다. 나도 아홉 살에 시간 쌍둥이들의 싱크탱크를 상상해 보았으니 내게도 그런 강력한 힘을 가질 기회가 있었던 셈이다. 그러나 나에겐 어느 날 미래의 나'들'이 전부 찾아오는 일은 일어나지 않았다. 나는 단지 과거의 나를 한 번 찾아갔을 뿐이다. 김신주 교수나 조부진은 매년 죽을 때까지 그 일을 반복했다. 나에겐 강력한 의지가 부족했기 때문일까? 아니면 교수의 말대로 우연에 불과할까? 교수는 의지와 우연, 둘 다 가졌다. 그것들이 함께 작용해야만 초능력자나 슈퍼히어로라고 부를 만한 강력한 힘을 행사할 수 있었다.

"1년에 한 번 모임이 있는 날은 그야말로 난장판과 다를 바 없었지. 생각해 보게. 거의 60명이 모였는데 스무 살짜리 내가, 갓 시간유학을 온 내가 어떻게 모일 장소를 구했겠나? 밤중에 사람들의 눈을 피해 근처 넓은 캠핑장에서 모이는 수밖에 없었어. 얼마나 개판일지 생각해 보라고. 우리는 흙바닥에 둘러앉아 서로의 경험담과 이루고 싶은 꿈들, 그리고 꼭 이뤄내겠다는 의지를 떠들기 시작했어. 그리고 각자 치열하게 고민했어. 무슨 고민인지 아나?"

"아니요, 모르겠습니다."

"아냐, 자네도 알고 있어. 바로 가장 나다운 일이면서 또 역사상 한 번도 하지 않은 가장 독특하고 괴상한 일이야."

그렇게 특이 김신주가 나타났을 것이다. 가장 김신주다우면서 또 가장 괴상한 일을 계획하는 김신주. 내가 알고 함께했던 젊은 김신주이다. 교수가 꾸몄던 일은 바로 북한 최고 권력자와의 회담과 남북한 동맹, 그리고 북한 학살 사태를 사주하는 것이었다.

"북한에서 벌인 일은 특이 김신주만 할 수 있는 아이디어였다네. 그 생각을 실현해야만 결정론의 법칙을 깨고 미래를 바꿀 수 있었겠지. 난 그렇게 생각하네. 그 작전은 꼭 필요했어. 그리고 나는 북한 사태가 영원히 묻히기를 바란 적 없고 그럴 수 있다고 생각하지도 않았어. 북한에서 무슨 일이 일어났는지 언젠가 드러날 테고 그러면 내게 어떤 비난이 쏟아질

지도 예상할 수 있었지. 각오는 했는데, 밝혀지기까지 생각보다 오래 걸리더군."

교수실 벽면의 그 지저분한 낙서의 흔적들이 바로 김신주 교수가 비난을 감내한 수준이었다. 글쎄, 겨우 그 정도로, 낙서를 당하는 걸로 그의 죗값이 다 씻겨 내려갈까? 택도 없다.

"정말 그 방법밖에 없었습니까? 남한인 20만 명 대신 북한 주민 500만 명을 희생시키는 선택을 어떻게 하실 수 있었습니까?"

"정말로 그 방법밖에 없었다고 생각해…. 나라는 인물이 할 만한 일이면서, 결정론적 역사에서 아무도 저지르려 하지 않았을 극단적인 일. 그런 일을 구상하고 실현시켜야만 결정론적 역사를 깰 수 있는 거야."

"믿기지 않는군요. 이게 현실주의 정치학입니까? 우리가 달성한 시간축의 세력 균형이 정말 그만큼의 가치를 가진다고 생각하세요?"

나도 모르게 커진 목소리에 반응하듯 그의 목소리도 높아졌다.

"그래, 자네가 내 밑에서 배웠던 학문의 정체야. 이게 바로 다중우주의 윤리학이라고!"

"그건… 교수님의 사상과 완전히 다릅니다. 당신은 혼자서만 핵무기를 소유한 미국이야말로 악의 축이라 하신 적이 있어요. 그건 세력 균형이 무너진 상태니까요. 그런데 이른바 '세력 균형자'라고 불린 김신주 싱크탱크를 단독으로 소유한 미국은요? 그건 괜찮나요? 대체 타니샤 윌슨과 무슨 짓들을 하셨죠? 평화라는 명목하에 여러 시간선을 오가며 어떤 일들을 하신 거죠?"

"국익을 위해서라면 부모도 자식도 없어. 미국의 국익과 패권을 위해 못 할 일이 어디 있겠나? 국지적으로 일어난 사변과 쿠데타, 국경 분쟁에서 몇몇이 죽는다고 그게 대수인가? 나는 무한한 평화를 이룩했으니까 말이야."

"그 몇몇이 대체 몇 명입니까? 북한에서 말고도 대체 몇 명이 죽었나요?"

"나도 몰라. 세어보지 않았어. 다만 무한보다 작아. 조부진의 전쟁을 묵인한 대가로 향후 무한히 많은 '부모와 자식 간의 전쟁'이 벌어진다고 생각하면, 북한인 500만 명을 포함한 전체 희생자는 얼마 되지 않아. 우리는 사실상 무한한 평행 역사선에 존재하는 무한한 인류를 지킨 거야…."

나는 그 단순한 대소관계, 무한은 500만보다, 5,000만보다, 5억보다 크다는 아주 간단한 수학에 치를 떨었다. 그가 그렇게 극단적인 선택을 한 이유는, 물론 가장 김신주다우면서도 가장 괴상한 일을 해야 했기 때문이었다. 결정론적 시간선을 깨고 새로운 역사를 창조하기 위해서였다. 만약 내가 그라면, 내가 나만의 싱크탱크를 조직해 나의 내면에 물어본 다면 나는 이러한 선택을 지지하고 실행할 수 있을까? 나는 도저히 그런 일을 할 수 없을 것만 같았다. 시간선의 평화라는 경직된 가면을 쓰고 강압적인 제국주의적 지배 체제를 구축한 무자비한 철권 정치. 김신주 교수가 만든 세계의 모습이다.

세계 어디서든 누군가가 조부진과 같은 방식으로 역사를 바꾸려 한다면 해당 역사선의 김신주 싱크탱크는 그를 효과적으로 막아낼 '가장 김신주스러우면서도 또 가장 괴상한 방법'을 고민한다. 그 과정에서 특이 김신주가 발생하면 그의 활약으로 다시 새로운 역사가 열린다. 역사를 망가뜨릴 뻔한 자는 평범한 인간으로 조용히 살게 된다. 그는 10년 동안 국무장관을 수행했고, 그가 은퇴한 후 일반인이 새로운 국무장관으로 임명되었지만 세계 평화의 수호엔 큰 문제가 없었다.

하지만 그게 평화였을까? 조부진처럼 새로운 시간의 가능성을 알게 된 사람은 바로 그 가능성을 금지하는 김신주의 강압적인 처사에 맞닥뜨린다. 시간선은 계속해서 새로운 방향으로 열리지만, 그건 초강대국이자 유일한 제국주의 국가 미국의 뜻에 따라 이루어진 일이다. 그 전의 시간선에 어떤 일이 있었더라도 미국과 김신주 교수의 시간선 개입은 역사를 되돌릴 수 없는 흐름으로 몰고 간다. 그 새로운 역사에서 김신주는 북한 주민의 학살과 같은 일을 무한히 저질렀을 것이다. 이 세계선에서 아무런 일도 저지르지 않은 조부진 대통령은 무죄다. 오히려 김신주만이 전범이다.

나는 김신주 교수를 노려보았으나, 그는 내 시선 따위 애써 무시하며 몸을 그의 등 뒤에 있는 책꽂이로 향했다. 그는 무언가를 찾더니 책 한 권을 꺼내어 내게 내밀었다.

"자네에게 줄 게 있다네. 이걸 가져가게."

책이었다. 나에게도 익숙한 그 책. 『시간여행 시대의 국제정치와 국가의 정의』였다.

"됐습니다. 이건 저에게도 있으니까요."

"아니, 저자를 보게."

나는 나에게 익숙한 표지를 다시 꼼꼼히 살펴보았다. 저자란에는 익숙한 이름이 하나 더 쓰여 있었다.

시간여행 시대의 국제정치와 국가의 정의

완서준·김신주 공저

한때는 내 이름 넣기를 바라 마지않던 책이었다. 그런데 이제는 저 끔찍한 책을 내가 썼다는 사실이 만천하에 드러나 버렸다. 수치스러워 몸이 떨렸다. 나는 그 책을 교수의 책상 위에 내려놓으려 했다. 그런데 몸이 마음과는 반대로 움직여, 나는 책을 세게 던지고 말았다. 책은 큰 소리를 내며 책상 위에 떨어졌다. 곧이어 나는 주머니에서 봉투 하나를 꺼냈다.

젊은 교수가 준 추천서였다. 나는 말없이 추천서를 봉투째로 찢었다. 종이 조각들이 내 손에서 나풀거리며 책상과 그 책 위에 떨어졌다.

교수는 아무 말도 하지 않았다. 단지 한쪽 팔을 책상에 걸치고 고요히 고개 숙이고 있을 뿐이었다.

"미안합니다. 저는 이 학계에서 더 이상 아무것도 하고 싶지 않군요. 연구자도, 교수도, 정치가도, 그 무엇도."

교수는 손으로 눈물을 훔쳤다. 눈물? 몇백만의 죽음에도 눈 깜짝 않던 자가, 겨우 제자가 절연을 선언했다고 눈물이라니. 혼란스러운 감정이 뒤섞인 채 나는 뒤돌아서 교수실 문을 박차고 나섰다.

스산한 캠퍼스를 되돌아오며 나는 문득 예전 시간선의 역사에서, 아마 지금 시간선에서도 왜 내 이름이 국제정치학계에 알려지지 않았는지 깨달았다.

내가 이 끔찍한 학문의 세계를 떠나 전향할 운명이기 때문이었다.

IV

선지자의 세 번째 이야기가 끝났다. 그는 손에 든 세 번째 서판을 바닥에 던져 깨뜨렸다. 이제 바닥은 세 개의 서판 조각들로 난장판이었다. 장군은 서판이 깨지는 즉시 벌떡 일어나 분노에 찬 목소리로 소리를 질렀다.

"선지자여! 그대는 정녕 나를 모욕하는가! 내가 누구인지 알고 잘도 꾸며낸 이야기로 나를 현혹하는가!"

장군이 선지자에게 해코지를 할 듯이 달려들었기에 필경사가 몸을 던져 장군을 만류했다. 필경사가 말했다.

"장군님, 갑자기 왜 그러십니까?"

"잘못이 없다고? 이자에게 잘못이 없다고? 서기관 자네는 모르는 모양이니, 내가 그대에게 이자의 잘못을 알려주지. 그건 바로 허황된 거짓말을 지껄여 나와 로마 제국을 모욕한 죄야! 이자는 한낱 범부인 내가 전쟁에서 어떠한 역할도 하지 못할 거라고 빈정대고 있는 게야!"

장군의 몸부림은 필경사도 막지 못했다. 장군은 손을 뻗쳐 선지자의 목을 노렸다. 장군이 우람한 체구로 밀어붙이자 작은 아이에 불과한 선지자는 풀썩 쓰러져 버렸고, 장군은 선지자의 몸 위에 올라탔다. 필경사는 뒤에서 장군의 등을 잡아 일으키려 하였으나 장군은 요지부동이었다. 그러나 장군의 손은 선지자의 목 언저리에서 멈춘 채 닿지 못하고 부들부들 떨기만 했다.

"여러 자기 자신과 모여서 토론을 한다고? 그런 시답잖은 회의로 역사를 바꾼 권능을 얻게 된다고? 세상에 그딴 허황된 말이 어디 있느냐? 이런 시시한 얘기를 네놈의 멍청한 신자들은 철석같이 믿으며 떠받들겠지만, 난 아니다! 난 속지 않아. 나는 네놈의 그 웃긴 책 얘기들에 하나도 속아 넘어가지 않았다."

선지자는 눈길을 피하지 않고 장군을 노려보았다. 세 제자도 말리려는 척조차 하지 않은 채 고요히 서 있었다. 장군은 여전히 선지자를 깔고 앉은 채로 꾸짖었다.

"속이려는 게 아니고 날 조롱할 생각이었다면, 그건 성공했구나! 난 이제 무척 화가 났으니까! 네놈이 조롱하려는 건, 내가 한없이 평범한 사내라는 것! 나에겐 네놈의 요상한 미래를 보는 능력도, 오래 사는 능력도 없다. 시간을 거슬러 미래의 나와 만날 수도 없지. 그러나 난 위대한 로마 제국의 장군이다. 내가 하찮은 범부일지언정 내가 속한 제국은 그렇지 않도다."

어느덧 장군의 눈에서 눈물이 떨어졌다.

"나의 능력이 모자라더라도 내가 지휘하는 뛰어난 병사들은 능히 역사를 바꿀 수 있어. 제국을 살릴 수 있다고! 로

마는 무너지지 않을 것이다. 설령 내가 한없이 평범하고 모자란 사람이더라도!"

장군은 결국 털썩 소리 나게 땅을 짚으며 엎드리고 말았다. 잠시 후 그는 흐느끼는 소리를 내기 시작했다. 가만히 누워 있던 선지자는 살짝 몸을 비틀며 위쪽으로 빠져나왔고, 장군의 정수리 쪽에 다시 걸터앉았다. 잠시 후에 동굴 안은 장군의 애통한 울음소리로 가득 찼다.

필경사가 장군 옆에 비스듬히 서서 위로했다.

"장군님, 장군님은 절대로 평범하거나 하찮은 인간이 아닙니다요. 저는 장군님이야말로 로마의 높으신 분들 중에서 가장 뛰어난 기개와 용맹을 지닌, 현명하고 용감한 영웅이라고 믿습지요. 그렇게 생각했기 때문에 제가 장군님을 이렇게 따르는 것이고요."

"서기관 자네의 뜻을 모르는 건 아니다. 나 또한 내가 남들보다 더 뛰어난 인간이 되어야 제국을 안전하게 보호할 수 있다고 믿으며 수련을 거듭하고 있으니까. 하지만 난 두렵다. 대체 내가 얼마나 비범해져야 제국의 영원한 안녕을 이룰 수 있을지. 얼마나 위대해져야 역사에 뭔가라도 기여할 수 있을지. 제국이 나의 잘못된 결정 때문에 스러져 갈 것이라는 공포, 그게 나를 두렵게 한다."

필경사가 말했다.

"하지만 그 위대한 인간들이 부리는 권능의 실체가 어떠하였는지 장군님께서도 듣지 않았습니까요? 그들조차 변화될 역사의 참모습을 제대로 예측하지 못하였고, 변화된 역사 자체도 결국 또 다른 비극으로 진행되었으니 말이지요. 그 철인 정치가의 말로란 썩 영광스럽지 못하더군요."

장군이 마지못해 말했다.

"그래…. 서기관 자네의 말이 맞다. 위대한 자들도 결국 비극적인 운명을 피해 가지는 못하는 것 같더군."

선지자는 여전히 어떤 말도 하지 않았다. 장군이 고개를 숙인 채 선지자를 향해 외쳤다.

"미안하오. 내가 못 볼 꼴을 보인 것 같소. 비록 미천한 능력을 지닌 나라도 역사의 방향을 뒤바꿔 놓을 수 있을지 그대의 계시를 들어보려 했건만, 그대는 내게 별로 도움되지 못하는 말만 늘어놓는군. 그래서 내가 격분했던 것 같소."

선지자가 말했다.

"장군께서 나에게 화를 낸 것 또한 예정된 미래이니 장군께서 사과하실 필요는 없네. 철인 정치가와 같은 비범하고 특출난 자만이 역사를 개변할 권능을 지닐 뿐. 평범한 자는 자유로운 의지 없이 정해진 역사의 흐름대로 흘러가야 하지. 그 거대한 진실을 알게 된 후에도 달라지는 건 없다네. 이후엔 단지 스스로 마음의 평화를 추구해야만 할 뿐."

"그대는 여전히 내가 싫어할 만한 말만 늘어놓는군. 뭐, 이젠 됐소."

장군은 문득 고개를 들어 천장을 보았다. 아침이 되었는지 어느덧 천장의 작은 구멍에서 태양 빛이 한 가닥 비치고 있었다. 그 빛을 받은 장군은 살짝 눈을 찌푸렸다.

"한낱 작은 인간이 부리는 물장구란 역사의 거대한 물줄기에 아무런 영향도 미치지 못하는군."

선지자가 웃으며 맞장구를 쳤다.

"마치 우주 자체가 역사를 바꾸려는 하찮은 인간들의 행위를 적극적으로 금지하는 것 같지 않은가?"

"기독교인이 들으면 까무러칠 신성모독적 견해로군. 그런 강력한 힘은 신만이 가질 수 있을 텐데, 그렇다면 우주가 곧 신과 같다는 말 아니오?"

"난 우주가 신적 존재임을 말하는 것이 아니네. 우주를 넘어선 법칙 lex이 존재하며, 우주조차 그것을 따라야 한다네."

"우주가 인간처럼 법률 lex을 따르겠소?"

"인간의 법률이 아닌, 우주의 법칙 말이네. 게르만 철학자가 제창한 법칙이 바로 우주가 따라야 할 가장 위대한 법칙이라네. 그는 그것을 '엔트로피아의 법칙'이라고 불렀지."

"'미래 또한 돌이킬 수 없다'는 그대의 말은 어떻소? 그것 또한 법칙이오?"

"그 원리는 엔트로피아의 법칙만큼 절대적인 법칙은 아니야. 철인 정치가나 참주와 같이 역사를 뒤바꿀 권능을 가진 인물은 그 원리를 깨뜨릴 수 있지."

필경사가 물었다.

"하지만 미래의 자기 자신 수십 명이 찾아오는 건 그들의 의지로 벌인 사건이 아니지 않습니까요? 그들 또한 운명에 의해 그들의 권능과 사명을 부여받았으니, 그들 역시 자유로운 의지로 역사를 바꾸는 자들은 아닌 모양입지요?"

장군이 말했다.

"철인 정치가나 참주와 같은 비범한 인물들조차 영원히 정해진 길만을 따르는 운명을 마주해야 한다니."

선지자가 말했다.

"그들 또한 어떠한 우주적 법칙에 의해 지배되는 존재라고 생각되네. 어찌 보면 저주라네. 자유로운 의지 없이 정해진 미래의 운명을 받아들여야 하는 저주···. 범부로 살며 자유로운 의지를 가지고 있다는 착각 속에 살거나, 철인 정치가나 참주처럼 또는 나처럼 인간 또한 자유로운 의지의 행위 주체가 될 수 없다는 사실을 인정하거나."

장군이 혼잣말처럼 말했다.

"위대한 사람이 된다는 건 무엇인가? 나는 여기에 제국을 수호할 방법을 묻기 위해 왔소. 하지만 선지자께서는 나에게 필연적으로 제국이 파괴될 것을 예언하였소. 미래를 바꿀 방법은 희박하고 그런 권능을 가진 자는 따로 있다는 것도. 심지어 그 권능을 통해 변화되는 역사조차 좋은 쪽으로 바뀔지 장담할 수 없더군. 비극의 구렁텅이로 빠져드는 미래를 계속 덕지덕지 기워내야 할지도 모르겠지. 그렇다면 만약 내게 역사를 바꿀 만한 권능이 지워진다 해도, 나로서는 그 책임감의 무게를 제대로 감당할 수 없을 것 같소.

선지자여, 그대는 세 가지 이야기를 통해 나의 마음을 뒤흔들어 놓았소. 그대의 이야기들은 무척이나 흥미로웠고, 그런 점 때문에 난 가슴이 뛸 정도로 큰 감동을 받았소. 하지만 솔직히 말해서 나는 여전히 그대의 말을 전부 믿지 못하오. 그대는 이야기를 통해서는 그대만의 권능을 증명해 보이지 못했소. 선지자께서는 주사위의 눈을 미리 말하고 그것을 던지는 식으로 아주 손쉽게 권능을 증명해 보일 수 있소. 하지만 선지자께서는 길고 긴 이야기를 통해 나를 설득하고 절대적이며 변화 불가능한 우주의 법칙을 이해시키려 하였소. 그 이유가 무엇이오? 선지자께서는 어째서 나에게 감명을 주는 이야기를 통해 나를 감화시키고 설득하려 한 것이오?"

선지자가 답했다.

"장군처럼 현명한 인간에겐 길고 긴 변론만이 이 위대한 진실을 직접 마주하게 할 수 있네."

장군이 말했다.

"나는 마음의 준비가 되었소. 나는 철인 정치가나 그대와 같은 특별한 권능을 가진 사람이 아니오. 난 지극히 평범하오. 하지만 나는 평범한 자라도 미래를 바꿀 자격이 있다고 믿소. 그대의 말에 따르면 역사에 갈림길은 존재하지 않소. 하지만 허구의 갈림길이라도 내가 그것을 선택했다고 믿으면, 자유로운 의지를 가진 한 명의 인간이라는 감정으로 충만해지오. 그대는 이러한 감정을 '자유로운 의지라는 착각'이라는 말로 표현하였소. 하지만 그대의 말이 진실이라 해도, 나는 여전히 자유롭다는 느낌을 받소. 이 느낌은 내가 아무리 떨치려 해도 떨쳐버릴 수 없는 무엇이오. 나는 선택을 했소. 나는 제국을 위해 싸울 것이오. 그대의 말대로 미래 또한 달라질 건 없을 것이오. 여기에 오지 않았더라도 나는 내가 할 수 있는 최선을 다해 싸울 테니까. 하지만 그대의 세 가지 신묘한 이야기를 듣고 난 후, 나는 내 안에서 그 자유로운 의지가 다시 한번 변화되는 걸 느꼈소. 그대의 말을 듣지 않았다면 생기지 않았을 변화 말이오. 그대는 이렇게 얘기하겠지. 장군께서 나를 찾아오지 않는 갈림길은 존재하지 않는다고. 하지만 내 마음속에선 나는 갈림길을 보고, 뱃머리를 돌리는 선택을 하고, 선택을 했을 때에 일어날 일들을 그림처럼 그리게 되오. 최종 종착지가 결국 같은 곳을 향할지라도, 난 여전히 스스로 자유로운 의지를 가진 것처럼 느끼오. 이 모든 생각들은 내가 전엔 한 번도 이런 식으로 생각해 보지 못한 것이오. 그대의 말을 듣게 됨으로써 나는 오히려 나만의 영혼을 찾게 되었소.

그러므로 그대가 사기꾼이건 컬트의 교주건 크게 중요하지 않소. 그대의 변론은 날 전혀 설득하지 못했고, 난 여전히 제국에 충성하는 장군으로서 살다가 죽을 것이오. 하지만 나는 서기관이 신경 쓰이오. 그대가 서기관의 책에 대해 했던, 아무에게도 읽히지 않고 사라져 버릴 것이란 말에 대해서 재고해 주셨으면 하오. 그대는 미래의 모든 일을 전부 다 알지는 못하지 않소? 기록되지 않은 일에 대해서는 어떤 예언도 할 수 없는 것 아니오? 만에 하나라도 선지자의 눈에 띄지 않은 채로 다른 나라의 누군가가 읽고 감명받게 될지도 모를 일이오."

선지자는 입술을 굳게 다물고 말없이 고개를 숙였다. 잠시 후 장군이 이어서 말했다.

"바라건대 서기관이 책을 집필하는 것을 허하고 그의 책에 축복을 내려주면 감사하겠소."

필경사는 서판을 작성하다 말고 고개를 들었다. 그의 눈이 반짝거렸다. 잠시 후 선지자가 입을 열었다.

"나는 필경사 자네에게 기록하지 말라고 명하였던 것은 아니다. 그러니 책의 집필을 허할 필요조차 없다. 필경사여, 그대는 그대의 책을 쓸 권리가 있노라. 또한…."

필경사가 기쁜 표정을 지으며 고개 숙였다.

"자네의 책을 축복하여 제목을 지어주겠노라. 제목은 '엔트로피아'로 하라."

필경사는 기쁨으로 표정이 환히 밝아졌고, 곧이어 온몸을 바쳐 엎드려 절을 했다. 하지만 장군은 선지자의 태도에 위화감을 느꼈다. 그의 시간은 반대이므로, 지금 필경사에게 내리는 축복은 장군과의 만남 과정 중 초반에 일어난 사건일 테다. 그는 실질적으로 축복을 내린 후에 필경사의 책을 무의미하다며 폄하할 예정이었다. 장군은 여전히 선지자가 무슨 사고방식을 가진 건지 이해할 수 없었다. 하지만 떨 듯이 기뻐하는 필경사의 모습을 보며 장군은 더 이상 논쟁하지 않기로 했다.

필경사가 물었다.

"제 책은 선지자님의 말씀을 담기에, '시그눔'이 더 어울리지 않을지요?"

선지자가 답했다.

"과거로부터 미래로, 질서로부터 혼돈으로, 시그눔으로부터 엔트로피아로."

V

    장군과 필경사는 그들의 도시로 돌아갔다. 몇 달도 채 지나지 않아 게르만 군대가 도시를 침략했고, 장군은 맞서 싸웠다. 로마군은 패했지만 장군은 살아남았고, 다시 전열을 정비해 영토를 되찾을 수 있었다. 장군은 생각했다. 선지자는 역시 사기꾼이었다고. 그러나 게르만은 재차 침공해 왔고 장군은 생각을 바꿀 새도 없이 전사했다. 침략군은 코르두바를 불태웠다. 필경사 또한 불타는 도시 안에서 명을 다했다. 그가 막 완성시킨 책, 책상 위에 가지런히 올려져 있었던 원고는 재가 되었다. 두꺼워서 타다 만 양피지 표지만이 거기 남았다. 저자명이 쓰여 있었을 아래쪽 절반은 타버린 채로.

    제국은 이후로도 여러 야만인들의 끊임없는 침략에 시달린 끝에 히스파니아 땅을 영영 상실하게 되었다. 아무도 돌보지 않은 코르두바의 폐허는 재와 먼지와 흙에 파묻혔다. 게르만 인들이 문명화될 정도로 많은 날이 지난 후, 그 땅에서 들어와 살던 누군가가 필경사의 책 표지를 발굴했다. 그는 남은 부분에 쓰인 라틴어 제목을 제대로 알아볼 수 있었다.

                  엔트로피아

          흐르지 않는 시간의 방향에 대하여

절반만 남은 양피지 표지는 지역 박물관에 전시되었다. 어떤 게르만 역사학자가 거기에 방문했고, 그 보잘것없는 유물을 눈여겨보았다. 그는 그의 게르만 제자에게 역사를 가르쳤다. 그 제자는 나중에 '혼돈의 양'을 뜻하는 개념을 정의했고, 거기에 역사 스승에게 배웠던 단어를 붙였다. 하지만 그는 의뭉스럽게도 혹은 망각했는지 그 단어를 역사 스승이나 유물을 참고해 붙였다고 말하지 않았다. 그는 단지 몇 그리스 단어들을 조합해서 스스로 단어를 만들었다고 밝혔다. 그는 위대한 자연철학자로 역사에 남았다.

 선지자는 점차 어려졌다. 그는 작아지는 머리 크기의 한계로 인해 그가 외웠던 모든 책들, 인류의 역사와 지식, 그가 여행했던 동쪽에서 서쪽까지의 그 위대한 경험의 기억을 점차 잊어갔다. 그는 코르두바보다 더 서쪽, 바에티스강이 대서양과 만나는 해안가의 작은 어촌 마을에 도달했다. 이제 그는 더 이상 혼자 길을 걷기 힘들 정도로 작아져 있었다. 얼마 안 되는 마을 어른들이 아주 작아진 그를 도와주었다. 선지자는 거기서 오래 살며 마을 곳곳에 많은 무덤들이 있는 걸 보았다. 그러던 어느 날, 마을의 어른들이 그중 두 개의 무덤을 파헤쳤다. 시신은 어른들에 의해 허름한 해안가 오두막에 조심스럽게 옮겨졌고, 거기서 선지자는 그의 부모님이 죽음에서 일으켜지는 것을 보았다. 그는 기뻤고 그 때문에 아이처럼 울었다. 그가 기뻤던 이유는 2,000년 만에 그토록 찾던 부모님을 만났기 때문이라서보다는, 단지 엄마와 아빠를 처음 보았기 때문이었다. 하지만 주변 어른들은 안타까워했는데, 그 이유는 혼자만 남을 아이가 가여워서였다. 늙은 부모님은 역병으로 고통스러워하다 점차 나았다. 그 많던 마을의 무덤들은 점차 사라졌고 그 무덤에서 일어났던 수많은 마을 사람들도 역병에서 점차 회복되었다. 그의 부모님은 순박한 시골 사람일 뿐이었으며, 선지자의 발목을 잡고 그를 스틱스강에 담그는 일 따위는 하지 않았다. 이제는 선지자 또한 많은 것을 잊었기에 여느 아기처럼 보였다. 그의 부모님들이 홍안의 청년이 될 때까지 수십 년의 세월을 사는 동안, 그는 계속해서 아기로 남아 있었다. 그의 부모님은 자신들의 아기를 이상하게 여겼지만, 그래도 아기를 잘 보살폈다. 그리고 마침내 선지자는 어머니의 몸속으로 돌아갔다.

작가의 말

두 서울 전쟁

7~8년 전, 세 개 역 환승 통로가 존재하는 붐비는 고속터미널역에서 문득 타임머신에 대해 생각해 보았다. 타임머신이 인류 사회에 광범위한 영향을 미치는 세계를 그릴 수 있을까? 아마 난 SF 소설가 테드 창의 말을 의식하고 있었을 것이다.

"판타지와는 달리 SF는 우주가 논리로 설명이 가능하다는 가정에 기반하고 있다. (…) 우주를 더 깊게 이해하면 이해할수록 그 지식은 전파되고 인류 사회에 광범위한 영향을 미치게 된다."

왜 타임머신은 서울의 지하철처럼, 인천국제공항처럼, 대규모 교통 시스템으로 그려지지 않는가? 수많은 사람이 각자의 목적에 의해 이동하고 환승하며, 그에 따라 완행과 급행으로 운영하는 복잡하고 거대한 시스템. 미래를 관광하거나 과거의 그리운 이를 찾아가는 사람도, 매일 출퇴근하는 통근자도 티켓을 끊을 수 있는 대중적인 교통 시설. 사람뿐 아니라 무역품이나 에너지 자원을 운반하는 데 더 나아가 전시 병력과 물자 수송에도 이용되는 사회 기반 공공재.

다만 이 시간 대중교통을 타고 다니는 이용객들은 자기도 모르게 시간선을 망가뜨릴 위험이 크다. 그들이 만약 수만, 수십만, 수백만이라면…. 불의의 사태를 방지하기 위해 모든 여행객은 '시간법'을 철저히 준수해야 할 것이다. 국제 사회는 국제법을 제정해 초국가적 국제기구인 시간경찰을 운영하고 시간여행자들을 철저히 감시해야 할 것이다…. 음…시간경찰이라고? 난 그 아이디어를 정말로 좋아하지 않는다. 시초가 되었던 폴 앤더슨의 『타임 패트롤』까지는 봐주더라도, 그걸 계속해서 차용한 후대 작품들은 편의주의적이고 안일하게 쓰였다. 방만한 국제기구 같은 게 어떻게 스스로 시간선을 망가뜨리지 않으면서, 시간선을 망가뜨리는 자를 체포할 수 있겠는가?

수많은 사람이 이용하는 시간여행 대중교통이 지금까지 나오지 않았던 이유가 실제로는 작품 외부에 있다고 생각한다. 어떤 SF 작가도 수백만이 동적 역사를 엉망진창 휘젓고 다니는 세계관을 상상할 수 없었기 때문이다. 그렇다. 이건 난제였다. 이 어려운 문제 때문에 지금까지 타임머신의 대중화 같은 주제는 한 번도 소설로 쓰인 적 없었던 것이다. 이건 기회이기도 했다. 이 문제만 해결해 낸다면, 나는 가장 참신하고 진보된 시간여행 세계관을 창조해 낼 수 있을 것이다.

내가 고속터미널역에서 수많은 환승객에 치이며 떠올린 생각이 바로 타임머신 인프라를 끔찍하게 거대한 형태로 만드는 것이었다. 대한민국의 실효 영토를 꽉 채울 정도로 어마어마한 길이의 폐쇄 루프. 여러 바퀴를 돌아 제자리에 돌아오는 열차. 급행과 특급으로 운영되는 환승 시스템. 그렇게 거대한 대중교통은 만드는 쪽도 이용하는 쪽도 그만큼의 비용을 지불하게 한다. 물론 돈도 비용이지만 이 경우에 비용은 시간이다. 시간여행은 시간이 걸린다. 멀리 떨어진 과거나 미래일수록 더 오랜 시간이 소요된다. 배차 간격이 있는 열차는 정확한 장소에 정확한 시간으로 승객을 떨어뜨리지 못한다. 그리하여 고정된 시간선이 우주의 법칙이 된다.

세계관은 단지 세계관일 뿐이다. 나는 여기서 사건과 인물, 플롯을 만들어야 했다. 「두 서울 전쟁」 말고도 아직 구현되지 않은 몇 가지의 기획이 있었다. 예를 들어 아직 쓰이지 않은 어떤 기획에서는 시간열차가 발명된 지 고작 100년 후에 모든 시간열차는 전쟁 및 경제 위기로 파괴되고, 자유로운 시간여행이 가능한 세계는 두 번 다시 오지 않는다. (「두 서울 전쟁」에서 "한중전쟁"이라는 문구는 이 후속편을 위한 떡밥이다.)

나는 A. J. P. 테일러의 『기차 시간표 전쟁』을 읽기 전에도 제1차 세계대전이, 취소할 수 없도록 꽉 짜인 기차 스케줄 때문에 일어났다는 역사적 관점에 대해 알고 있었다. 또한 대한민국의 향후 미래의 인구구조는 이미 결정된 사항이라는 인구학 전문가의 주장도 머릿속에 있었다. 이 두 가지 이야기에 내 시간여행 세계관과 일치하는 무언가가 있다고 느꼈다. 그리하여 이야기는 인구구조와 전쟁의 이야기로 정해졌다. 과거가 미래를 침공한다. 혹은 미래가 과거를 침공한다. 둘 중 어느 것이 나을까? 대한민국 인구절벽의 위기로 이야기를 풀기 위해서 당연히 전자가 되어야 했다.

「두 서울 전쟁」이 웃긴 점은, '시간경찰'이라는 억지 설정을 배제하기 위한 갖은 노력에도 불구하고 결국 이야기는 시간선을 지키도록 세계를 감시하는 '시간 슈퍼히어로'의 탄생기로 귀결되었다는 점이다. 그래도 흔한 시간경찰류의 정형화된 틀에서 벗어나 흥미로운 이야기를 쓸 수 있어서 만족스럽다. 이 시간 슈퍼히어로의 이야기엔 기존 작품들에서 차용된 아이디어가 몇 가지 들어 있다. 작중 조부진과 김신주의 쌍둥이 싱크탱크는 〈릭 앤 모티〉의 주인공 릭 산체스가 평행우주의 모든 릭을 모아 '릭 의회'를 소집한다는 데서 아이디어를 얻었다. '가장 조부진(김신주)다우면서도 가장 괴상한 일'을 한다는 아이디어도 마찬가지로 '가장 릭다운 릭'이라고 말하고 다니는 C-137의 릭 산체스에서 나왔다. 하지만 그보다 더 근본적으로는 영화 〈에브리씽 에브리웨어 올 앳 원스〉가 도움을 주었다. 거기서는 등장인물들이 평행우주를 열기 위해 이상한 짓(립밤을 먹는다거나 신발의 좌우를 바꿔 신는다거나)을 서슴지 않는다. 쌍둥이들이 서로 다른 성격을 가지는 이유로 김신주가 언급한 이론은 주디스 리치 해리스의 『개성의 탄생』이라는 심리통계학 책을 참고한 것이다.

 현실 정치의 영역에서도 수많은 아이디어를 얻었다. '김신주'라는 이름의 모티프는 현실정치학의 가장 유명한 학자이자 외교관이자 비판의 대상이기도 한 헨리 키신저에서 따왔다. 그의 행적(안보보좌관과 국무장관)과 업적(논란이 있는 노벨평화상), 외교 행보(국익을 위해서라면 적국과의 동맹도 불사함)도 마찬가지다. 키신저의 업적과 생애는 강성학의 『헨리 키신저』에서 많은 참조를 했다. '완서준'이라는 이름의 작명은 이보다는 심플하다. 그는 새로운 세대를 상징하는 인물이기에, 아기 이름 순위에서 상위권에 있는 이름을 골랐다. 한편 '조부진'은 러시아-우크라이나 전쟁이 모티프였다. '부진'이라는 이름에서 이 전쟁과 관련된 누군가를 떠올려 볼 수 있을 것이다. 원래 「두 서울 전쟁」의 초안이 완성된 시기상 조부진은 21세기 대한민국의 민주주의 체제에서 출현할 가능성이 거의 없는, 상상 속의 독재자 캐릭터였다. 그런데 2024년 12

월 이후 신기하게도 대한민국의 정치 현실이 캐릭터에 현실성을 덧붙여 주었다.

거란의 마지막 예언자

이 이야기는 처음엔 시간을 거꾸로 사는 예언자가 고대 이집트까지 도달해 가는 서사로 기획되었다. 인류 역사의 미래를 모두 알고 있는 예언자가 이집트의 파라오에게 고한다. "인간의 역사는 이렇게 장대하며, 이집트의 유산은 인류의 시초입니다." 파라오는 그 장대하고 압도적인 역사의 흐름에 충격을 받는다. 시간을 거꾸로 사는 인간에 대한 아이디어의 역사를 시간을 거꾸로 돌려보자면, 2006년 블로그에 끄적대었던 「시간을 거꾸로 사는 남자」라는 자작 엽편소설에 이른다.

이것도 좋은 이야기가 될 수 있었겠지만, 방향을 거란의 이야기로 돌린 건 어느 글을 본 이후였다. 그건 바로…「그들을 구하려면 싸이버거를 잔뜩 사야 합니다」라는 인터넷 글이다. "내 영혼에는 초원의 별이 흐릅니다"로 시작하는 이 놀랍도록 유려하고 감동적인 글은 실은 싸이버거를 사달라고 조르는 말로 끝맺는 낚시 글이다. 하지만 나를 비롯한 많은 사람이 이 글을 읽고 거란족이라는 사라진, 슬프고도 아름다운 민족의 이야기에 감동의 눈물을 흘렸다고 한다. 이 글은 너무나 유명해진 나머지 여러 만화나 짤방 등으로 개작되었는데, 그중에서도 〈유성의 후예〉라는 만화 또한 걸작의 반열에 올랐다. 나 또한, 이 글을 읽은 후 더 이상 존재하지 않는 민족의 쓸쓸한 감정에 대한 작품을 쓰고 싶어졌고 이왕 이렇게 된 김에 이집트의 예언자 이야기를 이쪽으로 돌리기로 결심했다.

나는 「그들을 구하려면 싸이버거를…」이나 〈유성의 후예〉와는 다른 작품을 쓰기 위해 많은 주의를 기울였다. 작중 배경은 〈유성의 후예〉 쪽이 요의 최후인 것과 다르게 「거란의 마지막 예언자」는 서요의 최후로 설정했다. 거란의 공주가 자길 기억해 달라고 했을 때, 〈유성의 후예〉에서와는 달리 「거란의 마지막 예언자」에서는 슬프게도 예언자가 공주를 완전히 잊는다.

멸망해 아무도 기리지 않는, 서요의 최후에 대한 자료는 찾기 쉽지 않았다. 실제로 역사서 『요사』에서는 작품의 초입에 인용한 딱 그 정도의 분량만 쓰여 있다. 이노우에 야스시의 『둔황』은 무엇보다도 유목 민족에 대한 사실들과 사라진 것들에 대한 애잔한 분위기를 형성하는 데 많은 도움이 되었다. '날발'이라는 특유의 유목 문화 등 전반적인 거란에 대한 정보는 김인희의 『움직이는 국가, 거란』을 참고했다. 하지만 많은 부분은 자료 부족 또는 나의 지식 부족으로 인한, 역사적 사실에 바탕을 두지 않은 허구이다. 실존인물 '야율직로고(야루드 칠루쿠)'와 '굴출률(쿠추룩)', '호사알이타(후시 호르도)'라는 지명의 실제 거란어 발음 전부 자료에 입각하지 않은 작가 상상의 산물이다. 다만 '야율'이라는 왕성이 과거엔 'Yelü'라는 발음에서 최근 업데이트된 연구로 'Yeruud'라는 발음으로 밝혀졌다는 사실은 적극 반영하였다. '혼홀 공주(훈후)'는 실제 이름이 아닌 지위와 관련된 명칭이다. 그러나 그녀의 본명이 알려지지 않은 관계로, 특히 그 발음의 느낌이 좋아서 역사적 사실과 관계없이 '훈후'를 본명으로 채택하였다. 가상의 인물인 '모리허셔'는 몽골어 морь хойшоо(말을 거꾸로)의 발음을 땄다. 주인공 '치슈타이'는 실존 인물이 아니기에, 이러한 발음의 거란 이름이 실제로 가능한지조차 모르는 상태에서 지었다. 다행히 김태경의 『거란소자 사전』이라는 연구 서적이 있어서 참고할 수 있었다. 역사적 사실을 허구의 픽션으로 창작할 때 특히 조심해야 할 일들이 많겠지만, 특히 올바른 역사관을 내 손으로 왜곡하는 누를 범하지 않았길 빌 뿐이다.

엔트로피아

이제 옛 로마를 배경으로 한, 선지자와 장군과 필경사의 이야기에 대해 살펴보자. 이도 역시 이집트에 도달한 예언자의 이야기에서 비롯되었다. 오랜 시간을 살아온 주인공이 '책'과 '시간'에 대해 이야기하는, 『천일야화』 같은 신비로운 액자소설을 쓰고자 했다. 처음엔 배경을 「이집트의 예언자」 원안대로 이집트로 해보려고 했다. 하지만 선지자가 동쪽 끝 땅인 대한민국에서 서쪽 끝 땅인 히스파니아까지 여행하는 스토리가 더 상징성이 있다고 보아서 로마로 바꾸었다. 특히 이 이야기는 「거란의 마지막 예언자」와 같은 뿌리에서 나온 가지다. 역사서에 적힌 대로 멸망의 수순을 밟을 수밖에 없는 민족의 이야기는 책과 시간에 대한 주제를 잘 담고 있다.

「두 서울 전쟁」은 현대물임에도 이 이야기와 잘 어울리는 주제 의식을 가지고 있었다. 작품에 등장하는 책은 시간여행 역설로 쓰인 책이면서 동시에 시간에 대한 책이기도 하다. 또한 시간에 대해서도 선지자의 이야기와 같은 관점을 공유한다. 시간은 흐르지 않고 단지 순서 없이 존재할 뿐이라는, 시간의 방향성은 엔트로피의 변화에 달렸다는 관점. 물리학자 카를로 로벨리의 『시간은 흐르지 않는다』라는 책에 나오는 시간과 엔트로피에 대한 독특한 이론을 참조했다.

문제는 「책이 된 남자」였다. 책이라는 주제에 대해서는 이 이야기가 애초에 책 사냥꾼이 책을 발견하는 이야기이므로 문제 될 것 없었다. 하지만 시간이라는 주제를 엮는 과정은 원안엔 없었다. 시간의 흐름이 계산에 의해 이루어진다는, 원래 있었던 설정에 집중해 보기로 했다. 이를 '시간 인식의 상대성'이라는 내용으로 재해석해 보았다. 써보니「책이 된 남자」가 선지자의 이야기에 아주 자연스럽게 녹아 들어갔다.

「책이 된 남자」를 쓰면서 고생스러웠던 기억이 로마 배경 이야기를 쓸 때에 자꾸만 되살아났다. 그 당시 나는 중세 이슬람과 르네상스의 역사적 사실을 틀리지 않도록 다양한 문헌을 참조해야 했다. 이번에도 로마에 대해 쓰려면 로마의 역사적 사실에 엄청난 주의를 기울여야 할 것이었다. (예전에 '다음 작품은 근미래 대한민국 배경일 것'이라 편집자께 말씀드린 적도 있었는데, 그 약속을 어기고 말았다.) 그런데 나의 취향은 하드 SF에 있었고 나는 로마의 역사 따위를 엄청 잘 아는 사람이 아니었다. 내가 취한 방식에 대해 말씀드리면, 어쩌면 소설가의 자질에 관한 논란을 불러올 수도 있겠다. 나는 AI인 ChatGPT를 적극적으로 이용했다. 나는 로마에 대해 시시콜콜한 것까지 다 물어보았다. 당시에 코르도바나 세비야는 어떻게 불렸는지, 아랍 및 중국의 조상 민족을 로마인은 인식하고 있었는지, 로마의 히스파니아, 특히 코르도바에서 주로 쓰였던 건축 재료는 무엇인지 등등. 그래서 참고한 역사 문헌 하나 없이 현실적인 고대 로마의 분위기를 잘 살릴 수 있었다. 다만, 아직은 문장을 창작해 달라거나, 이야기를 구성해 달라는 요구는 하지 않았다. 아직은….

책이 된 남자

　한국과학문학상 가작 수상작인 「책이 된 남자」에 대해서는 『제5회 한국과학문학상 수상작품집』 작가의 말에서 할 말을 다 했다. 덧붙이고 싶은 이야기는 결국 AI에 관해서다. 「책이 된 남자」에서 묘사된 기술은 ChatGPT의 기초 기술인 딥 러닝 알고리즘에 기반해 있다. 두께의 수(weight, 즉 가중치)라느니, 시그눔(signal의 라틴어 변형)이라느니 하는 말들은 딥 러닝의 과정을 소설적으로 상세히 묘사하기 위한 노력의 산물이다. 「책이 된 남자」가 세상에 나온 시기는 무척 절묘했다. 만약 「책이 된 남자」가 5년 정도만 더 일찍 쓰였다면, 작품은 (세상에 아직 나오지 않았던 딥 러닝이 아닌) 한물가게 될 머신 러닝 방법론에 기반해 쓰였을지도 모르겠다. 5년만 늦어도, 이 묘사는 ChatGPT의 말도 안 되는 실재감에 의해 시대에 뒤떨어진 것처럼 느껴질지도 모르겠다.

　「책이 된 남자」를 쓸 당시와 『엔트로피아』를 쓴 지금은 몇 년 차이도 나지 않는데, 그동안 AI 기술은 급변했다. AI는 이제 실현되었다. AI에 대한 소설을 쓴다 해도 그건 더 이상 SF가 아닌 리얼리즘 소설일 뿐이다. SF 소설가는 이제 AI에 관해 쓰지 않고 AI를 이용해 소설을 쓴다. 이른바 AI와 소설가의 협업 시대다. AI의 인류 지배를 상상했던 선배 SF 작가님들의 상상보다는 재미없는 미래겠지만, AI의 지배 시대는 오지 않을지도 모른다. AI는 인류를 지배하지 않고 인류와 협력해 인류에게 엔터테이닝을 제공하기 위해 힘쓸 것이다.

만약 내가 틀렸다면… 인간 소설가의 끝은 정말로 몇 년 남지 않았을지도 모른다. AI는 조언자의 역할에서 벗어나 직접 소설을 쓸 것이다. 인간 소설가에 대한 종말 선언이 초지능 AI에 의해 일어난다. 그런 미래 시대에 창작은 어떻게든 파괴적으로 변할 것이다. 그 미래의 형태는 쉽게 예측이 불가하다.

난 여전히 긍정적인 미래를 예측한다. 직접 글을 쓰는 인간 소설가는 멸종할지언정 인간 '아이디어맨'은 살아남을 테다. 그 형태는, 글 쓰는 작업은 전적으로 AI에 시키고 인간 소설가는 기획자로 전업하는 방식이겠다. "ChatGPT야, 시간여행에 관한 소설을 써줘. 다만 모든 사람이 시간여행을 관광처럼 즐기는 게 가능하도록 대도시 지하철같이 작동하는 타임머신을 그려야 해." 그 후의 잡다하고 괴로운 과정인 글쓰기, 퇴고, 맞춤법 체크는 AI에 시키든 직접 하든 창작자의 영역으로 존중될 것이다. 대다수의 소설가가 인공지능보다 뒤떨어지는 소설을 창작하다 멸종하고 말겠지만, 극소수의 인간은 여전히 AI보다 더 창의적이고 기발한 아이디어를 생각해 낼 것이다.

변곡점의 시대인 2025년에 내 첫 장편소설을 선보일 수 있어서 다행이라고 생각하지만, 고민도 함께 따라온다. 내가 과연 AI의 창조성을 이길 수 있을까? AI보다 더 재미있는 인간이 될 수 있을까? 봉준호 감독이 이렇게 말했다. "AI가 절대 쓸 수 없는 시나리오를 어떻게 쓸 것인가 매일 고민하고 있다." 뛰어난 인간이 되는 방법은 예전에 비해 달라진 게 없다. 매일 고민하는 수밖에.

엔트로피아

ⓒ 김필산, 2025. Printed in Seoul, Korea

초판 1쇄 찍은날	2025년 6월 30일
초판 1쇄 펴낸날	2025년 7월 9일
지은이	김필산
펴낸이	한성봉
편집	김학제·안태운·박소연
콘텐츠제작	안상준
디자인	최세정
마케팅	오주형·박민지·이예지
경영지원	국지연·송인경
펴낸곳	허블
등록	2017년 4월 24일 제2017-000050호
주소	서울시 중구 필동로8길 73 [예장동 1-42] 동아시아빌딩
페이스북	facebook.com/dongasiabooks
인스타그램	instagram.com/dongasiabook
트위터	twitter.com/in_hubble
블로그	blog.naver.com/dongasiabook
홈페이지	hubble.page
전자우편	dongasiabook@naver.com
전화	02) 757-9724, 5
팩스	02) 757-9726
ISBN	979-11-93078-54-9 03810

※ 허블은 동아시아 출판사의 문학 브랜드입니다.
※ 잘못된 책은 구입하신 서점에서 바꿔드립니다.

만든 사람들
책임편집	안태운
크로스교열	안상준
디자인	최세정